走进课本里的
名人故事

囊括中小学课本各科目的中外名人故事

1

张欣怡◎主编

北京工艺美术出版社

前言

成长离不开阅读，阅读离不开好的故事。我国九年义务教育中各个年级、各个科目中涉及了很多中外名人，他们的故事可以影响一个人的一生。的确，凝结着名人智慧的故事，每一个都承载着他们的情感，寄托着人们的诉求和愿景。每一位孩子都是善良、单纯的，名人的事迹会让他们产生崇拜的心理，孩子会不自觉地学习、模仿名人的思想和行为，因此，这些名人故事里歌颂的精神，所传达的思想，可以潜移默化地滋养孩子的心灵，塑造孩子的美好品格，帮助孩子树立正确的价值观和人生观。

为了培养孩子的榜样意识，增强孩子辨别是非的能力，提高孩子的想象力，我们根据统编版课本精心编写了这套《走进课本里的名人故事》。本套书共包含五个分册，囊括了古今中外众多名人故事，这些名人有慧眼如炬的思想家、运筹帷幄的军事家、叱咤风云的政治家、精益求精的科学家、妙笔生花的文学家以及技艺精湛的艺术家等，这些故事涵盖了名人的智慧和成就，能让孩子深入了解名人背后的故事，感受名人流传千古的人格魅力，学习名人

身上的美好品德，帮助孩子树立远大的理想，培养高尚的思想品质。

本套书文字生动有趣，字里行间透露出深刻的哲理；插图精美、形象，注重图文结合，达到“以图释文、以文释图”的效果，书中涵盖的知识可谓包罗万象、寓意丰富，且富于趣味性，非常适合孩子阅读，是一套帮助孩子快乐阅读、增长知识和见闻的故事书。

我们希望孩子可以通过阅读，拓宽自己的视野，获得更深层次的快乐；希望孩子在美好的童年时光里，和非常美的书相伴，成就一个美好的人生。

目录

上古先秦时期

千古帝王……………………2

黄帝……………………2

尧……………………7

禹……………………12

周武王……………………17

齐桓公……………………24

楚庄王……………………29

名臣将相……………………35

管仲……………………35

商鞅……………………39

孙膑……………………45

文化巨匠……………………51

老子……………………51

孔子……………………56

扁鹊……………………62

秦汉时期

千古帝王……………… 68

秦始皇嬴政……… 68

汉高祖刘邦……… 76

汉光武帝刘秀…… 81

名臣将相……………… 86

项羽………………… 86

班超………………… 94

文化巨匠……………… 101

司马迁……………… 101

蔡伦………………… 107

华佗………………… 112

张仲景……………… 118

上古先秦时期

千古帝王

黄帝

走进课本

出自《中国历史》七年级上册第一单元第3课《远古的传说》。

名人档案

姓　名： 黄帝，名轩辕
生卒年： 不详
职　位： 中国上古时期部落联盟首领
贡　献： 大力发展生产；建舟车，制音律等。

距今四五千年，长江、黄河流域居住着许多部落。部落之间为了争夺食物、土地和奴隶，经常爆发战争。为了在战争中取得胜利或壮大部落实力，部落之间也会互相通婚、结盟，最终形成了两个对立的强大部落，一个部落首领是黄帝，另一个是炎帝。

起初，黄帝部落住在姬水附近，炎帝部落则住在姜水流域。炎帝一心想带领大家从居无定所的游猎生活过渡到更稳定富足的农耕生活，就率领部落向中原地区发展；黄帝也带着部落向中原地区迁移，到了涿鹿后，就想在这里定居。

涿鹿原本是炎帝部落的地盘，黄帝部落来到这里后，双方为了争夺资源，在阪泉大战了3次。前两次，炎帝用火攻的办法把黄帝打败了，可第三次，忽然天降大雨，使炎帝的火攻失效，导致炎帝战败了，黄帝成了中原地区的盟主。后来炎帝部落与黄帝部落融合在一起，形成了炎黄部落。

这时，长江流域的九黎部落也强大起来，部落首领叫蚩尤。据说这个部族是由81个兄弟部落组成的，他们掌握了炼铜技术，能使用铜制武器，而且个个力大无穷，凶猛无比。蚩尤觉得自己实力很强，便开始四处侵略别的部落。

蚩尤的进攻一开始很顺利，他先打败了炎帝，之后不听黄帝的劝说，一直打到了黄帝的根据地涿鹿。黄帝只好召集其他部落，在涿鹿与蚩尤决战。

黄帝先派大将应龙出战。应龙飞上天空，居高临下地向蚩尤阵中喷水。刹那间，大水汹涌，直向蚩尤大军冲去。蚩尤忙命风伯、雨师上阵。风伯、雨师施展神威，使狂风暴雨向黄帝大军冲去。应龙不会收水，黄帝急忙请来旱魃女神相助，这才止住了风雨。

蚩尤又放出大雾，四周一片迷蒙，使得黄帝的士兵晕头转向，黄帝只好把大臣们召集起来想办法。众人苦思很久后，制作出能指引方向的“指南车”，带领士兵冲出了重围。

黄帝和蚩尤打了好几年仗，总是胜少败多，心里十分焦虑。这天，黄帝在忧虑中昏然睡去，在梦里见到人首鸟身的九天玄女，黄帝面向九天玄女，跪地不起，想要知道战胜蚩尤的方法。九天玄女奉天帝之命，给了他一本兵书，便飘然离去了。黄帝也立即醒来，发现手中果然握着一卷兵书。

黄帝把兵书上的内容演练成熟后，率领着平时驯养的熊、罴（pí）、貔（pí）、貅（xiū）、貙（chū）、虎等野兽重新与蚩尤开战。蚩尤的军队虽然凶猛，却经不住野兽的扑咬袭击，而黄帝又有九天玄女给的兵法的指导，最终蚩尤的士兵被打得抱头鼠窜，纷纷败退。

黄帝打败蚩尤后，又先后打败了不服从命令的夸父和刑天，成了天下的共主。中原地区的各个部落相互融合，共同劳动，繁衍生息。

黄帝做了很多有利于部落发展的事情，后人把很多发明都归功于他，据说他发明了车子、船、房屋等。他鼓励各个部落使用炎帝的农耕方法和用草

课外小知识

黄帝一共娶了4个妻子，最出名的就是嫘（léi）祖和嫫（mó）母，她们都是推动中华文明发展的奇女子。上古时期，人们的衣服大多是用兽皮和麻一类的东西做的，质地粗糙，穿在身上很不舒服，嫘祖教人们采桑养蚕、剥茧抽丝，使人们可以用丝做成柔软的衣服，因此嫘祖被称为“先蚕娘娘”。嫫母善于织布制衣，帮黄帝管理后宫，被尊为“先织娘娘”。据说，中国第一面镜子（一块磨得非常光滑的石片）就是嫫母发明的。

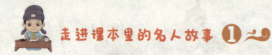

药治病的法子；为了便于交流，他还让仓颉根据万事万物的形象，创造了最早的文字；又令容成制定历法，伶伦制造乐器并定制韵律……在黄帝执政的岁月里，人们狩猎、耕种、捕鱼、纺织、歌唱，一切都那么祥和。

炎帝和黄帝成了中华民族共同的祖先，我们也因此自称为“炎黄子孙”。后世为了纪念黄帝，修建了“黄帝陵”，因为黄帝名轩辕，人们又修建了“轩辕庙”，供后人祭祀。

智慧解读

黄帝战蚩尤是中国上古神话的代表，这则神话不仅涉及古代祈雨、止雨的巫术，还涉及一些具有重要意义的发明，内涵较为丰富。蚩尤在上古神话中有“战神”之称，可黄帝修德，四方敬服，连天帝都来帮他。黄帝在阪泉之战和涿鹿之战中大显神威，确立了他作为中华民族始祖的光辉形象，并一直激励着中华民族奋发图强。

尧

走进课本

出自《中国历史》七年级上册第一单元第3课《远古的传说》。

名人档案

姓　名： 尧，又称唐尧
生卒年： 不详
职　位： 中国上古时期部落联盟首领
贡　献： 开创禅让制；颁授农耕时令；发明围棋。

尧是一位生活俭朴、品德高尚的部落联盟首领。他团结各部落首领，带领大家种植谷物，对抗天灾、野兽；并且他赏罚分明，从不徇私，在联盟中具有很高的威望。尧老了之后，为了联盟的发展，决定提前选好接班人。

部落联盟首领的选择关系到联盟未来的发展，大家都很关心这件事，尧便召集各部落首领围坐一堂，请大家各抒己见，推荐合适的人选。

有个叫放齐的人第一个站了出来，推荐尧的儿子丹朱。尧严肃地说："丹朱虽然是我的儿子，可他生性顽劣，品德不好，总与人发生争执，难以服众，怎么能治理好部落呢？"又有人说："丹朱公子虽然有很多缺点，但是可以好好教育他。从前各位联盟首领都是传位给自己的子孙，现在传给外人，丹朱公子会伤心的。"

尧沉思了一会儿，正色道："把权力交给贤明的人，天下百姓都可以得到好处，只有丹朱一人痛苦。可把权力交给丹朱，天下百姓都会痛苦，只有丹朱一人得到好处。我不能用百姓的痛苦去造福丹朱一人啊！"

又有一个人建议说："管水利的共工做过不少事情，我看他可以担任联盟首领。"

尧还是摇头："共工只是表面上对人恭敬而已，虽然他能说会道，但心里想的是另外一套，这种人不能用。"

首领们讨论了半天，还是没讨论出令大家满意的人选，尧便让他们到外面去寻访一番。过了一段时间，首领们回来了，一起向尧推荐一个叫舜的人。

舜的母亲早亡，父亲瞽（gǔ）叟是个盲人。舜的父亲和继母都宠爱继母所生的弟弟象，对舜十分不好。可舜从不计较，依然孝顺父母，关心弟弟。

为了养家糊口，他在雷泽打过鱼，在山上种过田，在黄河岸边制作过陶器，还做过小生意。不管做什么，他都做得有模有样。由于他的德行高尚，人们都愿意跟随他，他住的地方，往往两三年就成了村落，五年就变成了繁华的城邑。

听到大家对舜交口称赞，尧点点头说："我也听说过他，那就再观察他一阵子吧。"

于是，尧把自己的两个女儿娥皇、女英嫁给舜，又送给舜不少牛羊。舜并没有因此沾沾自喜，可舜的继母和弟弟却忌妒得要命，他们就串通瞽叟，想除掉舜，好独占财物。

一次，瞽叟叫舜去修补粮仓屋顶上的裂缝。等到舜爬到仓顶，专心致志地用泥涂抹裂缝时，瞽叟和象却把梯子撤走了，并放火点着了粮仓。正好仓顶有

别人遗落的两顶遮太阳的大斗笠，舜急中生智，一手抓着一个斗笠，展开双臂跳下了粮仓。两个斗笠就像鸟儿的翅膀，让他轻轻地落了下来，没受一点儿伤。

过了一段时间，瞽叟又叫舜去淘井。等舜下到井底时，瞽叟和象就往井里填土石，想把舜活埋在井底。瞽叟和象以为舜必死无疑，便得意扬扬地回家了。正当象大模大样地在舜的卧室里弹琴时，舜却推门进来了，象窘迫得面红耳赤。原来，舜提前在井壁上凿了一个通道，成功逃脱了。

舜回到家里，依然像什么事都没有发生过一样，继续做自己的事情。他的父亲、继母和弟弟几次想谋害他都没有成功，面对舜时羞愧难当，再也不敢动歪脑筋了。

课外小知识

舜和娥皇、女英结婚后非常恩爱。有一年盛夏，湖南的九嶷山上有9条恶龙祸害人间。舜得知后，就动身去了南方。此后，舜便没有了音信。娥皇、女英结伴出去寻找舜。她们走遍了九嶷山才得知，舜除掉九条恶龙后，就病死在这里了。娥皇、女英悲痛万分，哭了几天几夜，眼泪都流干了，最后流出一滴滴血泪来。后来，两姐妹手牵手跳入湘江，追随舜而去了。她们流出的血泪，使九嶷山的竹子上出现了点点斑痕。为了纪念她们的痴情，人们便把这种竹子称为“斑竹”，又叫“湘妃竹”。

尧经过多方考察，对舜十分满意，开始给舜安排一些职务，舜也将各项事务打理得井井有条。尧觉得可以让他继承自己的位子了，就先让他代理执政。3年后，尧对他的执政成果非常满意，正式让他当了部落联盟首领。

历史上把这种推选贤能，在位者主动让位的事情，称为“禅让”。

几年后，尧去世了，舜把部落联盟首领的位子让给丹朱，然后到南方去了。可大家遇到事情依然只愿意去找舜，集会歌颂的时候也只歌颂舜，舜只好回来继续担任部落联盟首领。

后人怀念那个时代的德政，舜也成为后人心目中“贤君”的代表。

智慧解读

尧选择贤能之人舜作为自己的接班人，体现了“以人为本，任人唯贤”的思想，有利于部落联盟的团结，对当今社会的和谐发展具有重要的借鉴意义。虽然舜生活在恶劣的家庭环境里，父亲、继母和弟弟都想置他于死地，但是舜每次死里逃生后，对父母仍不失孝道，对弟弟依然十分友善，最终用宽容和大度感化了他们，是孝子和贤兄的典范。此外，舜在参与政事、管理部落期间所表现出的卓越才干和高尚的人格魅力也值得后人颂扬。

禹

走进课本

出自《中国历史》七年级上册第一单元第3课《远古的传说》。

名人档案

姓　名：禹，又名大禹，名文命
生卒年：不详
职　位：夏朝开国君主
贡　献：治理水患；建立夏朝。

上古时期，中原地区洪水泛滥，淹没了庄稼、房屋和山陵，百姓流离失所，很多人只得背井离乡。水患给人们带来了无穷无尽的灾难。在这种情况下，部落联盟首领尧决心消灭水患，于是开始寻求能治理洪水的人。

一天，尧把各部落的首领召到身边，对他们说："各位，如今水患当头，人们受尽了苦难，必须要把这水患治住，你们看谁能担此大任呢？"

各部落的首领都推举鲧（gǔn）。尧素来觉得鲧这个人不可信，但眼下又没有更合适的人选，于是暂且将治水的任务委托给鲧。

鲧治水治了9年，不但毫无效果，而且消极怠工，拿治水重任当儿戏。后来舜开始管理部落联盟，他所碰到的首要问题也是治水。他首先革去了鲧的职务，将他流放到羽山，后来鲧就死在了那里。

舜也来征求大家的意见，看谁能治理洪水，大家都推荐禹，他们说：“禹虽然是鲧的儿子，但是在品德和才能上比他父亲强多了。这个人为人谦逊，待人有礼，做事认认真真，生活也非常简朴。”舜并未因禹是鲧的儿子而轻视他，很快把治水的重任交给了禹。

禹实在是一个贤良的人，他并未因舜处罚了他的父亲就怀恨在心，而是欣然接受了这个任务。

当时，禹刚刚结婚，他的妻子涂山氏是一位贤惠的女人，同意丈夫前去治水，禹含泪和自己的妻子告别，踏上了征程。

禹左手拿着准绳，右手拿着规矩，走到哪里就量到哪里。他吸取了父亲采用堵截方法治水的失败教训，发明了一种疏导洪水的新方法，其要点就是疏通水道，使得水能够顺利地东流入海。禹每

发现一个地方需要治理，就到各个部落去发动百姓来施工。每当水利工程开始的时候，他就和百姓一起劳动，吃在工地，睡在工地，挖山掘石。

他生活简朴，住在很矮的茅草小屋里，吃得比普通百姓还要差。在水利工程上，每当治理水患缺少物资时，他都亲自去筹集。

他治水时三过家门而不入。有一次他路过自己的家，听到了小孩的哭声，原来他的妻子涂山氏刚给他生了一个儿子。他多么想进去亲眼看一看自

己的妻子和孩子，但是想到治水任务艰巨，他便只是向自己家的茅屋行了一个大礼，然后眼里噙着泪水，骑马飞奔而去。

禹根据山川地理情况，将中国分为九个州：冀州、青州、徐州、兖州、扬州、梁州、豫州、雍州、荆州。他的治水方法是把整个中国的山水当作一个

课外小知识

禹把天下分成九个地区，即九州。他让九州进献青铜，铸造了九个鼎，把九州的名山大川、风土人情分别刻在九个鼎上，一鼎象征一州。禹把九个大鼎集中放在都城，因此后人把取得天下称为“定鼎”。从此，九州就成了中国的代名词，九鼎则成了王权至高无上、国家统一昌盛的象征。

整体来治理，把该疏通的地方疏通，该平整的地方平整，使得许多地方变成了肥沃的土地。

禹治理洪水一共花了13年的时间，在他的努力下，咆哮的洪水失去了往日的凶恶，平稳地向东流去，昔日被水淹没的山陵露出了顶峰，农田变成了粮仓，人们筑室而居，过上了幸福富足的生活。

人们感念禹的功绩，为他修庙宇，尊他为“禹神”。我们整个中国也被称为“禹域”，也就是说，这里是禹当初治理洪水的地方。

智慧解读

面对滔滔洪水，禹从鲧治水的失败中吸取教训，采取疏导的方法，最终取得了成功。这告诉我们，做事情不能只顾埋头努力，还要学会总结经验，随时调整方法，这样才能把事情办好。另外，这个传说也体现了华夏民族勤劳、智慧、勇敢、奉献、坚毅不屈、万众一心的民族精神。

周武王

走进课本

出自《中国历史》七年级上册第二单元第4课《早期国家的产生与发展》。

名人档案

姓　名： 姬发
生卒年： ？—约前1043年
职　位： 西周开国君主
贡　献： 灭商建周。

前1075年，商朝王位传到了帝辛手中。帝辛即商纣王，他天资聪颖，武力过人，能徒手与野兽搏斗。他即位后亲自领军打败了侵扰商朝的东夷各部，把商朝的疆土开拓到东南一带，是一位很有作为的帝王。

后来，他变得骄横起来，甚至比夏桀还要荒淫残暴。他让人在王宫里挖了一个大池子，里面灌满美酒，叫作“酒池”；又叫人在宫里种上很多树，把肉干挂在树上，叫作“肉林”。他和宫女们在酒池肉林中追逐嬉戏，渴了就喝酒池里的酒，饿了就摘肉林里面的肉吃。他嫌当时的都城规模太小，配不上他的功业，就征调了成千上万名奴隶和工匠，将沬都（今河南淇县）扩建成自己的游乐园，并改名为朝歌；还修建了一座豪华壮丽的高台楼阁，叫作“鹿台”，供自己和妃子们享乐。

商朝是奴隶制社会，有很多残酷的刑罚，商纣王用种种酷刑处死了很多劝谏他的大臣。

就在商纣王只顾着安逸享乐的时候，商朝西边的一个诸侯国——周国逐渐兴盛了起来。

周国的君主西伯侯姬昌是商纣王手下的诸侯，封地在西岐(今陕西岐山)，他仁慈爱民，西岐境内，百姓安居乐业，一派安定繁荣的景象。时间一久，姬昌的名声越来越大，无法忍受商纣王暴政的商朝百姓、朝中大臣都逃去了西岐。忠于商纣王的崇侯虎把这些情况告诉了商纣王，商纣王就派人召姬昌到朝歌，趁机把他抓了起来。姬昌的大儿子伯邑考为了救出父亲，不顾大臣阻拦，跑到朝歌找商纣王求情，也被商纣王抓了起来。

姬昌在被关进牢里后并没有闲着，而是精心研究上古圣人伏羲留下的先天八卦，把八卦演变成六十四卦，写成了《周易》一书。此书流传出去后，姬昌被百姓奉为圣人。这事传到商纣王耳朵里，商纣王气坏了，就把伯邑考做成了肉羹，派使者送给姬昌吃。

姬昌被商纣王囚禁了7年，周国的臣子们想尽了办法，终于用美女、名马、珍宝等赎回了姬昌。

姬昌回到西岐后，深知商纣王已经失去民心，于是决心讨伐商纣王。为了这件大事能够成功，他到处寻找能够辅佐自己的奇才。一天，他在渭水附近打猎，看到一个须发全白的老人在渭水边钓鱼。身边车水马龙，老人却像没看到一样，仍然专心致志地看着鱼钩。奇怪的是，老人的鱼钩是直的，没有挂鱼饵，离河面还有三尺高，这怎么能钓到鱼呢？一个打柴人好心地提醒他，他却自言自语道："愿者上钩，愿者上钩……"

姬昌觉得这个老人不平凡，上前和他攀谈起来。原来老人名叫姜尚，是个精通治国用兵之术的奇才，却一直没等到自己的伯乐。他知道商朝当灭，姬昌求贤若渴，就故意到姬昌常来的渭水河边钓鱼，还真的等到了姬昌。姬昌当即封他为太师，让他辅佐自己。

有了姜尚的辅佐，姬昌加紧训练兵马，增强自己的实力，没过几年，周国就强盛起来了。姬昌又暗中鼓动一直对商朝时附时叛的东夷再次起兵造反，于是商朝和东夷之间展开了一场持续多年的战争。虽然商朝最后取胜了，可这场旷日持久的战争也让商朝元气大伤。

姬昌本想趁机起兵伐商，却不幸生病去世了，他的二儿子姬发继承了王位，即周武王。

周武王率领周国大军，祭祀过姬昌后，就向东进发，直奔朝歌。当大军到达黄河南岸的孟津时，闻讯赶来与他们会合并且要一起攻打商朝的诸侯竟然有数百个。周武王和姜尚十分谨慎，两人商量后，认为商朝朝廷里仍有忠义之士，灭商时机不够成熟，就把大家劝了回去，然后率军返回了周国，但他们对伐商更有信心了。

前1046年，商纣王杀了触怒他的忠臣比干，囚禁了反对他的箕（jī）子，主管祭祀的太师眼看商纣王已无药可救，干脆带着祭祀的宝器逃跑了。这些消息很快传到了周国。此外，周武王收到密报，说商朝大军正在外征战，都城内防御薄弱。周武王认为灭商的时机已经成熟了，就立即率领大军向朝歌进发。

周国与各诸侯国的军队在孟津会合，很快打到了朝歌附近的牧野（今河南淇县西南）。这个时候商纣王的主力部队还在东南方打仗未归，商纣王只好匆忙将70万东夷战俘及奴隶临时武装起来，亲自领兵应战。

牧野之战打得异常惨烈，可没有经过训练的乌合之众哪里打得过姬发的精兵呢？于是，战俘和奴隶们纷纷倒戈。商纣王见大势已去，便逃回了朝歌，穿上镶满珠宝的宝衣，登上高高的鹿台，叫人点上一把大火，自焚而死。商朝的基业，也随之化成了灰烬。

课外小知识

原始社会是没有货币的，大家想要买东西就只能以物易物。王亥是商汤的七世祖，他发现每个国家需要的东西不一样，就带着商国人生产的东西到别国进行交换，不仅可以各取所需，还可以以少换多，从中取利。周朝打败商朝后，商国人一下变成了周朝的奴隶。商族贵族们不愿意像周朝人那样辛苦地种田，便到处跑买卖。久而久之，人们便觉得跑买卖的人都是商族人。时间久了，人们就把“族”字去掉，简称“商人”，这一称呼沿袭至今。

周武王灭商后，建立了周朝，定都镐（hào）京（今陕西西安一带），史称西周。

智慧解读

商纣王独断专行，穷奢极欲，残害忠良，是中国历史上有名的暴君。周武王重用贤人，联合各诸侯，抓住时机，伐无道、除暴君，终结了商王朝近六百年的统治，确立了周王朝对中原地区的统治秩序，为西周奴隶制礼乐文明的全面兴盛开辟了道路，极大地促进了社会的发展。这段历史告诉了世人“得民心者得天下，失民心者失天下”的道理。

齐桓公

走进课本

出自《中国历史》七年级上册第二单元第6课《动荡的春秋时期》。

名人档案

姓　名：姜姓，名小白
生卒年：？—前643年
职　位：齐国国君
贡　献：重用管仲；尊王攘夷。

齐桓公即位的第五个年头，决心主持诸侯会盟，以遂其志。齐桓公对管仲说："我们现在到了称霸天下的时候了吗？能不能会合诸侯，共同订立个盟约呢？"管仲说："大家都是周天子分封的诸侯，谁又能服谁呢？天子毕竟是天子，失了势也比诸侯们尊贵。"

前681年，齐国与宋、陈、蔡、邾（zhū）四国会盟，齐桓公开了以诸侯身份主持天下会盟的先河。在此次会盟中，参会各诸侯约定共同尊重周天子，协助周王室；盟国之间互帮互助，共同抵御外族的入侵，强国要帮助弱小和有困难的诸侯国。

前680年，周朝的新天子周釐（xī）王（亦作周僖王）刚即位，于是管仲出了个主意："您不如找个机会，派使者向新天子朝贺，说宋国正在发生内乱，请天子下令明确宋国国君的地位。然后借天子的命令来召集诸侯，商讨如何协助周王室。到时候就算您自己不想做霸主，别人也会推举您的。"

当时，周王室没落，谁也不把天子放在眼里，周釐王看到齐国这样的强国派使臣来朝贺，十分高

兴，于是一口答应了齐桓公的请求。

于是，齐桓公再次奏请周釐王派自己代他到宋国宣布新君即位，周釐王同意后，他便以受周天子委派的名义召集诸侯会盟。凡是承认他盟主地位的诸侯，都要向齐国进贡，听从齐国的指挥。各国诸侯看到周天子支持齐国，遂共推齐桓公为盟主，齐桓公的霸主地位开始确立。

前663年，山戎部落攻打燕国，燕国一连打了好几个败仗，就向盟主齐桓公求援。

于是，齐桓公率领大军到了燕国，和燕国的军队联合起来，一直向北追去。可大军对地形不熟悉，燕国的国君燕庄公就从无终国找了一个向导。大军有了向导指路，终于顺利地打败了山戎，救出了被掳去的百姓，可山戎的首领和大将却率领残部逃到孤竹国去了。

齐军马不停蹄，杀向孤竹国。孤竹国无力抵抗，最终和山戎一起被消灭了。

不久，卫国遭到北狄部落的侵犯，国君被杀，卫国便向齐国求援。齐桓公派军队赶跑了北狄人，还和其他国家一起帮卫国重建国都。经过这两件事，齐桓公的威望更高了。

前656年，齐桓公联合了宋、鲁、陈、卫、郑、曹、许七国进攻楚国。楚国派使者求和，双方在召陵订立了盟约，然后各自回国去了。后来，周王室发生内乱，齐桓公又帮助太子姬郑巩固了地位，姬郑就是后来的周襄王。周襄王特地派使者把祭祀太庙的祭肉送给齐桓公，作为答谢。

齐桓公在宋国的葵丘招待周天子的使者，趁机会合诸侯，并且订立了盟约。

齐桓公通过一系列努力，使齐国的国力走向了顶峰。齐桓公在位的几十年间，经历了四代周王，组织了多次诸侯会盟，历史上称作“九合诸侯”，可见齐国实力之强大。

齐桓公晚年开始骄傲起来，对自己的功绩沾沾自喜。齐国开始走下坡路了。管仲死后，齐桓公宠信易牙、竖刁、开方3个小人，齐国的大权便落在

课外小知识

孤竹国位于今河北东北部、辽宁西部，都城在今河北卢龙。商朝时孤竹国是重要诸侯国，还诞生了伯夷、叔齐这两位著名贤人。西周时期孤竹国渐渐衰弱，东周初期孤竹国被齐国和燕国消灭，并被燕国吞并。

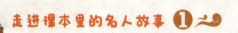

了他们3人手里。齐桓公死后，国中无主，齐桓公的5个儿子忙着争夺王位，互相攻打。67天后，内乱稍稍平息，齐桓公的尸体才得以收殓，这时，他的尸体都已经腐烂了。

齐国的动乱持续了很长时间，直到第二年，齐国公子昭才在宋襄公的帮助下成为齐国国君。齐国的内乱平息下来后，齐桓公才终于下葬，入土为安。这时，距离齐桓公去世已经10个月了。随着齐桓公的去世，齐国的霸主地位也结束了。

智慧解读

一代霸主齐桓公最后落得如此下场，真是可悲可叹。有句话叫“亲贤臣，远小人”，当政者任人的标准极大地影响着整个国家的发展。齐桓公宠信易牙、竖刁、开方3个小人，以致奸臣当道，朝政腐败，齐国由盛转衰。由此可见，只有任人唯贤、唯才是举，才能确保国家兴盛。

楚庄王

走进课本

出自《中国历史》七年级上册第二单元第6课《动荡的春秋时期》。

名人档案

姓　名：熊旅（一作侣、吕）
生卒年：？—前591年
职　位：楚国国君
贡　献：春秋五霸之一。

前613年，未满20岁的楚庄王即位，做了国君。晋国趁这个机会把几个一向归附楚国的国家拉了过去，订下盟约。楚国的大臣们很不服气，都向楚庄王提出要出兵争霸权。

楚庄王却一点都不在乎，每天游玩打猎，饮酒作乐，沉迷声色，似乎把国家大事忘得一干二净，就这样胡闹了3年。他知道大臣们对他的行为很不满，就下了一道命令：谁敢劝谏，就砍谁的脑袋！

看到国家乱成一团，大臣伍举心急如焚，决定冒死进谏。这天，他进宫求见楚庄王。

楚庄王正看着歌舞表演，喝酒取乐，看到伍举来了，哈哈大笑说："大人也来喝酒吗？"伍举笑着说："大王，有个谜语，臣很愚笨，一直想不明白是什么，大王这么聪明，一定能解答。"

楚庄王大喜，说："快快说来。"伍举说："楚国的朝堂上，有只大鸟，身披五彩羽毛，一停就是3年，不飞也不叫，人人都不知道这是什么鸟。"

楚庄王知道伍举的意思，笑着说："这只鸟可不一般，3年不叫，一鸣就会惊人；3年不飞，一飞就会冲天。"伍举高兴地说："既然如此，臣不胜欢喜！"

谁知过了几个月，楚庄王不但没有振作，甚至比原来更过分了。

大臣苏从闯入王宫，看到楚庄王就大哭起来。楚庄王奇怪地问他怎么了，苏从说："我向大王进谏，大王不肯听，必定杀我。等我死了，没有人敢进谏，大王必定更加荒废朝政。长期下去，楚国就要灭亡了，大王就成了亡国之君，我怎么能不哭？"

楚庄王大骂道："寡人有令，敢谏者杀无赦，你不知道吗？不怕被砍头吗？"

苏从说："如果砍了我的头，能够让大王清醒过

来，好好治理国家的话，臣被砍头也愿意。”

楚庄王大笑起来：“苏从，你果然是忠臣！”之后，楚庄王向苏从说明了自己的苦衷。

在楚庄王即位前后，楚国屡次出现大臣叛乱之事。加上前不久国内又出现灾荒，朝局动荡不安，人心惶惶，这使得楚庄王王位不稳。

这个时期，晋国非常强大，对楚国威胁很大，加上附属楚国的蛮夷叛离，楚国在诸侯中也处于不利的地位。楚庄王很受困扰，深深地觉得自己一个人是办不成什么事的，需要能干的帮手。可他刚上位，对大臣的情况不了解，不知道哪些是可相信的人，就故意不理朝政，暗中观察，还特地颁布了“封嘴”令，想看看到底有没有敢冒死进谏的人。

如今，楚庄王知道时机到了，就遣散了那些乐师、舞女，停止打猎游乐，提拔了伍举、苏从、子重等有才能的文臣武将，整顿朝务，又委派3位大臣协助有野心的令尹斗越椒，借此削弱他的权力。楚庄王振作后的第一年，楚国收服了南方许多部落；第六年，楚国打败了宋国；第八年，楚国打败了陆浑之戎，一直打到周都洛邑附近，楚国声威大盛。

但令人没想到的是，楚庄王讨伐完陆浑之戎，早有野心的斗越椒就起兵造反了。斗越椒先占领了都城，又在楚军回国途中阻击，想把楚庄王消灭在郢（yǐng）城之外。

楚庄王的军队刚打完仗，很疲惫，他不想硬拼，于是派苏从去讲和，并假装退兵，晚上却暗中把大军埋伏在漳水东岸。随后，楚庄王派一队士兵在河岸活动，引诱斗越椒渡河。第二天早上，斗越椒果然追过河来，等他发现中计想退回去时已经来不及了，因为早就躲在桥下面的士兵把桥拆毁了。斗越椒惊惶失措，急忙命令士兵涉水过河，士兵正要过河的时候，楚将养由基在对岸奋力射箭，射死了斗越椒。斗越椒一死，斗家兵马仓皇而逃，楚庄王大获全胜，很快平息了叛乱。

后来，楚庄王又请了楚国有名的隐士孙叔敖当令尹，没几年楚国就更加强大起来，先后打败了郑国和陈国。

前597年，楚国与中原诸侯国中最强大的晋国在邲（bì）大战一场，双方将士为了争渡黄河，先上船的士兵纷纷抽刀砍断后来者的手指，以至于《左传》中记载："舟中之指可掬（jū，两手捧）。"可见战况的惨烈。在这场著名的邲之战中，晋军大败，

课外小知识

鼎是我国青铜文化的代表，春秋时期，鼎是王权的象征。楚庄王征伐陆浑之戎的时候，一直打到了周都洛邑附近，为了显示楚国国力，楚庄王就在洛邑郊外举行了一次大检阅。周定王派王孙满前来劳军，楚庄王问王孙满放在周王室的九鼎的大小轻重，王孙满说："统治天下在于德而不在于鼎。"楚庄王满不在乎："我们楚国有的是铜，只需要折断戈戟的刃尖，就足够做九鼎了。"王孙满严词训斥道："当初夏禹是因为有德，诸侯敬服，才能铸成九鼎。后来夏桀昏乱，鼎就转移到了商朝；商纣暴虐，鼎又到了周朝。如果天子有德，鼎虽小却重得难以转移；如果天子无德，鼎虽大却是轻而易动。鼎的轻重不是你应该问的。"楚庄王无话可说。从此以后，"问鼎中原"就成了夺取政权的代名词。

此后很长一段时间里，晋国都无法再与楚国抗衡。前595年，楚国大败宋国。其后，鲁、宋、郑、陈等国先后归顺于楚国。

继齐桓公、晋文公、秦穆公之后，这个自称要“一鸣惊人”的楚庄王最终成了一代霸主，前后统治楚国23年，使楚国强盛一时的他真正地一鸣惊人了。

智慧解读

楚庄王执政之后以昏君的姿态生活了3年，而后展露雄心，最终成为春秋五霸之一。这个故事告诉我们，要做大事，在时机不成熟时，就要学会等待、学会忍耐，在等待中积累实力、创造机会。

名臣将相

管仲

走进课本

出自《语文》八年级上册第六单元第22课《〈孟子〉三章·生于忧患，死于安乐》。

名人档案

姓　名：管夷吾，字仲
生卒年：？—前645年
职　位：春秋时期著名政治家
贡　献：辅佐齐桓公九合诸侯；在齐国进行改革。

春秋时期，诸侯们互相攻伐，大国不断侵犯、兼并小国，一些强国相继崛起，这些国家的君主成就了一时的霸业，在诸侯中很有影响力。最先在诸侯中称霸的，就是齐桓公。他能够成就霸业，和他任用了一位“仇人”有关。

齐国曾发生了一次内乱。当时的齐国国君是齐襄公，他沉迷于酒色，经常滥杀无辜，大臣们人人自危。他有两个弟弟，一个是公子纠，一个是公子小白。国内政局不稳，为了避难，公子纠逃到了鲁国，公子小白则逃到了莒国。公子纠的师父是管仲，公子小白的师父是鲍叔牙。

齐襄公残暴荒淫，后来被愤怒的大臣们联手杀死。可齐国不能没有国君，大臣们就商议，在公子纠与公子小白中选择一个人作为新的国君。两位公子听到消息后，都急着赶回齐国争夺王位。

公子小白得到消息更早一些，就带着鲍叔牙赶到了前面。鲁国知道后，派出两路人马，一路护送公子纠回国，另一路则由管仲率领，前去阻击公子小白。

管仲带着人马把公子小白的队伍截住了。双方展开了一场恶战。管仲看到公子小白坐在车里，远远地一箭朝他射了过去，只见公子小白大叫一声后口吐鲜血倒在车里。管仲以为公子小白已经死了，就高兴地回去向公子纠复命。公子纠听到报告后，也以为公子小白已经死了，就散漫起来，不慌不忙地启程回国。其实，管仲只射到了公子小白腰带上的挂钩。公子小白急中生智，咬破舌尖，喷了一口舌尖血装死，骗过了管仲。

公子小白抢先回到了齐国，成了新一任国君，

就是齐桓公。

齐桓公即位后，就发兵打败了支持公子纠的鲁军，又以继续攻伐鲁国为威胁，逼迫鲁国国君杀死公子纠。鲁国国君无奈，只好把公子纠杀了，管仲

课外小知识

管仲和鲍叔牙从小就是好朋友。他们合伙做过生意，管仲家里穷，出的本钱少，分红却比鲍叔牙多，但鲍叔牙从不计较。管仲做过官，前后被罢免了三次，人们都说管仲没有能力，鲍叔牙却说，那是因为管仲没有遇到伯乐。他们还一起打过仗，管仲当过三次逃兵，人们都鄙夷管仲，鲍叔牙却明白管仲是为了奉养家里的老母。管仲拜相也是鲍叔牙促成的。管仲曾说："生我者父母，知我者鲍子也！"

也被关押起来。

鲍叔牙向齐桓公推荐管仲，齐桓公不禁气愤地说："管仲想要我的命，我怎么能用他？"

鲍叔牙说："当时他是公子纠的师父，他用箭射您，正是由于他对公子纠忠心。论本领，他比我强得多。我听说，一个贤明的君主是不记仇的。主公如果要干一番大事业，管仲可是个用得着的人。"

齐桓公想了想，听从了鲍叔牙的建议，装作痛恨管仲的样子，让鲁国把管仲押送到齐国受刑。等管仲的囚车到达齐国时，鲍叔牙亲自去迎接他，齐桓公也不计前嫌，拜他为相，鲍叔牙则做了管仲的助手。

齐桓公有了两位贤臣的辅佐，开始用心治理国家，大力发展经济，齐国因此逐渐强盛起来。

智慧解读

管仲曾对齐桓公不利，齐桓公起初不肯任用他，却因为相信鲍叔牙的忠诚和眼光，最终冰释前嫌，重用管仲。齐桓公正是因为有这样宽广的胸怀，广纳贤才，才能成为春秋五霸之一。可见，一个人站得越高，视野就会越广阔，就越不会执着于一时的恩怨。这份理智和大局观，值得后人学习。

商鞅

走进课本

出自《中国历史》七年级上册第二单元第7课《战国时期的社会变化》。

名人档案

姓　名： 商鞅，也称公孙鞅

生卒年： 约前390—前338年

职　位： 战国时期著名的政治家、改革家、军事家，法家代表人物

贡　献： 商鞅变法；收复河西。

前361年，秦孝公即位，决心在秦国进行一场经济、文化、军事、政治等方面的大变革，尽快让秦国强大起来。于是，他发布了一道求贤令，用高官厚禄吸引各国人才到秦国。求贤令发布后，陆续吸引了很多人才，其中最有名的就是商鞅。

商鞅是卫国贵族之后，又称公孙鞅，他自幼研究法家的学问，学成之后，就去了当时的强国魏国。魏国丞相公叔痤很赏识他，可没多久公叔痤就一病

不起。临死前，魏惠王来探病，公叔痤推荐商鞅接替他的位置。魏惠王答应了，出门时却说："公叔痤是病糊涂了，国政怎么能委托给一个毛头小子呢，太荒谬了。"

魏惠王没把商鞅当回事。后来秦孝公发布求贤令，壮志未酬的商鞅便去了秦国。他第一次见秦孝公时，大谈顺天而成的尧舜的"帝道"，秦孝公听得直打瞌睡；五天后，商鞅又向秦孝公推行儒家的"王道"，秦孝公还是不感兴趣；第三次，商鞅极力宣扬法家的"霸道"，终于合了秦孝公的心意。

可推行新政遇到了不小的阻力，秦孝公只好把改革的事先放一放。两年后，秦孝公的政权稳固下来，他觉得时机到了，就任命商鞅为左庶长，将推行新政的事情全权交给了他。

商鞅在改革之前，在城南门立了一根巨大的木头，还发布了一道告示：谁能把这根木头搬到北门去，就赏他10两金子。

百姓们议论纷纷，都说这是左庶长在耍人。看热闹的人很多，却谁都不愿意去搬。

商鞅看没有人来，又把赏金提到了50两。重赏之下必有勇夫。这次，一个大汉站出来说："我去，就看看他是不是骗子。”他扛起那根木头，一口气走到了北门，后面跟着一大群看热闹的人。到了北门，大汉真的拿到了50两赏金，这下，看热闹的人后悔了。

南门立木的事情在城中传得沸沸扬扬，商鞅的名气也传开了，大家都认为商鞅是一个说话算话的人。

商鞅知道时机已经成熟，就把新的法令颁布了出去。新法令的内容包括取消贵族特权，官职的大小和爵位的高低都以打仗立功为标准，贵族没有军功的话就没有爵位，奴隶可以因军功恢复自由身；多生产粮食和布帛的，免除官差；凡是因为经商或懒惰而贫穷的，连同妻子儿女都罚为官府的奴婢。

这样大规模的改革，让失去了特权的贵族大为不满，他们联合起来

抵制新法。秦孝公全力支持商鞅，让商鞅与贵族代表辩论。

贵族代表说：“只有遵守古人的道理，国家才可以强大。”商鞅义正词严地说：“现在和过去已经不一样了，情况发生了变化，还要照老规矩治理国家，是会亡国的。”商鞅把贵族代表驳斥得哑口无言。在秦孝公的全力支持下，商鞅推进了第二次改革。其改革措施主要有以下几点。

一是废井田，开阡陌。阡陌就是田间的大路，以前打仗用战车，后来战车用得少了，阡陌就没有用了。现在只留下田间必需的道路，把荒地、沟渠，都开垦成田地，种上庄稼。

二是建立由国家直接管理的县一级的行政机构。

三是奖励耕织和军功，实行连坐之法。

这一系列法令实施后，秦国的农业得到了发展，军队的战斗力得以提升，国家的组织也更严密了，权力更集中了。同时，因为改革的范围越来越广，反对的人也越来越多了。

一次，太子在两个老师的唆使下，站出来反对新法。商鞅对秦孝公说：“法令必须上下一起遵守。如果上面的人不能遵守，那么下面的人就不会信任朝廷了。”太子是国家的储君，不能用刑，商鞅就让太子的两个老师代太子受刑，结果那两个老师一个被割掉了鼻子，另一个被在脸上刺了字。此后在秦国，政令人人遵守，再也没有人敢批评新法了。

前341年，秦国和魏国交战，魏国战败，只好交出河西地区的土地求和。由于商鞅在这次作战中立了大功，秦孝公就把商地封给了他，从此，人们就称他为商君，也叫商鞅。

虽然商鞅让秦国富强起来了，但是他的改革令贵族们对他恨之入骨，而异常严苛的刑法，比如“连坐法”，以及腰斩、抽肋这样的酷刑，又让他失去部分民心。无条件支持他的秦孝公死后，贵族们积累的怨气爆发了。

课外小知识

井田制是春秋以前的土地公有制。井田就是把耕地划分为一定面积的方形的田地，周围有边界，中间有水沟，阡陌交纵，像一个井字。一块井田一共分为九个小方块，周围的八块由八户耕种，叫私田，收成归耕户；中间是公田，八户一起耕种，收入归封地上的贵族。春秋时期，由于铁制农具和牛耕的普及，农业生产力大幅提升，许多人都自己开垦私田，荒废公田，井田制就逐渐消失了。

贵族们诬告商鞅谋反，商鞅只好逃回封地。他想投宿客栈，却不敢表明身份。客栈老板害怕连坐之罪，说："新法规定，不许收留没有官府凭证的人。"当初，商鞅为了不让田地因农民随意流动而荒废，规定只有朝廷的人才能带着凭证四处流动。

商鞅无奈，又逃到魏国，可魏国也不肯收留他。他走投无路，只好回到封地仓促起兵，结果失败战死，尸身被带回咸阳处以车裂之刑。

商鞅虽然死了，可他制定的各项改革措施在秦国延续了下去，秦国一天天富强起来，后来成了战国后期最强大的国家。

智慧解读

商鞅变法虽然卓有成效，但简单粗暴，刑法严苛，甚至推行连坐法而刑及无辜，最终给自己招来了杀身之祸，死后也得不到秦国百姓的同情，以至于留下了"商鞅变法，作法自毙"的俗语。他既是改革的成功者，也是人生的失败者。因为他忘了，改革的目的，既是为了国家富强，也是为了人民安康，不能顾此失彼。

孙膑

走进课本

出自《语文》五年级下册第六单元第16课《田忌赛马》。

名人档案

姓　名：孙膑
生卒年：不详
职　位：战国时期著名军事家
贡　献：取得了桂陵之战和马陵之战的胜利。

战国前期，魏国是最强大的诸侯国之一。魏惠王任用庞涓为将军，攻打宋、卫等小国，连连获胜，魏国更加强盛。庞涓也成为当时的风云人物。

庞涓有个同学，名叫孙膑。庞涓虽然深谙兵法，但不及孙膑。孙膑是春秋时期有名的军事家孙武的后代。孙家的兵法传到孙膑，不但没有疏漏，反而更加系统、周密了。后来孙膑把《孙子兵法》和《吴起兵法》的精华与战国前期的作战经验熔于一炉，写下了自己的军事著作——《孙膑兵法》。

庞涓为人骄傲又心胸狭窄，他怕孙膑成为自己的劲敌。他想来想去，决定把孙膑“请”到魏国。

孙膑到了魏国后，庞涓却在魏惠王面前诬告孙膑，说他心念故土，暗中与齐国勾结。魏惠王听信谗言，按照魏国法度把孙膑双腿的膝盖骨剔去，并在孙膑的脸上刺上字，涂上墨。直到这时，孙膑才如梦初醒。

孙膑双腿被废后，庞涓认为后患已除，对他不再防范。碰巧有一次齐国使者到了大梁，孙膑暗中找到了齐国使者，把事情的原委告诉了他。齐国使者很同情孙膑，于是把他藏在车子里，暗中送回了齐国。

齐国将军田忌十分器重孙膑，让他住在自己家里，并尊他为上客。公元前354年，庞涓率领魏军包围了赵国的都城邯郸，赵成侯向齐威王求救。齐威王决定派军队帮助赵国，便任命田忌为大将军，任命孙膑为军师，叫孙膑给田忌运筹谋划。

邯郸在魏军的围攻下，情况非常危急。田忌认为应当直趋邯郸，孙膑却不以为然，说：“要想解开一团乱丝，只能用手指慢慢去理，不能握紧拳头去捶打。如果要阻止两个人打架，只能从旁劝说，不能自己插手进去帮着打。解围的道理也是这样，只能避实就虚，击其要害，如果敌人看到形势不利，

自然就会退走。现在魏国的精锐部队正在围攻邯郸，国内空虚，不如统率大军直接攻打魏国都城大梁，占据交通要道，袭击魏军守备薄弱的地方，那么邯郸城下的魏军势必赶回来解围。这样，既可以解救邯郸的围困，又可以使魏军疲于奔命，然后我们选择有利的时机来消灭他们，这不是一举两得吗？”田忌听了以后觉得很有道理，就照计行事。果然，庞涓不得不急速退军返回魏国。魏军疲劳不堪，退到桂陵时，遇上了齐军，双方就在桂陵激战起来。由于齐军以逸待劳，魏军被打得一败涂地。

不知不觉过了12年，庞涓又率领魏军攻打韩国。韩昭侯向齐国求救。齐威王召集大臣，问：“救援韩国，我们是早发兵好呢，还是晚发兵好？”相国邹忌答道：“魏、韩双方都受损是对我国最有利的结果。

依我看，不发兵最好。”将军田忌反驳道：“韩国势弱，如果我们不发兵，韩国很可能会被魏国攻占，那时，祸水势必东流到齐国。依我看，我们还是早发兵好。”

就在双方争执不下时，孙膑说了一番话，解决了问题。他说：“魏国自恃其强，大有兼并之势。如果韩国被灭，魏国必定向东侵齐，所以不发兵不妥当。但是魏军现在刚刚开始进攻韩国，韩军还没有被削弱，我们去救助，等于我们代韩出兵。我们先答应派兵去帮助他们，以此稳定韩国的军心，韩军知道我们将要出兵相救，必定拼死抵抗魏军，魏军实力一定会被大大削弱。我们等他们两败俱伤之时，再发兵救韩，那样用力少而见功多，这才是上策。”齐王听了孙膑的计策，称赞不已，于是答应了韩国的请求。

等到韩军五战五败，齐国认为时机已经成熟，方才发兵直接向魏国都城挺进。庞涓闻讯，只得率领军队迎战。

孙膑得到情报，就对田忌说：“魏国的军队一向强悍勇敢，轻视齐兵。善于作战的将领懂得因势利导。兵书上说过，赶到一百里外去打仗，就有损失上将的危险；赶到50里外去打仗，路上就可能有一成士兵逃亡。我们现在远征魏国，最好伪装成势单力薄的模样，滋长他们的轻敌情绪，引诱魏军冒险深入，然后我们选择有利的时机歼灭他们。”

于是，孙膑命令齐军在行军的第一天造10万个行军灶，第二天造5万个行军灶，第三天造3万个行军灶。庞涓经过齐军扎过营寨的地方时点了灶数，不觉喜上眉梢，兴奋地对部下说：“我早就知道齐军素来胆小，果然不错，才入魏境3天，就有一半士兵逃亡了，那样的军队还能打仗吗？”于是，他立刻丢下步兵，自己带领轻骑部队日夜兼程地追赶齐军。

孙膑时刻派人探听庞涓的消息，屈指计算路程，算出魏军到达马陵时天色一定很晚。马陵的道路非常狭窄，两旁多峻山峭壁，地势险要，方便埋伏军队。孙膑命令士兵把路旁一棵大树的树皮削去，露

课外小知识

中国古代的兵书有很多，据记载，中国历史上有两千多种兵书，流传至今的也有数百种，其中最著名的无疑是孙武的《孙子兵法》。孙膑作为孙武的后裔，也创作了一部兵书，那就是《孙膑兵法》。《孙膑兵法》曾经也被称为《孙子兵法》，为了与孙武的著作相区分，故又称《齐孙子》。由于《孙膑兵法》一度失传，所以很多人怀疑这部兵书并不存在，直到1972年2月山东临沂银雀山一号汉墓出土了《孙膑兵法》竹简，这部著作才重见天日。

出木质的部分，在上面写了“庞涓死于此树之下”8个大字，同时又命令1万名善射的弓箭手埋伏在道路两旁，下令：“晚上一看到火光就一齐放箭。”

这天晚上，庞涓果然来到树下。他抬头看到树上削白的地方隐隐有几个字，天黑难辨，就转身命令士兵点火照一照那棵树。士兵刚刚点起火把，庞涓还没看完那8个字，埋伏的齐兵便万箭齐发。

魏军猝不及防，一下子溃不成军。庞涓身负重伤，自知已经到了穷途末路，悔恨交加地哀叹：“我真后悔当初没有杀死孙膑，反倒叫这小子成了名！”说完，他就拔剑自刎而死。齐军趁势把魏军打得落花流水，魏国太子也成了俘虏。

马陵之战后，孙膑名扬天下，齐国也由此声威大震，出现了“诸侯东面朝齐”的局面。

智慧解读

庞涓和孙膑是师兄弟，本该相互扶持，但庞涓却设计陷害孙膑，使其遭受膑刑。孙膑遭此大难，不仅没有消极沉沦，还以过人的毅力成就了一番事业。论智谋，庞涓并不比孙膑差多少，可他的气量、定力却远远比不上孙膑，这恰恰是庞涓失败的原因。

文化巨匠

老子

走进课本

出自《中国历史》七年级上册第二单元第8课《百家争鸣》。

名人档案

姓　名： 李耳，字聃（dān）
生卒年： 不详
职　位： 我国古代著名的思想家、哲学家、文学家
贡　献： 道家学派创始人。

老子，姓李名耳，字聃，他与孔子是中国文化史上并峙的两座高峰。据说，他自幼聪慧，静思好学，尤其喜欢祭祀占卜、观星测象之事。其母便请精通殷商礼乐的商容先生来教他。

商容先生教了李耳3年，觉得没什么可教的了，便提议让李耳去周朝都城学习。商容的师兄是周朝太学博士，李耳到周朝都城后，拜见博士，进入了

太学。他对天文、地理、人伦，以及《诗》《书》《易》《礼》《乐》等无所不学。3年后，博士又推荐他到守藏室，即周王朝的图书馆任职，后来他当了管理藏书的史官。因为李耳的学问越来越深厚，而春秋时称学识渊博者为“子”以示尊敬，所以人们都叫李耳为“老子”。

老子年长于孔子，孔子20多岁时，曾特意从鲁国出发，到周朝都城拜访老子，据说两人谈了3天3夜。孔子回去后感叹说，老子如游龙般变幻莫测，能乘风直上九天。

后来，老子的母亲辞世了，老子看到周王室衰败，就辞了官，骑着青牛向西而行，想找个清静的地方静修。

老子西行要经过函谷关。这个关之所以叫这个名字，是因为这里两山对立、山谷中间的小路又深又险。守关的长官叫尹喜，他会看星宿和云气。一天，他在城头看见一团紫气从东方冉冉飘来，十分惊讶，知道有圣人往这边来了。等到须发皆白的老子到了，尹喜才知道圣人就是老子。

尹喜假意向老子索取关牒，老子拿不出来，尹喜便热情地邀请老子在函谷关暂住几天，恭敬地对老子说："学生仰慕先生的学问，愿意拜先生为师，请先生收下我。"

老子摇摇头说："天地就是最好的老师，最好的道理都藏在自然大道中，人只需效法天地，效仿自然，就能合乎道义。我的学识有限，怎么能随便教人呢？"尹喜便说："先生满腹经纶，即使不愿收我为徒，也请您留下一些东西教化后人吧！"

老子不肯，尹喜便以老子没有关牒为由，不肯放老子过关。老子无奈，只得在尹喜准备的简牍上写下洋洋洒洒的5000余字，后世称其为《道德经》。

留下《道德经》后，老子骑着青牛扬长而去，谁也不知道他去了哪里。据说，尹喜得到《道德经》后，官也不做了，甚至连移交手续都没有办，就挂冠而去，不知所终。

历史上关于老子的资料十分稀少，没有人知道他准确的生卒年月，因此

后世对他的生平众说纷纭。有人说，老子其实是楚国的老莱子，因为老莱子著书15篇，与孔子同时，且思想与道家相合。

几千年来，大家都在研究老子，历史上流传下来的研究老子的学说，知名的就有数十家，文字也达到了数百万字。大家的见解各不相同，所以形成了关于老子思想的很多学派。

老子的学说，与阴阳五行、《易经》等是同一个来源。阴与阳，是一体的两面，只是在用法上有正面与反面的不同而已，无论用阴还是用阳，都要活用。老子认为一个事物所能取得的成就是顺势而来的，要用合乎天地自然的顺道，不能用勉强而为的逆道。中国历代不乏运用老子的理念治国的帝王，如打造了文景盛世的汉文帝、汉景帝；乱世的时候，

课外小知识

或许和老子的紫气东来有关，又或许因为紫色在古代难以制成，所以在中国传统中，紫色是一种尊贵的颜色，如北京故宫又被称为“紫禁城”。

古代朝廷常用颜色来区分官员的等级。东汉时期，穿黑色衣服必配紫色丝织的装饰物。唐高宗以后，紫色为三品官的服色；这一制度到宋朝元丰年间稍有更改，四品以上用紫色。

也往往有道家人物出现，如商汤时的伊尹、傅说，周朝开国功臣姜太公，春秋战国时的孙武、范蠡，三国时的诸葛亮……

汉朝时，道教正式创立。道教创立后，就奉老子为始祖，称为“帝君”“太上老君”。到了唐代，道教在太清、玉清、上清“三境”的说法上，安排了3位大神各主一方，形成了“三清”的说法，太上老君被称为“道德天尊”，与元始天尊、灵宝天尊一样，都是道教的最高神。唐代皇帝姓李，朝廷便尊老子为李氏祖先，追封他为“太上玄元皇帝”。宋代时老子又被加封为“太上老君混元上德皇帝”。老子从人到神的过程，也是道教形成、发展、逐渐统一的过程。

智慧解读

《道德经》说：“功成，名遂，身退，天之道也。”意思就是在国家时势危急的时候，出来帮助明主救世，等成功了，就悄悄离开，不居功，这才符合大道。这个道家思想使中国出现了独特的隐士学派，对中国历史产生了重要影响。老子是隐士学派的鼻祖，他那份不为名利所累，骑青牛西行的洒脱，和那份与天地相合的超然，正是他值得普通人学习的地方。

孔子

走进课本

出自《语文》六年级下册第五单元第14课《文言文二则·两小儿辩日》。

名人档案

姓　名： 孔丘，字仲尼

生卒年： 前551—前479年

职　位： 中国古代伟大的思想家、教育家，儒家学派的创始人

贡　献： 创立儒家学派；编纂《春秋》；创办私学。

春秋时期，诸侯争霸，各国之间战事不断，不少诸侯以匡扶周王室的名义去满足自己的欲望和私利，因此古人说“春秋无义战”，就是说春秋时期没有正义的战争。混乱的局势给百姓带来了痛苦，也促进了思想的繁荣。春秋战国时期是中国古代思想家、哲学家以及思想流派最多的时期，有“诸子百家”之称。儒家创始人孔子，就是春秋末期一位伟大的思想家。

孔子，名丘，字仲尼，鲁国陬（zōu）邑人，出生于一个地位不高的武官家庭。他3岁时，父亲去世了，母亲带着他搬到曲阜住了下来，把他抚养成人。

据说他从小就喜欢模仿大人祭天祭祖的各种礼节，当时的读书人应当接受礼仪、音乐、射箭、驾车、识字、计算等方面的教育，孔子在这些方面都学得很好。长大后，他先后当过鲁国管理仓库和管理牧业的小吏，都做得十分出色，在鲁国很有名气。

孔子主张治理国家要用“德治”“举贤才”的政策，认为君臣之间、父子之间都应该按礼法相处，还提出了“仁”的学说。

孔子35岁那年，鲁国的权力落到了“三桓”，即季孙氏、孟孙氏、叔孙氏的手中，鲁国国君成了一个摆设。孔子见“三桓”违反周礼，十分失望，就离开鲁国，去了齐国。他跟齐景公谈了他的政治主张，齐国相国晏婴却认为孔子的主张不切实际，结果齐景公没有重用孔子，孔子只好回到鲁国，办起了私塾。

孔子50岁那年，季孙氏的家臣阳虎叛乱，季孙氏的儿子季孙斯逃到了孟孙氏无忌的封地。孔子是孟孙无忌的老师，他早预料到了这次事变，并事先对孟孙无忌做了提醒，因此孟孙无忌做了充足的准备工作，把前来捉拿季孙斯的阳虎抓了起来，平息了这次叛乱。

由于这次的功劳，前501年，鲁定公任命孔子做中都宰，后来升为司空，又从司空调任司寇。他当政期间，鲁国得到了很好的治理，风气达到了路不拾遗、夜不闭户的程度。不久，鲁定公到夹谷跟齐国会盟。由于孔子的周密筹划和临危不惧，鲁国取得了外交上的胜利，迫使齐景公归还了原先侵占鲁国的土地——汶阳。孔子的仕途到此时可以说十分顺利。

可好景不长，孔子想要改变鲁国尊卑不分、臣凌驾于君的局面，于是推行了“堕三都”的政策，要拆毁“三桓”各自修建的城堡，这引起了“三桓”的叛乱。虽然叛乱平息了，但孔子彻底得罪了“三桓”及其家臣。

孔子对鲁国的高效治理让齐国也紧张起来，于是齐国挑选了一批美丽的歌女和乐工送到鲁国去，让鲁定公忙于享乐，疏远孔子。这一招果然很灵，

鲁定公沉溺美色，连续多日不上朝，甚至祭祀后没有送给孔子祭肉。孔子知道这表示不再任用他了，就带着一些学生去各国游历，宣传自己的政治主张。

他先后到过卫国、曹国、宋国、郑国、陈国、蔡国、楚国，可在孔子生活的那个年代，大国忙于争霸，小国面临着随时被吞并的危险，孔子的那套恢复周朝初期礼乐制度，实施仁政的主张，没有诸侯国愿意接受。

孔子在卫国时，卫灵公对他十分敬重，按照孔子在鲁国时的俸禄标准为他发放俸禄。孔子起初很高兴，以为卫灵公会重用他。可在卫国住了大半年，卫灵公也没有给他具体的官职。后来又有人向卫灵公进谗言，说孔子是鲁国人，一定会对卫国不利，卫灵公便派人监视孔子。孔子发现自己得不到重用和信任，只好离开了。

孔子在列国中奔波了14年。他曾被楚国的大臣排挤，曾被陈、蔡两国的大夫派人围困在路上3天3夜，曾因长相酷似鲁国人阳虎而遭到围攻……碰了许多钉子后，孔子放弃了从政的念头，回到故乡鲁国，从此专心整理古代文化典籍，著书立说，教育学生。

他有教无类，学生无论家境好坏，只需要拿一束肉干作为拜师的薄礼就可以来上学了。

他讲究因材施教，会根据每个学生的特点，适当地进行点拨。哪怕是同一件事，他也会根据弟子

课外小知识

孔子病逝以后，他的一些弟子为他守丧，在他墓旁建房、植树的有一百多人，这个地方后来就被称为“孔林”。学生们把他的言行记录下来，整理成《论语》，继续传授他的学说。

性格的不同而给出不同的指导。

他系统整理过《诗经》《尚书》《周易》《礼》《乐》等重要的古代文化典籍；他晚年还有一项重大贡献，就是用编年史的形式，根据鲁国史官的记载，整理编撰了《春秋》一书，记载了前722年到前481年间200多年的重要事件，为后人研究这段时期的历史提供了重要依据。

智慧解读

孔子是我国伟大的教育学家，他的学说被孟子、荀子等人继承下来，并在历代统治者的大力倡导下，成为中华文化的主体思想，延续了两千多年，对中国人的思想影响深远。

扁鹊

走进课本

出自《语文》四年级上册第八单元第27课《故事二则·扁鹊治病》。

名人档案

姓　名：扁鹊，姓秦，名越人
生卒年：不详
职　位：战国时期名医
贡　献：奠定了中医学切脉诊断方法。

扁鹊本姓秦，名越人，是渤海郡鄚（今河北任丘北）人。他是中国历史上第一个有正式传记的医学家，留下了许多治病救人的故事。因为他的医术和传说中黄帝时期的名医扁鹊一样高超，人们就尊称他为“神医扁鹊”，不再叫他秦越人了。

扁鹊年轻的时候，在别人的客馆里面做主管。有个叫长桑君的客人，在客馆来来回回住了10多年，扁鹊一直很恭敬有礼地对待他。

一天，长桑君悄悄对扁鹊说：“我有秘传的药方，现在我老了，不想让药方失传，现在想传给你，你不要泄露出去啊。”扁鹊立即拜长桑君为师，认真钻研医术。出师后，他就云游各国为人们治病。他是中国第一个全科医生，当时人们信奉巫医巫神，他每到一处，都劝导人们生病了要相信医生，好好治病，不要糊里糊涂地断送了性命。

他尊重民俗，会根据当地群众的需要行医。在赵国时，因赵国老是打仗，人丁稀少，女子的社会地位很高，他就做了妇科医生；在秦国的时候，人们喜欢儿童，他又做了儿科大夫；在东周洛邑时，大家都很尊重老人，他就做了专治老年病的医生。

扁鹊医治过晋国大夫赵简子。当时赵简子几天几夜不省人事，大家都很惊慌。扁鹊切脉以后，说他血脉正常，不超过3天定会醒来，两天半后，赵简子果然醒了。

还有一次，虢国太子突然“死”去，半天都没有一点呼吸，正准备下葬时，扁鹊赶到了。他详细看过后，认为太子只是突然休克。他让学生磨好针，然后取百会穴下针。针灸了一会儿，太子果然醒了过来。他又让学生使用药熨疗法治疗，煎煮好汤药，交替着在太子的肋下进行熨敷。等到太子能够坐起来了。他又给太子开了方子，太子吃了20天药后康复如初。

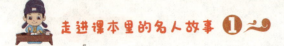

天下人夸赞扁鹊有起死回生的高明医术，扁鹊却说："不是我能使死人复活，是他命不该绝，我能做的只是促进他恢复健康罢了。"

齐国经历几代国君后，政权落到了田家手里，后来田家的田和做了国君，历史上把田和即位后的新齐国称为"田齐"。田和死后，他的儿子田午即位，就是齐桓公。

扁鹊来到齐国后，齐桓公知道他的声望，便设宴款待扁鹊。

扁鹊见到齐桓公后，对他说："大王现在的病还在皮肉之间，不赶紧医治的话，会加重的。"齐桓公很不高兴，不屑地对身边的人说，扁鹊无非是想骗钱，把没有病的

人治好当成自己的功劳罢了。

10天后，扁鹊又去见齐桓公，说：“大王的病已经到了血脉中，得赶紧医治了。”齐桓公还是说：“我没病。”心里更不高兴了。又过了10天，扁鹊见到齐桓公，说：“大王的病已经到了肠胃间，再不治就来不及了。”齐桓公讨厌别人说他有病，不再搭理扁鹊。

又过了10天，扁鹊去见齐桓公，这次，扁鹊一句话也没说就走了。齐桓公很奇怪，派人去问他。扁鹊说：“病在皮肉之间，可以用汤剂、药熨治好；

课外知识

扁鹊不仅医术高明，而且十分谦虚。一天，魏文侯问扁鹊：“你们家兄弟三人，谁的医术最高明呢？”扁鹊说自己最差，大哥最好。

魏文侯很疑惑。扁鹊进一步解释道：“大哥能在病人的病情发作之前就看出来，然后铲除病根，病人那时候还不知道自己有病，所以大哥在乡间没有名气，只有家人崇拜他。二哥是在病症刚出现的时候治病，病人还不觉得痛苦，乡里人看二哥药到病除，以为他只是治小病很灵，所以他小有名气。我是在病人病情已经严重的时候才开始治病，病人看到我能用针放血，或动大手术，让病得很重的人得到缓解或痊愈，认为我医术很厉害，所以我名闻天下。”

这番对话给后世留下了“良医治未病”的典故，意思是好的医生在病人“未病”之时就进行预防、治疗，从而避免某些疾病的发生、发展，“治”起来也容易得多。

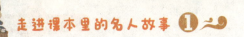

病到了血脉，可以用针刺、砭（biān）石治疗；到了肠胃，能用药酒治；可进入骨髓，就是神仙也难治了。我已经没办法为大王治病了。”

5天后，不相信自己有病的齐桓公突然病了，连忙派人去找扁鹊，可他早已离开了齐国。不久，齐桓公就病逝了。

后来，扁鹊治好了秦武王的病，把秦国太医李醯的医术比了下去。秦武王想封扁鹊为太医令，李醯嫉妒扁鹊，竟然派人将他杀了。人们在扁鹊的家乡建了一座“鹊王庙”，以此怀念扁鹊，也祈求他保佑人们无病无痛、延年益寿。至今河北、河南、陕西等地，还保留着许多纪念扁鹊的遗迹。

扁鹊精通望、闻、问、切四诊，尤以望诊和切脉著称，他编撰过《扁鹊内经》和《扁鹊外经》，只可惜现已失传。

智慧解读

扁鹊在自己的行医生涯中，不仅表现出高超的诊断和治疗水平，还表现出高尚的医德。他谦虚谨慎，从不居功自傲，但最终却因别人的嫉妒而惨遭杀害。山外有山，人外有人，每个人都会遇到比自己更优秀的人才，只有把嫉妒转化成动力，促使自我提升，最终超越对手，才是正确的做法。

秦汉时期

秦始皇嬴政

走进课本

出自《中国历史》七年级上册第三单元第9课《秦统一中国》。

名人档案

姓　名： 嬴政，别名赵政
生卒年： 前259—前210年
职　位： 秦朝皇帝
贡　献： 统一六国；建立皇帝制度；修建万里长城；统一度量衡。

荆轲刺秦王失败后，愤怒的秦王政就对燕国发起了猛攻，燕太子丹率领燕军与秦军交战，却节节败退。燕王只好和燕太子丹退守到辽东，但秦军依然紧追不舍，秦王政让燕国交出燕太子丹，燕王无奈，只好杀了燕太子丹向秦王政赔罪，以期与秦国和好。

这时，秦国已经灭掉了韩国，赵国也只剩一座代城，秦王政手下的大臣尉缭说，不如趁天气寒冷，先攻打南方的魏国和楚国。于是，前225年，秦王派大将出兵魏国，魏国战败，魏王和大臣们都成了秦军的俘虏，被押送到秦朝国都咸阳。

接下来秦国就要攻打楚国了。朝堂上，秦王政问将领李信："你需要多少兵马才能打败楚国？"李信说："只需要20万。"同样的问题，老将王翦(jiǎn)却说要60万兵马。秦王政认为王翦年纪大了，胆子也变小了，就给了李信20万兵马，让他领军攻打楚国。

王翦见秦王政不再信任他，就以生病为由，辞官回老家去了。

结果20万秦军被楚军打得七零八落，狼狈不堪地逃了回来。秦王政这才明白用错了人，亲自到王翦的家中，请他出来统领秦军。王翦说："楚国是六国之中实力最强的，如果一定要我出兵，我仍然要60万兵马。楚国轻易就能召集上百万的军队，我带60万兵马已经是很少的了。"

秦王政答应了王翦的要求，让他带兵出征，亲自把王翦送到霸上。

王翦的大军到了楚国边境。楚国方面，大将项燕带领20万兵马，副将景骐也带了20万兵马，楚国上下展现出与秦国决一死战的态度。

可王翦到了前线以后，安营扎寨，不许士兵主动攻击敌军。之后不管楚军怎么挑战，王翦对他们都不理不睬，只是派出一部分人马运输粮草，让其余士兵专心修筑城池，摆出一副防守的姿态。

双方对峙了一年多，原本时刻警惕着的楚军以为王翦只是在这里守卫边境，逐渐松懈下来。王翦派人时刻打听楚军的动态，收到楚军松懈的消息后，知道时机到了，便整顿好军队，指挥秦军排山倒海似的冲了过去。

没有防备的楚军手忙脚乱，连连败退，两个将军带着败兵一路逃跑。

王翦一路打到了寿春，活捉了楚王负刍。楚国副将景骐自杀。王翦又渡过长江，追击退守江南的楚国大将项燕。项燕见大势已去，也自杀了。楚国就此灭亡。

王翦灭楚后，就向秦王政告老还乡了。他的儿子王贲接替了他的位子。王贲攻下早已衰弱的燕、赵两国。前221年，东方六国就只剩齐国了。

齐王建一向不敢得罪秦国，不断向秦国求和，以为小心忍让就能保全国家。齐国的大臣们也被秦国收买了，当其他国家受到秦国攻击，向齐国求援时，齐王总会因为害怕或大臣们的劝阻，选择袖手旁观，一厢情愿地认为，秦国和齐国是盟国，相隔又远，秦国不会攻打齐国。前221年，王贲带领秦军攻打齐国，大军压境，齐王后悔莫及。

秦军几十万人马像洪水一般冲过来，如入无人之境，齐国的士兵多年没打仗了，哪里抵挡得住，又无处求援，没几天，都城就被攻破了，齐王建只好投降。

秦王政花了10余年的时间，吞并六国，一统天下。从此，中国结束了自周平王以来500多年漫长的诸侯割据的局面，进入了一个新的篇章——秦朝。这是中国历史上第一个统一多民族中央集权的国家。这年秦王政39岁，他觉得自己的功绩可以和上古时期的三皇五帝相比，就把秦国国君的名称改为“皇帝”，自己是第一个皇帝，就自称“始皇帝”，后人就称呼他“秦始皇”。

秦朝建立后，秦始皇就和大臣们商议应该如何治理这个国家。丞相王绾建议按以前的办法，派几

位皇子到原六国的都城当王，便于管理天下，大臣李斯却说："从前的周朝分封了许多诸侯王，可诸侯王们互相攻打，周天子形同虚设。我建议在全国设立郡县，由中央统一管理。"

秦始皇觉得李斯的主意很合心意，就正式废除了分封制，改郡县制。他把全国分成36个郡，由朝廷直接任命官员管理。每郡郡守主管全郡事务；郡尉管军事；郡监监察地方上的官员；郡下面还有县、乡、亭、里各级基层组织。

中央又设立三公：丞相辅佐皇帝处理全国政务，太尉管理军事，御史大夫辅佐丞相监察其他所有官员。又设九卿管理具体事务，如少府管财务，典客管外交等。三公、九卿和郡守都由皇帝直接任命，不可世袭，这样就把权力集中在了皇帝一人手中。这就打造了历史上第一个上至中央，下到地方，等级分明的国家制度，后世沿袭改良。

确立了最主要的政权制度后，秦始皇又开始了其他方面的改革，如"书同文，车同轨"。

从前各个诸侯国的文字都不一样，带来很多交流上的不便。李斯以秦国人使用的大篆为基础，创造出"秦篆"，又称"小篆"。后来一位叫程邈的小官把流传在民间的各种书体搜集在一起，潜心研究，花了10年时间改进小篆，创造出了更容易认识的新字体。因为他原来的官职很小，属于“隶”，人们就把他创造的字体称为“隶书”。秦始皇将他提升为御史，让全国统一使用隶书，这就是“书同文”。

从前各国车子的车轮之间的距离是不相同的，道路也因此有宽有窄。秦始皇下令，将车轮之间的距离统一改为6尺宽，道路的宽度也因此统一了，这就是“车同轨”。

此外，秦始皇又废除了六国各自的货币及计量单位，规定统一使用金币和铜钱，禁止私人铸造钱

课外小知识

春秋战国的时候，各个诸侯国都在发行本国的钱币，形成了一个钱币样式众多的特殊时代。当时的钱币按形状可分为贝币、布币、刀币和圆钱四大类。其中，刀币是使用范围最广的，有齐刀、即墨刀、安阳刀、针首刀、尖首刀、圆首刀和明刀等。

秦始皇统一中国后，推广圆形方孔的半两钱。半两钱又分为两等，黄金为上币，以镒（二十两或二十四两为一镒）为单位，供巨额交易；铜币为下币，重十二铢（二十四铢为一两），供日常交易使用。这种圆形方孔的货币形状一直延续到民国初期。

币，明确了长度、容积、重量的单位，如尺、寸是长度的计量单位，采用十进制；合、斗、桶是体积的计量单位，也是十进制，从此“度量衡”得到了统一。

北方游牧民族总是不断骚扰边境，秦始皇稳定国内政局后，就派大将蒙恬领军出征匈奴，收复了被他们侵占的领地。前219—前214年，秦始皇派大军平定百越，统一岭南。秦朝疆土扩展到40个郡。

秦始皇是中国历史上第一个完成全国政治、经济、文化大一统的皇帝，开创了一个和平统一的新时代，然而，他残暴的统治也引起了后世诸多非议。

智慧解读

秦始皇能统一六国，不仅是因为东方六国互相攻打，彼此削弱实力，更是因为历史的发展趋势。楚国原本还有实力与秦国抗衡，却因为军纪不振招致惨败。可见，一时的努力容易，坚持下来却很难，很多事都贵在坚持。

汉高祖刘邦

走进课本

出自《中国历史》七年级上册第三单元第10课《秦末农民大起义》。

名人档案

姓　名：刘邦，字季
生卒年：前256或前247—前195年
职　位：汉朝开国皇帝
贡　献：亡秦灭楚；建立汉朝。

秦朝末年，出现了许多起义军。其中，刘邦所率军队与项羽所率军队是起义军中的两支主要力量。

刘邦兵力虽不及项羽，但刘邦先攻破咸阳。项羽听说刘邦已经进了关中，赶紧率领40万大军向关中赶来。项羽大军到函谷关时，被刘邦的军队所阻。项羽大怒，立刻下令攻打函谷关，没多久函谷关就被攻破了，项羽大军一直到了新丰、鸿门，才驻扎下来。此时，项羽大军距离刘邦的兵营不过40里，两军之战一触即发。

刘邦军中有个叫曹无伤的人，他听说项羽来了，有心转投项羽，就偷偷派人向项羽告密，说刘邦想在关中称王。项羽听到这个消息后，怒不可遏，谋士范增劝项羽除掉刘邦。

项羽的叔父项伯和刘邦的谋士张良是生死之交。项伯连夜赶到刘邦的营地，把这个消息告诉了张良，张良又急忙把消息告诉了刘邦。这时的刘邦只有10万兵马，无法与项羽的40万大军抗衡，于是刘邦和张良赶紧请项伯帮忙在项羽面前说几句好话。

第二天天刚亮，刘邦就带着张良、樊哙和100多个士兵赶到了鸿门，随后刘邦和张良一起进了项羽的军营。

刘邦一进门，项羽就气势汹汹地瞪着他，刘邦谦卑地跪拜下去，解释这一切都是误会。

项羽看到他这么低声下气，脸色也缓和了许多，就留下刘邦一起喝酒，说："都是你手下曹无伤说的，我也是误信人言而已。"

酒过三巡，范增见项羽没有动手的意思，急得再三向项羽举起玉玦示意动手，可项羽就是装作没看见。

范增见项羽犹豫不决，便找了个借口离席，他找到项羽的堂弟项庄，让他舞剑助兴，然后找机会

杀了刘邦。

项庄进了军帐，向众人敬了一杯酒，并请求舞剑助兴。项羽点头答应，项庄就拔剑起舞。

舞着舞着，项庄的剑锋离刘邦越来越近，项伯看形势不对，也站出来拔剑起舞，不断地用身子挡住刘邦，让项庄无法靠近刘邦。张良看情势紧急，也借故离席，到军门外去找樊哙，说：“情况紧急。项庄舞剑，要杀沛公。”

樊哙一听，顿时跳了起来，右手提着宝剑，左手抱着盾牌，直往军门冲去。士兵们上前阻拦，他一连撞倒了两个士兵，闯进了军帐。

项伯和项庄吓了一跳，停止了舞剑，退到一旁。

项羽按着剑，吃惊地问：“你是什么人？”

张良此时已经跟了进来，连忙回答说：“他是替沛公驾车的樊哙。”

项羽说：“壮士！赏他一杯好酒，一只肘子。”

左右侍从送上一大杯酒和一只生的猪腿。樊哙一口气把酒喝了，又把盾牌反扣在地上，把猪腿放在盾牌上，拔出剑切着吃。

樊哙说：“当初怀王许诺，先进咸阳的人称王。现在沛公先进咸阳，可他退军驻扎在霸上，封闭了库房，关闭了宫室，一心一意等待大王的到来。沛公派将士把守函谷关，是为了防止有人作乱。沛公这样劳苦功高，大王不但没有赏赐，还听信谗言，要杀有功之人。”

项羽无话可说，只好让樊哙坐下，樊哙就挨着张良坐下了。

坐了一会儿，刘邦起身上厕所，张良和樊哙也

课外小知识

故事中，范增朝着项羽举起玉玦，示意项羽快点做一个决断。“玦”与“决”同音，古代常用以赠人表示决绝，可见玉在古人心中有特别的地位。

玉是高洁品性的象征。古代的富家子弟喜欢在腰间戴玉，象征着高贵、文雅和地位。玉不仅用作首饰，摆饰和装饰，还可以用来养生。据史料记载，各朝各代的帝王嫔妃养生都离不开玉。宋徽宗就把收集玉当成是一种嗜好。许多长寿的皇帝都久用玉枕。

赠人美玉，是对别人美好的祝愿，更有“黄金有价玉无价”之说。

跟着一起到了帐外。樊哙劝刘邦立即离开。

于是，刘邦留下张良，自己和樊哙悄悄抄小路逃走了。

张良估计刘邦已回到军中，这才进去给项羽赔不是，说："沛公喝醉了，怕失礼，因而不能前来告辞，特意叫我奉上白玉璧一对，献给大王；玉斗一双，献给亚父。"

项羽问："沛公在哪里？"

张良说："他怕大王责备，现在已经回到了军中。"张良说完也告辞离开了。

范增痛心地说："唉，项羽这小子，真不值得和他共谋大业。将来夺得天下的人一定是刘邦，我们就等着做俘虏吧。"

范增果然说中了，刘邦后来打败了项羽，建立了汉朝。

智慧解读

鸿门宴上，本是项羽杀掉刘邦的大好机会，可他认为自己出身贵族，从骨子里轻视刘邦，且事先答应项伯不杀刘邦，所以犹豫起来，结果错过了一次绝佳的机会。刘邦面对困境，却能积极想办法，灵活变通，能屈能伸，最后成功逃脱险境。刘邦面对逆境的积极态度值得后人学习。

汉光武帝刘秀

走进课本

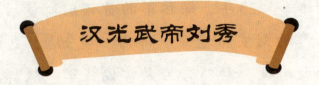

出自《中国历史》七年级上册第三单元第13课《东汉的兴亡》。

名人档案

姓　名：刘秀，字文叔
生卒年：前5—57年
职　位：东汉开国皇帝
贡　献：起兵反抗王莽；建立东汉；开创“光武中兴”。

汉光武帝刘秀是汉高祖的九世孙。他还有个兄长，名叫刘縯。刘秀9岁时就成了孤儿，由叔父抚养长大。

新朝时，刘秀曾到长安读书。新朝末年，刘秀28岁，不少人都参加了起义军，有人劝刘秀也做好起兵的准备，刘秀连说不敢，可回去的路上，他想到兄长一向喜欢结交四方豪杰，认为兄长早晚会起兵，就买了一批兵器，带回家中。

后来刘縯果然聚集起了一支万余人的队伍，参加了绿林军。23年，绿林军的首领们商量后，立了皇室出身的刘玄当皇帝，年号“更始”。更始帝封刘縯为大司徒，封刘秀为太常偏将军。从那以后，绿林军就改称“汉军”。

更始帝即位后，派刘縯进攻宛城，派刘秀攻打昆阳、定陵。

王莽听说汉军拥立刘玄登基，又惶恐又着急，连忙派大司徒王寻、大司空王邑率领40多万大军，号称百万雄军，气势汹汹地向昆阳扑来。

此时昆阳城里的汉军只有八九千人，听说王莽派来的个个都是身强体壮的精锐，还有一位能驱赶野兽作战的巨人，有的将士觉得城守不住了，建议弃城。刘秀把大家召集起来，说：“大家齐心协力，还有守住昆阳的可能。一旦昆阳失守，汉军也会跟着打败仗，大家只有死路一条。事到如今，我们只有拼死守城，千万不能灭了自己的志气。”

在刘秀的动员下，将士们重新鼓起了士气。

大家经过商量，王凤留守，刘秀带着12个勇士趁黑夜潜行，从昆阳城南门冲出了重围，到定陵县和郾县去搬救兵，以对敌人形成内外合击之势。

尽管王莽大军气势汹汹，但昆阳的城墙很坚固，汉军在城里拼命抵抗，昆阳始终没被王莽军攻破。

两军相持了10多天，眼看城内守军就要坚持不下去了，刘秀终于带着援军赶来。他带领1000多人为先锋，向王邑的军队发起了猛攻。王莽军见刘秀兵少，没放在眼里，只派了几千士兵前来迎战。刘秀身先士卒，带领士兵们斩杀了上千敌军，他带来的其他援军因此受到鼓舞，跟在后面冲了上去。

这时，城中的汉军看到援军赶来，也从城里冲出来，对王莽军形成内外夹击之势。王莽军顿时大乱。这时，一个一丈来高、腰大十围、名叫“巨无霸”的巨人，驱赶着几只猛兽，从王邑的大军中冲了出来，阻挡了汉军的进攻。

没想到，突然一声巨雷，狂风大作，电闪雷鸣，下起了倾盆大雨，巨无霸带来助威的猛兽顿时吓得疯狂乱窜逃命，巨无霸也被挤入水中，活活淹死了。汉军趁势往前追杀，杀敌无数。最后，王邑带着几千残兵，大败而逃。

昆阳之战沉重地打击了王莽的主力，昆阳之战胜利前，刘縯也成功攻下了宛城，兄弟俩名声大振。

就在形势一片大好时，更始帝却对刘秀兄弟起了疑心，并借机杀了刘縯。刘秀知道后，痛哭了一

场，可他知道现在还不能和更始帝抗争，就擦干眼泪来见更始帝，说兄长犯上，自己也有错。他还把昆阳之战的功劳让给了将士，也不给兄长戴孝，跟没事人一样，还娶了意中人阴丽华。更始帝这才放松了警惕，继续让他带兵。

不久，更始帝进攻长安，击败王莽临时拼凑的

课外小知识

“仕宦当作执金吾，娶妻当得阴丽华。”这是东汉开国皇帝刘秀年轻时说的一句话。

刘秀去长安求学的途中，偶然在街上看到执金吾走过。他并不知道执金吾的等级，却被300多名骑兵和500多名披甲士兵组成的庞大护卫队震惊了，忍不住发出感叹：“仕宦当作执金吾，娶妻当得阴丽华！”那阴丽华又是谁呢？阴丽华是刘秀老家邻县大户人家的千金，刘秀早就喜欢上这个远近闻名的姑娘了，可他只是个穷书生，娶不起千金小姐，只能把这份喜欢藏在心里。昆阳之战后，刘秀娶了阴丽华为妻。

军队，杀了王莽，在长安登基。

此时天下仍处于战乱之中，除了更始帝刘玄，还有樊崇起义军拥立的15岁的放牛娃刘盆子、成都的公孙述等。更始帝还是不放心刘秀，就派他去局势最乱的河北招抚，却不给他一兵一卒。

25年，赤眉军攻破长安，杀了更始帝。此时刘秀已经在河北发展了几十万人的队伍，他又率军消灭了赤眉军，赤眉军首领樊崇向刘秀投降。刘秀正式定都洛阳，登基称帝，史称汉光武帝。

因为西汉时定都长安，而洛阳在长安的东边，人们就把刘秀建立的汉朝称为“东汉”。

智慧解读

兄长刘縯死后，刘秀虽然痛苦伤心，却没有与更始帝翻脸，展现出“柔”的一面。直到势力壮大起来以后，他“刚”的一面才显现出来。如果没有先前的“柔”，刘秀早已成为更始帝刀下的冤魂。关键时刻的“柔”，是屈而不折的“柔”。这份“刚柔相济”为刘秀日后的成功打下了坚实的基础。

名臣将相

项羽

走进课本

出自《中国历史》七年级上册第三单元第10课《秦末农民大起义》。

名人档案

姓　名： 项羽，本名项籍

生卒年： 前232—前202年

职　位： 著名军事家，西楚霸王

贡　献： 推翻秦朝；建立西楚政权。

鸿门宴后，项羽进入咸阳杀了秦王子婴。他不再听楚怀王指挥，更不承认当初楚怀王“先进咸阳者为王”的约定，自封为“西楚霸王”，把刘邦改封到巴蜀和汉中一带做汉王。他又三分关中，让秦国的三个降将章邯、司马欣、董翳（yì）在关中分别为雍王、塞王和翟王，挡住刘邦出关的路。楚怀王被发配到了江南，其他诸侯也各自有了封地。

这件事让刘邦十分气愤，他决心和项羽彻底决裂，争夺天下。可刘邦的实力还不足以和项羽抗衡，不得不暂时退居封地。他知道项羽对他很不放心，所以他派人烧掉了从自己封地通往关中的唯一栈道，表示自己不再出兵，以此迷惑项羽，同时也以此避免其他诸侯的攻击，从而安心发展自己的实力。

两年后，项羽的野心越来越大，派人杀了楚怀王。此时，刘邦的实力已渐渐强大起来，他听从韩信的计谋，一边让大将樊哙带着士兵重修栈道，迷惑守关的雍王章邯，一边亲自率领大军从一条隐蔽的小路攻入了关中。汉军从天而降，章邯措手不及，战败自杀。关中的另外两个王也相继战败投降了。刘邦顺利占据关中，至此，长达5年之久的楚汉之争，正式拉开序幕。

项羽收到消息后气坏了，东边齐国的田荣轰走了项羽封的齐王，自己当了王；梁、代、赵地也先后叛变，项羽此时要先领兵平定齐国的叛乱，无法赶回。刘邦趁机联合了各路诸侯，亲自带领56万大军向东攻打楚国，攻破了楚国都城彭城，短短数月，就占领了项羽的大片领土。

项羽同时面临齐国叛军和刘邦的势力，他艺高胆大，留下一支部队继续围攻齐国，自己亲率精兵3万，星夜兼程地赶回彭城，断了刘邦后路。

这时，刘邦正得意扬扬地在宫内饮酒庆功呢。项羽大军连夜突袭汉军的指挥中心，刘邦带领的诸侯联军措手不及，慌忙逃命，损失了10余万兵马。项羽死死追击汉军主力，两军从西打到东，最后汉军被逼到睢水附近。眼看项羽就要取胜了，突然刮起一阵大风，飞沙走石，刘邦趁机带着数十名骑兵逃跑了，他的父亲和妻子吕雉却成了项羽的俘虏。

刘邦一直退到了荥阳、成皋一带，萧何和韩信也从关中带着人马过来会合。刘邦仗着城池坚固，和项羽展开了拉锯战。一个跑不出来，一个打不进去，双方对峙了2年多。

这2年多的时间里，刘邦又向北陆续收服了魏国、燕国和赵国，还派人挑拨了项羽和范增的关系。范增受到猜忌后又生气又伤心，就告老还乡，没想到却在路上生病死去了。范增一死，没有人给项羽出主意，刘邦也就轻松多了。

前203年，项羽为了保护粮道，亲自带兵去攻打归附刘邦的彭越，临走前让将军曹咎守住成皋，不要跟汉军交战。可曹咎经不起汉军的骂战，还是出战了，结果曹咎战败，成皋失守。

汉军驻扎在广武西边，楚军驻扎在广武东边，两军又对峙起来。时间一久，楚军的粮食接应不上了，项羽就叫刘邦出来跟他决斗。刘邦说："我可以跟霸王斗智，但不会跟他比武力。"

项羽又叫刘邦出来，在阵前对话，刘邦就在阵前数落项羽暗杀义帝、坑杀俘虏等罪过，项羽听得冒火，让后面的弓箭手放起箭来，刘邦胸口中了一箭，受了重伤。他忍住疼，故意弓着腰摸摸脚，骂道："贼人射中了我的脚趾。"回营后，刘邦为了稳定军心，还到各军营巡视了一遍。

之后汉军大将韩信在齐地大败楚军，截断了楚军运粮的路，楚军的粮食越来越少了。刘邦趁楚军断粮之际，派人跟项羽讲话，提议楚汉双方以荥阳东南的鸿沟为界，鸿沟以东归楚，鸿沟以西归汉。项羽同意了，把刘邦的父亲和妻子放了回去，接着把自己的人马带回彭城。

然而，这只是刘邦的缓兵之计，不到2个月，刘邦会集了60万人马，由韩信统领，与楚军展开了最后的决战。

楚军多年征战，又缺乏粮草，早已疲乏不堪，加上寡不敌众，10万人马在战斗中损失无数，到后来只剩下很少的士兵。最后，楚军被刘邦的联军逼到了垓下。项羽打退一批，又来一批，好几天过去了，始终无法突围。

一天夜里，一阵阵风呼呼吹过，四面都传来了楚地的歌声。正坐在营帐中愁眉不展的项羽不禁失

神地说："怎么会有这么多人唱楚歌呢，难道刘邦已经占领楚地了吗？"

他看着身边心爱的妃子虞姬，还有那匹跟了自己征战多年的乌骓马，唱起了一首悲凉的歌："力拔山兮气盖世，时不利兮骓不逝。骓不逝兮可奈何！虞兮虞兮奈若何！"唱着唱着，项羽忍不住流下了眼泪。虞姬和左右的侍从也跟着一块唱起来，不忍心抬头看他。据说，虞姬能歌善舞，她拔剑起舞，边舞边演唱自己创作的《和垓下歌》："汉兵已略地，四方楚歌声。大王意气尽，贱妾何聊生！"看到虞姬如此坚决，项羽决定趁夜突围，他告别虞姬，带着八百子弟兵，趁着夜色向西南方突围。

天快亮时，汉军发现项羽逃走了，便派出5000骑兵追击。项羽边战边退，渡过淮河后，又由于迷路陷入沼泽，被汉军追上，这时，他身边只剩下28名骑兵。项羽悲愤地说："今日被困在这里，不是因为我不会打仗，是因为天要亡我！"说完，他率领28名骑兵冲向汉军，杀了100余人，自己只损失了2人。

项羽带着手下一路突围，退到了乌江边上。

乌江亭长驾着一只小船正等在江边，使劲对项羽招手："大王快上船，江东虽小，也有1000多里土地，几十万人口，回到江东，大王一样可以称王，等机会东山再起。"

课外小知识

刘邦能夺取天下，大将韩信起了很大的作用。韩信是个孤儿，从小饱一顿饥一顿。他曾经多次在一个邻乡的亭长家蹭饭吃。时间久了，亭长的妻子故意在他去之前就开始吃饭，韩信只好离开了。有一位在河边漂洗丝绵的老大娘同情他，常常把自己的饭分给他吃。后来刘邦夺了天下，韩信被封为楚王。他回到故乡，找到当初给他饭吃的老大娘，再三道谢后，送了老大娘千两黄金，留下了"一饭千金"的佳话，后来人们就用"一饭千金"来比喻厚报对自己有恩的人。

项羽苦笑道：“当年我带着8000子弟兵过江打天下，现在却只剩20多人，我还有什么脸面回去面对江东父老，让他们尊我为王呢。”说完，他回身又跟追来的汉军拼杀了起来，汉兵一个个倒下，项羽也身负重伤。

这时，项羽看到了汉军的骑兵司马，笑着对他说：“你不是我的老相识吗？听说汉王用千金和万户侯悬赏要我的脑袋，现在就把这个好处送给你吧。”说完，项羽就在乌江边自刎而死了，这一年，他30岁。

楚汉之争历时5年，刘邦笑到了最后。

智慧解读

项羽只用3年时间，就率领诸侯灭掉了秦朝，划分天下土地，他的神勇无人能及，令人赞叹。然而，一个神勇的士兵，不一定是一个好的首领。项羽的悲剧，源于他的骄傲自大，自夸战功，看不到自己的缺点，最后兵败时，他竟用“上天要灭亡我，不是用兵的过错”来解释自己的失败，这是多么荒谬可悲啊！

班超

走进课本

出自《中国历史》七年级上册第三单元第14课《沟通中外文明的“丝绸之路”》。

名人档案

姓　名： 班超，字仲升
生卒年： 32—102年
职　位： 西域都护，射声校尉
贡　献： 收复西域。

班超是扶风（今陕西省咸阳市）人，他父亲班彪是东汉著名的史学家。汉光武帝建立东汉王朝后，就请班彪来整理西汉的历史，编写《汉书》。他的兄长班固、妹妹班昭也都是博学多才的人，对完成《汉书》起到了重要的作用。

虽然家境贫寒，可班超从小就胸怀大志。汉明帝时，喜欢研究学问的班固应召做了校书郎。班超也和母亲一起跟着哥哥到了洛阳。为了补贴家用，他不得不替官府抄书。可他并不喜欢这份工作，常常丢下笔，叹息道："大丈夫应学张骞立功西域，千里封侯，怎么能老在笔砚之间忙碌呢！"朋友们笑话他自不量力，他反驳道："小子安知壮士志哉！"

过了一段时间，汉明帝得知班固还有个弟弟班超，也让班超做了兰台令史。

汉宣帝时期，汉朝和西域各国及匈奴和平相处。到王莽新朝时，汉朝和匈奴的关系恶化，匈奴不时侵犯边境，掠夺百姓和牲口。汉明帝即位后，汉朝国势渐强，他决定反击匈奴。

73年的春天，大将军窦固收到匈奴呼衍王在玉门关抢劫的消息，便带领铁骑，穿过千里沙漠，闪电般地扑向了西北方的天山，攻打正在此驻军的匈奴军，打了匈奴军一个措手不及，汉军大胜而归。

班超知道后，再也坐不住了，他扔掉手中的笔，投军去了。（"投笔从戎"就是这么来的）

匈奴和汉朝大战，西域地区不少国家一会儿想投靠匈奴，一会儿又想投靠汉朝。班超投军后，在大将军窦固手下担任了代理司马，立下战功。窦固赏识班超的才干，就派他出使西域，让他说服西域各国与汉朝共同抗击匈奴。

班超一行30多人，带着丰厚的礼物，先到了鄯善国。

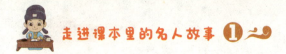

鄯善国原本已归附了汉朝，可后来汉朝衰落，匈奴又控制了他们，现在汉朝又强大起来了，鄯善王不知道归附哪边才好。这次汉朝使者来了，鄯善王对他们很热情，每天好吃好喝地招待他们，表示乐意与汉朝联手，却没有签署正式的文书。

几天后，鄯善王的态度突然来了个大转弯，对他们很冷淡。

班超心中疑惑，召集众人说：“各位有没有觉得国王这几日和前几天不太一样？”大家纷纷点头。班超又说：“我怀疑是匈奴使者到了，国王改了主意。”为了探明这个猜测的真假，到了用饭的时候，他若无其事地问给他们送饭的仆人：匈奴使者来了

多久，住在哪里？仆人以为他已经知道了，十分惶恐，便一五一十地全都说了出来。

班超把仆人绑了起来，再次召集众人，说："你们跟我一起到这里，为的就是建功立业。现在匈奴使者来了，恐怕鄯善王会把我们当成礼物送出去，我们连尸骨都还不了乡了，大家说怎么办？"众人齐声说情况紧急，一切都听班超的。班超又说："不入虎穴，焉得虎子。大家得齐心协力杀了匈奴使者，这就是唯一的出路。"众人欣然答应。

等到半夜，班超率领36名壮士悄悄包围了匈奴使者住的帐篷。其中，10个人拿着鼓躲在后面，20人埋伏在前面，班超和6名壮士负责放火。那天晚上正赶上刮大风，风助火势，大火眨眼间就烧起来了。顿时，火光和鼓声同时响起，20名壮士如狼似虎地杀了进去。

匈奴使者从睡梦中惊醒，吓得四处乱窜，很快就被班超等人杀的杀，活捉的活捉，更多的人则在睡梦中被火烧死了。

天亮之后，班超请来鄯善王，请他看匈奴使者的人头，鄯善王大惊失色，终于表示愿意归顺汉朝，并把儿子派往汉朝都城侍奉皇帝。

班超完成了任务，回去复命。窦固非常高兴，将这次的事情上报给汉明帝，请汉明帝派使者继续出使西域，扩大战果。汉明帝说：“有了班超这样的能臣，为什么还要派其他人呢？”

汉明帝任命班超为军司马，让他继续完成出使的任务。班超怕人多了反而影响行动，拒绝了窦固给他增加人手的好意，还是带着上次的30多人，第二次向西域出发了。

这次他们到了于阗（tián）国。于阗国是西域中的强国，班超来到于阗国后，于阗王起初并不热情，因为城里还有个同样试图拉拢于阗国的匈奴使者。

于阗王左右为难，只好去问宫里的巫师。巫师反对与汉朝交好，装神弄鬼地说：“汉使的到来已经触怒了天神，他们必须交出一匹马来祭拜天神，平息天神的怒火，不然天神就会降下灾祸！”

于阗王派人找班超要马，班超笑着说：“巫师要我的马祭拜天神，我非常乐意，只是不知道巫师要的是哪匹，还是请巫师亲自来挑选吧。”

巫师真的大摇大摆到了营地，班超见到巫师，一刀把巫师的脑袋砍了下来，又拎着巫师的首级去见于阗王，为他说明利害。于阗王早就听说过班超的威名，现在亲身体验到了，就下令杀死匈奴使者，重新归附汉朝，还把儿子送到汉朝学习。班超代表汉朝重赏于阗王和他的臣子，安抚了他们。

班超招降了于阗国，从匈奴人手中夺回了西域通道，龟兹国、疏勒国也先后与汉朝交好。西域各国派出王子到朝廷做人质，恢复了与汉朝中断了几十年的关系。

班超在于阗国和疏勒国深得民心。公元75年，汉明帝驾崩，焉耆（qí）国乘机作乱，新即位的汉章帝担心班超的安危，召他回国。班超离开时，疏勒国举国恐慌，一个将军流着眼泪说：“汉使抛弃了我们，

课外小知识

班昭出身书香世家，学识渊博，是中国历史上第一位女史学家，当时的大学者马融都曾经跪在东观藏书阁外，聆听班昭的讲解呢！班彪还没完成《汉书》就去世了。班固接了班，也没写完，就受到窦宪一案的牵连，死在狱中。班昭立志完成父兄的遗愿，到她四十岁的时候，终于完成了《汉书》。里面最棘手的第七表《百官公卿表》，第六志《天文志》，都是班昭独立完成的。

班昭还写过一本《女戒》，作为班家女孩的私家教科书，不料全国都风行起来。和帝多次下诏让班昭进宫讲学，并让后妃们以老师之礼对待她，并尊她为“大家(gū)”，这是人们对学识渊博、德高望重的妇女的尊称。因班昭的丈夫名叫曹世叔，大家又称她为“曹大家”。

我们拿什么去抵抗匈奴呢？我实在不忍心看到汉使离去，倒不如现在就死了！”说完，就拔出剑自杀了。

班超离开时，于阗国的国王和百姓也苦苦挽留，百姓们哭声一片，拦着班超，不让他离开。班超不忍心再走了，就上书给汉章帝，细细分析了西域各国的形势，提出以夷制夷，趁机平定西域各国的计划。

汉章帝同意了他的请求，让他长驻西域。他在出使西域的31年里，平定了西域50多个国家，安抚西域各国，令西域百姓安居乐业，使西域百姓不受匈奴奴役之苦；令西域归顺汉朝，却丝毫没有耗费汉朝的财力人力，功绩卓著，被皇帝封为定远侯。

公元102年，71岁的班超回到了洛阳，拜为射声校尉。可由于多年征战，班超已经体弱多病，回国后仅1个月就病逝了。

智慧解读

班超出身书香世家，他自己也曾是个与笔墨相伴的兰台史令，他本该像父亲和兄长那样，成为一个大学问家。然而，兴趣才是人生最大的动力，班超正是认清了自己内心真正的渴求，勇敢地跳出家庭从文的传统，投笔从戎，才取得了惊人的成就。

文化巨匠

司马迁

走进课本

出自《中国历史》七年级上册第三单元第15课《两汉的科技和文化》。

名人档案

姓　名：司马迁，字子长
生卒年：约前145年或前135年—？
职　位：西汉史学家、文学家、思想家
贡　献：编著《史记》；开创纪传体史学。

前91年，一本写了14年，被后人反复研究的巨著——《史记》终于问世。这部流芳百世的巨著，凝聚了两代人的心血。

《史记》的作者司马迁的父亲司马谈是汉武帝时期掌管天文、历法和负责记录本朝历史的太史令。

司马迁自幼诵读古文，游历四方，考察各地的

历史名胜和古迹。他到过浙江会稽，看过传说中大禹召集部落首领们开会的地方；考察过孔子讲学的遗址；去过汉高祖的故乡沛县，听沛县父老讲述高祖的过往。他20岁左右曾经先后3次大规模出游，踏遍了长江和黄河流域，获得了许多书本上没有的史料。

司马迁的父亲司马谈学识渊博，一直想编写一部史书，记载从黄帝到汉武帝年间的历史。司马谈借助担任太史令的机会，收集了大量史料。可书还没写完，年老多病的司马谈就去世了。

临终时，司马谈流着泪拉着儿子的手说："我死后，你会继任我的官职，一定要替我完成遗愿！"司马迁从小听父亲讲历史故事，受父亲的影响，早已被古代英雄们的故事感动，牢牢地把父亲的遗愿记在了心里。

司马谈去世后，司马迁继任为太史令，开始阅读、收集历史文献，编撰《史记》一书。

他效仿孔子著《春秋》，记载明君贤臣的功德，褒扬贤士大夫的德行，让他们流芳百世；鞭挞佞臣，讽刺他们的丑恶行为。

正当他沉浸于《史记》的编撰时，发生了一件大事，改变了他的一生，那就是李陵之祸。

前99年，汉武帝让李广的孙子李陵出征匈奴。李陵勇猛善战，爱护士兵，深得军心。他带着5000步兵深入匈奴，被匈奴单于率领的50000骑兵围困。双方展开了一场恶战。李陵身先士卒，英勇奋战，率军杀了万余匈奴兵，可匈奴单于又召集了80000匈奴骑兵，李陵则孤立无援，直到用完了所有的武器，汉朝援军还是迟迟不到，李陵不甘心全军覆没，决定让大家分开逃走。不料，李陵突围时遭到匈奴单于的追杀，和他一起战斗的将军、深受汉武帝宠信的韩延年被杀死。李陵哭着说："我没有脸面再见陛下了。"说完含泪投降了匈奴。

消息传到汉朝，汉武帝大怒，大臣们也纷纷说李陵贪生怕死、叛国投敌。看到大家完全忘记了李陵从前打过多少胜仗，司马迁为李陵打抱不平，说："李陵是个孝子，对朋友有信有义，常急国家之所急，怎么可能主动背叛国家呢？这次他深入敌境，战斗到弹尽粮绝，迫不得已才投降。他虽然打了败仗，可他杀伤的匈奴之多，古代名将也不过如此。他留着性命不死，一定是在等待机会报效朝廷。"

汉武帝却认为司马迁是在袒护李陵，便在盛怒之下把司马迁关进大狱。司马迁落到了酷吏杜周手里，受到了各种残酷的折磨，却始终不屈服，不认罪。

第二年，汉武帝派公孙敖去接李陵，不料公孙敖非但没有把李陵接回来，还报告说李陵在为匈奴单于操练兵马。汉武帝信以为真，判了李陵家人死刑，司马迁也连带被判了死刑。

根据汉朝法律，死刑犯可以用两种方法免死，一是交50万钱的赎金；二是由犯人自己提出，由宫刑代替死刑。

司马迁家里没有钱，要免死只能接受宫刑，可宫刑在司马迁眼中是极大的耻辱，他又怎么愿意呢？他几次想撞墙自尽，又想到了还没完成的《史记》。他想："人终究会死的，可有些人的死重于泰山，有些人的死轻于鸿毛。如果我碰到屈辱就一死了之，不是比鸿毛还轻吗？"经过反复激烈的思想斗争，他选择了自请宫刑。

前96年，汉太始元年，汉武帝因改元大赦天下，司马迁也终于出狱。汉武帝让他当了中书令。他忍受着朝中大臣们对他的轻视，全身心投入《史记》的创作中。经过10多年的努力，终于完成了这部

巨著。

《史记》是中国第一部纪传体通史，记载了从远古黄帝时期到汉武帝时期3000年左右的历史。全

课外小知识

司马迁写的《史记》以大量的人物传记为中心内容，把记言和记事进一步结合起来，以为人物立传的方式记叙史实。皇帝的传记称为“纪”，皇帝之外的人称为“传”，《史记》分本纪、世家、列传、书、表五部分。其中，本纪和列传是不可缺少的部分。

人们把司马迁创造的这种体裁通称“纪传体”。中国的史书体裁除了纪传体，还有以时间为线索的编年体、以诸侯国为主体记载的国别体、以朝代为断限的断代史、以事件为中心的纪事本末体等。

书包括记录历代帝王政绩的十二本纪；记录诸侯国兴亡的三十世家；记录帝王诸侯之外的重要人物的七十列传；记录年度大事的十表，以及记录历朝典章制度的八书。全书共130篇，52万字。

司马迁还把古籍中晦涩难懂的文字改成当时大家都听得懂的浅显的文字，故事情节生动，人物形象鲜明。《史记》在中国的文学、史学上都占有重要的地位，司马迁也因此流芳百世。

智慧解读

司马迁被判了死刑，可他还有完成《史记》的心愿未了。他曾在《报任安书》中明确表达过士大夫若抱必死之心，应在确定将受辱前自行了断。他也想过一死了之，但在激烈的思想斗争后，他选择了更为惨烈的生。他坚强地面对了常人难以忍受的痛苦和煎熬，那种为中国文化的传承甘做牺牲的魄力与巨大勇气，令人敬仰！他写的《史记》也和他一起流芳千古。

蔡伦

走进课本

出自《语文》三年级下册第三单元第10课《纸的发明》。

名人档案

姓　名：蔡伦，字敬仲
生卒年：约62—121年
职　位：宦官、发明家
贡　献：发明“蔡侯纸”。

蔡伦是东汉时的宦官，也是一位发明家。

他出身铁匠世家，小时候家里穷，养不活他，他被送到皇宫里当了太监。

进了皇宫，蔡伦小心谨慎，踏踏实实地做事，努力不让自己出一丝差错，逐渐赢得了皇帝的信任。

汉和帝时，他担任中常侍，由于他博学精思，皇帝任命他兼任尚方令，负责掌管宫廷御用剑器玩物的制造。他做出来的东西都很坚固精密，是后人学习的榜样。他在担任尚方令期间，最大的贡献就是改进了造纸术。

商朝的时候，人们把文字刻在龟甲、兽骨上，这就是甲骨文，可书写用的材料很不好找，又不便保存。后来人们又用刀把字刻在竹片、木片上，狭长的称为“简”，稍宽的称为“牍”。可一片简牍上面写不了几个字，如果文章长了，就需要很多简牍，写完之后用绳子把它们串为“册”。

虽然做简牍的材料遍地都是，可简牍十分笨重。那时的皇帝，看的奏章都可以按斤称论。据说当年勤奋的秦始皇给自己定了一个任务，即每天要看1石（1石相当于现在的50斤左右）重的奏章。古人用“汗牛充栋”“学富五车”来形容一个人读的书多，按现在的标准来看，其实没多少字。

汉朝以前，人们还用柔软轻便的丝帛作为书写的材料，可丝帛造价昂贵，普通百姓根本用不起。经过广大劳动人民的不断实践，西汉的时候又出现了麻纤维、丝絮造的纸，可这种纸很不好用。东汉时期，文化大发展，大家迫切需要一种更方便的书写工具。

蔡伦担任了尚方令的职务后，便有了更多的时间和资源去研究造纸术。

一天，他出宫办事，经过河边，看到不少妇女正在那里洗蚕丝，就在一旁好奇地观察起来。他发现妇女把做好的蚕丝拿走后，会在席上留下一层薄薄的残留物，他就拿了许多回宫做试验。他发现这层残留物晒干后就变成了薄薄的一片，拿去糊窗户、包东西都挺不错的，甚至还可以在上面写字，只是太薄了，材料来源又少，很不经济实用。

蔡伦琢磨着改良它的方法。一天，他和几个小太监一起出宫游玩。他们来到一个幽静的山谷，小溪潺潺流过，两岸杨柳依依，风景宜人。

小太监们玩得起劲，蔡伦忽然眼前一亮，三步两步走到小溪边，从小溪里捞出了一个破破烂烂、像棉絮一样的东西。

和他同路的小太监看他拿着那个东西直发呆，忍不住说：“还以为是什么好东西，原来是个破烂玩意儿，扔了吧。”说着，抓起那个东西就要往水里扔。

蔡伦这才像惊醒了似的，赶紧抓着不放，开心地笑起来。他看到河边有一位农夫，便快步走过去，谦虚地向他请教这东西是怎么形成的。

农夫笑着说：“这是人们在竹席上洗麻的时候留下来的薄膜，和树皮混在一起，在河里泡久了，风吹日晒的，就成了这样。”

蔡伦看看四周的绿树，又想起民间的衣服大多是用麻料制作的，忽然有了灵感，顿时大喜过望，再三向农夫拜谢。

回宫后，蔡伦就开始了紧张的试验。他和许多能工巧匠一起，搜集了很多材料，如树皮、麻皮、破麻布、旧渔网，把它们剪乱切碎，再放在一个大池子里面浸泡。泡了一段时间，有的浸泡物烂掉了，而那些不易腐烂的纤维保留了下来。此时把那些纤维捞出来，不停地搅乱、捣碎，直到把它们做成浆

课外小知识

天文学家张衡和蔡伦是同一时期的人，张衡发明了世界上第一台地动仪。地动仪是用青铜做的，形状有点像酒坛，酒坛四面刻铸着八条龙，每条龙的嘴里都含了一颗小铜球。龙头下面，蹲了一个铜制的蛤蟆，哪个方向发生了地震，朝着那个方向的龙头嘴里的铜球就会掉到下面蛤蟆的嘴里。

开始大家都不相信地动仪的效果，有一天面向西方的龙嘴里忽然吐出铜球，过了几天，就有快马来报，说陇西一带发生了大地震，大家这才信服了。

张衡还发明了一种“浑天仪”，上面刻着日月星辰，据说各类天体的运行规律都能在上面观察到。1800多年前，张衡就通过观察研究，判断出地球是圆的，比西方发现这点早1000多年！

状物。最后把这些黏糊糊的东西挑出来，放在席子上，摊平成薄薄的一层，等晒干后揭下来就成了纸张。

经过不断试验，蔡伦终于可以大批量地制作出轻薄柔韧、取材容易、价格低廉的纸张了。105年，蔡伦挑选出质量良好的纸张给汉和帝试用。试用的效果让汉和帝非常满意，他下令在全国推广这项技术。

在汉和帝的支持下，造纸业得到了极大的发展。人们为了纪念蔡伦造纸的功劳，就把用这种工艺制作出来的纸称为“蔡侯纸”。

智慧解读

蔡伦的成功源于“用心”。他注重观察，时时留心，从生活中无人在意的小事中得到灵感；他进行千百次试验，寻找原材料最好的搭配方式。所谓的创造发明并没有那么神秘高深，有时候，就是像蔡伦这样，对现有的东西用心进行改进，只要用心，人人都能成为发明家。

华佗

走进课本

出自《中国历史》七年级上册第三单元第15课《两汉的科技和文化》。

名人档案

姓　名： 华佗，字元化
生卒年： ？—208年
职　位： 东汉末年著名医学家
贡　献： 发明麻沸散、五禽戏；被誉为“外科鼻祖”。

华佗，东汉末年杰出的医学家，又名旉，字元化，沛国谯（今安徽亳州）人，有“神医”的美誉。

华佗在东阳的时候，有一户人家的两岁小孩，每次吃完奶就会拉肚子，怎么都治不好。华佗去仔细诊断以后，说孩子拉肚子的病根在母亲身上，拉肚子是因为母亲的乳汁有寒气，通过喂奶传给了孩子。于是华佗开了一服药给孩子的母亲，母亲吃了几剂药后，孩子果然不拉肚子了。这就是中医的整体疗法。

除了用药，华佗还会利用病人的情绪进行治疗。有个郡守得了重病，请华佗上门诊治。可华佗把脉以后，没开药方，只向太守要诊金，要一次不够，还不断地要。钱要得差不多了，华佗留了一封信把太守嘲讽了一番，就悄悄溜走了。太守气得大骂华佗，骂着骂着，猛然吐了一口黑血出来，病从此好了。

华佗最伟大的发明是麻沸散，人喝了麻沸散以后，会失去知觉，昏睡过去。一天清晨，有人送来一个病人，脸色蜡黄，捂着肚子，不时发出痛苦的呻吟。华佗立即停下来为病人检查，断定病人的肠子应该是溃烂了。华佗神情自若地取出一包药粉，从附近找来一些药酒，给病人冲服下去，不一会儿，病人就昏睡过去了。华佗再用刀子把病人的肚子划开，切掉病人溃烂的肠子，然后缝合起来，敷上生肌的药膏。等病人清醒以后，肚子真的不痛了。华佗用的药粉就是麻沸散，即最早的麻醉药。

《三国志》和《后汉书》都记载了华佗实施外科腹腔手术的故事，比西方早了1000多年，他因此被人们称为“外科鼻祖”，后人称赞医生医术高明的时候，就会说“华佗再世，妙手回春”。

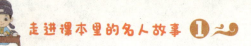

华佗救治了很多病人，可他替广陵太守陈登治病却让他的人生出现了重大转折。

当时陈登整天面色通红，心情也很烦躁，就请华佗来给他看病。吃了华佗配的药后，陈登吐了许多头呈红色的虫子出来。华佗说这是吃鱼得的病，现在暂时好了，3年后还会再犯，到时候再治疗一次，就能断根。华佗还给陈登留下了自己的地址。

3年后，陈登果然发病了，就按照华佗当年留下的地址去找他，可华佗正好上山采药，陈登没能找到华佗，因病去世了。

陈登和曹操关系密切。曹操有个头风的毛病，一发作就要头疼许久。他知道陈登的事后，彻底相信了华佗的医术，动了招揽华佗的心思。

华佗到曹府给曹操治病，只要扎上银针，曹操的头就不疼了，十分神奇。

开始的时候，华佗是自由的，只有曹操发病的时候才过来给曹操针灸。可曹操发病的次数越来越多，也越来越厉害，每次发作时都心慌目眩，他对华佗也越来越依赖了，就让华佗做他的专属

课外小知识

五禽戏是民间广为流传的健身方法之一。据说是华佗模仿虎、鹿、熊、猿、鸟五种动物的动作和日常姿态创造出来的，又称“五禽操”“五禽气功”“百步汗戏”等。

这套体操可以增强体质、预防疾病，健身效果被历代养生家称赞。华佗的弟子吴普坚持练习，在那个人均寿命不过几十岁的年代活到了百岁高龄，可见它的效果。

2003年，中国国家体育总局还把古老的五禽戏进行了重新编排，向全国推广。

医生。

可华佗不愿意，1年后，他以收到家书、想念家乡为由，向曹操请假回家，曹操批准了。

没想到华佗请了个“霸王假”，他回家后，以妻子生病为借口，不回来了。曹操三番五次写信让华佗回来，又派地方官来催，华佗始终不回。曹操急了，就派人去查看，如果华佗的妻子真的病了，就赐华佗小豆4000升，放宽假期期限；如果是华佗在骗人，就把华佗逮捕。华佗确实在骗曹操，结果华佗被曹操抓进了监狱。

曹操手下的谋士荀彧为华佗求情，说：“华佗的医术确实高明，关系着许多人的生命，不能杀。”曹操说：“杀了华佗，难道天底下就再也不能找到像他那样的人吗？”

华佗临死前，希望自己的医术能流传下去，便拿出一卷医书交给看守自己的狱吏，说：“这书可以用来救人。”可那个狱吏害怕给自己带来麻烦，不肯接。华佗也不勉强，叹一口气，让狱吏拿了火把过来，把书烧掉了，神奇的麻沸散也从此失传了。好在他有许多有作为的学生，如以针灸出名的樊阿，著有《吴普本草》的吴普，著有《本草经》的李当之，总算把他的部分医术传承了下来。

曹操杀了华佗以后，不肯承认自己做错了事，他说：“就算我不杀他，他也不见得会治好我的病。华佗就是要靠着我的病，好提高他的地位，妄取富贵。”直到曹操的小儿子曹冲死了，曹操才懊悔不已，后悔杀了华佗。

智慧解读

华佗不慕富贵，不愿意成为曹操的私人医生。虽然他过早地失去了生命，但是他的医术、医德，以及在医学上勇于创新的精神流芳千古。他所创立的五禽戏至今还流传于民间，造福百姓，他也永远活在世人心中。

张仲景

走进课本

出自《中国历史》七年级上册第三单元第15课《两汉的科技和文化》。

名人档案

姓　名：张仲景，名机
生卒年：不详
职　位：东汉时期著名医学家
贡　献：编写《伤寒杂病论》。

张仲景是东汉名医，被后人尊称为“医圣”。他出生于一个没落的官僚家族，父亲张宗汉当过官。张仲景的家乡有个很有名望的医生叫张伯祖，张仲景从小拜张伯祖为师，跟随他学习，尽得老师真传。经过多年的刻苦钻研和临床实践，他的医术远远超越了老师，成为一位杰出的医学家。有人因此赞叹说：“仲景之术，学于伯祖，精于伯祖。”

东汉末年，社会动荡不安，许多百姓没有田地可种，生活很艰难。张仲景就生活在这个混乱的时代。虽然他讨厌官场，父亲却很希望他去谋个一官半职。他不愿违背父命，汉灵帝时，通过举孝廉的方式进入了官场，建安年间，被朝廷派到长沙做太守。

当时瘟疫流行，张仲景的家族原本有200多口人，不到10年的时间，就死了三分之二，死去的人里面又有70%是死于伤寒。伤寒发病快，有的人在救治过程中就死去了。眼睁睁地看着一个又一个亲人被病魔夺去了生命，看着百姓家破人亡的悲惨景象，张仲景难过极了。

这时，东汉王朝已四分五裂，张仲景的官也做不成了，他决定去岭南一带隐居，专心研究医学，撰写医书。

张仲景出发时，正是天寒地冻的时候。虽然天寒，但还是有许多人为了生活在外面奔波，因为衣着单薄，不少百姓的耳朵都冻坏了。张仲景一边赶路，一边琢磨着怎么帮百姓减轻痛苦。

张仲景到了南阳的时候，正逢冬至，他想到了一个医治耳朵冻伤的好办法。于是，他不顾劳累，在南阳东关的一片空地上搭起了医棚，支上一口大锅。路人好奇地问这个大锅是做什么的，他说：“我没办法让百姓过上好日子，但我能给百姓治冻伤。”

他买来许多羊肉、辣椒和祛寒的药材放在锅里煮，等煮得差不多的时候，再把羊肉和药材捞出来切碎、拌馅，用面皮把它们包成像耳朵一样的“娇耳”。等煮好了，张仲景分给每人一大碗汤、几个娇耳吃，这个汤就叫“祛寒娇耳汤”。大家吃了以后，热气上涌，顿时觉得暖和多了。

从冬至到大年三十，张仲景每天都做娇耳给大家吃，让大家过了一个暖和的冬天。后来，人们仿照娇耳的做法，做出了更好吃的娇耳馅。娇耳喊着拗口，人们就改叫它饺子。冬天喝“祛寒娇耳汤”的习惯虽然没有了，美味的饺子却一代代传了下来。

张仲景还创造了不少新奇的治疗方法。一次，来了一位病人，大便干结，排不出来，吃饭也吃不好，还有点发烧，看上去很虚弱。张仲景仔细地检查过后，确认这是由高热引起的便秘症。这种病一般用泻火的药治疗。可张仲景担心药性过于猛烈，病人的身体承受不了，一时不知怎么办才好。

正在这时，有几只蜜蜂发出嗡嗡的声音，从张仲景眼前飞了过去。张仲景忽然眼睛一亮，想出了办法。他找来黄澄澄的蜂蜜，盛在铜碗中，一边放在火中慢慢烤，一边用竹筷慢慢搅动。渐渐地，蜂蜜成了黏稠的硬块。他趁热把蜂蜜捏成了细细的长条，制成“药锭”。等“药锭”冷却了，就把它塞进病人的肛门。没过一会儿，病人的大便就通畅了。这就是最早的肛门栓剂通便法。

在张仲景之前，医书分成两类，一类是讲人和自然的关系，是叙述医学理论的；另一类就是介绍医生们开过的方子。病人来了，告诉医生他哪儿不舒服，医生开个方子，过几天，病人吃了这个药方上的药好了，医生就把药方保留下来。如果过几天病人没好，医生就把这个药方烧毁。

张仲景“勤求古训，博采众方”，对古人遗留下

课外小知识

张仲景当长沙太守的时候，也时刻不忘钻研医术。可他当了官，就不能随便去百姓家里给百姓看病了。于是，他想了一个办法，规定每月初一、十五这两天，大开衙门，把公堂变成诊所，他坐在公堂上给患病的百姓看病。

时间久了，每逢初一、十五，衙门口就聚集了从四面八方来看病的百姓，甚至有人是带着行李赶来的。人们为了纪念张仲景的善行，就把坐在药铺里给病人看病的医生通称为“坐堂郎中”或者“坐堂大夫”。

来的《黄帝内经》《素问》《九卷》等医学专著做了深入研究，又收集了大量的药方，自己亲身实践，反复验证，终于写成了《伤寒杂病论》。

这本书奠定了中医临床学的基础，是我国第一部理、法、方、药兼备，理论和临床医学紧密结合的专著，里面收录的200多副药方，许多到现在还在使用，张仲景确立的“辨证论治”原则，更是祖国医学宝库中的璀璨明珠，影响了许多后世名医。

智慧解读

张仲景勇于在继承的基础上创新，也善于进行理论总结，正是这两点让他青出于蓝而胜于蓝，有了“医圣”的美誉。可以说，最好的学生不是完全继承了老师衣钵，而是像张仲景这样远远超越了老师的学生。

走进课本里的
名人故事

囊括中小学课本各科目的中外名人故事

2

张欣怡◎主编

北京工艺美术出版社

前言

成长离不开阅读，阅读离不开好的故事。我国九年义务教育中各个年级、各个科目中涉及了很多中外名人，他们的故事可以影响一个人的一生。的确，凝结着名人智慧的故事，每一个都承载着他们的情感，寄托着人们的诉求和愿景。每一位孩子都是善良、单纯的，名人的事迹会让他们产生崇拜的心理，孩子会不自觉地学习、模仿名人的思想和行为，因此，这些名人故事里歌颂的精神，所传达的思想，可以潜移默化地滋养孩子的心灵，塑造孩子的美好品格，帮助孩子树立正确的价值观和人生观。

为了培养孩子的榜样意识，增强孩子辨别是非的能力，提高孩子的想象力，我们根据统编版课本精心编写了这套《走进课本里的名人故事》。本套书共包含五个分册，囊括了古今中外众多名人故事，这些名人有慧眼如炬的思想家、运筹帷幄的军事家、叱咤风云的政治家、精益求精的科学家、妙笔生花的文学家以及技艺精湛的艺术家等，这些故事涵盖了名人的智慧和成就，能让孩子深入了解名人背后的故事，感受名人流传千古的人格魅力，学习名人

身上的美好品德，帮助孩子树立远大的理想，培养高尚的思想品质。

本套书文字生动有趣，字里行间透露出深刻的哲理；插图精美、形象，注重图文结合，达到“以图释文、以文释图”的效果，书中涵盖的知识可谓包罗万象、寓意丰富，且富于趣味性，非常适合孩子阅读，是一套帮助孩子快乐阅读、增长知识和见闻的故事书。

我们希望孩子可以通过阅读，拓宽自己的视野，获得更深层次的快乐；希望孩子在美好的童年时光里，和非常美的书相伴，成就一个美好的人生。

目录

三国、两晋、南北朝时期

千古帝王……………………2

魏文帝曹丕……………2

蜀汉开国皇帝刘备…7

宋武帝刘裕…………12

梁武帝萧衍…………17

名臣将相……………………22

曹操……………………22

司马懿……………………27

诸葛亮……………………32

文化巨匠……………………35

王羲之……………………35

顾恺之……………………41

陶渊明……………………47

祖冲之……………………53

隋、唐、五代时期

千古帝王……………60

隋文帝杨坚…………60

唐高祖李渊…………66

唐太宗李世民………71

则天大圣皇帝武则天…76

梁太祖朱温…………81

名臣将相……………86

房玄龄………………86

魏征…………………89

郭子仪………………93

文化巨匠……………99

吴道子………………99

李白…………………104

颜真卿………………110

韩愈…………………114

白居易………………119

三国、两晋、南北朝时期

魏文帝曹丕

走进课本

出自《中国历史》七年级上册第四单元第16课《三国鼎立》。

名人档案

姓　名： 曹丕，字子桓

生卒年： 187—226年

职　位： 曹魏开国皇帝

贡　献： 建立曹魏政权；大破羌胡；复通西域；繁荣建安文学。

220年，魏王曹操去世。世子曹丕继承魏王之爵位、汉丞相之职，改年号为延康。他掌权不久，就逼迫汉献帝禅位，正式建立了魏朝，追封曹操为魏武帝。

虽然汉室早已衰落，但在许多人心里，它毕竟

是正统皇室。曹操为魏王时就遭受到朝廷内外的反对，还有不少人试图暗杀他。曹操担心自己如果进一步称帝的话，不仅会留下一个谋权篡位的骂名，还会失去现在挟天子以令诸侯的优势，因此放弃了称帝。

然而，对于曹操称帝一事，有反对的，也有赞成的。孙权杀了刘备的结义兄弟关羽后，和刘备的联盟算是彻底破裂了，孙权只好转而与曹操结盟，并给曹操写了一封信，劝曹操早日称帝。曹操看了信，笑了笑，对身边的心腹大臣说："孙权这是想把我放到火炉上烤啊。"曹操统一北方后，不少跟随他起事的老部下也

纷纷劝曹操称帝，曹操笑着说："如果我有天命，我愿意成为周文王。"

曹操始终没有称帝，他愿意让儿子来完成这件事。他有好几个儿子，最宠爱的就是曹植和曹丕两兄弟。曹丕成年后跟着父亲南征北战，10来岁就会骑马射箭了，而且在父亲的影响下，对诸子百家也有较深的研究。曹植从小聪明过人，才华横溢，是当时著名的诗人，但有些任性、好酒。最后，曹操选择长子曹丕做接班人。曹操病逝后，在谋臣司马懿的鼓动下，曹丕开始了取代汉朝的行动。他先是创立了"九品中正制"，成功地笼络了豪门大族。接着，为了名正言顺获得帝位，一场禅让帝位的好戏上演了。

220年，汉献帝在曹丕亲信华歆的逼迫下，发出了"禅让"的第一道诏书。诏书一发出，很多大臣就劝曹丕登基。曹丕拒绝了，还假惺惺地说这加重了他的罪过。大臣们继续不知疲倦地劝说。汉献帝也十二分不情愿地"主动"发了好几道诏书，坚持要把皇位交给曹丕。

曹丕连续推让了几次后，觉得终于把戏演够了。在他的授意下，汉献帝命人搭了一座"受禅台”，又精心挑选了一个良辰吉日，当着文武百官的面，完成了禅让仪式。

220年，曹丕正式称帝，史称“魏文帝”，国号魏，定都洛阳。

221年，刘备称帝，史称“汉昭烈帝”，国号汉，定都成都。

229年，孙权称帝，国号吴，定都武昌，后迁都建业。正式开启历史上的魏蜀吴三国鼎立的局面。

从来没有真正当过实权皇帝的汉献帝刘协，在曹丕称帝后，被贬为山阳公。

大概是因为刘协没有一点威胁，又是曹家女婿，据说，曹丕对这位山阳公还很厚道：赐邑一万户，位在诸侯王之上；建立山阳公国，国都为浊鹿城；

课外小知识

东汉末年，社会纷乱，一直在思想上占统治地位的儒学衰微，文学得到了较大的发展。建安是汉献帝年号，建安前几年至魏明帝最后一年，这期间的文学创作被称为“建安文学”。“建安文学”的发展主要是在建安年间，主要有两组代表人物，一是孔融、陈琳、王粲、徐干、阮瑀、应玚、刘桢七人，人称“建安七子”；另一组就是曹操、曹丕、曹植。

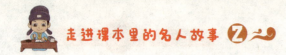

奏事不称臣，受诏不拜，享受天子礼仪。

据说，刘协运用在宫中所学的医术，成了一个悬壶济世的医生，民间把他和曹皇后称为“龙凤医家”。焦作一带的民众为了纪念他，不仅盖了献帝庙，还形成了许多有趣的民俗，比如把外公、外婆称为“魏公、魏婆”；端午节、中秋节流行“娘瞧闺女”。据说当地针灸、拔罐从不收费，对中草药可赊可欠、从不还价等习俗都是刘协留下来的老规矩。

刘协去世后，魏国以汉天子的规格和礼仪安葬了他，谥“孝献皇帝”，寝陵称为“禅陵”。

智慧解读

曹操不是没有称帝的野心，而是知道当时时机并不成熟，他默默地积蓄力量，不断提升曹家在朝中的影响力、掌控力。正是有曹操积累下来的深厚基础，曹丕才得以顺利称帝。

蜀汉开国皇帝刘备

走进课本

出自《中国历史》七年级上册第四单元第16课《三国鼎立》。

名人档案

姓　名： 刘备，字玄德
生卒年： 161—223年
职　位： 蜀汉开国皇帝
贡　献： 夺取两川；建立蜀汉。

东汉末年，群雄争霸，刘备也是其中之一。刘备出身皇族，是中山靖王的后代，只可惜家道中落，只好以贩卖草鞋为生。

刘备的奋斗史颇为曲折，在决心要干一番大事业之后，他在北方先后投靠了陶谦、吕布、曹操、袁绍等人，却始终没能建立起自己的根据地。袁绍战败后，他又去投靠荆州刺史刘表，被安排驻扎在新野。一次，他和刘表饮酒，中途去了一趟厕所，回来时，脸上却有了泪痕。刘表奇怪地问出了什么事，刘备伤感地说：“从前我南征北战，常年骑马，大腿内侧从不长肥肉，刚才却看见那里长出了肥肉。想到自己年纪已大，功业未成，实在让人难过啊！”

要成大事，就要有人才。刘备征战多年，手下也汇聚了不少人才。关羽、张飞是他的结义兄弟，能征善战的赵云是他帐下的猛将，可算来算去，他身边独独缺少一位谋士。为了弥补这个缺憾，他就去了藏龙卧虎的襄阳。

他首先见了名士司马徽，向司马徽请教当地有什么杰出的人才。司马徽说：“知道天下大势的往往是才能出众的俊杰。本地的两位俊杰，一位是诸葛亮，住在卧龙岗，人称‘卧龙’；一位是庞统，人称‘凤雏’。”

刘备本想去找庞统，但庞统那时已经去了江东，而剩下的那位诸葛亮又是个二十多岁的毛头小子，毫无经验。刘备思前想后，衡量再三，只能作罢。

刘备再次听到诸葛亮之名，是从他的军师徐庶口中得知的。长坂坡之战后，由于母亲被曹军抓获，徐庶不得不离开刘备，去往曹营。临行前，他也向刘备推荐了诸葛亮：“我有个老朋友叫诸葛亮，才华远在我之上，主公如果能得到他，便是得到一大助力。”

刘备很欣赏徐庶的才干，相信了他的推荐，欢喜地说：“好啊，那赶快把他请来吧。”

徐庶摇摇头：“他这样的人是不肯自己来的，还得委屈主公亲自跑一趟。”

诸葛亮的老家是琅琊阳都，他早年丧父，叔父诸葛玄因为和刘表是朋友，就带着他来到了荆州。诸葛玄去世后，他就在隆中定居下来，一边种地，一边读书。他学问渊博，常常把自己比作一代名相管仲和一代名将乐毅。不过他不看好刘表，不肯去辅佐他，只在隆中过着平静的生活。

刘备心想：既然徐庶那般推荐，上门一趟也没什么。决定之后，刘备就带上了关羽、张飞，风尘仆仆地赶到卧龙岗，想要拜访诸葛亮，没想到居然扑了空。

过了一段时间，刘备又去拜访。没想到诸葛亮外出访友未归，刘备又没见到。刘备一连碰了两次壁，但没有灰心。转眼就到了春天。这次，刘备特意挑了个好日子。诸葛亮正好在家，刘备见到诸葛亮后坦率地说：“如今汉室衰落，我有心重振汉室，

却才疏学浅，不知先生对天下大势有什么看法？”

诸葛亮先是详细分析了曹操、孙权等人的现状，以及荆州和益州的形势，最后说：“曹操占据了天子大义，又一统北方，我们无法与他争锋。孙权父兄三代把江东经营得如铁桶一般，又有长江天险，更是难以攻打，我们只能和他联合。唯有荆州

课外小知识

羽扇纶巾是儒将的标准装束，也是电视剧中诸葛亮的打扮。纶是一种用丝带编成的青色头巾，据说由诸葛亮发明，又称“诸葛巾”。羽扇则是羽毛做的扇子。制扇的羽毛分野禽毛和家禽毛两大类。野禽毛中，雕鹰类羽毛最为贵重，家禽毛主要是鹅毛。

的刘表年事已高，两个儿子又不成器；还有益州刘璋，也很软弱无能。如果您能抓住时机占领荆、益两州，建立根据地，然后整顿内政，发展生产，安定民生，保护根基，再安抚、联合四方的少数民族，联吴抗曹，形成三足鼎立之势。等到时机成熟，就从荆州、益州两路进军，消灭曹操。到那时，再打出您皇室后代的旗号，有谁不欢迎将军呢？”此番见解，就是著名的隆中对。

刘备大为佩服诸葛亮的才干，激动地拜他为军师，邀请他下山和自己一起打天下。诸葛亮被刘备的诚意所打动，答应了。

刘备曾说：“我有了孔明先生，就如同鱼儿得到水一样。”在诸葛亮等人的帮助下，刘备的事业走上了正轨。

智慧解读

刘备求贤若渴，在决定请诸葛亮出山后，不惜放下自己的身份、地位，一次不行就两次，两次不行就三次，不达目的誓不罢休；而诸葛亮前两次的避而不见又何尝不是对刘备的考验和试探？正是因为双方前期有了充分的了解，才在后面数十年中互相信任倚重，留下了三顾茅庐、君臣和谐的佳话。

宋武帝刘裕

走进课本

出自《语文》高一必修上册第三单元第9课《永遇乐·京口北固亭怀古》。

名人档案

姓　名：刘裕，字德舆
生卒年：363—422年
职　位：南朝宋开国皇帝
贡　献：平定孙恩之乱；消灭桓楚；北伐中原；统一南方。

刘裕小名寄奴，小时候家里非常贫困，父亲很早就去世了，他还未成年时就要种地、砍柴、卖草鞋、做小生意，挑起养家的重担。他从小就立志要做一番大事业。

刘裕成年后，投身北府军，从一个小军官做起，最后成了北府军将领。399年，孙恩等人发动叛乱，他奉命前去镇压，立下赫赫战功。桓玄篡夺皇位后，刘裕率兵讨伐桓玄。404年，桓玄兵败，刘裕迎回被俘的晋安帝，先后被封为侍中、录尚书事等职，执掌了朝政大权。为了扩大战功，提高自己的威望，刘裕决定北伐，收复晋朝失去的土地。

409年，刘裕从建康出发，出兵攻打南燕，包围了南燕的都城广固。南燕皇帝慕容超无法突围，连忙向比较强大的后秦求援。后秦正在跟大夏打仗，根本没有多余的兵力来救援南燕，南燕只好集中数万骑兵独自对抗刘裕大军。

南燕的骑兵和马匹都穿着铁甲，正面对敌时，能给敌人造成巨大的伤亡，因而有“铁骑”之称。为了对抗“铁骑”，刘裕想了一个办法，他在大军两侧安排了几千辆战车，士兵站在战车上，手里拿着长兵器以阻挡敌军冲过来的战马。这样一来，南燕骑兵的优势就无法发挥出来，两军交战半日，仍不分胜负。这时，刘裕派出另一支部队从后方进行偷袭，终于大败南燕军队。这种阵法就是最初的“却月阵”。不久，南燕官员开城门投降，慕容超被俘，南燕灭亡。

416年，刘裕再次北伐，派大将王镇恶、檀道济带领步兵从淮河一带向洛阳方向进攻，自己则亲

课外小知识

冷兵器时代，打仗都是短兵相接的肉搏战，所以非常讲究阵法，即作战的队形及不同兵种出战的先后顺序。战阵布得好，才能充分发挥军队的战斗力，取得胜利。除了却月阵，古代还有很多著名阵法。例如：战国孙膑创造的雁行阵，南宋名将岳飞破金兵“拐子马”的撒星阵，明代将领戚继光为抗击倭寇而创设的鸳鸯阵等。

率水军沿着黄河进军，两路并进，攻打后秦。

后秦军在刘裕大军的攻势下节节败退。当时，北方鲜卑族建立的北魏势力已经扩张到黄河北岸，后秦国主姚泓就向北魏求援。北魏答应出兵，他们在黄河北岸驻扎了10万大军监视晋军的行动，同时派出几千名骑兵在岸上跟晋军打起了游击战。每当黄河风高浪急，有落单的晋军士兵被河水冲到岸边时，北魏士兵就会把落单的晋军抓住杀掉，等到晋军大队人马上岸去追击他们时，他们又跑

得没影了。这么反反复复地骚扰，弄得晋军疲惫不堪。

刘裕经过周密准备后，开始了反攻。他挑选了700名精兵、100辆战车抢登北岸，在离河岸百余步的地方摆了一个半圆形的阵势，两头抱河，形状像一弯新月，这也是“却月阵”之名的由来。

晋军布阵的时候，北魏军看不懂他们在做什么，迟疑着没有进攻。刘裕抓住这个机会，挥动令旗，早就做好准备的士兵带着大弩猛然冲出，每辆战车上又增设了20名士兵，用盾牌把战车保护起来。

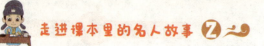

北魏军这才恍然大悟，向晋军展开了攻击。晋军用大弩猛射，还派神箭手把几根弓箭集中在一起发射，给北魏军造成了很大的伤亡，可北魏军人多势众，还有骑兵助阵，离晋军越来越近了。

晋军早有准备，立即把携带的1000多支长矛截成三四尺长的短矛，安在大弩上，用大铁锤敲动大弩，于是一根根短矛不断向北魏军飞去，每一根都能射杀三四个敌兵。北魏军渐渐抵挡不住，四散逃命。

这一仗晋军大胜，北魏军不敢再与晋军为敌。刘裕打通了沿黄河西进的通道，势如破竹，乘胜进军，于417年4月下旬到了洛阳，和早一步到达并已经攻克了洛阳的王镇恶、檀道济会合。随后刘裕攻占长安，消灭了后秦。这场南朝对北朝前所未有的胜利，使刘裕的威望达到巅峰。回朝之后，他就开始准备废晋自立。经过几年的筹备，420年，刘裕终于代晋称帝，国号宋，史称南朝宋。

智慧解读

南北朝时期，北朝士兵大多比南朝士兵更擅长骑射，两军交战，南朝军队往往吃亏。面对这种不利局面，刘裕积极开动脑筋，想出了应对之策。这种面对困难和挑战毫不退缩的精神，是他能够建立大业的原因之一。

梁武帝萧衍

走进课本

出自《中国历史》七年级上册第四单元第18课《东晋南朝时期江南地区的开发》。

名人档案

姓　名：萧衍，字叔达
生卒年：464—549年
职　位：南朝梁开国皇帝
贡　献：建立南梁；革除弊政；钟离大捷。

梁武帝名叫萧衍，他和他父亲原本是南齐官员，后来南齐内乱，萧衍趁机逼迫齐和帝禅位，自己当了皇帝，建立南梁。他在位时间长达48年，是南朝诸多皇帝中在位时间最长的。

梁武帝执政初期，很有一番作为和政绩。他还喜欢文学，他倡导和参与的齐梁文学有很高的成就，因此有“诗人皇帝”之称。可是，南梁局势稍稍稳定下来，国家富强一点之后，梁武帝就迷上了佛教。

519年，梁武帝到寺院受了菩萨戒。为了表示自己学佛的虔诚，527年，他又在皇宫旁边建造了一座规模宏大的同泰寺，每天早晚两次去寺院烧香拜佛，说这是在为百姓消灾祈福。

梁武帝不但时常去寺庙听僧人讲经，亲自登坛讲经，还不时带着文武百官在同泰寺举办法会。这样一来，朝中大事就渐渐荒废了。

梁武帝信佛以后，觉得为了吃肉而杀生是件罪过的事，因此他不但自己坚持吃素，还下令寺庙的僧人们从此统一吃素，祭祀宗庙时也统一用蔬菜代替猪、牛、羊三牲。他认为神灵悲悯世人，不喜杀生，应该吃素，可大臣们极力反对，梁武帝只好让步，把祭祀用的蔬菜改为面团捏成的三牲。

梁武帝到了晚年，决定把自己舍给寺庙，出了4次家。

第一次是修建同泰寺这一年，他到同泰寺做了住持，好在三四天后就回宫了。

529年，梁武帝再次舍身。他脱掉皇袍皇冠，在寺庙里睡木板床，吃斋饭。到寺庙的第二天，他就开坛讲经。那天，来听梁武帝讲经的善男信女足足有5万多人。

梁武帝不肯回宫，这可急坏了大臣们。他们一起来到同泰寺请梁武帝回宫处理国家大事。梁武帝转念一想：“普通百姓出家以后再还俗，还要拿一笔钱向寺院赎身，何况我是堂堂一国之君，怎么能一分钱不出呢？”

他让大臣们为他交纳一笔“还俗费”，大臣们无奈，只好凑了钱为皇帝“赎身”，终于让皇帝回到了皇宫。

546年，梁武帝第三次“出家”，并说这是为全国百姓祈福，是舍全国之身。这一次，大臣们又花了“还俗费”把他赎了回来。可不到一年，这位固执的梁武帝又第四次舍身了。这时国库已经没钱了，但国不可一日无君，过了一段时间，大臣们还是勉强凑了些钱把皇帝赎了回来。

相传，526年，达摩从佛教发源地印度远渡重洋，到达广州。梁武帝马上派专人前往，把达摩接到建康。

一见到达摩，梁武帝就迫不及待地问道：“朕即位以来，建造了很多佛寺，写了很多经书，度了很多人出家，我有什么功德吗？”

达摩说：“并没有功德。”梁武帝不解，达摩又

进一步解释道："你所做的这些都是刻意去做的，都是世俗和虚空的。真正的功德是纯净的智慧，它的本性是空寂的，这样的功德无法被刻意追求到。"

梁武帝又问："那圣人们追求的最高理想是什么？"达摩说："空荡荡。世上并没有圣人和不是圣

在佛教中，出家就是远离世俗之尘，所以出家又叫出尘。出家必须要剃落须发，抛弃俗服，穿上袈裟或者僧衣。在古代，出家具有无比的神圣性与崇高性。从年龄上说，7岁能分辨善恶，此时才能出家。年龄已超过60岁，生活不能自理的人不能出家。另外，如果无根或者二根（阴阳人），不具备男女相的人，不应出家。父母不允许的，也不能出家。犯了五逆罪（杀父，杀母，杀阿罗汉，出佛身血，破和合僧）的人、负债的人等都不能出家。除此之外，想出家的人还必须经过一段时间的考查，直到拜过的师傅和僧团内部都同意，觉得此人真心出家，能适应寺院生活，才能正式剃度出家。

人的区别。”

达摩意识到他与梁武帝的思想无法契合，就向梁武帝告辞了。后来他去了嵩山少林寺，在那里面壁9年，悟了道，成为中国禅宗的开山祖师。

梁武帝先后4次舍身，大臣们花费了大量的“还俗费”为他赎身。这些钱当然不会是朝廷自己出的，而是全部都转移到了百姓身上。梁武帝的行为也让全国上下都兴起了修建寺庙的风气。许多人看到学佛有利可图，便不肯努力工作，纷纷出家当起了和尚、尼姑。仅南梁都城就有10万名僧尼和500座寺庙，寺庙都修建得富丽堂皇。

这样一来，南梁的经济全面地衰败下来，繁荣的寺庙最终也毁于战火之中。晚唐诗人杜牧曾写下“南朝四百八十寺，多少楼台烟雨中”，以凭吊南梁当初的“繁华”。

智慧解读

梁武帝做皇帝时，放弃了皇帝的奢侈享受，还非常重视人权，决不轻易判处死刑，这原本是好事，可他作为一国之君，却把个人爱好凌驾于国家利益之上，完全不考虑百姓的承受能力和国家未来的发展，从而为南梁埋下了灭亡的种子。

名臣将相

曹操

走进课本

出自《中国历史》七年级上册第四单元第16课《三国鼎立》。

名人档案

姓　名： 曹操，字孟德

生卒年： 155—220年

职　位： 司空、大将军、丞相

贡　献： 实行屯田制；统一北方；奠定曹魏政权的基础。

东汉后期，宦官和外戚的权力非常大，在汉桓帝和汉灵帝统治期间，宦官的势力达到了顶峰。汉灵帝统治期间，有一个非常受汉灵帝宠信的宦官名叫曹腾，他收养了一个儿子，名叫曹嵩，曹操就是曹嵩的儿子。因为曹腾深受汉灵帝的喜爱，所以在曹腾的庇护下，曹嵩的官职极高，地位显赫，其子曹操的地位也很高。

189年，何进打算诛杀祸乱朝政的宦官，不幸的是，这个计划泄露了，结果何进未能诛杀宦官，自己反被害身亡。由于朝廷无能，手握重兵的西凉刺史董卓趁机进京，废了皇帝，自封丞相，权倾朝野。董卓独揽大权后打算让曹操为自己办事，而曹操因为亲眼看见了董卓的暴虐行径，所以不愿意为他办事，就连夜逃走了。

到达安全地带后，曹操联合了一些有实力的人，推举袁绍为盟主，共同起兵讨伐董卓。但是，那些盟友表面上与曹操一起讨伐董卓，其实都想保存实力，想等曹操打完胜仗后坐收渔翁之利。结果曹操并没有取得胜利，反而损失了很多士兵，于是曹操不得不招兵买马。在这期间，青州和冀州一带有两股力量逐渐壮大，即青州黄巾军和黑山军，后来，青州黄巾军与曹操发生冲突。曹操率领军队打败了青州黄巾军。曹操没有杀害这些战败的青州黄巾军士兵，也没有圈禁他们，反而将他们看作自己人，并把他们编入自己的军队。曹操的军队由此逐渐壮大起来，并开始了统一北方的大业。

196年，曹操“挟天子以令诸侯”，并颁布屯田

令，让无地农民和士兵垦荒。农业发展起来了，上战场打仗的士兵的粮食就有了，这为曹操统一北方创造了有利条件。曹操在发展农业期间还消灭了吕布、张绣、袁术等势力，其统治的范围不断扩大。曹操还是一个爱才如命、求贤若渴的人，他曾颁布很多招贤令，希望让更多的贤人为自己的事业出谋划策。

200年，袁绍认为自己兵力充足、军粮富裕，打算利用这些优势，起兵攻打曹操，消除曹操这个后患，于是他召集了10万名士兵攻打曹操。双方长期隔河对峙，曹操兵力处于劣势，一度打算撤军，

最终还是坚持下来了。同年，曹操凭借着较高的军事才能，打败了袁绍，紧接着便占领了冀州、青州、并州和幽州。击败袁氏残余势力后，曹操终于统一了北方。

208年，曹操在不费一兵一卒的情况下取得了荆州，刘备被迫逃至夏口，并说服孙权与自己联合

课外小知识

曹操不仅具有杰出的政治才能和军事才能，在文学上也有一定的成绩。他是建安文学的倡导者和组织者，为后人留下了许多佳作，如《龟虽寿》《短歌行》等。

对抗曹操，随后便爆发了著名的赤壁之战。曹操的士兵大多数是北方人，不擅长水战。为了解决这个问题，曹操命令工匠在所有的船上铺上木板，并将船用铁链固定在一起，这样士兵就能如履平地。江东将领黄盖擅长水战，看出了曹操这种计策的弊端，于是与周瑜联合起来使用了火攻的方法。这样一来，由于曹军的船连在一起，船上的曹军无法躲避，所以大部分曹军被烧死、淹死，赤壁之战中曹军损失惨重。曹操不得不率领剩余的部队退回北方。此后，曹操不敢发兵南方，军事力量大都集中在北方，至此形成了曹、孙、刘三方鼎立的局面。

智慧解读

诸葛亮曾称赞曹操用兵如神，智慧超人。曹操之所以能取得这样的成就，除了具有高超的军事才能，还因为他知人善用、唯才是用。他尊重、重视有才能的人，正因有了这些贤能人士的帮助，他才取得了后来的成绩。如今，要想在竞争激烈的社会中有自己的一席之地，这种知人善任的能力是必不可少的。

司马懿

走进课本

出自《中国历史》七年级上册第四单元第16课《三国鼎立》。

名人档案

姓　名：司马懿，字仲达
生卒年：179—251年
职　位：太尉、太傅
贡　献：抵抗诸葛亮北伐；屯田水利；平定辽东。

诸葛亮死后的几年里，蜀汉对魏国采取防守的策略。魏国的外部环境好转，但是它的内部却发生了动乱。

魏国的大将司马懿，出身士族。司马懿先后在曹操和魏文帝曹丕手下担任重要职位。由于他长期带兵在关中跟蜀国打仗，魏国大部分兵权落在了他手里。诸葛亮去世后，魏明帝又调司马懿去平定辽东的叛乱。

司马懿平定辽东后，被紧急召回洛阳。239年，魏明帝逝世。魏明帝无子，他八岁的侄子曹芳继位，尊郭皇后为太后。大将军曹爽、太尉司马懿遵魏明帝遗命，共同辅政。

曹爽是魏国开国皇帝曹操的侄孙，大司马曹真之子，魏国大将军。曹爽的几个弟弟也都封了侯。

曹爽虽说是皇族，但论能力、资格都跟司马懿差得远。开始的时候，他不得不尊重司马懿，有事总是询问司马懿的意见。后来，一些曹爽的心腹提醒曹爽说："大权不能分给外人啊！"他们替曹爽出了一个主意，用魏帝曹芳的名义提升司马懿为太傅，实际上是夺去司马懿手中的兵权。接着，曹爽又把自己的心腹、兄弟都安排了重要的职位。司马懿看在眼里，装聋作哑，毫不干涉。

曹爽登上高位后，就放纵起来，整天和亲信何晏、丁谧（mì）等人饮酒作乐，奢华无度，吃穿用度与魏帝相差无几，过着醉生梦死的生活。后来，曹爽等人的野心开始膨胀，他们把太后迁去永宁宫，不让她干预朝政，又大肆修改国家法令。即使司马懿多次劝阻，他们也不听。司马懿索性称病回家，不再上朝。

可曹爽还是不放心，他的亲信李胜被任命为荆州刺史，他就让李胜上任前去拜访司马懿，探探虚实，如果有必要，就把司马懿除掉。

司马懿猜到了李胜的意图，决定演一场好戏给李胜和他背后的曹爽看。

接见李胜时，司马懿让两个侍女搀扶着自己走出来，坐在椅子上，一副病势沉重的样子。

他装作想把手中的衣服披上，可手使不上劲儿的样子，结果衣服滑落到地上。侍女赶紧过来帮他穿好衣服。他又示意侍女自己饿了，侍女端了一碗粥来喂他吃，他哆哆嗦嗦地把嘴巴凑上去喝，结果

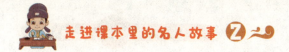

粥流了出来，弄得他满胸口都是。李胜以为司马懿中风了，十分同情他。

司马懿对李胜说：“听说你要去做并州刺史，那里靠近胡地，要小心戒备啊！”

李胜说：“我要去荆州，不是并州。”

司马懿再三道歉，说：“我现在病了，年纪也大了，耳朵不好。荆州好啊，你一定要多多努力，建立功勋。”接着又伤感地说，“以后恐怕再难有相见的机会了。我已经年老昏聩（kuì），不久就会死去，还恳请你多多照顾我的两个儿子。”说着说着，司马懿便哽咽不止。李胜听了长叹不已。

李胜回去后，把这些一五一十地告诉了曹爽。曹爽相信了，就没再找司马懿的麻烦。

249年正月，魏帝曹芳带着大臣们去郊外祭祖，

课外小知识

曹爽的心腹主要有三个人：何晏、邓飏（yáng）、丁谧。何晏是曹操的养子，也是著名的玄学家，他崇尚浮华，没有什么政治才能；邓飏和丁谧则倚仗曹爽的权势肆意妄为。这三个人被称为“台（即尚书台，三人都在那里任职）中三狗”，高平陵之变后都被司马懿诛杀。

曹爽也去了。

曹爽前脚离开京城，司马懿后脚就从床上跳了起来，没有一点儿病态的样子。他穿上铠甲，拿起武器，带着两个儿子司马师、司马昭，率领兵马占领了城门和兵库。他又假传太后诏令，宣布撤掉曹爽的大将军职务。

司马懿派亲信接管了军队，亲自出城迎接魏帝曹芳。曹爽的手下桓范劝曹爽挟持魏帝退回许都（今河南许昌），想办法抵抗司马懿。可曹爽胆小，司马懿又答应只免掉曹爽的官职，不会杀他，因此曹爽犹豫许久，还是选择护送天子车驾回到京城，交出兵权。

几天后，有人告发曹爽谋反，司马懿便派人把曹爽一伙人全部下狱处死。这样一来，魏国的政权就落到了司马家族手中，皇帝的权力越来越弱。

智慧解读

曹爽大权在握之后，一开始还能谦虚谨慎，但时间长了就变得骄奢起来，而且他缺乏政治头脑，最终被司马懿找到机会杀死。司马懿善于隐忍和伪装，经过长期准备，终于找到机会完成目标。这种为了实现目标而忍耐、克制的精神，值得借鉴。

诸葛亮

走进课本

出自《中国历史》七年级上册第四单元第16课《三国鼎立》。

名人档案

姓　名：诸葛亮，字孔明
生卒年：181—234年
职　位：三国时期蜀汉丞相
贡　献：隆中决策；协助刘备建立蜀汉政权；平定南中；五次北伐。

三国时，蜀国丞相诸葛亮因错用马谡而失去街亭时，他仅和2500名军士驻守在西城县。

此时，司马懿率军15万，直奔西城而来。

这时，诸葛亮身边没有大将，只有一众文官。众官员听到这个消息后，大惊失色。

诸葛亮登上城头查看军情，只见远处尘土飞扬，魏军正兵分两路往西城县冲过来。诸葛亮当机立断："把全城的旌旗都隐藏起来，军士各守岗位，如有随便出入城门及高声讲话者，格杀勿论！4个城门全部打开，每个城门用20个军士打扮成百姓模样打扫街道。等魏兵到时，皆不可妄自乱动，一切听我安排。”

命令传下去后，诸葛亮取来瑶琴，带着2个少年来到城头上，焚香操琴演奏。魏兵的前哨发现这个情况，马上向司马懿报告。司马懿立刻命令军队停止前进，自己纵马上前观望。

来到城下，果然见诸葛亮在城楼上悠闲自得地焚香弹琴，诸葛亮左边的少年手捧宝剑，右边的少年手执麈尾。城门内外，仅有20余名百姓，这些百姓低头打扫，旁若无人。司马懿看后怀疑城中有伏兵，连忙指挥部队撤退。

他的儿子司马昭说：“诸葛亮有可能没有多少士兵，故意这样做来虚张声势，父亲为什么要退兵呢？”

课外小知识

据宋代高承编撰的《事物纪原》记载，诸葛亮南征班师时，遇到了大风，无法渡河。孟获说河里有猖神作怪，需要用人头和牲畜祭祀才能安然渡河，但诸葛亮认为用人头祭祀太过残忍，就用面粉揉搓成人头的模样，混上牛、羊肉，用来祭祀。

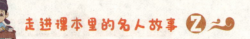

司马懿板着脸说：“诸葛亮一向谨慎，从不冒险。今天大开城门，必定有重兵埋伏在城内。我们要是冲进去，就会中埋伏。你懂得什么，还不快退兵！”

诸葛亮见魏军远去，哈哈大笑起来。

众官员问他说：“司马懿是魏国的名将，统率15万精兵来到这里，见了丞相却慌忙撤退，这是什么原因呢？”

诸葛亮说：“司马懿料定我平生谨慎，从不冒险，见我们这样镇定，怀疑有重兵埋伏，所以退去。我并非在冒险，只是因为不得已才这样啊！”

大家敬佩地说：“丞相的计谋，鬼神也不能预料啊。如果我们来指挥，必定会弃城而走了。”

诸葛亮说：“我们只有2500名士兵，如果弃城而走，走不了多远就会被敌人追上，那时不就死路一条了吗？”

智慧解读

战场之上，特别是当敌我力量悬殊时，一定要揣测敌人的心理，做到临危不乱、安排得当。我们遇到困难时也要沉着镇定，不能慌张。

文化巨匠

王羲之

走进课本

出自《中国历史》七年级上册第四单元第20课《魏晋南北朝的科技与文化》。

名人档案

姓　名： 王羲之，人称王右军

生卒年： 303—361年

职　位： 东晋书法家

贡　献： 写有《兰亭集序》。

王羲之，字逸少，琅琊临沂人。他出身贵族，因担任过右军将军的职位，人们又称他为“王右军”。王羲之有“书圣”的美誉，书法造诣很高，尤其精通草书、楷书、行书。

他从小喜欢书法，7岁时就跟着书法家卫夫人苦练，即使不练字的时候，也经常用手指比画，感悟书法的意境。据说他家后院有一个池子，他常在那里洗毛笔，时间久了，池子里的水都变得像墨汁一样黑了。

因为他的勤奋加上名师指点，所以他的书法达到了很高的水平，很受人们欢迎。

一次，王羲之路过一个村子，在集市上看到一个老婆婆在卖一种六角形的竹扇。过路人对竹扇大多看上一眼就走了，竹扇迟迟卖不出去。王羲之同情老婆婆，对她说："这竹扇上没有装饰，很简陋，自然卖不出去，不如我帮你在扇子上题几个字，作为装饰吧。"

老婆婆不认识王羲之，看到他这么热心，就抱着试一试的态度，把竹扇交给了他。

王羲之提起笔，龙飞凤舞，很快就在每把扇子上面写好了几个大字。老婆婆不识字，看到字迹潦草，担心扇子更没有人买了，不禁后悔起来。

王羲之安慰老婆婆："你只要告诉别人，这是王右军写的字，很快就能卖出去了。"

等王羲之走后，老婆婆就照他的话高声叫卖起来。人们听到喊声聚集过来，看到果然是王羲之的真迹，眨眼的工夫就把竹扇抢光了。

王羲之除了酷爱书法，还有其他爱好——养鹅、观鹅。山阴城外的道观里有一个道士，很想得到一份王羲之手抄的《道德经》，可王羲之轻易不肯帮人抄经。他打听到王羲之的喜好后，顿时有了主意。

他特地买了一群品种优良的小白鹅，养在道观外的池塘里，又暗中把消息透露了出来。王羲之听说后，果然兴冲冲地跑来观赏了。

小白鹅在水里悠闲地浮游着，一身雪白的羽毛，映衬着高高的红顶，十分可爱。王羲之在那里看得出神，久久不愿离开。等到回过神来，他连忙去道观找这个道士，恳求道士把这群小白鹅转卖给他。道士摇摇头："这是敝观养来供香客们观赏所用的，不卖。"

王羲之很不甘心，再三恳求。道士这才一本正经地说："如果你替我抄一遍《道德经》，我就忍痛割爱，把这群鹅全送给你。"王羲之十分爽快地答应下来，提笔写了一份《道德经》，换得了那群小白鹅，乐呵呵地回家了。

王羲之的书法作品有很多，他最广为人知的杰作是《兰亭集序》。

他40多岁时，在会稽为官。可他厌倦官场，将

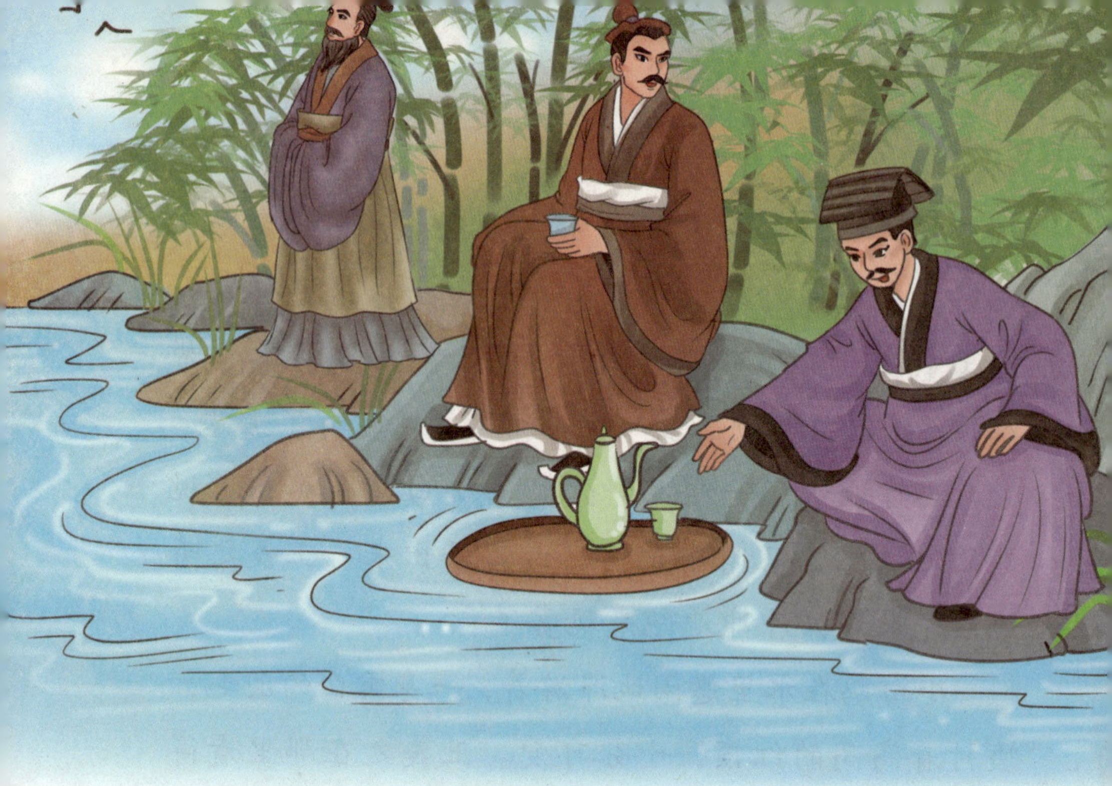

书法作为自己毕生的追求。他经常游山玩水，吟诗会友，从中感受艺术的美。

353年的春天，他邀请了谢安、孙绰等朋友在会稽郡山阴的兰亭聚会。一行人悠闲地行走在山径之中，王羲之提议玩一次传统的“曲水流觞”助兴。

众人十分赞同，大家找到一条弯弯曲曲的小溪，分别找溪边的石头坐下。坐定后，王羲之让书童准备几只装满酒的觞(shāng)，放在一个木盘里，让木盘从小溪的上游顺流而下。木盘停在谁的身边，谁就要作一首诗。大家一边喝酒，一边作诗，十分尽兴。

游戏结束时，共得到二三十首小诗，为了纪念这次聚会，大家提议把这些诗编成一本册子，取名《兰亭集》，公推王羲之为诗集作序。王羲之在兰亭摆下笔墨，当众挥毫写下了324个字的《兰亭集序》。全篇用了20个“之”字，每个“之”字的写法都不一样，气象万千，被公认为“天下第一行书”，是王羲之书法艺术的代表作。

据说，王羲之曾重写《兰亭集序》，可怎么也做不到第一次书写时那样好，他不禁感叹道：“会稽时，恐怕是天神相助，才能得到那幅佳作吧。”

王羲之把《兰亭集序》作为传家宝传了下去，

课外小知识

王羲之16岁那年，太尉郗鉴想给年方18的女儿找个丈夫。他与丞相王导同朝为官，感情深厚，就把自己择婿的想法告诉了王导。王导说：“我家族里子弟众多，你尽管前去挑选。”

于是，郗鉴就命心腹管家带上重礼去王丞相家拜访。王家20来个年轻公子得到消息后，都把自己收拾得一表人才，争先恐后地出来相见。可郗府管家数来数去，总差一个人。王府管家就领着郗府管家来到东跨院的书房里，看到王羲之正靠在东墙的床上袒腹仰卧，睡得正香。

郗府管家回去报告后，郗鉴对这个一点都不在意太尉觅婿的年轻人产生了兴趣，立即亲自来到王府。郗鉴和王羲之会面之后，看到他既豁达又文雅，才貌双全，很是满意，当场择为女婿。“东床快婿”一说就是这样来的。

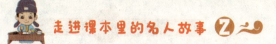

后来这幅作品还曾落入唐太宗之手，据说唐太宗死前，因为太过喜欢这幅书法，就下令用《兰亭集序》殉葬。

355年3月，王羲之辞去官职，迁居到绍兴金庭。他建书楼，植桑果，教子弟，赋诗文，作书画，他的后代也擅长书画，作品挂满厅堂和书房，人称“华院画堂”，他所处的村子也被称为“华堂”，沿用至今。

定居金庭后，他和友人四处游览名山大川，四处拓印历代碑刻，寻找前人留下的各种字帖，学习其中的精髓。他早年学习卫夫人，草书学习张芝，真书学习钟繇，博采秦篆、汉隶及六朝碑刻之长，摆脱了汉魏以来的质朴书风，自成一家，影响了一代又一代的书苑。历代书法名家都对王羲之心悦诚服，他也因此有了“书圣”的美誉。

智慧解读

王羲之在学习书法的过程中，师古而不从古，向多位老师学习却不拘泥于所学，创造出自己的风格，从而成就“书圣”之名。他的独特之处正在于他的创造性。反之，如果他只是一味向前人学习，那么无论写得多好，都难以得到后世书法家衷心的认可与崇敬，可见创造力的可贵。

顾恺之

走进课本

出自《中国历史》七年级上册第四单元第20课《魏晋南北朝的科技与文化》。

名人档案

姓　名：顾恺之，字长康

生卒年：约345—409年

职　位：东晋杰出画家、绘画理论家、诗人

贡　献："六朝四大家"之一；水墨画鼻祖之一；"才绝、画绝、痴绝"三绝。

东晋时期，不仅有大书法家王羲之，还有一位鼎鼎大名的画家顾恺之。

顾恺之，字长康，小字虎头，晋陵无锡人。他非常博学，会写诗作赋，工于书法，尤其擅长画人像、佛像、禽兽、山水。除了绘画技艺高超，顾恺之在绘画理论上也有突出的成就，他在绘画理论中提出了传神论、以形守神、迁想妙得等观点，并主张画家画出的画作应该表现出人物的精神状态和性格特征，重视对象的体验和观察，通过迁想妙得把握住对象的内在本质，在形似的基础上以形写神。顾恺之的这些绘画理论，为我国传统绘画的发展奠定了基础。被当时的人们称为“才绝、画绝、痴绝”，与曹不兴、陆探微、张僧繇合称“六朝四大家”。

他年轻时，画功虽好，却声名不显。有一年，东晋都城建康新修建了一座瓦官寺，寺里资金不足，寺院的住持只好向大家募捐。捐钱的人虽然不少，可都是小钱，远远不够修建寺庙所用。

正当庙里僧人为钱发愁时，顾恺之在寺庙的捐资簿上写下了“捐钱百万”。僧人们知道顾恺之虽然绘画能力很强，却不是富裕之人，看到他开了一张“空头支票”，都十分疑惑。顾恺之摊开手，说：“钱，我现在是拿不出来，不过，只要给我一面刷白的墙壁，我保证钱就会来了。”

僧人们半信半疑，但还是按照顾恺之的话安排下去。接着，顾恺之住进了寺庙中，整日潜心作画。他花了近一个月的时间，终于在墙上画了一幅维摩诘居士的画像。可奇怪的是，画像没有眼睛。

顾恺之说：“我的画已经快完成了，明天就可以请人来参观。不过，第一天来看画的，要捐10万钱；

第二天来的，要捐5万钱；第三天来的，捐多少钱都可以。”僧人们奇怪地问为什么这么安排，顾恺之笑着说：“画人像时，如果想让人像传神，全靠一双眼睛。眼睛画好了，整幅画就能活灵活现，有血有肉。比较起来，身体其他部位画得好与不好就不是最重要的了。”他又强调说，明天他将当着大家的面，亲自为画像点上眼睛。

僧人们点头称赞，马上把这个消息传播了出去，好奇的人们都想先睹为快。

第二天一大早，寺院里就挤满了人。顾恺之走到画像前，全场鸦雀无声。等到顾恺之画笔落下又提起时，画中的人物突然神采飞扬，大放异彩，就像突然活过来了一般，连整个寺院都光亮了几分。

片刻沉默后，喝彩声此起彼伏，巨大的声浪都快把寺庙的屋顶掀翻了。仅第一天，100万钱就募集到位了。顾恺之的名声顿时传遍了全城，凡是见过他的代表作《女史箴图》《洛神赋图》《列女仁智图》的人，都说他的画技十分了得。

顾恺之有“痴绝”之名，画画之余，还留下了不少趣闻。有一年，他做了散骑常侍，心里很是高兴。一天晚上回到家里，他看到明月当空，不由得诗兴大发，就在月光下吟起诗来。邻居谢瞻与他同朝为官，听到他吟诗，就隔着墙夸奖了他几句。这一夸，顾恺之兴奋得忘了疲倦，一首接一首地吟起来，还不时和谢瞻互动几句。谢瞻隔着墙陪了一会，觉得累了，就叫来一个下人代替自己继续陪着顾恺之折腾。人换了，声音也换了，顾恺之却一点都没察觉，一直吟咏到天亮才停下来。

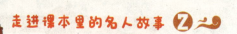

还有一年春天，他要出远门，就把自己满意的画作都集中起来放到一个柜子里，让大司马桓玄帮他保管。桓玄收到柜子后，偷偷把柜子打开，看到那些好画，爱不释手，就把画作都取了出来。两个月后，顾恺之回来了，桓玄把空柜子还给了他。他回家打开一看，发现一张画作都没有了，就惊叹："妙画有灵，变化而去，犹如人之羽化登仙，太妙了！太妙了！""痴绝"之名，真是名不虚传。不过

课外小知识

有资料记载，顾恺之吃甘蔗的方法和别人不同。别人一般从最甜的部分吃起，不甜了就扔掉，而顾恺之则从甘蔗的末梢吃起，越吃越甜。这一举动蕴含着深厚的生活哲理，即生活越来越甜。

有人说，顾恺之只是不喜欢桓玄这个“官二代”，又不能得罪他，才不得不给自己找个台阶下而已，那是大智若愚。

顾恺之画人物重视点睛之笔，认为传神写照，全靠一双眼睛；重视对所绘对象的体验、观察；重视形象思维；追求在形似的基础上进一步表现人物的情态神思。

比如，他给殷仲堪画像的时候，在笔画中夹杂丝丝点点的白痕，使得殷仲堪画像的眼睛看上去就给人一种灵动的感觉。

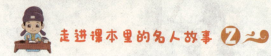

他还曾把谢鲲画在一块岩石中以突出谢鲲的性格；画裴楷时，又特意在裴楷颊上添三毫，顿时显得裴楷神采焕发。

他的山水画也很出名，在他眼里，山水就像人一样，有生命，有活力，有情感，仿佛能与人交流。他对绘画艺术的贡献使他在中国美术史上占有极其重要的地位。

智慧解读

顾恺之对自己的画作有十足的信心，因此才有了给寺庙开“空头支票”的举动。这份大胆、自信促使他勇于突破陈规，画出别有新意的画作，提出新的绘画理念，从而使他在中国绘画史上占据了一席之地。

陶渊明

走进课本

出自《语文》八年级上册第六单元第25课《诗词五首·饮酒（其五）》。

名人档案

姓　名：陶渊明，别名陶潜
生卒年：约365—427年
职　位：东晋诗人
贡　献：田园诗派创始人。

陶渊明，字元亮，又名潜，浔阳柴桑（今江西九江西南）人，是东晋时期著名的田园诗人、辞赋家、散文家，人称“五柳先生”。因为他有不向权贵低头的风骨，所以人们又称他为“靖节先生”。

他的曾祖父是东晋名将陶侃，祖父、父亲也曾做过太守，可到了他这一代，陶家已经没落了。他九岁时，父亲去世，母亲只好带着他和妹妹一起投奔外祖父孟嘉。

他的外祖父孟嘉是东晋名士，喜欢杯中之物，喝得高兴时，会忘了一切烦恼，却从不醉酒闹事。陶渊明跟随孟嘉长大，个性、修养都受到孟嘉的影响，为人正直，喜好山水。

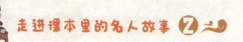

外祖父家丰富的藏书给陶渊明提供了学习条件。他不仅看了《老子》《论语》，学了历史，还喜欢读一些讲述神话故事的“异书”。丰富的阅读兴趣培养了他“猛志逸四海”和“性本爱丘山”这两种不同的志趣。

陶渊明少年时期，怀着救济苍生的愿望担任过江州祭酒，可那时人们重视出身，而他出身庶族，总是受到别人的轻视和欺辱。陶渊明无法忍受这样黑暗的官场，没多久就离开了。

晋安帝隆安四年（400年），陶渊明又到了荆州，在荆州刺史桓玄手下当了一名小吏。这时桓玄控制着长江中上游地区，时常琢磨着怎么夺取东晋政权。陶渊明十分后悔来帮桓玄这个野心家。一年后，由于母亲去世，他就趁这个机会再次辞官归家。

晋安帝元兴三年（404年），桓玄起兵，夺了皇位，自立为帝。后来刘裕起兵讨伐桓玄，桓玄兵败，掳走了皇帝。正在隐居的陶渊明知道后，冒险投奔了刘裕，将桓玄的情况一一告诉给刘裕，以实现自己和篡夺者抗争的心愿。陶渊明高兴地说："虽然我只是一个默默无闻的小人物，可同样有救国的志向。"

可没多久，他看到刘裕为一己私利胡乱杀害有功之臣，不由得对官场的黑暗十分失望，心灰意冷之下，他坚决地辞了官。

晋安帝义熙元年（405年），陶渊明在叔父陶逵的推荐下，担任彭泽县令。他觉得县令这种官职的应酬不多，应该比较自在，就去上任了，这也是他最后一次出仕为官。

两个多月以后，郡里派了一名督邮到彭泽视察，让陶渊明前去拜见。陶渊明知道那个督邮是一个不学无术，只知道对上阿谀逢迎、对下作威作福的家伙，心里十分厌烦，很勉强地准备前去拜见。衙门里的小吏看他还穿着便装，连忙提醒他："大人，去拜见督邮大人应该换上官服、束上带子才合礼法。"

陶渊明叹口气说："我可不愿为了五斗米向那等小人打躬作揖！"说完，这位上任仅80余天的彭泽县令把官印丢给小吏，直接回家了。这次，他对官场彻底失望了，最终选择归隐田园。

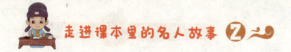

陶渊明回到柴桑老家，看到家门前有五株柳树，他就给自己起了个“五柳先生”的别号。妻子翟氏和他志同道合，两人一起当起了农民，空闲的时候，他就欣赏欣赏院子里的菊花，或是写写诗歌。

他喜欢喝酒，每次朋友来访，只要家中有酒，他必定和朋友痛痛快快地喝上一场。如果他先醉了，就对朋友说“我醉欲眠，卿可去”，然后便自己睡觉去了，朋友们也见怪不怪。

他虽然归隐田园，却不是农家出身，不是一个种地的好手。他刚开始还可以过上小康生活，后来

课外小知识

古代的9位“酒鬼”文学家中，魏晋时期占了6个名额。其中最洒脱的是陶渊明，最勇敢的是孔融。曹操因粮食收成不好颁布禁酒令的时候，别人都不喝了，只有孔融直接上书给曹操，文采飞扬地写了好长一段，是公开挑衅曹操的第一人。

最放纵的是阮籍和刘伶，他们都喜欢在车里放上酒，走到哪里喝到哪里。刘伶的车上跟着一个人，职责是等刘伶喝死的时候把他埋了。阮籍喝到感情上来了就下车大哭，一次他走到楚汉交战的广武山，说出了一句千古名言：“时无英雄，使竖子成名！”

最执着的是郑泉，他喝一辈子酒还是觉得没够，临死前还反复叮嘱家人，一定要把他埋葬在炼制陶器的地方，期盼着自己的尸骨化成泥土，然后幸运地被制作成酒壶，永远泡在酒里，与酒生死不离。

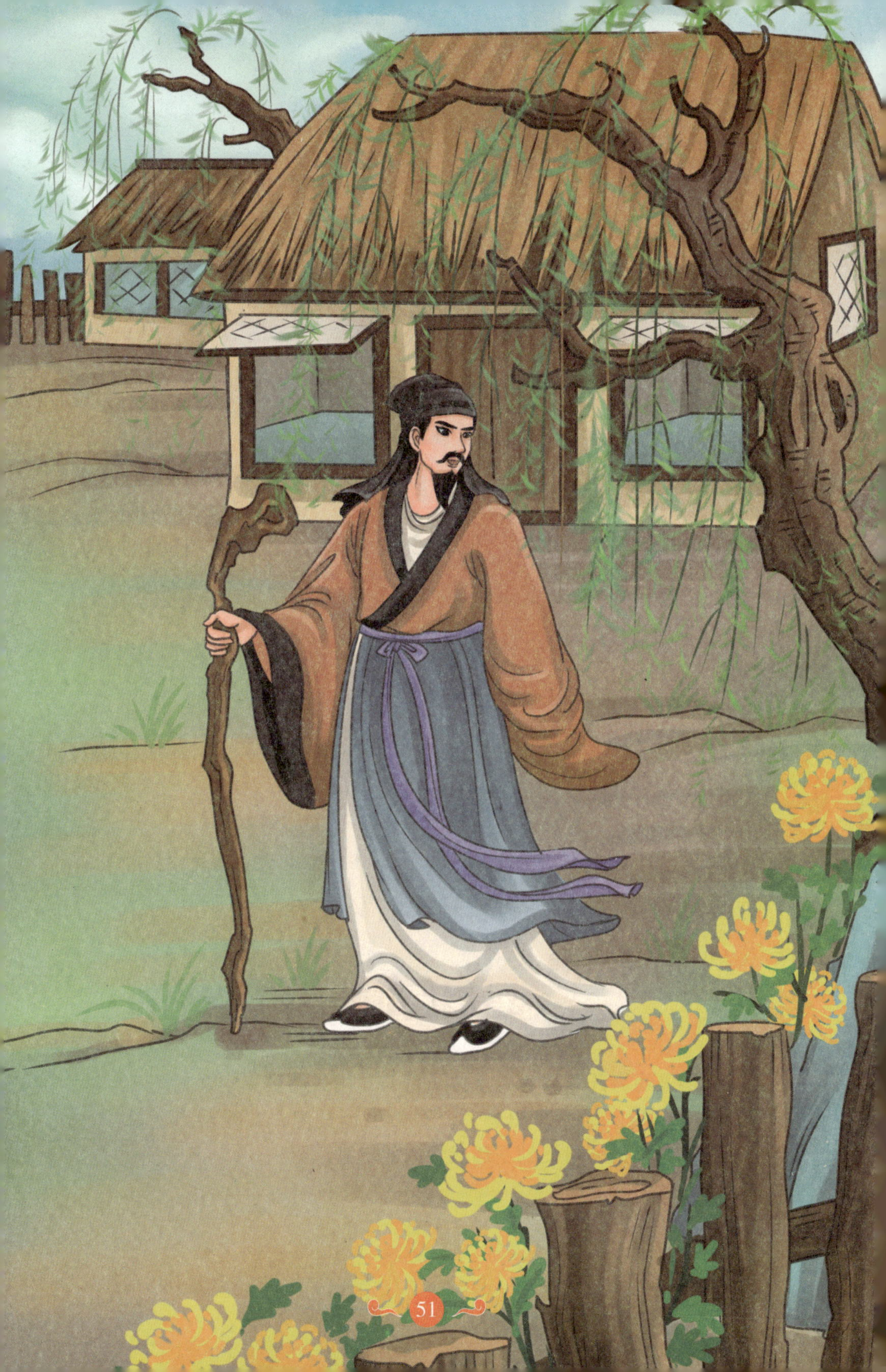

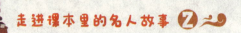

农田不断受灾，他的生活也日益窘迫。义熙四年（408年），家里又遭了一场火灾，家境渐渐恶化起来，以致“夏日长抱饥，寒夜无被眠”。朋友们劝他为了生计委曲求全，再次出仕，但他都委婉地拒绝了。贫困时，他就靠朋友们的接济和借贷为生。20年后，他在贫病交加中去世了。

虽然贫困，但陶渊明始终没有改变志向，一直追求着心灵的宁静与淡泊。他开创的田园诗体系使中国古典诗歌达到了一个新的境界，被称为“隐逸诗人之宗”。

陶渊明留下了许多优美的文学作品，如《桃花源记》《五柳先生传》《归去来兮辞》等。其中著名的散文《桃花源记》描写了一个桃花如锦、没有战乱和纷争、人们和谐相处、社会安定富足的世界，寄托了他对理想社会的期望。桃花源也成为后世人们理想中安乐美好的精神家园的象征。

智慧解读

陶渊明离开东晋官场是由于他对自由人格的追求和对俭朴生活的热爱。他归隐田园后，虽然生活贫困，却始终不改其志，其高洁的人格受到了历代文人的尊重。

祖冲之

走进课本

出自《中国历史》七年级上册第四单元第20课《魏晋南北朝的科技与文化》。

名人档案

姓　名：祖冲之，字文远

生卒年：429—500年

职　位：数学家、天文学家

贡　献：《大明历》；圆周率；水碓磨；指南车；千里船；定时器。

453年，南朝宋文帝的儿子刘骏即位，史称“宋孝武帝”。这期间，政治环境相对安定，经济文化得到了一定的发展，出现了许多优秀的人才，他们在各个领域为科学文明的发展做出了巨大的贡献。杰出的数学家和天文学家祖冲之就是其中之一。

西晋末年，祖冲之的家乡受到战争的破坏，祖冲之的家族迁居到了江南。他的祖父名叫祖昌，是朝中掌管土木工程的官员，在科学技术方面很有造诣。受到祖父的影响，祖冲之从小就有了与先进科学技术接触的机会。

祖冲之的父亲望子成龙，让不到9岁的祖冲之读《论语》，可祖冲之对儒家经典不太感兴趣，背了2个月也只能背出几段，把他的父亲气坏了。开明的祖父却认为，不一定要读经书才能有出息，他想起祖冲之从小就喜欢问他各种有趣的天文问题，就每天教他看天文书。

祖冲之对各种自然科学知识都有很大的兴趣，对这个世界充满了探索的热情。青年时的祖冲之经常观测太阳和其他星球的轨迹，很认真地做记录。一次，祖父带他去拜访一个精通天文学的朋友何承天，何承天问他："研究天文是很辛苦的，又不能升官发财，你为什么要研究它呢？"祖冲之认真地回答说："我只想弄明白天地的秘密。"何承天大笑起来。从此祖冲之与何承天成了忘年交，共同探讨天文知识，加上丰富的实践，祖冲之很快成了杰出的数学家、天文学家。

不久，祖冲之的博学多才传到了宋孝武帝的耳中。宋孝武帝把他召到"华林学省"工作，希望笼络这个杰出的青年。虽然祖冲之对做官并不感兴趣，但考虑到在宫里可以专心地研究天文、数学，不受外界的干扰，就决定留下来。

祖冲之在宫中找到了很多珍贵的历史资料，其中有一本记载了历法。祖冲之认为，虽然刘宋时的历法比起以前有了很大的进步，但还不够精确。他在前人的基础上编制出更加精准的历法——“大明历”（“大明”是宋孝武帝的年号）。这种历法跟现代的历法相差只有50秒，其中月亮环行1周的天数与如今的测量结果相差不到1秒。可见祖冲之在历法方面的造诣。

他还是一个科学发明的能手，制造出了失传已久的指南车。指南车无论怎样转弯，车上的铜人总是指向南方。他还发明了“千里船”“水碓磨”等巧妙的机械装置。

他虽然沉迷于科学研究，但也同样关心时事。他担任长水校尉期间，写了一篇《安边论》，提出了开垦荒地、发展农业、巩固边防、安定民生的强国策略。可惜因为战乱，他的理想未能实现。

最广为人知的是他的数学研究成果。无论是研究机械还是历法、天文，都需要数学知识，因此他在数学方面的成就也是很高的。他写过一本《缀术》，是对古代数学著作《九章算术》做的注释，唐朝时，这本书成了国家级学府的教科书。

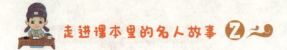

他在数学上最有名的贡献则是对圆周率的计算。他是世界上首位把圆周率精确到小数点后7位的科学家，直到1000多年后，欧洲的科学家才研究到这个程度。

圆周率是圆周的长和其直径的比率。古代有一种圆柱形的容器，通常作为量器使用。人们在制造这种容器前，有了圆周率这样的数值，就能按需要制造出大小合适的容器了。

早在魏晋时期，一位叫刘徽的数学家就用“割圆术”的方法计算出了圆周率。祖冲之的治学态度

课外小知识

在祖冲之推算出圆周率的时候，北朝的北魏也出现了一部综合性农学专著——《齐民要术》。书中的“齐民”是指平民百姓；“要术”指的是谋生的方法。作者是北魏的贾思勰。

书中正文一共92篇，主要收录了当时中国农艺、园艺、造林、兽医、蚕桑、配种、酿造、烹饪等知识。它是世界农学史上最早的专著之一，也是中国现存最早、最完整的古代农书，对古代中国的农业发展有着重大影响，受到中国历代朝廷的重视。

十分严谨，他虽然重视古人的研究成果，但喜欢用实践去检验。经过验证，他发现“割圆术”的计算结果不够准确，就对计算圆周率的方法进行了重大改进。

他根据刘徽的计算方式，设置了一个直径1丈，有192条边的多边形，经过计算，得到了圆周率的数值。可这还不够，他又假设了一个有24576条边的多边形，据此计算出了更精确的圆周率，即3.1415926到3.1415927之间。

把圆周率精确到小数点后7位，在古代是非常了不起的成就。那时没有电脑，全靠人来计算。人们用一些小棍子摆出各种图形来表示不同的数字，称为“算筹法”。每计算一次，就要把木棍重新摆放一次，如果不小心使木棍移动了位置就得从头再来。祖冲之计算圆周率时，要经过数十个步骤，计算上百次，为了验证数值的准确性，每个步骤都要反复执行，可见这项工作的庞杂与艰巨。

祖冲之还研究度量衡，并用最新的圆周率成果修正古代量器容积的计算方法，通过多方面的努力最终精确推算出圆周率的数值，这对我国乃至世界都是一个重大贡献，后人将这个精确推算值命名为“祖冲之圆周率”，简称“祖率”，以此来纪念祖冲之。

500年，这位伟大的科学家、数学家去世，享年72岁。后人为了纪念他，就把月球上的一座环形山以他的名字命名，即“祖冲之环形山”。

智慧解读

祖冲之将自己的大部分精力都放在学习与研究上面，才有了那么多伟大的发明。同时，他不是一个漠视社会、只顾学术研究的人。当江南再次变成战场时，他主动提出自己的建议，期盼国家不再风雨飘摇、社会不再动荡不安。这样的祖冲之充满了人性的温暖，受到百姓的爱戴与尊重。

隋、唐、五代时期

隋文帝杨坚

走进课本

出自《中国历史》七年级下册第一单元第1课《隋朝的统一与灭亡》。

名人档案

姓　名：杨坚，小名那罗延
生卒年：541—604年
职　位：隋朝开国皇帝
贡　献：建立隋朝；结束南北分裂局面；开创“开皇之治”；建立三省六部制；等等。

581年，隋朝建立。隋文帝又经过多年准备，终于在589年一举消灭陈朝，统一全国。政权基本稳定后，隋文帝开始着手改革。这场改革主要涉及国家政治体制、赋税、土地制度、法律、货币等方面，通过改革，使满目疮痍的国家迅速恢复了生产，经济复苏，百姓得以安居乐业。隋文帝在位的这段时间，被称为“开皇之治”。

华夏持续数百年的分裂局面，不但使国库空虚，而且使百姓的生活也十分艰难，出现了百姓没地种、没粮吃的问题。为了让耕者各有其田，百姓能安居乐业，隋文帝即位后的第一件事就是推行均田制。均田制不仅限制了地主兼并土地，有效提高了农民种地的积极性，还使国家的税收得到了保障，这对隋朝的经济发展起到了至关重要的作用。

因各地气候不同，粮食生产情况也不一样，有的地区丰收，有的地区歉收。隋朝的国都在关中地区，本是富饶之地，可有几年却因为人口暴增而出现粮食紧缺的情况。于是，隋文帝征发民夫开凿了一条人工河通往关中，解决了运粮的问题。他还设立了许多粮仓，丰收时储存粮食，灾荒时就低价出售以前储存的粮食。因为这样能平抑粮价，所以人

课外小知识

隋朝修建了很多粮仓，其中规模最大的六座是兴洛仓（在今河南省巩义市）、回洛仓（在今河南省洛阳市）、黎阳仓（在今河南省浚县）、广通仓（在今陕西省华阴市）、河阳仓（在今河南省孟州市）、常平仓（在今河南省三门峡市）。

们就称这些粮仓为“常平仓”。

隋文帝还十分重视文化传承。583年，他向全国发布诏书，凡贡献1卷古代典籍者，就能得到1匹丝绸。这样一来，隋朝收集到很多散落民间的古籍，藏书高达37万卷，是历代中最多的。

为了使国力更快地强盛起来，让官员们奉公守法，隋文帝不但自己非常节俭，而且对贪赃枉法者也不姑息纵容，发起了数次反贪运动。有一次，连三皇子杨俊都被牵连进来了。

隋文帝登基后，杨俊渐渐变得爱奢侈起来，姬妾成群，又建造水上宫殿供自己享乐，还用各种华美的珠宝玉石去装扮宫殿和美女。他还通过向别人放高利贷赚钱。隋文帝知道后大怒，免除了他的所有官职。

将军刘升劝道：“秦王只是浪费了一点儿，也没犯什么大错，您就饶了他吧。”

见隋文帝没有答应，宰相杨素也来劝他，说：“秦王是犯了错，可他的过错不足以让他落到这个地步，请皇上再考虑一下吧。”

隋文帝生气地说：“我是5个儿子的父亲，依你们的意思，是不是要额外制定一个让天子的儿子专用的法律？当年周公可以诛杀叛乱的管叔与蔡叔，我虽然远远不如周公，但是怎么能损坏法律的尊严呢？”

杨俊为此病倒了，只好派使者向父亲请罪，使者却被隋文帝狠狠地骂了一通。杨俊又羞愧又害怕，病情顿时加重了。直到后来隋文帝看到他确实悔改了，才恢复了他的职位。

杨俊30岁时去世了，隋文帝很伤心，他把杨俊

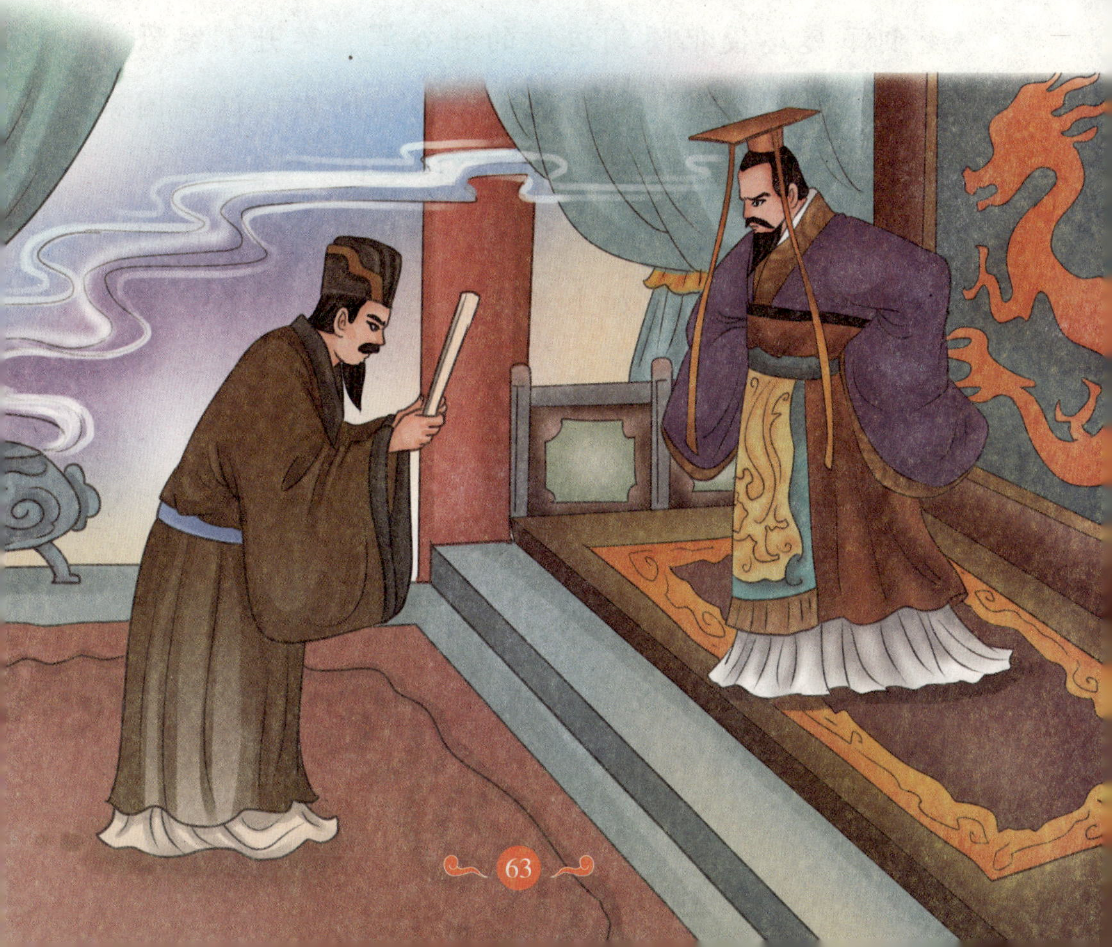

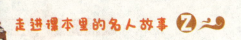

所有华丽奢侈的遗物都烧掉了。王府幕僚请求为杨俊立碑纪念，隋文帝说："想要留名，只要一卷史书就够了，哪里还需要石碑？如果子孙不能保存家业，那么石碑不过是白白地送给人家做盖房子的基石罢了。"

大臣看到连皇子犯法都不会被宽赦，办起事来自然不敢怠慢了。

在隋文帝的治理下，隋朝不但国内一片繁荣，而且对周边国家的影响也很大。隋朝军队或歼灭或重创了屡屡侵犯隋朝边境的吐谷浑、契丹、突厥、高句丽等国的军队，在很长一段时间内，这些国家都不敢进犯隋朝，百姓得以安稳度日。

经过这一系列改革整顿，全国从朝廷到民间，一切都井然有序，加上朝廷轻徭薄赋，休养生息，于是国家迅速繁荣起来。隋文帝在位的20多年间，国家的耕田面积不断扩大，同时修复了许多水利工程，使得粮食大量增产。到隋文帝末年，朝廷储存的粮食可以供全国百姓吃上五六十年。隋朝灭亡20年之后的贞观十一年（637年），隋朝粮仓里的粮食还没有吃完。当时全国的人口数量、国库储备，连后来唐朝最兴盛的"开元之治"都没有达到同样的水平，隋文帝时期国力之强盛可见一斑。

因此，历代史学家对隋文帝的评价都很高，“开皇之治”更是被评为中国农耕文明的巅峰时期。

智慧解读

隋文帝进行了一系列影响深远的改革，并严格监督着各项政策的实行，即便皇子犯法，也决不姑息。所谓上行下效，正是隋文帝这种强烈的自律精神，才使得国内政治清明，让隋朝在短短的20多年间强盛起来。

唐高祖李渊

走进课本

出自《中国历史》七年级下册第一单元第2课《从“贞观之治”到“开元盛世”》。

名人档案

姓　名：李渊
生卒年：566—635年
职　位：唐朝开国皇帝
贡　献：建立唐朝。

李渊的姨母是隋文帝的皇后，李渊深受隋文帝和文献皇后的疼爱，李渊和隋炀帝杨广是表兄弟，他被封为唐国公。隋朝末年，农民起义不断，隋炀帝派李渊去太原当留守，镇压那一带的农民起义。

李渊很有谋略，开始的时候，他用心平定地方农民起义，立下一些功劳。可时间久了，起义军越来越多，李渊也焦头烂额起来。

当时，李渊的二儿子李世民刚满十八岁，看到隋朝的局势越来越危险，便想劝父亲起兵反隋，开创一番轰轰烈烈的事业。

李世民和晋阳（今山西晋源）县令刘文静是好朋友，常在一起谈论天下大事，而刘文静和瓦岗军首领李密也是好友。后来，刘文静受李密叛乱的牵连，被革了职，关在晋阳的监牢里。李世民赶到监牢探望刘文静，说："我这次不仅是来看你，还想请你帮忙出个主意。"刘文静早就知道李世民的想法，对他直言相告，说现在正是打天下的好时机，还提出了具体的办法，说："如今可以将太原城中避乱的百姓聚集起来，这样可以得到10万人马，加上你父亲的几万兵马，已经足够杀入长安，夺取天下了。"

李世民十分赞同，可他不知道父亲的想法，心中犹豫不定。

正在这时，突厥进犯太原，李渊派部将高君雅和王仁恭抵御来犯的突厥大军，却惨遭失败，李渊因此差点儿被隋炀帝斩首。

李世民觉得这正是劝父亲起兵的好机会，就把自己的计划告诉了李渊。李渊吓了一跳，忙说："你怎么能说出这种犯上作乱的话来？如果被人知道，会被砍头的。"李世民不慌不忙地说："父亲尽管去告发我，邀功请赏，我可不怕。"

李世民随后又数次相劝，说：“现在全天下都叛乱了，您还在顾忌什么呢？再说陛下生性多疑，您功劳越大，他越要防备您。何不顺应天下大势？”李渊思来想去，终于被李世民说服了，决定起兵。

李渊把刘文静从晋阳监牢里放了出来，以抵抗突厥为名，公开招兵买马，同时把在外打仗的另外两个儿子李建成和李元吉召了回来。太原两个副留守看形势不对，想要阻止，李渊抢先给他俩安了个勾结突厥的罪名，抓起来杀了。

接着，李渊派刘文静去突厥可汗那里讲和，送

上一份厚礼，不但暂缓了突厥的进攻，还说服突厥借给李渊兵马。

617年7月，李渊正式起兵。他把士兵都称作“义士”，自称“大将军”，长子李建成和次子李世民分别为左右领军大都督，刘文静为司马，李渊带领3万人离开太原，浩浩荡荡地向关中地区进军。一路上，他们也像其他起义军那样，打开官府的粮仓，将粮食分给百姓，以此招募人马。

攻占关中的第一个硬仗，发生在地势险要的霍邑（今山西霍州）。这里地势崎岖，李渊的军队在这里又遇到连绵的大雨，军队的粮食供应不上，军心开始动摇。有人传谣言说，突厥人打算偷袭晋阳。李渊有些担心，想打道回府。

李世民和李建成苦苦相劝，希望李渊不要前功尽弃，何况，现在退回晋阳，反而会被隋朝大军消

课外小知识

唐朝初年，在货币方面依然使用的是五铢钱，为整治混乱的币制，李渊成为皇帝后废除了隋钱，开创了“开元通宝”。唐太宗李世民继位后依然使用开元通宝。开元通宝的使用，让唐朝时期的货币在很长时间内保持稳定和统一。

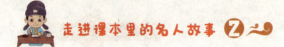

灭。李渊改变了主意，等天放晴后，就带领士兵沿小路赶到霍邑城下，利用奇兵突袭，李渊带领军队成功拿下了霍邑，全军上下顿时士气大振。到长安的时候，加上路上投奔过来的百姓，李渊已经有20多万的士兵了。长安城很快被李渊带领的军队攻克了。

李渊没有急于称帝，而是把隋炀帝的孙子杨侑拥立为皇帝，遥尊远在江都的隋炀帝为太上皇。

618年夏天，江都传来了隋炀帝被杀的消息。后来李渊废了杨侑，自立为帝，改国号为唐，史称唐高祖。

智慧解读

与其说是李世民说服了父亲李渊，不如说是李渊早有称雄之心，只是在等待一个合适的时机。他唯一的失误，就是低估了三个儿子之间的斗争，没有及时想办法解决，最终酿成玄武门之变，给后人留下了不好的印象。事实上，李渊作为唐朝的开国皇帝，对唐朝的建立是功不可没的。

唐太宗李世民

走进课本

出自《中国历史》七年级下册第一单元第2课《从“贞观之治”到“开元盛世”》。

名人档案

姓　名： 李世民，别名唐太宗、天可汗

生卒年： 599—649年

职　位： 唐朝第二位皇帝

贡　献： 精简政府机构；改革三省六部制；开创“贞观之治”。

兄弟相残的“玄武门之变”发生后不久，就有人向李世民告密，说李建成手下有个叫魏征的人，当初曾极力劝说李建成除掉李世民。

李世民将魏征找来，板着脸问：“你为什么要挑拨我们兄弟之间的关系？”

魏征昂着头说：“可惜李建成不肯听我的话，否则哪有今日！”

和魏征交好的大臣听他这么说，都替他捏了一把冷汗。可李世民不但没生气，反而很欣赏魏征的

胆识，说："事情已经过去了，就不要再提了。"

李世民登基后不久，魏征被擢升为谏议大夫，李建成和李元吉身边的一批旧臣也得到了重用。从李世民受封秦王时就跟随他的老部下不服气，经常私下抱怨。唐太宗知道后，笑着说："朝廷任用官员是为了更好地治理国家，怎么能以关系远近作为提拔官员的标准呢？"老部下们这才无话可说。

唐太宗吸取了隋炀帝杨广不肯纳谏的教训，鼓励大臣勇敢地向他提意见，其中最著名的谏臣就是魏征。魏征出身寒门，从小读过很多书，后来又做过道士，参加过起义军，对社会问题有着敏锐的洞察力。他性情耿直，所以进谏时能做到知无不言、言无不尽。据《贞观政要》记载，魏征一生劝谏的话足足有数十万言，涉及200多件事。他劝谏次数之多、言辞之激烈、态度之坚定，都是其他大臣望尘莫及的。

有一次，唐太宗问魏征："历史上的君王，为什么有的明智，有的昏庸？"

魏征说："多听各方面的意见，就明智；只听单方面的话，就昏庸。"他又列举了历史上尧、舜和秦二世、梁武帝、隋炀帝等人的例子，说："治理天下的君主如果能够采纳臣子和民众的意见，那么下情就能上达，奸佞之人想蒙蔽也蒙蔽不了。”

魏征的意见越提越多，大到国家施政方针，小到皇家礼制，只要觉得不合理、不恰当的，他就要进谏。有时，魏征还在朝堂上当众与唐太宗争辩，弄得唐太宗下不来台。

一次，魏征又在朝堂上顶撞唐太宗。唐太宗下朝后，憋了一肚子气回到内宫，见到长孙皇后就气冲冲地说：“总有一天，我要杀死那个乡巴佬儿！”

长孙皇后是历史上著名的贤后，弄清楚怎么回事后，她一声不吭地回到内室，重新换了一套隆重的朝服，出来就向唐太宗行起了大礼。

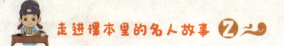

唐太宗大吃一惊，问："你这是干什么？"

长孙皇后从容地说："我听说英明的天子才会拥有正直的大臣。现在魏征敢直言进谏，正说明陛下英明，我怎么能不祝贺陛下呢？"

这番话就像一盆凉水，把唐太宗满腔的怒火都浇灭了，他不再记恨魏征，反而夸奖起他来，说："大家都说魏征出身寒微，举止粗俗，我却觉得他有真性情，很可爱啊！"

因为唐太宗开明贤达，从谏如流，所以唐初的政治风气非常清明，涌现出一大批明臣贤相。当时除了魏征，还有一对最佳搭档，即房玄龄和杜如晦。

这两个人是秦王府的旧人，一手策划了"玄武门之变"。李世民登基后，他们俩也成了左、右宰相。房玄龄计谋多却不擅长决断，杜如晦计谋相对较少却擅长决断，所以每次讨论国家大事，房玄龄都一定要等杜如晦来做出决断，因此留下了"房谋

课外小知识

长孙皇后是隋朝名将长孙晟的女儿、唐初名相长孙无忌的妹妹。她生活俭朴，抑制外戚，对唐太宗疏忽的地方总能想办法提醒。她在36岁时病逝，被史学家称为"千古贤后"。

杜断”的佳话。

643年，直言敢谏的魏征病死了。唐太宗很难过，流着泪说：“用铜做镜子，可以看见衣帽是不是端正；用历史作镜子，可以知道国家兴亡的原因；用人作镜子，可以发现自己做得对不对。魏征一死，我就少了一面好镜子啊！”

由于唐太宗能采纳大臣的直谏，朝廷里聚集了一大批优秀的人才。唐太宗还注重减轻百姓的劳役，实施了一系列轻徭薄赋的政策，还命人兴修水利、开垦荒地，让百姓安心生产，唐朝的经济也随之迅速恢复和发展起来。在君臣的共同努力下，一个政治清明、经济繁荣、社会安定的治世出现了。唐太宗的年号是贞观，历史上就把这段时期称作“贞观之治”。

智慧解读

唐太宗之所以是一代明君，最重要的原因是他能听取不同的意见并加以改正，这使他身边聚集了一批明臣贤相，如魏征、房玄龄、杜如晦等，这才成就了“贞观之治”。明主、贤臣相辅相成，缺一不可。由此可见，想拥有能帮助、提高自己的伙伴，首先要有唐太宗那种兼听的气度。

则天大圣皇帝武则天

走进课本

出自《中国历史》七年级下册第一单元第2课《从“贞观之治”到“开元盛世”》。

名人档案

姓　名： 武曌（zhào），别名武则天
生卒年： 624—705年
职　位： 中国历史上唯一的正统女皇帝
贡　献： 建立武周；开创殿试、武举；奖励农桑；改革吏治。

唐太宗是个精明能干的皇帝，但是他的儿子唐高宗却有些庸碌无能。唐高宗即位以后，自己不会处理朝政大事，一切靠他的舅父宰相长孙无忌拿主意。后来，他立武则天为皇后，情况就发生了变化。

武则天本来是唐太宗宫里的一个才人（嫔妃的称号），十四岁那年入宫服侍唐太宗。当时唐太宗有匹名马，叫“狮子骢（cōng）”，长得肥壮可爱，但是性格暴躁，不好驾驭。

有一次，唐太宗带着嫔妃们去看那匹马，跟大

家开玩笑，说："你们当中有谁能制服它？"其他妃子不敢答话，只有14岁的武则天勇敢地站了出来，说："陛下，我能！"唐太宗惊奇地看着她，问她有什么办法。

武则天说："只需给我3件东西，第一件是铁鞭，第二件是铁锤，第三件是匕首。它要是调皮，就用鞭子抽它；还不服，就用铁锤敲它的头；如果再不听话，就用匕首刺穿它的脖子。"

唐太宗听了哈哈大笑。他虽然觉得武则天说得有点孩子气，但是很赞赏她的泼辣性格。

唐太宗死后，按照当时宫廷的规矩，武则天被送进尼姑庵。她当然是很不情愿的。唐高宗在当太子的时候，就看中了武则天。即位2年后，他把武则天从尼姑庵里接出来，封她为昭仪（嫔妃的称号）。后来，他又想废了原来的皇后，改立武则天为皇后。这件事遭到很多老臣的反对，特别是唐高宗的舅父长孙无忌，说什么也不同意。

武则天私下拉拢了一批大臣，在唐高宗面前支持自己当皇后。有人对唐高宗说："这是陛下的家事，别人管不着。"唐高宗这才下定决心，把原来的皇后废了，让武则天当皇后。

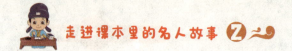

武则天当了皇后以后，就使出她那果断狠辣的手段，把那些反对她的大臣一个个降职、流放，连长孙无忌也被逼自杀。

没过多久，唐高宗得了一场病，整天头昏眼花，有时候连眼睛都睁不开。唐高宗觉得武则天能干，又懂得文墨，索性把朝政大事全交给她掌管。

武则天掌权后，渐渐不把唐高宗放在眼里。唐高宗想干什么，没有经过武则天同意，就干不了。唐高宗心里气恼，有一次，他跟宰相上官仪商量对策。上官仪是反对武则天掌权的，就说："陛下既然嫌皇后太专断，不如把她废了。"

唐高宗是个没主意的人，听了上官仪的话，说：

课外知识

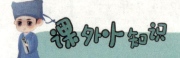

武则天是个很有开创精神的人，她成为皇帝后，希望通过一些文字把自己的功绩记录下来，就造了二十个字。可惜这二十个字大都失传了，流传下来的只有"曌"字，暗含她的法号"明空"，也寓意她犹如日月当空，普照神州大地，为百姓带来光明与温暖。

生前高调的女皇帝，却下令在自己墓前树立一块无字的碑，和别的帝王树碑歌颂自己完全不同，她的墓碑也是历代帝王中唯一一块无字碑。她执政近半个世纪之久，既有政绩也有过错，一座无字碑，千秋功过，任人评说。

“好，那你就给我起草一道诏书吧。”

两个人的谈话被旁边的太监听见了。当时宫里的太监都是武则天的心腹，连忙把这件事报告给了武则天。等上官仪把起草好的诏书送给唐高宗时，武则天也赶到了。她厉声质问唐高宗：“这是怎么回事？”

唐高宗见了武则天，吓得好像矮了半截。他把上官仪起草的诏书藏进袖子里，结结巴巴地说：“我本来没这个意思，都是上官仪让我这样干的。”

武则天立刻下令把上官仪杀了。

从那以后，唐高宗上朝，武则天都在旁边监视；大小政事，都得等皇后点了头才算数。

683年，唐高宗驾崩。武则天先后把自己的两个儿子立为皇帝，他们分别是唐中宗李显和唐睿宗李旦，但这两个儿子都不合她的意。她把唐中宗废了，把唐睿宗软禁起来，自己以太后的身份临朝执政。此后，她大封武氏宗族，培植武姓势力，为自己登上皇位作好准备。

690年9月，武则天称帝，将国号改为周，自己加尊号“圣神皇帝”。就这样，她成了中国历史上唯一一位登上皇帝宝座的女性。

武则天在位15年，实际掌权40多年，在政治上确实有所作为。正因如此，她自认为功盖唐高宗，甚至在墓碑的选址上也要与其夫李治争个高低，表现为“女左男右”“龙在下，凤在上”。

武则天晚年时，日渐奢侈专断，致使朝政混乱，众叛亲离。705年，大臣张柬之等人发动宫廷政变，强迫她传帝位给唐中宗李显，恢复唐的国号，给她一个“则天大圣皇帝”的尊号。就在这年十一月，武则天病死在上阳宫。

智慧解读

武则天是唐太宗李世民的才人，唐高宗李治的皇后。她在协助唐高宗处理国家大事，把持朝政多年后，亲登帝位，改国号为周，成为中国历史上唯一的正统女皇帝。从参与朝政到病逝于上阳宫，她前后执政近半个世纪，上承“贞观之治”，下启“开元盛世”，历史功绩，昭昭于世。诚如宋庆龄对她的诚恳评价：武则天是“封建时代杰出的女政治家”。

梁太祖朱温

走进课本

出自《中国历史》七年级下册第一单元第5课《安史之乱与唐朝衰亡》。

名人档案

姓　名： 朱温，别名朱全忠
生卒年： 852—912年
职　位： 后梁开国皇帝
贡　献： 平定黄巢；建立后梁。

朱温是宋州砀山（今安徽砀山）人，出生于一个农民家庭，但其祖父、父亲都是读书人。朱温幼年时，他父亲就去世了，母亲只好带着三个孩子到一个大户人家当佣人。朱温从小力气就很大，但他游手好闲，不肯好好帮母亲劳作。

黄巢起义时，朱温加入了起义军，并且当上了大将。黄巢占领长安后，派朱温驻守长安附近的同州（今陕西大荔）。朱温加入起义军就是为了名利权势，后来唐朝调来重兵围困长安，他眼看形势不妙，就主动向唐朝投降了。

唐僖宗知道后，喜出望外，不仅给他赐名“全忠”，希望他以后忠于唐朝，还任命他为宣武节度使、汴州刺史，让他率兵收复长安。朱温和各路唐军联合起来围攻长安，黄巢难以抵挡，只好退出长安。

黄巢起义失败后，唐僖宗回到了长安。这时，唐王朝的中央政权衰弱，国家出现了藩镇割据的局面。各藩镇都在镇压起义军的过程中增强了自己的实力。朱温做了节度使，既有地盘，又有军队，也参与了藩镇之间的混战。他陆续占领了黄河两岸的大片土地，成为强大的割据势力之一。随着实力的增强，他开始有了称帝的野心。

唐朝末年，朝中宦官专权。唐僖宗病逝后，唐昭宗继位。唐昭宗痛恨宦官，和宰相崔胤（yìn）秘密商议除掉宦官的办法，不料走漏了风声。900年，宦官囚禁了唐昭宗，另立太子为帝。崔胤给朱温写密信，请他带兵前往京城，助唐昭宗复位。

朱温正愁没机会进宫，眼见机会来了，他立即带兵前往京城。

宦官们害怕了，他们挟持唐昭宗投靠了凤翔节度使李茂贞。

902年，朱温带兵攻打凤翔，把凤翔围困起来，断绝了城里的一切外援。几个月后，城里的粮食吃完了，百姓忍饥挨饿，甚至出现了人吃人的惨剧。李茂贞只好交出唐昭宗。

唐昭宗感谢朱温相救，封他为梁王。不想刚送走狼，又迎来了虎。朱温把唐昭宗身边亲近的宦官几乎杀光了，又以专权乱国的罪名处死了不听他话的崔胤。这样一来，唐昭宗和大臣都得按照朱温的心意办事了。

不久，朱温逼唐昭宗和群臣一起从长安搬到洛阳。到了洛阳后，他就派人把唐昭宗严密地控制起来，把唐昭宗身边的亲信杀掉，换成自己的亲信。

晋王李克用知道唐昭宗的遭遇后，发布檄文声

课外小知识

开封，古称“汴京”“东京”“大梁”等，已经有4100多年的建城历史，是中国八大古都之一。夏朝、魏国（战国时诸侯国之一）、后梁、后晋、后汉、后周，以及北宋、金国都曾定都于此。历史上的开封有着“琪树明霞五凤楼，夷门自古帝王州”“汴京富丽天下无”的美誉。

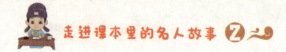

讨朱温，扬言要出兵营救唐昭宗。朱温原本打算逼迫唐昭宗主动把帝位禅让给自己，听到这个消息后，他决定杀掉唐昭宗，另立一个好控制的小皇帝。

朱温派亲信朱友恭、氏叔琮杀了唐昭宗，立了唐昭宗第九个儿子李柷（chù）为帝，即唐哀帝。事后，为了掩饰自己的罪行，朱温又把罪名推到了朱友恭、氏叔琮身上，并以治军不严的罪名把他们处死了。

907年，朱温大肆诛杀李唐宗室，逼迫唐哀帝

禅位。随后，朱温正式称帝，国号梁，史称后梁，升汴州为开封府，建都东京，以洛阳为西都。朱温灭掉唐朝，成为五代时期第一个皇帝——后梁的开国皇帝梁太祖。

朱温在位时，天下一片混乱，各地势力盘踞。他跟李克用、李存勖（xù）父子连年征战，耗费了大量的财力、物力、人力，渐渐失去了军事上的优势。

朱温荒淫残暴，杀人如麻。912年，朱温被其次子朱友珪所杀，朱友珪自立为帝。次年，朱温第三子朱友贞发动兵变，朱友珪不敌，命手下杀死了自己。朱友贞继位，即梁末帝。

923年，后梁被李存勖所灭。李存勖统一北方，即位称帝，改国号为唐，史称后唐，建都洛阳，他就是后唐庄宗。

智慧解读

朱温先背叛起义军，后背叛唐朝，不择手段，只为实现自己的野心。然而，他的“成功”就像烟花一般，转瞬即逝。他残暴的性情更是深深地影响了他的孩子，致使他最终死于亲生儿子之手，儿子之间同样是互相残杀，导致后梁很快就灭亡了。

名臣将相

房玄龄

走进课本

出自《中国历史》七年级下册第一单元第2课《从“贞观之治”到“开元盛世”》。

名人档案

姓　名： 房玄龄
生卒年： 579—648年
职　位： 中书令、尚书左仆射
贡　献： 凌烟阁二十四功臣之一。

房玄龄出生于一个世代为官的家庭，他从小就在父亲房彦谦的教导和督促下潜心学习，发愤读书，学习诵读经典著作。少年时代的房玄龄不仅学识渊博，而且其草书和隶书也非常出色。因为他熟读经典，下笔成文，596年，年仅18岁的房玄龄就被隋朝朝廷封了官，即羽骑尉。

尽管房玄龄18岁就步入了政坛，但是隋朝当时政治混乱，所以他无法发挥自己的治国才能，也无法实现自己的政治抱负。

隋炀帝执政后，其残暴专政的统治导致政治形势更加恶化，社会中潜伏的各种危机都浮出水面，国家处于危急存亡的时刻。

正当国家混乱不堪之时，涌现了一大批起义者，唐国公李渊率领军队入关。胸怀大志的房玄龄投靠了李渊的二儿子李世民，并多次跟随秦王李世民出征，在旁出谋划策。

为了报答李世民的知遇之恩，房玄龄竭尽全力为他谋划各项军政事务。每次剿灭一方势力时，军中大部分的人会先搜寻各种奇珍异宝，只有房玄龄想尽一切办法为李世民收拢人才，将富有谋略和骁勇善战的人妥善安置在自己府中，私下与他们结为

课外小知识

房玄龄为官期间，建议唐太宗精简官吏，这种做法对经历过隋末大乱、人口锐减的唐朝来说，是非常明智的，极大地提高了朝廷各部门的办事效率，节省了国家财政开支，减轻了人民的负担。

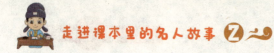

朋友，劝导他们为李世民效力。

626年，李世民发动了“玄武门之变”，而房玄龄便是“玄武门之变”的主要参与者，并帮助李世民谋得皇帝之位，李世民称赞他有“筹谋帷幄，定社稷之功”。成为皇帝的李世民论功行赏，房玄龄、长孙无忌、杜如晦、尉迟敬德、侯君集五人为一等，房玄龄被封为邢国公，是唐朝著名的大臣，死后列入“凌烟阁二十四功臣”。

智慧解读

房玄龄自幼聪慧，善诗能文，博览经史，知道隋朝将亡，便投奔李世民，为报知遇之恩竭尽全力为其出谋划策，这种知恩图报的精神值得我们学习。

魏征

走进课本

出自《语文》必修下册第八单元第15课《谏太宗十思疏》。

名人档案

姓　名： 魏征，字玄成
生卒年： 580—643年
职　位： 侍中、太子太师
贡　献： 劝降李勣；安抚河北；勘定古籍。

魏征是唐朝著名的大臣，其正直诚实的品格值得人学习。

他为官期间，敢于讲真话，协助唐太宗开创了“贞观之治”。

一次，黄门官突然来向魏征宣读皇上的诏令，说朝廷要征集16岁至18岁的男丁入伍。

但魏征却认为皇上的这种做法是不对的，他认为经过连年的战争和灾荒，百姓中年轻力壮的人已很少，如今天下刚刚安定下来，这样突然征兵，不利于国家的安全。当他了解到这是宰相封德彝的主意时，说："封德彝建议皇上征兵的主意不合时宜，这分明是无视国家现状！"

他让传旨官回禀唐太宗，这种事不合法令，他难以听从命令。

魏征这一举动明显是抗旨不遵，吓得传旨官目瞪口呆，连忙劝他接旨，其他朝臣也都为他捏一把汗。

但是魏征依然不遵从皇上的诏令，泰然自若，竟在大厅里踱起步来。

此时，黄门官又传来第二道旨意，让魏征立刻派人征集壮丁入伍。

魏征仍然拒绝接旨，黄门官好心提醒他，皇上

课外小知识

629年，魏征奉命写唐初八史中的五史，这五史分别是《梁书》《陈书》《北齐书》《隋书》《周书》。魏征负责主修的是《隋书》，还撰写了《隋书》的序论，《梁书》《陈书》《北齐书》的总论。636年，这几部史学著作完成。魏征主修《隋书》时，完全根据事实书写，毫不隐瞒作假，受到了专业的修史机构的支持和多位修史学士的帮助，这使得《隋书》具有极高的史学价值和研究价值。

要动怒了。

魏征却昂然回答:“决不遵从旨意。”

传旨官没有办法，只好奉命叫魏征进宫面见皇上。

李世民认为魏征太固执，责问他:“征点壮丁入伍有何不可？为什么要屡次违抗朕的命令？”

封德彝在一旁添油加醋地说:“如果你不执行君命，皇上如何治理国家呢？”

魏征大义凛然地反驳道:“难道律法不是君命？律法也是皇上亲自颁发的，如果连皇上都违反律法，早晨发布的政令，晚上就改变了，怎么能治理好国家！”

李世民非常生气地问:“朕什么时候胡乱更改律

法了？”

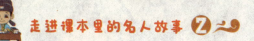

魏征义正词严地说：“陛下8月即位时，曾下诏让全国免征免调1年，百姓听到后皆欣喜若狂，欢呼皇恩浩荡。可到今天不到4个月时间，您就下旨征兵，这怎能让百姓信服呢？国家律法规定，21岁至59岁的男丁方可征调，封大人怎么能知法犯法，有辱君命。”

李世民听了以后很受启发，立马就不对魏征发脾气了，下令停选壮丁入伍。满朝文武都被魏征这种忠心耿耿、刚正不阿、正直诚实的品格震惊了，都非常敬佩他，唐太宗李世民也很赞赏他的“忠谏”，将他比喻为检查自己得失的一面镜子。

智慧解读

魏征身上具有正直诚实的品格，这种品格是我们应该学习和宣扬的。不管在什么情况下，都要敢于直言，不阿谀逢迎，不讲空话、假话。

郭子仪

走进课本

出自《语文》八年级下册第六单元第24课唐诗三首《石壕吏》。

名人档案

姓　名：郭子仪，字子仪

生卒年：697—781年

职　位：兵部尚书、同中书门下平章事

贡　献：平定安史之乱；收复长安、洛阳；抵抗吐蕃、党项的入侵。

经过8年的“安史之乱”，唐朝元气大伤。然而，大唐国力还没有恢复，就又有人叛乱。

郭子仪有一名手下，叫仆固怀恩，是铁勒族人，曾经跟着郭子仪平定叛乱，家族中足足有46人为国捐躯，立下了赫赫战功。但因外族人的身份使他并没有得到相应的封赏和礼遇，而且由于女儿嫁给了回纥（hé）人，甚至有宦官诬陷他跟回纥勾结。

面对这种情况，仆固怀恩又气又伤心。765年，他让手下联络回纥和吐蕃等部，谎称唐代宗已死，大将郭子仪也被宦官杀害，希望与他们联手反唐。

仆固怀恩的谎言顺利使吐蕃和回纥同意出兵进攻长安。不料仆固怀恩在半路就得急病去世了。可联军并未撤退，反倒势如破竹，一路打到了长安北边的泾阳（今陕西泾阳），唐朝的都城长安受到了严重的威胁。消息传来，朝野震惊，慌乱中，有个宦官劝唐代宗趁早逃走，遭到大臣们强烈反对，唐代宗才未能成行。此时，名将李光弼刚刚病逝，大臣们认为只有郭子仪才能解救长安。

此时郭子仪年事已高，正驻守泾阳。泾阳兵力不足，面对敌人的进攻，郭子仪一边命令手下将领严加防守，不要轻易出战，一边派探子去侦察敌军的情况。

探子回来报告说，吐蕃和回纥的两支军队在仆固怀恩死后，谁也不愿听从对方指挥，并不团结。因此，郭子仪定下了分化敌人、逐个击破的策略。

回纥的将领药罗葛和郭子仪并肩作战过，有些交情，于是郭子仪决定先从他开始。他派部将李光瓒（zàn）去告诉药罗葛自己还活着的消息，责问他为何出兵。药罗葛不肯相信，提出让郭子仪亲自到回纥大营相见。

听到李光瓒的回禀，郭子仪说："目前，他们兵力强，我们兵力弱，不能用武力来取胜。我国与回纥本来感情深厚，关系很好，不如让我去同他们谈一谈，也许能不战而和。"

将领们听说郭子仪要孤身深入敌营，觉得太过冒险，就让他带五百名精锐骑兵相护。他的儿子郭晞情急之下挡在郭子仪的马前，就是不放郭子仪走。郭子仪说："我是去以理服人，带太多兵有害无利。"说完，他用鞭子打开郭晞的手，同几个骑兵出了城。

郭子仪快马加鞭奔向敌营，几个随从跟在后面，边骑边喊："郭令公来啦！郭令公来啦！"回纥的士兵远远看见几个人骑马向大本营奔来，连忙报告给药罗葛。药罗葛大惊，忙命士兵摆开阵势。

郭子仪带着随从到了阵前，他主动卸下盔甲和武器，骑在马上缓缓地向回纥大营走去。走到近前，药罗葛和将士们认出郭子仪后，兴奋地大喊："真的是郭令公他老人家！大家快快行礼！"

郭子仪跳下马，紧紧握住药罗葛的手，对他说："大唐待你们回纥人不错，为何此次要帮助仆固怀恩叛乱呢？我现在手无寸铁地过来劝你们悬崖勒

马，已经做好了被你们杀掉的准备，但是你们真的杀了我的话，我的士兵一定会跟你们拼命的！”

药罗葛一脸歉意地说道：“我们现在聚集在此地，是上了仆固怀恩的当，我们还以为您和皇帝都死了，中原没有主人，才领军到此。现在我们亲眼见到您还健在，怎么会与您为敌呢？”

郭子仪点点头，说：“你这样说我就放心了。吐蕃和大唐本是亲戚，现在他们却来侵犯我国领土，掠夺百姓，真是忘恩负义。我决定回击他们，如果你们愿意和我联手打退吐蕃，对你们会有好处的。”

回纥与吐蕃本来就闹了一路的别扭，互相看不顺眼。这下，药罗葛正好有了充分的理由出兵打吐蕃。药罗葛对郭子仪说道：“没问题，郭令公，我们

课外小知识

郭子仪为人正直，敦厚，曾经下令禁止军营内无故骑马。郭子仪妻子奶妈的儿子曾经触犯禁令，后被都虞候乱棍打死。郭子仪的几个儿子便到他面前指责都虞候蛮横霸道，希望郭子仪处罚他。郭子仪将这件事情告诉手下的幕僚们，说：“我那几个儿子，都是当奴才的料。”幕僚们很是诧异，问为什么，郭子仪说：“他们不赞赏都虞候刚正不阿，反而痛惜母亲奶妈的儿子，不是当奴才的料又是什么！”

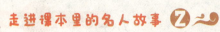

一定将功补过，替您好好教训教训吐蕃！”

郭子仪与药罗葛谈话时，两边的回纥将士也想听听他们的策略，就慢慢地围拢过来。郭子仪的随从以为他们要对郭子仪不利，也向郭子仪慢慢靠拢，想保护他。郭子仪却一挥手，让他们散去了。

药罗葛让左右拿来好酒，郭子仪先端起杯子，把酒洒到地上，高声说道：“大唐天子万岁！回纥可汗万岁！如今我们站在同一条阵线上，谁要是违反盟约，就叫他死在战场上！”药罗葛也立下了同样的誓言。

郭子仪亲自去回纥军营的消息很快就传到了吐蕃军营中，吐蕃军害怕唐军真的会和回纥联手攻打他们，便连夜撤走了。

智慧解读

郭子仪为人忠厚且富有胆略，对朝廷一片忠心。他能劝退药罗葛、吓退吐蕃，是因为他从前战功赫赫，树立了威信。他亲自前往敌军军营的魄力，是在一场又一场战争中锻炼出来的。可以说，这正是“台上一分钟，台下十年功”的表现。

吴道子

走进课本

出自《中国历史》七年级下册第一单元第3课《盛唐气象》。

名人档案

姓　名：吴道子，又名道玄
生卒年：约680—759年
职　位：唐朝著名画家
贡　献：开创“兰叶描”；人物画被称作“吴带当风”。

吴道子是唐朝开元时期的著名画家，被后世尊为“画圣”。他自幼聪慧明礼，勤奋好学，在师父众多学画的学生中，他的成绩是最突出的。当他学有所成之时，师父便鼓励他出去看看外面的世界。

此时的吴道子意气风发，觉得自己技法高超，便自满了起来。有一次，他和一位非常有名的画家

杨惠之比画，结果竟然输了。他非常不服气，觉得自己的画已经是最好的了，没有人会比他画得更好。最后他恼羞成怒，不仅撕掉了自己的画，还将杨惠之的画抢过来撕掉了。

有一天，他衣衫不整，非常落魄地来到一家酒肆。这个时候，当朝的秘书监贺知章与长史张旭正在畅饮。他们醉后开始挥笔题字。

贺知章提笔写出了一幅古拙沉雄、笔势遒劲的狂隶书，内容是："酒中去寻蓬莱境，悠悠荡荡上青云。"而张旭也展臂挥写，两行狂草出现在墙壁上，他写的是："张颠自有沧海量，满壁龙蛇碗底来。"张旭的字迹仿佛是龙蛇狂舞，气势豪壮。吴道子看得目瞪口呆。他赶紧来到贺、张二人的面前，然后跪倒在地，行了拜礼。

贺、张二人看到满脸污垢的人跪在面前，还以为是乞丐过来乞讨，便赶紧将两块碎银扔下，径直向门外走去。吴道子连忙站了起来，跑到了门前，将两位学者拦在门口，又一次跪倒在地，说："在下吴道子，两位老先生可否收我为徒，让我跟随你们学习书法。"贺、张二人这才明白吴道子的想法，但是看到他这个样子，都摇摇头准备离开。他们觉得这样一个人不可能写好字。贺知章拉着张旭，绕过他走了。吴道子明白他们不愿意教自己，于是站起来，非常着急地大喊：“两位先生请留步！”然后又跑过去跪倒不起，直到额头叩得青紫，流出了血，嘴里还一直说：“弟子实在是非常倾慕两位先生的技法，希望可以将弟子收下。”说完眼泪夺眶而出。贺、张二人被吴道子的一片挚诚打动，连忙将他扶起。张旭将自己写的真、行、草三幅字赠给吴道子，让他先临习两年，然后又告诫他说：“字外无法，法在字中，勤奋就是诀窍。”

此后，无论是严寒还是酷暑，吴道子始终在屋

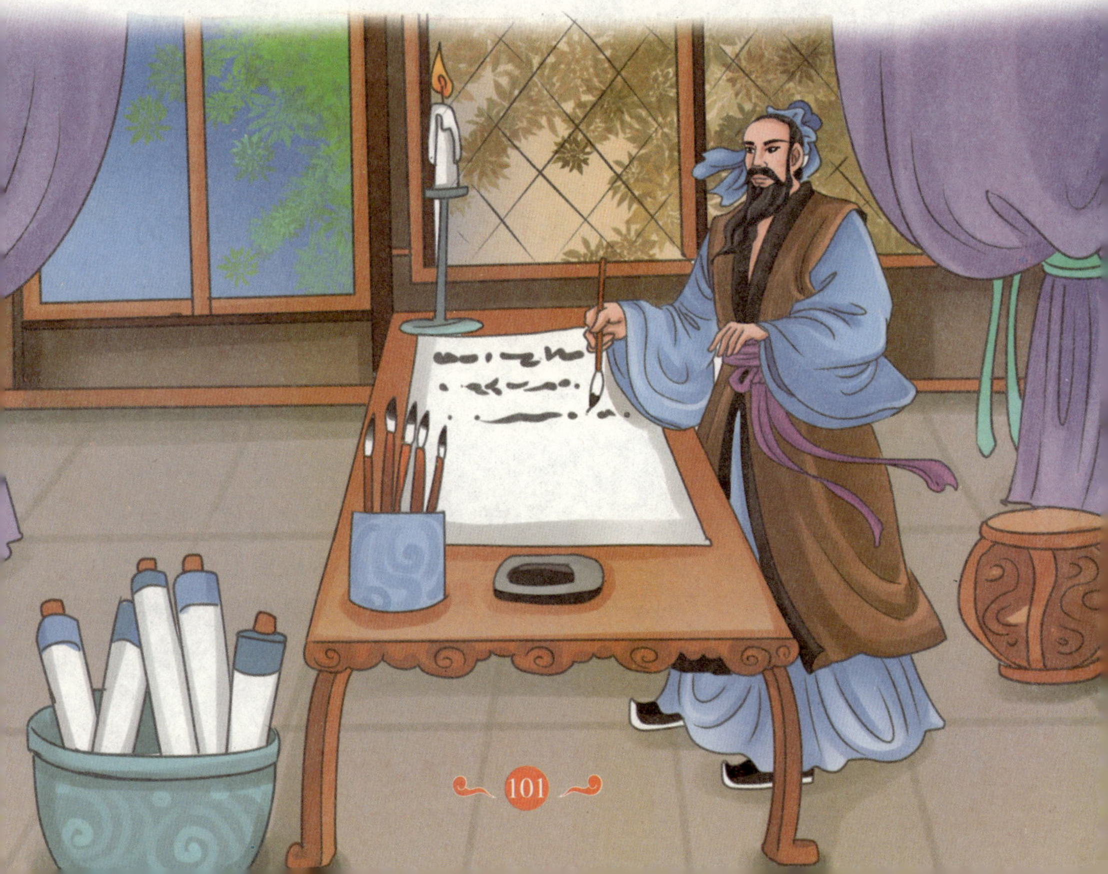

内专心练习书法。炎炎夏日，他大汗淋漓，书案上堆满了已经写过的纸张。秋去冬来，大雪盖地，吴道子的手都冻得有些僵硬了，他却依旧在不断地练习。

转眼间一年过去了，吴道子去拜访自己的恩师。张旭看到吴道子过来了，便问："你为何刚开始临摹就来找我？"吴道子便将自己写的一幅草书呈给了张旭，回道："弟子过来是想请恩师给我指导一下。"张旭把条幅打开只看了一眼，便愤怒地将其扔到地上。吴道子看到了这种状况，急忙跪在地上说："恩师，弟子知道自己的书法技艺还没有成熟，但是弟子学书法并不只是为了学书法。""嗯？"张旭露出非常诧异的神情。吴道子说："弟子本来志在丹青，但是现在画坛技法都已经是陈旧的了，我的志向是不断创新，但是却不知道从何处下手。老天让我有幸遇到您。看到恩师的书法，笔走龙蛇，气势磅礴，我从中感悟到，如果可以

课外小知识

唐玄宗曾多次命吴道子入蜀作画，吴道子晚年的时候，唐玄宗让他前来作画，不幸的是，吴道子在路上感染瘟疫而死。有资料记载，吴道子的墓在李家沟（今四川省资阳县城北公社境内），俗称"真人墓"。

用书法之技来绘画，便可以改变前代的画风，因此才拜在恩师门下。现在有这一幅拙作，希望恩师指点于我。”说完后，吴道子就将一幅“兰叶描”的金刚力士像展开在张旭面前。张旭把画接过来细细观看，吴道子在一旁仔细地观察着老师的脸色。

然而张旭却不露声色，看完之后，张旭便把画卷起，什么话也没说。吴道子起身说道：“弟子还要将祖国的山川与庙宇都游遍，不断提升自己的山水画技能，就此告辞。”吴道子说完之后，就对着张旭拜了三拜，然后转身离开了。张旭等他走了之后，将画重新展开看了看，连连赞叹：“绝顶聪颖绝顶狂，天生道子世无双。”

吴道子并没有一味地将自己困在失败的阴影中，而是不断谦恭地向别人学习，不断创新，最终成为一位伟大的画家。

智慧解读

吴道子所学虽然是绘画，却虚心地向书法大师学习，并不断地刻苦钻研，推陈出新，他身上的这种不畏艰难、不断钻研的韧劲，值得我们每一个人学习。

李白

走进课本

出自《语文》一年级上册《语文园地六·日积月累·古朗月行》。

名人档案

姓　名：李白，别名李十二

生卒年：701—762年

职　位：唐朝诗人

贡　献：创造了古代浪漫主义文学高峰、歌行体、七绝达到后人难及的高度。代表作有《将进酒》《蜀道难》《静夜思》《望庐山瀑布》等。

李白的祖籍为陇西，他5岁时跟随父亲迁居四川。李白在少年时期便显露出非凡的才华，吟诗作赋，博学广览。

25岁时，李白开始到各地游历，42岁那年，因诗名供奉翰林。李白的一生都在写诗，高兴时写，失意时也写，但无论哪种情况下写，他的诗文从来都不缺磅礴的气势与明快的节奏，其诗文的浪漫源于他自身的魅力。此外，他写起诗来既快又好，杜甫说他是“斗酒诗百篇”。李白原本就是一个豪放之人，饮酒、舞剑、写诗，他的人生处处充满了浪漫，披着一层童话色彩。

李白的父亲是个商人，四处经商，赚了很多钱，因此李白的家境很富裕。相传，李白小时候在四川象耳山读书。有一天，他非常不想上课，便打算逃学去玩，下山时经过一条小山涧，看见一位老奶奶正在山涧旁磨铁棒。李白看了一会儿，感觉非常奇怪，走上前询问：“奶奶，您这是在干什么呢？”

老奶奶回答说：“我想将这根铁棒磨成针。”

李白不解地问道：“这么粗的铁棒，要费多大的功夫才能磨成一根细小的针呢？”

老奶奶微笑着说：“任何事情都不是一朝一夕就能完成的，需要自己不断地努力，循序渐进才能做好。只要功夫深，铁杵磨成针。”李白听到后若有所思，随后便感觉非常惭愧，于是打消了逃学的念头，开始下功夫读书。

李白在学习文学的同时，还利用闲暇时间来习武，专门学习剑术。小时候的他渴望做一个满腔热血的游侠。

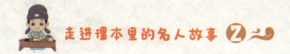

李白记忆力特别好，诸子百家、佛经道书，无不过目成诵。据说他5岁就会诵写“六甲”，10岁能读诸子百家的书。李白天资聪颖，对于各方面知识都有涉猎，例如天文、地理、历史、文学等。同时他还非常注重修身养性，通过弹琴、唱歌、舞蹈来陶冶情操。

一天，李白家中来了一位客人。此人温文尔雅，气度不凡，是当时颇有名气的文人。他前往蜀中做官，上任之前专程赶到李白家中拜访。在长安时，他读过李白的诗文，后来李白之名越传越广，看到李白的诗文明快壮丽，就更想一睹作者的风采。当时正巧李白不在家，家人便带这位客人来到一条河边的柳树荫下。只见一名少年书生，头戴纶巾，正在舞剑，看起来神采奕奕、风流倜傥，这位客人对这名少年的喜爱之情油然而生。他悄悄走近少年，

课外小知识

李白一生留下了1000多首诗歌，其诗想象奇特，大气磅礴，瑰丽绚烂。李白被认为是自屈原之后最伟大的浪漫主义诗人，杜甫的两句诗可以很好地概括他在诗歌上的成就：“笔落惊风雨，诗成泣鬼神。”人们送给他“诗仙”的美名。

拿起他的诗稿赏读，惊讶不已，说：“这位少年的文辞简直可以和司马相如平分秋色啊！好好写吧，中国第二个屈原就要横空出世了。”

李白非常热爱祖国的大好河山，他四处游历，为祖国的风景唱赞歌。其中《蜀道难》给人以荡气回肠之感，充分显示了诗人的浪漫气质和他热爱祖国河山的情感，其全文如下：

噫吁嚱，危乎高哉！蜀道之难，难于上青天！

蚕丛及鱼凫，开国何茫然！

尔来四万八千岁，不与秦塞通人烟。

西当太白有鸟道，可以横绝峨眉巅。

地崩山摧壮士死，然后天梯石栈相钩连。

上有六龙回日之高标，下有冲波逆折之回川。

黄鹤之飞尚不得过，猿猱欲度愁攀援。

青泥何盘盘，百步九折萦岩峦。

扪参历井仰胁息，以手抚膺坐长叹。

问君西游何时还？畏途巉岩不可攀。

但见悲鸟号古木，雄飞雌从绕林间。

又闻子规啼夜月，愁空山。

蜀道之难，难于上青天，使人听此凋朱颜！

连峰去天不盈尺，枯松倒挂倚绝壁。

飞湍瀑流争喧豗，砯崖转石万壑雷。

其险也如此（也如此一作：也若此），嗟尔远道之人胡为乎来哉！

剑阁峥嵘而崔嵬，一夫当关，万夫莫开。

所守或匪亲，化为狼与豺。

朝避猛虎，夕避长蛇，磨牙吮血，杀人如麻。

锦城虽云乐，不如早还家。

蜀道之难，难于上青天，侧身西望长咨嗟！

李白从小就志向远大，秉性高洁。在封建社会，读书人大多想经过十年寒窗苦读，然后参加科举考试，以求取功名。李白常常自比为东晋名士谢安，相信自己总有一天能“长风破浪会有时，直挂云帆济沧海”。

智慧解读

“只要功夫深，铁杵磨成针。”老奶奶的话给了李白深刻的启示，对李白日后成长有很大的帮助。我们也要领会其中的深意，做事情不仅要有不畏艰难、持之以恒的决心，还要有循序渐进的耐心。

颜真卿

走进课本

出自《中国历史》七年级下册第一单元第3课《盛唐气象》。

名人档案

姓　名：颜真卿，别名羡门子

生卒年：709—784年

职　位：光禄大夫、太子太师、上柱国

贡　献：参与平定“安史之乱”；创“颜体”书；与柳公权并称“颜柳”。

颜真卿出生在颜氏家族。颜勤礼、颜师古、颜育德等家族成员都精通经史，同时在书法方面成绩卓著。从南朝到唐这段时间里，颜氏家族都以书法闻名于世。家学渊源也为颜真卿成为唐代杰出的书法家奠定了基础。颜真卿少年时期家境贫寒，家里没有纸和墨，他就用黄土拌水当作墨，然后用笔蘸“墨”在墙上练字。他先师从褚遂良，后拜张旭为师。

张旭是唐代非常杰出的大书法家，对各种字体都有研究，尤其对草书非常擅长。颜真卿拜张旭为师后，希望张旭可以把他的全部技巧都传授给自己，这样自己很快就可以学到写字的窍门，从而一举成名。但是在拜师后的几个月里，张旭并没有给颜真卿直接传授写字技巧，而仅仅是将各个朝代名家的字和自己写的字拿给他看，接着将其书法的特

点简单地跟他说明一下，然后就让他细心揣摩、认真临摹。大多数时间，张旭让颜真卿陪同他去感受大自然的奇妙万象，两人经常游山玩水、赶集或者看戏，这些经历也让颜真卿从中得到了一些启发。

转眼已经过去了几个月，颜真卿还是没有得到老师张旭的明确指导，他心里十分着急。终于有一天，颜真卿实在忍受不了了，于是大着胆子向老师提出请求。颜真卿走到张旭面前，红着脸说："希望老师可以将行笔落墨的技巧传授给我。"

张旭看着眼前这个急于求成的学生，觉得又好气又好笑，就对他说："天下哪一种技艺是不花费时间就可以轻易学到的呢？学习书法不是一蹴而就的，不仅要勤奋，还要从自然界的万事万物中悟出其中的道理。"然后张旭将晋代"书圣"王羲之教育儿子王献之练字的故事讲给颜真卿听，讲完之

课外小知识

楷书，也被称为楷体、正楷、真书、正书，是汉字的一种常见字体。楷书是由隶书演变而来的，形体更趋简化，横平竖直，字体端正，是现代通行的汉字手写正体字。

后，又非常严肃地对他说："你一定要记住，不努力付出，是永远也不会成功的。"

正是老师张旭的谆谆教诲，才使颜真卿悟出了书法的真谛。此后，他更加努力、刻苦地学习书法，每天都踏踏实实、勤勤恳恳地认真揣摩。后来，他的书法就有了非常大的进步，最终成了一代书法宗师。他的书法雄健而宽博，成为唐代楷书的典范。

智慧解读

一开始急于求成的颜真卿听从了老师张旭的教导后，慢慢悟出了书法的真谛，并不断刻苦努力地练习，最终取得了伟大的成就。我们应该学习他身上这种宝贵的精神。

韩愈

走进课本

出自《语文》六年级下册第六单元古诗词诵读《早春呈水部张十八员外》。

名人档案

姓　名：韩愈，别名韩昌黎

生卒年：768—824年

职　位：吏部侍郎

贡　献：倡导古文运动。

韩愈出生在一个文化氛围浓厚的家庭，3岁时，他的父亲就去世了，从此他的生活完全由哥哥照顾。10岁那年，哥哥被贬官了，他跟随哥哥嫂嫂流落他乡。一路上，哥哥嫂嫂经常给韩愈讲历代名人故事，希望他能够从中受到启发，将来能够成才，重振家业，其中许多是古人在困境中奋发图强的故事，以激发韩愈的进取心。例如周文王在狱中写成了《易经》，左丘明双目失明写成了《左传》，屈原被放逐写成了《离骚》，孙膑在被陷害后仍著有

《孙膑兵法》，司马迁在遭受腐刑之后写成了《史记》，等等。哥哥嫂嫂将这些故事讲述完后，对年幼的弟弟说：“生命是短暂的，历史是永存的。你应该把这短暂的生命用在学习上，虽不求风光显赫，但也要有所作为呀！”古人逆境成才的故事和哥哥嫂嫂的期望，使年幼的韩愈很受启发，在他幼小的心里产生了奋发向上的动力，好像有一个莫名的声音在呐喊：“我也要当屈原、司马迁……那样的人。”

自此以后，韩愈每天清晨鸡刚打鸣就起床，先到院中做一种名叫“八段锦”的体操，活动一下身体，然后回到屋里读书。韩愈对书本上的知识非常迷恋，因为当时生活困难，吃饭时常常没菜，他就拿看书来下饭。在读书时，每当遇到不懂的地方，他总是反复默读琢磨，或是向别人请教，直到弄懂

课外小知识

韩愈为人豁达开朗，与人交往时，不管对方是何出身，他对人的态度始终不变。他曾与还未出名的孟郊、张籍二人一起吟诗作赋，还时常称赞他们，后两人成名，韩愈依然在闲暇之时与他们一起谈话宴饮，论文赋诗。

为止。韩愈在学习的过程中能够由浅入深，看一本书必定会完整地读完，就这样，他读了大量的诗书和史书。

随着时间的流逝，韩愈渐渐成长为一名风华正茂的青年。在求知欲的驱使下，他决定走出家庭，到社会上去锻炼自己。

他先是前往洛阳学习。一路上，大自然的景色尽收眼底。连绵起伏的群山，一望无际的平原，滔滔不绝的长江，碧绿无边的稻田，还有历朝历代留下的名胜古迹都使他流连忘返，这为他以后的诗文

创作打下了基础。

在洛阳，他一直过着清贫的生活。为了博览群书，他“贪多务得，细大不捐”“蚤夜以孜孜”“口不绝吟于六艺之文，手不停披于百家之编”。他读起书来废寝忘食，常常读到凌晨以后才睡觉。寒冬腊月，他也不舍得生火取暖。砚台里的墨结成了冰，他就哈气将其解冻，等融化后再写。他除了苦读、背诵、思考外，还勤奋地写读书笔记。

韩愈19岁时离开了洛阳，来到唐朝的京都长安。当时在长安文坛上，有一位很有名气的学者，名字叫梁肃。梁肃是主张用先秦、两汉的散文形式写作的一个大作家。韩愈慕名前去拜访，希望能跟随梁肃学习。原来，韩愈在读书时，对先秦、两汉的散文非常喜爱，因为这一时期的散文形式自由，语言活泼，有利于表达思想内容。在求知欲的驱使下，没有任何人介绍，他就前去拜访梁肃。可是，他前几次拜访梁肃时，都没有被接见。他毫不灰心，仍然多次去拜访。后来，也许是他的诚心感动了梁肃，梁肃终于接待了他。梁肃见韩愈是一名好学而勤于思考的青年，非常喜欢他。从此，梁肃在文章上尽力指点韩愈，韩愈的文章水平提高得更快了。

之后，韩愈积极地倡导古文运动和从事古文写作，在古文写作上取得了巨大的成就。后来做官时，无论是给皇帝的上书、给亲友的书信，还是政论文、传记、小品文、杂感等，他都按着先秦、两汉的散文要求，精心撰写。其文章的艺术性很高，而且寓意深刻，读起来流畅明快，大家都非常喜欢。后来模仿韩愈的风格写作的人很多。在韩愈的积极倡导下，散文形式的文章深入人心，韩愈的名字也因此在文坛上永垂不朽。

智慧解读

韩愈勤学而善于思考，为了求学，就算被挡在门外他也勇敢地一次次登门拜访梁肃。他最终走上了文坛的高峰，为世人所仰望。我们要学习他的这种锲而不舍的精神。

白居易

走进课本

出自《中国历史》七年级下册第一单元第3课《盛唐气象》。

名人档案

姓　名：白居易
生卒年：772—846年
职　位：唐朝现实主义诗人
贡　献：新乐府运动主要倡导者。

白居易出生在一个充满文化气息的家庭，他从小受到家庭的熏陶，很早就开始识字，五六岁时就已经开始写诗，9岁已经懂得声韵。白居易身处的时代出现动乱，因此他在11岁时就离家出游，南北奔走，从小就在社会上磨砺。由于看到了民不聊生的社会现状，他便立下了改革政治、救济百姓的大志。

渐渐地，白居易认识到，只有努力地充实自己，才有能力改变社会现状。于是他发愤读书、写诗。

他白天学赋，夜间读书，同时还挤出时间写诗。他每学一篇文章，都要反复诵读，一直读到不仅能背诵，而且能深刻领会文章的意境为止。据记载，因为他一直不停地读书，以至于嘴唇都磨破了皮，生了很多疮。他写字写得太多，手臂上也磨起了一层很厚的老茧。他拥有如此坚毅苦学的精神，所以少年时期他的诗文就已经取得了巨大的成就。

白居易9岁时写出的“离离原上草，一岁一枯荣。野火烧不尽，春风吹又生”这首诗，至今仍被传诵。

白居易15岁时，带着自己的诗稿来到长安。当时长安有一名非常博学的人，名叫顾况，白居易慕名前去拜访。顾况看到白居易时，认为这样一个黄口孺子，写不出什么好的文章来。

白居易恭恭敬敬地将自己的诗稿呈上，顾况拿起来首先看到了白居易的名字，然后看了一眼

课外小知识

胡适曾经称赞白居易领导的文学革新运动具有改善政治的效果。在陈独秀、胡适等人领导的新文化运动期间，在提倡白话、不避俗字俗语的风气下，白居易的诗歌很受推崇。

一脸稚气的白居易，哈哈大笑着说："长安的柴米油盐酱醋茶都非常的贵啊，想要在这里居住不容易啊！"顾况根本没将眼前的这个毛孩子放在眼里。但是当他读到"野火烧不尽，春风吹又生"时，忍不住拍着身旁的案几大声说道："好诗！有这样好的诗句，居天下也不难啊！"之后，顾况经常向别人谈起白居易的诗才，对他大加赞赏，白居易的诗名就此传开了。可是白居易没有骄傲，仍然勤奋不怠，继续下苦功夫读书、写诗。

据说，白居易的诗追求通俗易懂，他每写一首诗，都会先读给邻居家一位不识字的老婆婆听，然后问老婆婆："感觉怎么样？能不能听懂？"如果老婆婆说听不懂或说不好，他就会反复修改。当时白居易已经是一位著名的大诗人，对于他这样的举动人们很不理解。当时也有不少人批评他做作，认为他俗气。白居易说："我写诗是给所有人看的、听的，如果有人看不懂、听不懂，那我又何必写呢？"

白居易如此刻苦、严谨，声名远播又能虚心向别人请教，这样的精神让人敬佩不已。所以不管他在哪个时期写的诗，读起来都朗朗上口，语言上通俗易懂，深为大众所喜爱。

智慧解读

白居易一生创作态度严谨，虽然年少成名，但是他从来没有因为自己的名声大而降低对自己作品的要求。正是因为他对文字严谨认真的态度，使得他的作品非常受人喜爱，由此可知，这种严谨的精神正是做学问的人所必需的。

走进课本里的
名人故事

囊括中小学课本各科目的中外名人故事

3

张欣怡◎主编

北京工艺美术出版社

前言

成长离不开阅读，阅读离不开好的故事。我国九年义务教育中各个年级、各个科目中涉及了很多中外名人，他们的故事可以影响一个人的一生。的确，凝结着名人智慧的故事，每一个都承载着他们的情感，寄托着人们的诉求和愿景。每一位孩子都是善良、单纯的，名人的事迹会让他们产生崇拜的心理，孩子会不自觉地学习、模仿名人的思想和行为，因此，这些名人故事里歌颂的精神，所传达的思想，可以潜移默化地滋养孩子的心灵，塑造孩子的美好品格，帮助孩子树立正确的价值观和人生观。

为了培养孩子的榜样意识，增强孩子辨别是非的能力，提高孩子的想象力，我们根据统编版课本精心编写了这套《走进课本里的名人故事》。本套书共包含五个分册，囊括了古今中外众多名人故事，这些名人有慧眼如炬的思想家、运筹帷幄的军事家、叱咤风云的政治家、精益求精的科学家、妙笔生花的文学家以及技艺精湛的艺术家等，这些故事涵盖了名人的智慧和成就，能让孩子深入了解名人背后的故事，感受名人流传千古的人格魅力，学习名人

身上的美好品德，帮助孩子树立远大的理想，培养高尚的思想品质。

本套书文字生动有趣，字里行间透露出深刻的哲理；插图精美、形象，注重图文结合，达到“以图释文、以文释图”的效果，书中涵盖的知识可谓包罗万象、寓意丰富，且富于趣味性，非常适合孩子阅读，是一套帮助孩子快乐阅读、增长知识和见闻的故事书。

我们希望孩子可以通过阅读，拓宽自己的视野，获得更深层次的快乐；希望孩子在美好的童年时光里，和非常美的书相伴，成就一个美好的人生。

目录

宋、辽、夏、金、元时期

千古帝王……………………2

宋太祖赵匡胤………2

宋仁宗赵祯…………6

宋神宗赵顼…………11

宋徽宗赵佶…………15

辽太祖耶律阿保机…19

夏景宗李元昊………24

金太祖完颜阿骨打…30

元世祖忽必烈………37

名臣将相……………………41

范仲淹……………………41

司马光……………………45

王安石……………………49

岳飞………………………55

许衡………………………61

文天祥……………………66

文化巨匠……………………70

欧阳修……………………70

苏洵……………………76

苏轼……………………80

米芾……………………86

李清照……………………90

朱熹……………………96

辛弃疾……………………99

关汉卿……………………103

科学发明……………………108

毕昇……………………108

沈括……………………113

郭守敬……………………118

宋、辽、夏、金、元时期

千古帝王

宋太祖赵匡胤

走进课本

出自《中国历史》七年级下册第二单元第6课《北宋的政治》。

名人档案

姓　名： 赵匡胤，小名香孩儿

生卒年： 927—976年

职　位： 北宋开国皇帝

贡　献： 结束五代十国的战乱局面；建立宋朝。

宋太祖称帝后不久，为避免重演五代十国分裂割据的悲剧，在赵普的建议下打算收回功臣宿将的兵权，于是想出了这样一个办法。

一天夜里，宋太祖在宫内大摆宴席，邀请武将们一起喝酒，其中包括军权在握的石守信、王审琦等人。

屋内灯火通明，宋太祖提议同众将军连饮三杯。三杯酒下肚后，宋太祖无限感慨地对大家说：

“在座的各位将军，有的是朕的结义兄弟，有的是跟随朕多年、征战沙场、出生入死的老部下，如今大家能坐在一起痛饮，真是难得呀！”

武将们都站起来，一个接一个地向宋太祖敬酒。

“唉。”宋太祖突然重重地叹了一口气。大家听到叹气声，都放下酒杯，忙问：“万岁一切顺心，怎么唉声叹气呢？”

“大家不知，这些天朕没有睡过一个安稳觉。”

宋太祖说完这话，众人都急忙问：“这是为什么？”

宋太祖继续说道："如果不是诸位，我就没有今天的地位，但是做天子何等艰难啊！我知道各位将军没有异心，但是如果有一天你们的部下贪图富贵，将一件黄袍加在你们身上，那时你们只怕也会身不由己了。"

众人一听，全都吓得冷汗直流，纷纷问道："那可怎么办？万岁快出个主意，我们一定照办。"

宋太祖这时不紧不慢地说："人无非追求荣华富贵，子子孙孙都不贫穷罢了。如果大家交出兵权，你们和我之间没有猜疑，那多好啊！你们回到老家，多多地添置田地房屋，再买一些歌女舞姬，天天喝酒，岂不是神仙一般的生活？"

众人一听，不住地叩头说："好，好。"

第二天，武将们借口生病，请求辞掉官位，宋太祖高兴地答应了，他就这样把禁军的军权收归己有了。这就是历史上有名的"杯酒释兵权"的故事。

课外小知识

赵匡胤在北方"杯酒释兵权"的同时，南方政权之一的南唐刚刚换了一位皇帝，他就是南唐后主李煜。李煜在位时向北宋纳贡，认为自己俯首称臣，再加上长江天险相阻，就能保南唐平安，结果还是做了亡国之君。做皇帝，他是不合格的；而作为词人，他却是不折不扣的天才。晚唐五代的词虽然华丽，却大多空洞无物，直到李煜出现，词才开始有了深邃的灵魂和意境，开启了光照千秋的宋词文学。

收回京城中禁军的军权后，宋太祖仍觉不够，969年，宋太祖第二次“杯酒释兵权”，一些资历颇深的地方节度使的军权也被没收了。同时，宋太祖派文官到地方上管理军事。宋太祖还经常调动军队，使得将领不能固定地统率一支军队，这样就造成了“兵无常帅，帅无常师”，也就是兵不识将、将不识兵的局面。宋朝重文臣、轻武将的传统也从此开始。

经过一系列的改革，宋太祖手中的权力越来越大，终于使得五代十国时期王朝短命的悲剧没再重演，为维护国家统一做出了重要贡献。但是另一方面，宋太祖采取的一系列措施也造成宋朝军队战斗力低下，这就致使后来宋朝经常打败仗。同时，宋太祖注重并加强对京城的防守，却忽视边防，使得宋军面对异族入侵时经常被动挨打，很少主动出击，这些都为宋朝的衰亡埋下了隐患。

智慧解读

宋太祖用一场宴席轻松解决了从唐中期开始就存在的藩镇割据问题，让五代十国时期兵变频繁、政权不断更迭的局面没有重现，这是一种极高的政治智慧。我们做事情也要像宋太祖那样从事情的主要矛盾着手，主要矛盾解决了，其他问题就能迎刃而解。

宋仁宗赵祯

走进课本

出自《历史》高中选择性必修1第一单元第4课《中国历代变法和改革》。

名人档案

姓　名：赵祯
生卒年：1010—1063年
职　位：北宋第四位皇帝
贡　献：仁宗盛治；支持庆历新政。

赵祯是北宋第四位皇帝，他在成为皇帝之前，被宋真宗先后封为寿春王、昇王。在历代皇帝中，赵祯是生活比较节俭的一位。一年初秋，各地的官员向朝廷献上各地的美食，有一个官员向朝廷进献了一些蛤蜊，赵祯问这些蛤蜊是从哪里弄来的，进献的官员说是从很远的地方运来的，赵祯又问这些蛤蜊多少钱，官员表示这些蛤蜊要很多钱，赵祯一听蛤蜊的价格非常贵，便对下面的官员说："我经常跟你们说，百姓生活贫苦，我们应该节俭，你们却花费大把的银子，只为买几个蛤蜊，这么贵的蛤蜊我实在是吃不下！”在宴会上，赵祯果然一个蛤蜊也没有吃。

还有一次，赵祯早上醒来后对身边的侍卫说：“我昨天晚上非常饿，翻来覆去睡不着，现在又饿又困。”随后紧接着说，“我昨晚总是想吃烤羊肉。”

侍卫对赵祯说：“皇上，您怎么不和臣下说呢？这样臣下就可以遵照您的旨意采办了，用不了多长时间，您就可以吃到美味的烤羊肉了。”

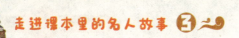

赵祯说："我又何尝不是这样想的呢？但是细细想来，如果我这样做的话，下面的官员就会不惜一切代价去民间采办，这样就会扰乱百姓的正常生活。与百姓的正常生活相比，我这点想法不值一提，还是不采办的好。"正是因为赵祯的勤政为民，所以其在位期间，宋朝的社会经济和科学文化都有了很大的发展。

王素是赵祯在位期间的一位谏官，曾多次劝谏赵祯不要亲近女色，否则对国家和朝廷不利。有一次，赵祯对王素说："这几天，有一位官员向我进献了几个美女，我很喜欢，想把她们留在宫里。"

王素说："皇上，难道您忘了臣时常劝谏您的话了吗？切不可被女色所诱惑。"赵祯听了王素的话后，脸色非常难看，但最后还是听了王素的话，没有留下那些美女，并让手下的太监给那些美女分发了一些钱，让她们离宫了。

还有一次，赵祯上完朝后感觉非常疲惫，而且头皮发痒，回到寝宫后，他连忙摘下帽冠，并命人传来梳头太监为自己梳头。梳头太监深受赵祯的宠信，见赵祯怀中有一份奏折，问道："皇上，奏折里都写了些什么呢？"

赵祯并没有因为太监的询问而生气，反而对梳头太监说：“谏官向朕奏明宫中的宫女和太监较多，花销较大，所以希望朕能减少宫女和太监的数量，以减少开支。”

梳头太监一听马上对赵祯说：“大臣家中都有很多侍奉的人，皇上千金之躯，侍奉的人本来就不算多，这些谏官还要求皇上削减侍奉的人，简直太过分了。”

赵祯没有马上理会梳头太监的话，梳头太监急不可耐地问：“皇上，您准备采纳谏官的意见吗？”

赵祯说：“谏官说得很有道理，我也认为宫里的宫女和太监太多，花销太大，肯定是要采纳的。”梳头太监认为自己深受皇上的宠信，不会被放出宫

课外小知识

赵祯是小说、戏曲中“狸猫换太子”的原型。小说中写道，在宋真宗晚年时，他的妃子刘氏和李氏同时怀孕，刘氏为了争夺正宫的位置，将李氏所生的孩子换成了一只剥了皮的狸猫，并冤枉李氏生下了妖孽。宋真宗大怒，将李氏打入冷宫，随后将刘氏立为皇后。在各种原因下，最终李氏所生的儿子成了太子，并登上皇位，这个孩子就是宋仁宗赵祯。但历史真相究竟是怎样的，至今无人知晓。

去，就心有怨恨地对赵祯说：“既然如此，那皇上就先把奴才削减了吧。”赵祯听了梳头太监的话，召唤主管太监进入殿内，下令依照名册削减宫女、太监，其中就包括自请削减的那个梳头太监。

后来皇后问道：“梳头太监是侍奉您很多年的亲信，本不在削减太监的名册里，您为什么要将他削减呢？”赵祯说：“他若本本分分地侍奉我，我自然不会削减他，但是他劝我不要听从谏官的建议，这样的人我怎么会留在身边扰乱我的想法呢？”

虽然赵祯比较节俭，而且在位期间北宋经济得到了一定程度的发展，但是他在政治上施行土地兼并政策，官吏、军队人数多、俸饷大，导致国家财政空虚。在西夏和辽国的不断进攻下，北宋一味地屈辱求和，导致国内爆发了多次农民起义，使国家日渐衰弱。

智慧解读

赵祯生活简朴，听取谏官的意见，真正做到了“亲贤臣远小人”。在生活中，我们也应该向赵祯学习。

宋神宗赵顼

走进课本

出自《历史》高中必修中外历史纲要（上）第二单元第9课《两宋的政治和军事》。

名人档案

姓　名：赵顼，初名赵仲针
生卒年：1048—1085年
职　位：北宋第六位皇帝
贡　献：重用王安石进行变法；元丰改制。

1067年，宋英宗病死，被立为太子不久的赵顼（xū）仓促即位，是为宋神宗。赵顼即位之时，社会矛盾已经比较尖锐了，宋初以来就存在的冗官、冗兵、冗费的“三冗”问题愈演愈烈。宋初制定的一系列制度，已经有很多地方不适应社会的现实状况，百姓的不满情绪日益强烈，小规模的起义也此起彼伏，因此必须在政治、财政、军事等方面进行改革，才能有效地稳定国家政治局面。宋仁宗其实已经发现这些问题并采取了改革措施，但在施行过程中，由于遭到强大的阻力，他在位时的庆历新政很快就失败了，主持改革的范仲淹也被迫下台。

血气方刚、锐意求治的宋神宗急于寻找一个能够全力帮助他改革的大臣作为“臂膀”。王安石就在这时脱颖而出了。王安石在地方为官多年，亲眼看到当时社会问题的严重性。他曾给当时的皇帝宋仁宗上过《上仁宗皇帝言事书》。宋仁宗没怎么看，反倒是未即位的赵顼看得很仔细，并因此非常欣赏王安石。赵顼即位后，就把王安石召到身边。第一次召见王安石时，心急的赵顼就问他治国应当先做什么。王安石的回答令赵顼耳目一新，于是他命王安石写出《本朝百年无事札子》，讨论北宋先帝的治国之道。

赵顼看后大喜，便于1069年起用王安石为参知政事（即副相），亲自督促王安石提出并推行了一整套新法。

改革命令一出，朝野哗然，新法中许多改革措施直接触犯了大官僚、大地主、大商人的利益，加上新法本身有许多不足之处，所以几乎各项新法都遭到强烈反对。而遭到反对最多的就是侵犯大地主、大商人利益的免役法和市易法。一时朝野内外反对声四起，就连太皇太后、皇太后和宋神宗的皇后也站出来表示对反对派的支持。

在这样的局面下，赵顼有些动摇了，先后将王安石两次罢相，以平息反对的声音。不过，王安石下台后，赵顼还是将部分新法推行到底，其中改革官制与强化军兵保甲制度成为改革的重心。由赵顼单独进行的改革被后人称为“神宗改制”。

赵顼除了推行改革，还不满宋朝对辽国和西夏一味地妥协退让，因此与边境少数民族政权进行了多次战争，但是胜少负多，只有对交趾的反击战和第一次征伐西夏具有比较重要的意义。

位于现今越南北方地区的交趾，不断在宋朝边境进行劫掠。1076年，赵顼派兵征讨交趾，将交趾打败，收复了被交趾占据的邕州、廉州等地。随后攻入交趾国境内，交趾王李乾德眼看宋军就要兵临

课外小知识

宋神宗在位期间进行过多次变法，在这些变法中，争议最少的是教育改革。他主张州县建立小学，由朝廷直接领导太学，太学生分为三个等级，即舍生、内舍生、上舍生，定期考试选拔，优秀的学子可以直接为官。

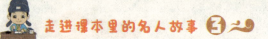

城下，赶忙上表乞降。从此，交趾再也不敢侵扰宋境了。

1073年，赵顼派王韶率军进军1800里，占领了宕、岷、叠、洮等州，招抚很多大小蕃族。这是自北宋开国以来宋对西夏战争中的空前大胜。但此后对西夏的用兵，北宋都以失败告终。1081年，赵顼趁西夏皇帝李秉常的母后专权之机，兵分五路，共20多万兵力征讨西夏，宋军深入西夏境内，直抵灵州(今宁夏灵武)城下。西夏军决黄河水堤将宋军淹没，并切断宋军粮道，导致宋军大败。此次战争，宋军有200多个将校阵亡，伤亡20多万士兵和民夫。消息传到朝廷，赵顼悲痛难忍，竟临朝大哭。从此，赵顼彻底丧失了先前的雄心，继续同西夏议和，每年向西夏交纳财物。1085年，在西北边境军事失败的沉重打击下，赵顼一病不起，不久后去世。

智慧解读

宋神宗赵顼发现了宋仁宗治理国家时出现的问题，即位后立马重用能臣，推行改革，虽然改革最后失败了，但是他敢于面对问题，解决问题，并因不满辽、西夏对北宋的压迫而奋力反击，这种精神值得我们学习。

宋徽宗赵佶

走进课本

出自《历史》高中必修中外历史纲要（上）第三单元第12课《辽宋夏金元的文化》。

名人档案

姓　名： 赵佶

生卒年： 1082—1135年

职　位： 北宋第八位皇帝

贡　献： 剿灭方腊农民起义；有很高的书画和诗文造诣。

1082年，赵佶出生，他是宋哲宗赵煦同父异母的弟弟。赵佶小时候就聪慧过人，各方面的知识均有涉猎，如书法、绘画等，除此之外，也很擅长骑射、蹴鞠、种植花草、豢养奇珍异兽等。赵佶非常不喜欢皇室中日常学习的儒家经典、史籍，却非常喜欢书画，并且在这方面具有颇高的成就。

赵佶4岁的时候，他的父亲宋神宗和母亲相继离世，这给他幼小的心灵带来了沉重的打击。母亲去世以后，赵佶缺乏教育，行为举止逐渐轻佻放浪。

赵佶在外面胡作非为，但是回到皇宫后，就会在向太后面前演起戏来，立马装出一副通情达理、学识渊博的模样，还对向太后极其敬重孝顺。向太后非常喜欢他，而宋哲宗在世时没有子嗣，所以宋哲宗病死后，向太后让赵佶立刻来宋哲宗的灵柩前，力排众议拥护端王赵佶为皇帝。就这样，赵佶成功登上了皇帝的宝座，成了北宋的第八个皇帝。

向太后一向很信任赵佶，相信他有能力处理好朝堂上的事情，所以在赵佶即位后便不打算听政了，但是在赵佶和众大臣的请求下，向太后还是勉强听政了6个月，随后便将权力全都交给了赵佶。善于“演戏”的赵佶则表现出一副励精图治的样子，不仅赶跑了在皇宫里豢养的奇珍异兽，退还了百姓献给他的玉器，还因出现日食而下诏求直言，俨然一副明君的样子。

向太后去世后，赵佶立马就恢复了本来的面目，将大奸臣蔡京召回朝廷，并于第二年任命他为宰相。蔡京时常在赵佶身边阿谀奉承，溜须拍马，尽显小人之姿。赵佶共在位26年，蔡京任相24年，虽然中间三次罢官，但是没过多长时间就会官复原职，由此可见，赵佶根本离不开这个阿谀奉承的大奸臣。

除了蔡京，赵佶身边还有很多奸臣，如童贯、朱勔、

梁师成等。这些人都擅长投皇帝所好，到各地搜刮名贵特产、名人字画，献给皇帝来邀宠。赵佶虽然昏庸无能，宠信奸臣，但是，他将权力全都揽在自己手中，没有让奸臣专权，不论大事小事，全都得由他亲自处理。

赵佶秉承的人生哲理是：太平无事多欢乐，即人生在世应该及时行乐。为了能够及时行乐，赵佶在一众奸臣的鼓动下，修建了富丽堂皇、华而不实的新延福宫，这座宫殿构思精巧、占地面积大，世间罕见，是当时最出名的建筑之一。建成后，赵佶命人收集天

课外小知识

宋代盛行点茶、斗茶等，该时期是我国茶事发展的重要阶段。宋徽宗喜爱茶艺，对茶艺十分精通，曾经多次为臣子点茶，其撰写的《大观茶论》对研究茶文化具有重要作用，被后人广泛引用。

下最美好的东西来点缀这座富丽堂皇的宫殿。

赵佶收集的范围非常广泛，不仅有象牙、犀角、藤竹、织绣、花石、金银、玉器等物，还有前代的书法、名画、砚墨等。为了更好地管理这些名画、书法，赵佶还专门在宫中设立了一个御前书画所，这座书画所里收藏了数以千计的珍品。除此之外，赵佶还收藏了10000多件商周秦汉时期的钟鼎礼器。

赵佶经常潜心研究收藏的古书画、彝器等，还时常亲自将收集到手的书法名画重新装裱，并为其题写标签，以便保存。他还命人将历代著名书法家、画家的资料仔细整理，并附上宫中所藏的各家作品的目录，编成《宣和书谱》《宣和画谱》。由此可知，如果赵佶不当皇帝的话，可能会成为一个著名的书法大家、收藏大家，正是因为他的这些爱好，为后世研究中国美术史留下了珍贵的史籍。

智慧解读

赵佶宠爱奸臣，不理政事，可能不是一位好皇帝，但是他在艺术方面却有着杰出的成就。他潜心研究书法、绘画，收藏珍贵典籍，这些对后世研究当时的书法、绘画有着重要作用。

辽太祖耶律阿保机

走进课本

出自《中国历史》七年级下册第二单元第7课《辽、西夏与北宋的并立》。

名人档案

姓　名：耶律阿保机，别名耶律亿

生卒年：872—926年

职　位：辽朝开国皇帝

贡　献：创立契丹文。

耶律阿保机出生于契丹族中的迭剌部落。迭剌部落是契丹族中的贵族，拥有世代推选本部首领的特权。从阿保机的七世祖开始，耶律阿保机的家族就掌握着部落联盟的军权。耶律阿保机出生时，正值契丹贵族们混战，他的祖父耶律匀德实在政治斗争中被人杀害，父亲和叔叔、伯伯也出逃了。祖母将耶律阿保机寄养在别人那里，才让他躲过了杀身之祸。

耶律阿保机长大后身材魁梧，双目炯炯有神。

他武功高强，30岁时就被人们推举为军事首领。

之后，耶律阿保机凭借他的英勇才智，接连吞并了周围多个弱小的部落，还在西辽河建造了城池。他一边接受朱温送来的马匹、衣物、钱币和各种小玩意儿，表示友好；一边又与李克用交换衣袍战马，结为兄弟，做到哪边都不得罪。

907年，耶律阿保机通过举行部落选举仪式成为契丹大首领。按照传统，可汗的位子3年要改选一次，并由家族世代推选，由耶律氏这个家族的成年人轮流担任。可是耶律阿保机当上首领后，废除了这个传统。这样一来，如果他不让位，其他人就没有机会当上可汗了。同时，他还任用韩延徽等汉人改革契丹习俗，创制契丹文字，大力发展农业和商业。

这些举措引起了其他贵族的不满。为了争夺汗位，一些皇叔、皇弟联合起来反对他，双方反反复复地斗争了10多年，被称为“诸弟之乱”。

916年，耶律阿保机终于肃清了所有的反对势力。紧接着，他又废除了旧的部落制度，按照世袭制和终身制的政治模式，正式称帝建国，国号契丹，自称为“天皇帝”。

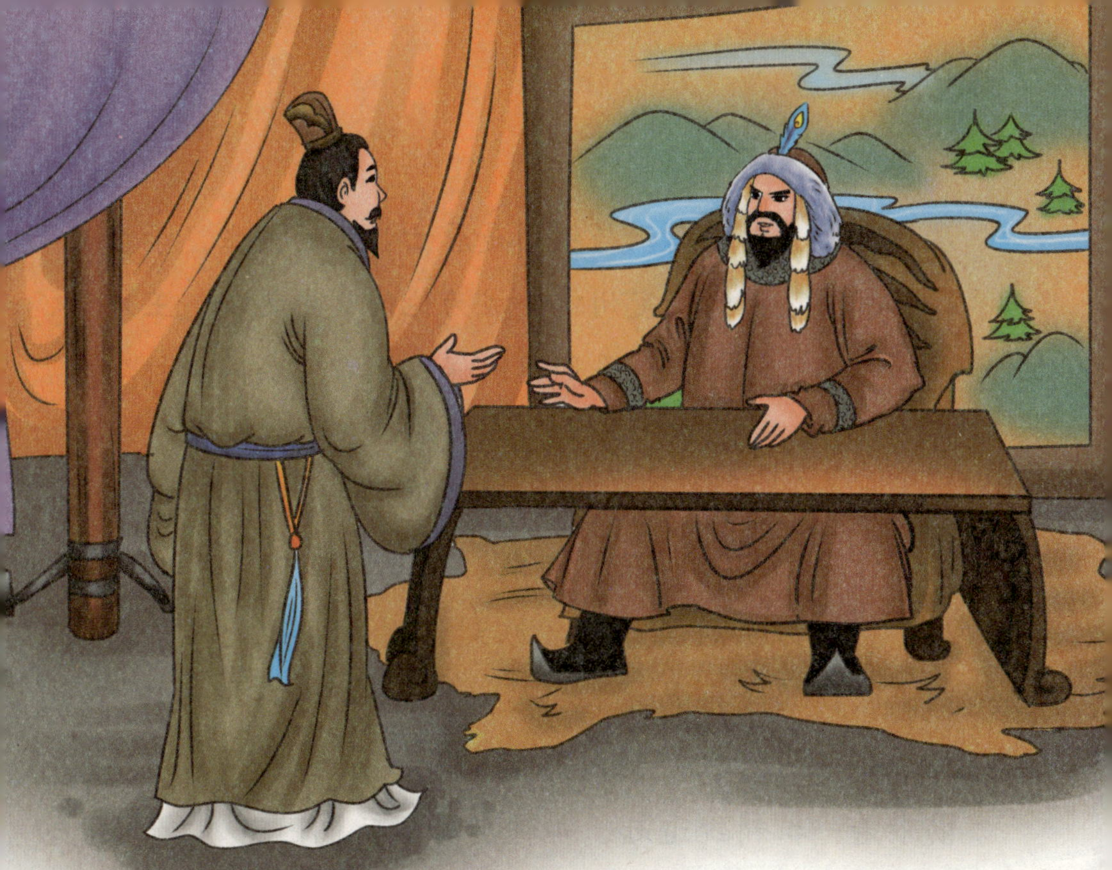

耶律阿保机建立政权后，亲自征伐吐浑、突厥、党项等族，连连获胜。不久，他又讨伐乌古都部落，俘虏了14000多人，缴获了大量的牛马、车辆、帐篷。在征讨期间，他听说母亲身体抱恙，竟骑着马狂奔了600多里，赶回来看望和照顾母亲，尽了孝心后，他又骑马飞奔回军中。

921年，后晋镇州、定州发生兵变，耶律阿保机觉得这是契丹南下的好机会，十分留意那边的动向。

原唐朝将领李克用之子李存勖攻打镇州，定州节度使王处直知道定州与镇州是唇亡齿寒的关系，李存勖一旦攻下镇州，定州就会成为他的囊中之物。王处直立马派儿子王郁联系耶律阿保机，希望共同攻打李存勖。

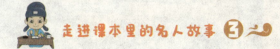

王郁到了契丹，以镇州繁华说服了耶律阿保机。于是，耶律阿保机亲率10万大军南下，援助定州，同时分兵援救镇州。派到镇州的契丹大军与赶回来救援的李存勖大军相遇，双方展开了一场激战。

耶律阿保机得到消息后，带兵撤往望都。李存勖带着一批精锐追赶，却被契丹军队包围了。

李存勖虽然深陷重围，依然面不改色，可双方人数悬殊，李存勖始终无法突围。危急时刻，李克

课外小知识

契丹建国后，为了适应政治、经济和文化等方面的需要，曾参照汉字创造了两种文字，用来记录契丹语。耶律鲁不古、耶律突吕不在神册五年（920年）创制了契丹大字，共1000余字。后来耶律迭剌创制出第二种文字，已经达到拼音文字初级阶段，被称为契丹小字。辽国时期，这两种文字与汉字并行，前后使用了300余年，后来随着辽国的灭亡，契丹文字渐渐不再使用了。契丹文字是对汉字进行笔画的增减改造而成的，但对契丹文字的释读堪称“世纪难题”，至今破译的文字不足200个。

用的养子李嗣昭带了300铁骑兵从侧面冲来，李存勖才得以逃脱。

耶律阿保机看到李存勖的援军已到，只好让大军快速往北撤退。当时正值隆冬，耶律阿保机看着天上的大雪，叹口气说：“老天就没叫我到这里来。”

这次出征，耶律阿保机带出去的10万人马仅剩了2万，可他并没有停止扩张的步伐。至926年，耶律阿保机征服了吐浑、党项、阻卜等地，攻灭渤海国，并给渤海国起了一个新名字——东丹国。

926年，耶律阿保机病逝。927年，耶律德光登上了皇位。947年，耶律德光攻进后晋国都开封，废黜了晋出帝。耶律德光穿上汉人的龙袍，接受百官朝贺，正式将国号改为大辽。

智慧解读

耶律阿保机敢于打破部落传承多年的习俗，开邦立国，引入汉族文化，开疆扩土，这需要超高的胆识和能力。他全身心地投入自己的宏图伟业中，同时又兼顾家人，不惜骑马狂奔600多里看望生病的母亲。耶律阿保机最后能成为一个优秀的帝王，和他统筹兼顾的本领有很大的关系。

夏景宗李元昊

走进课本

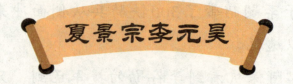

出自《中国历史》七年级下册第二单元第7课《辽、西夏与北宋的并立》。

名人档案

姓　名：李元昊，别名拓跋元昊
生卒年：1003—1048年
职　位：西夏开国皇帝
贡　献：建立西夏；创制西夏文。

党项族是一个古老的民族，发源于今青海省东南部黄河一带，是羌族的一个分支，以游牧为生。唐初时，他们发展壮大，占据了宁夏、甘肃和陕西西北一带。

宋太祖赵匡胤削除藩镇兵权，引起了党项族首领李氏的不满，他们开始屡屡侵犯宋朝边境。宋朝始终无法消灭这股割据势力，于是党项族慢慢发展壮大起来。

1004年，李德明成为党项族首领，他把党项族治理得井井有条，然后一边向辽国请求封号，一边向宋朝称臣。宋、辽两国都封他为西平王。

他的儿子李元昊从小就喜欢看各种兵书，还精通汉语。李元昊长大后，身手不凡，英气逼人，他常常穿着白色长袖衣，头戴黑冠，身佩弓弩，骑着高头大马飞驰，非常威风。李元昊还是个打仗能手，屡次带兵打败了吐蕃、回纥等部落。

一天，李元昊对李德明说："父亲，我们不要再臣服于宋朝了。"李德明认为独立的时机还不成熟，就说："我们这30年来锦衣玉食，都是靠宋朝的赏赐啊，怎么能随意背叛呢？"李元昊说："宋朝的那些赏赐只是让我们一部分人生活得安稳了，部落中还是有很多穷人。我看，不如我们自己训练兵马，先收服小的部落，等到兵力强盛的时候，咱们就夺取宋朝的土地。只有这样，部落里的人才都能富裕起来。"可是李德明还是不同意。

1032年，李德明去世，李元昊继承了西平王的爵位，他决定一展宏图，实现自己的愿望。

第二年，他以避父讳为名，改用了新的年号。之后，他开始建宫殿，设置文武大臣，定法制、兵制，立军号、军名，创制了自己的民族文字——西夏文，还非常重视培养小孩子和青少年，慢慢构筑出了一幅国家的蓝图。

1038年，李元昊正式称帝建国，国号为大夏，建都兴庆。又因为大夏地处宋朝西北边，史称“西夏”。

西夏建国，顿时引起了宋仁宗的警惕，他命边将时刻留意西夏国的动静。

1041年，李元昊亲率10万大军南侵。当时，宋军在西北的边防兵虽有三四十万，但是这些士兵分散在几百个堡垒中，由不同州的人指挥，互相之间缺乏配合。再加上这些宋军长年驻扎在堡垒中，很久没有打仗，缺乏实战训练，所以战斗力不强。

反观西夏，所有的骑兵统一受一个人的指挥，指令传达迅速、准确，军队行动灵活，所以只要西夏军与宋军打起来，宋军就会战败。

西夏军进攻延州，宋军不敌。宋仁宗大怒，下令撤了延州知州范雍的职位，派大臣范仲淹亲赴延州督战。范仲淹到任以后，对边境上的军事制度做了一系列调整，日夜操练士兵。西夏军看到宋军防守严密，就犹豫起来，不敢轻易进攻延州。他们都说：“范仲淹可不像范雍那么好欺负，他的胸中好像藏有几百万兵马呢！”

李元昊转而进犯渭州，陕西经略安抚副使韩琦听说西夏大军已逼近渭州怀远城，忙令大将任福领18000名精兵前去迎敌。

李元昊为了充分发挥骑兵的优势，把主力埋伏在好水川一带。逼近怀远城的只是一部分兵力，他们与任福大军交战时，假装战败，一路后退。任福紧追不舍，一直追到好水川。宋军士兵长途奔袭，都劳累极了，忽然看到道旁有许多会动的纸盒，有不少好奇的士兵打开纸盒，顿时，一只只白鸽从纸盒中飞出——这正是西夏伏军的进攻信号。

不等宋军列阵，西夏伏军猛然冲出，两军展开了一场恶战。眼看局面

越来越混乱，忽然，西夏军阵中立起一面大旗，大旗挥向左侧，左面伏军出击；大旗挥向右侧，右边伏军出击。有了大旗的指挥，西夏军的作战效率大幅度提高，宋军顿时陷入大溃败中。

任福也身受重伤，可他不愿投降或逃走，大喊一声："既已兵败，唯有以死报国！"说完，他用最后的力气挥剑自杀了。这一战，宋军死伤无数。这就是著名的"好水川之战"。

1042年，西夏军与北宋大将葛怀敏又在定川寨交战，宋军再一次战败。

宋仁宗希望能招抚李元昊，要给他赐赵姓，李

课外小知识

党项族有一个独特的传统：一般平民百姓的房间都是用石头砌成房基，用黄土做墙，又用土或者以牛尾和羊毛为材质的编织物做成房顶，一年换一次，从来不用砖和瓦，只有当官的人可以用砖瓦。

另外，党项族会在自己住房的中央供奉神，设置香案，供奉神的这个房间是不能住人的，只有两侧的房间可以住人。

党项族有着森严的等级制度，他们的身份和地位主要以服饰为标志。帝王是白色的窄衫衣，毡冠的里面是红色。文官要戴头巾，穿紫色的衣服。武官要戴金帖云镂帽。平民只能穿青色和绿色的衣服。

元昊拒绝了。在李元昊的带领下，西夏越来越强盛。

然而，宋军善于防守，在长达7年的战争中，西夏军虽然多次在野战中大胜宋军，却一直没有攻下一个州府，两国可以说是两败俱伤。西夏国内部也不平静，李元昊常年四处征战，导致国库亏空，百姓生活困苦，怨声载道，人们还编出了“十不如”等歌谣来反对战争。

后来，西夏国与辽国产生矛盾，为了避免两面受敌，西夏不得不与宋朝议和。1044年，双方约定：西夏向宋朝称臣，以臣子礼仪对待宋朝；宋朝封李元昊为夏国主，承认其现有领土，每年赐给西夏若干银两、绢帛等物资。

至此，宋朝和西夏之间恢复了平静，天下形成了北宋、西夏、辽三足鼎立的局势。

智慧解读

党项族依附中原多年，李元昊却大胆地提出建立大夏国，并稳扎稳打，一步步地开始行动。他在作战前，对北宋军队进行了深入了解，知己知彼，制订出最适合党项族的作战计划。野心加上周全的准备，以及起事的果决，最终让李元昊取得了成功。

金太祖完颜阿骨打

走进课本

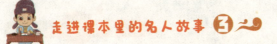

出自《中国历史》七年级下册第二单元第8课《金与南宋的对峙》。

名人档案

姓　名： 完颜阿骨打，别名完颜旻

生卒年： 1068—1123年

职　位： 金朝开国皇帝

贡　献： 灭亡辽朝；建立金朝。

女真族是生活在我国东北地区的一个古代民族，过着以打鱼和捕猎为生的部落生活。北宋年间，我国东北方的女真族渐渐强盛起来。11世纪末，女真族中的完颜部统一了黑龙江和乌苏里江流域。

此时的辽国先后经历了几次国家内乱，又因为对其他民族不公，遭到各民族起义力量的沉重打击，从前的强大已不复存在。

女真族生活在辽国境内，过去长期受到辽国的奴役和压迫，每年要向辽国上交大量的珍珠、人参、

貂皮、马匹、海东青等贡品，辽国使臣还经常敲诈勒索女真人，侮辱女真妇女。女真族早已产生了强烈的反辽情绪。

1112年，辽国的天祚（zuò）帝去春州巡游。混同江的江水刚刚消融，他在混同江边兴致勃勃地捕鱼，还命令女真族各个部落的酋长前来朝见自己。

春州当地有个习俗，每年春季最早捕捉到的鱼，女真人要先作为祭品给祖先上供，还要摆酒席庆祝，叫作“头鱼宴”。这一年，辽天祚帝在春州举办了头鱼宴，把各大酋长都请来喝酒。

辽天祚帝喝了几杯酒，就醉眼迷离起来，他让酋长们跳舞给他看。酋长们虽然很不情愿，但是不敢违抗命令，就挨个儿跳起了舞。

轮到一个年轻人跳舞时，他却神情冷漠地看着辽天祚帝，说自己不擅长跳舞，坐在位置上一动也不动。他就是女真族完颜部落酋长乌雅束的儿子——完颜阿骨打。

完颜阿骨打从小就看不惯辽国贵族欺压女真族的行为，与所有族人一样，渴望有一天推翻辽国统治。为此，他从小就苦练骑马射猎。有一次，辽国使臣看到他手中拿着弓箭，就叫他射天上的飞鸟。

完颜阿骨打抬臂射去，连射三箭，连中三鸟，让辽国使臣十分惊叹。

现在，辽天祚帝让他跳舞助兴，他觉得非常屈辱，于是下定决心，宁死也不跳舞。

辽天祚帝很不高兴，再次催他赶快上去跳舞。其他各个部落的酋长见到这种尴尬的情景，都上前劝说。可是不管别人怎么说，完颜阿骨打就是不跳，弄得辽天祚帝一时下不了台。

聚会不欢而散。辽天祚帝虽然当着大家的面没有当场发怒，但是心里却耿耿于怀，他对大臣萧奉先说："完颜阿骨打真是嚣张跋扈，我越看他越不顺

眼。我们不如尽早除掉他，以绝后患。”

萧奉先劝阻说：“您不要介意完颜阿骨打这个粗人，他从来都是个不懂礼节的人，不值得我们跟他计较。杀了他，恐怕别的酋长会不满。再说，他只是一个小小的部落首领的儿子，也翻不起什么浪花来。”辽天祚帝听萧奉先这么一说，也就没再把这件事放在心上。

其实完颜阿骨打不是不会跳舞，只是不愿意为辽天祚帝跳罢了。

1113年，完颜阿骨打的父亲去世，他当上了女真族的酋长。他带领族人修建城堡，打磨武器，训练士兵。几年后，部落就强大起来。

辽天祚帝知道后大吃一惊，他一边派手下到女真族打听情况，一边调集人马前往东北威胁完颜阿骨打的部落。

完颜阿骨打对部下说：“如果现在我们再不动手，天祚帝就要动手了，我们得先发制人。”于是完颜阿骨打集中了2500人突袭辽国大军，辽军毫无准备，被打了个措手不及，大败而归。

辽天祚帝立刻派兵反击完颜阿骨打，两军相遇，女真军奋勇杀敌，俘虏了大量辽兵，兵力也迅速增长到了10000余人。

1115年，完颜阿骨打在会宁称帝，国号为大金，史称“金太祖”。

金太祖即位以后，继续攻打辽国，直扑辽国东北重镇黄龙府。

辽天祚帝不敢轻视，亲自率领70万大军迎敌。可这一战，辽国依然大败。

在这紧要关头，辽国内部发生动乱，辽天祚帝只好撤兵。金太祖乘胜追击。这一仗，辽国大军损失惨重，辽国没有力量再与金国对抗了。

辽国连连战败的消息传到北宋，宋徽宗觉得这是个收复北方燕云失地的机会，立即派人从山东前往金朝拜见金太祖，说宋朝愿意与金朝一起夹攻辽朝。

双方一拍即合，约定金军攻占辽国中京，宋军攻取辽国燕京。消灭辽国后，北宋可以收回燕云十六州。同时，北宋承诺将把每年送给辽朝的金银丝帛转送给金朝，这个约定就是著名的“海上之盟”。

1122年，金国依照盟约出兵，势如破竹，一路向南，连连取胜，陆续攻下辽国中京和西京，最后留下燕京让宋军攻打。

课外小知识

金国的社会风俗其实就是以女真族为主的多民族社会风俗。

女真人最早是以肉食为主的，但是随着农业的发展，他们也逐渐开始用粮食取代肉类作为日常主食。粮食最初被做成粥和炒米，后来有了馒头、煎饼等面食。女真人的主食越来越接近汉人。除此之外，女真人还喜欢把野白芍药花和在面里煎着吃。

秋天和冬天，女真人会把新鲜的果蔬腌制成酸菜和咸菜，加上调味的油盐酱醋。

女真族是一个崇尚饮酒的民族，不论是城市还是乡村，即便没有饭店，也会有酒家。

海陵王时期，金朝曾严禁官员饮酒，否则会被处死。后来，朝廷又放宽了一些政策，允许过节和祭天的时候，大家可以适当饮酒作乐。

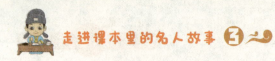

宋徽宗派刚刚镇压了方腊起义的童贯做统帅，蔡京的儿子蔡攸做副统帅，出兵进攻燕京。不想宋军一连吃了两个大败仗，折兵损将，还把多年来积存的粮草和武器一并丢光了。童贯为了免于承担失败的责任，转头求金军攻打燕京。金军从大同进居庸关，一举攻下了燕京。

金朝攻下燕京后不肯归还，童贯无法回去复命，只好用一年100万贯的租税，把燕京从金朝手里赎了回来。

1123年，完颜阿骨打病逝，他的弟弟完颜晟继位，史称“金太宗”。

1125年，金太宗派兵继续攻打辽国残余势力，金军俘虏了辽天祚帝，辽国灭亡。

智慧解读

完颜阿骨打从小就胸怀大志，在大多数部落首领都屈从辽天祚帝的时候，只有阿骨打不惧辽天祚帝的威严，坚决不屈从。他的起事不是一时冲动，而是做了长时间的准备，这才能取得成功。胸怀大志是成大事的前提，而周密的筹备则是成功的保障。

元世祖忽必烈

走进课本

出自《中国历史》七年级下册第二单元第10课《蒙古族的兴起与元朝的建立》。

名人档案

姓　名： 孛儿只斤·忽必烈
生卒年： 1215—1294年
职　位： 大蒙古国第五任可汗及元朝开国皇帝
贡　献： 开凿运河；首创行省制度。

1251年，蒙哥继任大蒙古国的大汗，并让他的弟弟忽必烈掌管黄河以北的地方军队和行政事务。

1258年，蒙哥发动三路大军攻打南宋，他自己率领主力攻打四川，让忽必烈攻打鄂州（今湖北武汉）。忽必烈攻打鄂州的时候，忽然传来哥哥蒙哥去世以及留守都城和林（今蒙古国哈拉和林）的弟弟阿里不哥要继承汗位的消息。忽必烈立刻召集他的大将和谋士们，商量该怎么办。谋士郝经建议他一方面派一支军队迎接蒙哥的灵车，把大汗的宝玺夺过来，另一方面派军队夺取并守卫燕京，同时通知各王到和林参加丧礼。正在这时，奉命援救鄂州的南宋宰相贾似道又来求和，忽必烈马上同他签订了和约，然后带着人马北上。

1260年，忽必烈到达自己的根据地开平（今内蒙古自治区正蓝旗东闪电河北岸），立刻召开忽里勒台仪式（选举大汗的仪式），在塔察儿、也先哥、合丹、米哥等王的拥护下，忽必烈登上了大汗的宝座。阿里不哥没想到忽必烈的行动这样快，于是他慌忙地也召开忽里勒台，宣布自己为大汗。

当时，东边的各个王都支持忽必烈，西边的王中，有的支持阿里不哥，有的支持忽必烈。忽必烈统治着中原地区，所以他的力量比阿里不哥大得多。于是，忽必烈派大将廉希宪率兵向西进军，打败了阿里不哥布置在陕西的由将领浑都海所统率的军队。同时，忽必烈亲自带领大军直扑阿里不哥的老巢和林。阿里不哥慌忙逃到谦州，并派人乞降。忽必烈派大将也孙哥驻守和林，自己回到开平，没想到阿里不哥发动突袭夺回了和林。忽必烈知道后，马上又带兵北上，在昔木土脑儿再次打败阿里不哥。

后来，阿里不哥又多次打了败仗，加上蒙古高原又发生了饥荒，于是原来支持阿里不哥的各王，纷纷跑到忽必烈那儿去了。1264年，阿里不哥只得向忽必烈投降。就这样，忽必烈的汗位终于稳固下来了。但这场内战造成了大蒙古国的巨大分裂，支持阿里不哥的钦察汗国、察合台汗国、窝阔台汗国等纷纷独立。

忽必烈早年的时候就受到了汉族文化的影响，后来他认识了一批有学问的汉族知识分子，如刘秉忠、张文谦、王鹗、郝经、姚枢等，他们劝说忽必烈要用儒家思想来治理国家，尤其要用“汉法”来治理中原地区。平定阿里不哥后，忽必烈大力推行“汉法”来改造蒙古帝国。1271年，忽必烈根据刘秉忠的建议，取《易经》“大哉乾元”之意，把国

课外小知识

受到忽必烈重视的汉族知识分子中，有一位杰出的科学家，名叫郭守敬。郭守敬擅长水利技术，在忽必烈称帝不久后被任命为管理河渠的官员，深受百姓爱戴。1280年，郭守敬参与修订的当时世界上最精良的历法《授时历》问世。1292年，郭守敬主持开凿了影响深远的通惠河。除了天文学和水利学，郭守敬在数学、光学等方面也有突出贡献。

号改为“大元”，元朝正式成立了，忽必烈就是元世祖。第二年，元世祖把燕京改名大都，作为全国的首都。

至元二十四年（1287年），忽必烈在全国设十个行省（“行中书省”的简称），作为地方的行政机构，代表中书省（又称“都省”）在地方行使职权。这样就做到了“都省握天下之机，十省分天下之治”，中央和地方政体合一，使行政机构有机地结合在一起。行省制度的影响非常深远，我们今天的省级行政区就是从行省制度发展而来的。

智慧解读

忽必烈能在残酷的政权争夺中打败竞争对手，实现自己的远大理想，与其宽阔的胸襟和知人善任的能力息息相关。因此，我们为人处世也要心胸宽广，这样才能赢得别人的敬重和喜爱。

范仲淹

走进课本

出自《语文》九年级上册第三单元第11课《岳阳楼记》。

名人档案

姓　名： 范仲淹，字希文
生卒年： 989—1052年
职　位： 陕西经略安抚招讨副使，参知政事，陕西四路宣抚使
贡　献： 庆历新政；戍边御敌；执教兴学。

北宋政治家、文学家范仲淹的《岳阳楼记》是一篇优美的散文，其中有一句流传千古的名言——“先天下之忧而忧，后天下之乐而乐”。范仲淹就是这样一个高尚正直的人。

范仲淹的祖先是邠（bīn）州（今陕西彬州）人，

后来全家搬到江南，在吴县（今江苏苏州）住了下来。范仲淹从小就很有志气。在他两岁的时候，父亲去世了，母亲改嫁给了一个姓朱的人，他也就跟着姓了朱，名为朱说（yuè）。他懂事以后，知道了自己的身世，便告别母亲去应天府（今河南商丘）读书。他读书非常刻苦，经常读到深夜，有时候困极了，他就用冷水洗脸，洗完接着读书。经过5年的刻苦学习，范仲淹考上了进士。后来他把自己的姓改回姓范。

范仲淹一生担任过多个官职，他非常正直，经常给皇帝提建议。他读的书很多，特别喜欢谈论天下大事，每次他都坚持自己的观点。当时的皇帝是宋仁宗，接受了范仲淹的一些建议。

1043年8月，范仲淹被提拔为参知政事（相当于副宰相）。这时的北宋朝廷已经很腐败了，官员的人数极多，很多官员不理政事而一心敛财、鱼肉百姓。这些现象，范仲淹看在眼里，急在心头。

同年9月的某一天，宋仁宗忽然召见范仲淹和枢密副使富弼，要求他们俩提出富国强兵的好计策来。范仲淹奋笔写下10项治国之策，主张在官吏管理、加强战备和发展生产等方面进行改革。他的主

张被宋仁宗采纳了。因为宋仁宗此时的年号叫“庆历”，所以历史学家把这次改革叫作“庆历新政”。

庆历新政的主要内容有改革官吏升降制度；限制官僚子弟恩荫取职；加强对地方官吏的考察，将农业发展的好坏纳入考核官吏的标准；均赋税、宽徭役，减轻百姓负担；等等。改革的各项政策在宋

范仲淹是我国古代杰出的政治家、文学家，同时也是一位知兵善战的军事家。1040年，范仲淹升任龙图阁直学士，自请外任延州（今陕西延安）知州，防御刚刚建立的西夏。他在延州改革军制、调整部署，并修筑、加固要塞，令西北战线固若金汤。当地百姓歌颂道：“军中有一范，西贼闻之惊破胆。”西夏人则说：“这位‘小范老子’（指范仲淹）胸中自有十万兵，不像‘大范老子’（指范雍，曾任延州知州）那样软弱可欺啊！”

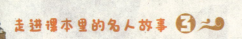

仁宗的大力支持下顺利地推行到全国各地。范仲淹和富弼等人整顿官僚机构，对不合适的官员决不手软，一律撤职，同时规划农业生产，提倡廉洁、节约，反对贪污、浪费。

范仲淹以身作则，带动了一批官员共同推行新政，朝廷上下出现了一派欣欣向荣的气象。但是好景不长，一些皇亲国戚和大官僚因受到庆历新政的打击而怀恨在心，极力攻击、诬陷范仲淹和富弼。他们不断向宋仁宗告状，使宋仁宗不得不把范仲淹派到外地去。范仲淹走后，那些阴谋家就更得意了，开始凶狠地打击推行新政的官员。在他们的破坏下，庆历新政仅推行了1年多就被迫结束了。

范仲淹一生多次被贬，但他正直高尚的品格却从来没有改变过。正是在庆历新政失败被贬期间，他创作了流传千古的《岳阳楼记》。

智慧解读

庆历新政损害了官僚集团的利益，因此遭到反对而失败。另外，这次新政只是进行表面上的调整，无法解决根本问题。我们在遇到问题的时候，一定要找准问题的根源，这样才能对症下药，取得成功。

司马光

走进课本

出自《中国历史》七年级下册第二单元第12课《宋元时期的都市和文化》。

名人档案

姓　名：司马光，字君实
生卒年：1019—1086年
职　位：尚书左仆射、兼门下侍郎
贡　献：主持编纂《资治通鉴》。

司马光出生在北宋时期的一个官僚地主家庭，父亲是当地的县令，出身高贵。司马光的父亲希望儿子长大后成为一个有所作为的人，所以为儿子取名司马光。司马光没有辜负父亲的期望，后来成为北宋时期的名臣，官至宰相，是历史上著名的政治家和史学家。他一生中做的两件最著名的事情是反对王安石变法和主持编写《资治通鉴》。

虽然司马光出身官宦家庭，但是在父亲的教导下，他为人非常谦虚，而且学习刻苦、乐于助人。

司马光虽然资质一般，但是非常努力、刻苦。刚开始上学时，同伴们都在嬉戏玩耍，只有他在刻苦学习，专心致志地读书。在坚持不懈地努力下，司马光收获的知识比同龄人多出好多。

司马光砸缸的故事在民间广为流传，故事是这样的：当时司马光只有7岁，还是个小孩子，与几个伙伴一起玩耍。突然有一个小伙伴不小心掉进了一口盛满水的大缸里，这个缸非常大，小伙伴掉进缸里后很快便被缸里的水淹没了。孩子们从来没有遇见过这样的事情，其他孩子都被吓得呆住了，只有司马光在想如何把小伙伴救出来。司马光搬起石头向大缸砸去。顷刻间，大缸里的水流了出来，被淹的小伙伴最终得救了。从此以后，司马光砸缸的故事被人们纷纷传颂，人们都很佩服司马光的聪明才智。

司马光从小就深受父亲的喜爱，他的父亲每次出门都会把他带在身边。司马光在父亲的带领下访古探奇、了解民情，学到了很多知识，为他以后的从政打下了基础。司马光在做官期间，时常把人民的疾苦放在心上，还提出了“怀民以仁”的主张，认为“利百姓”才能“安国家”，所以他后来总是不惜一切地为民请命。

北宋朝廷的统治者在用人方面存在很多弊端，针对这样的现象，司马光提出了很多见解和主张。他认为用人应该以“德”为标准，反对论资排辈、重门第的陈腐观念。后来，司马光总是向宋神宗推荐淡泊名利、通晓治国纲领的人才。

除在政治上有所作为，司马光还是著名的史学家。他博古通今、勤奋刻苦，在他的主持下，当时的史学家编写出了高质量的史书，至今仍有较高的参考价值。为了国家的兴旺，司马光以司马迁的《史记》为基础，将与国家兴衰、民生休憩有关的历史事件逐个记载下来，宋神宗看过之后，给司马光主持编写的这本书起名为《资治通鉴》。

为了完成《资治通鉴》这部史学巨著，司马光夜以继日地编写，几乎耗尽了心血。为了节约时间，

课外小知识

《资治通鉴》取材广泛，主题鲜明突出，所记录的史料翔实，称得上是一部优秀的文学作品，从某种程度上说，尽管该书具有一定的局限性，但是其仍不失为一部佳作。司马光去世后，《资治通鉴》刻印成书，成了此后历代君王阅读的书籍。

司马光睡觉的枕头是一段圆木，因为圆木很容易滚动，只要圆木一滚动司马光就能惊醒，从而立即起床，继续编写《资治通鉴》。

司马光花费了约19年的时间完成了《资治通鉴》这部巨作。该书完成后，司马光松了一口气，为自己能实现理想而感到欣慰。司马光67岁时，宋哲宗登基，他任命司马光为宰相。尽管司马光被疾病缠身，却依然拖着病躯主持朝政，将生死置之度外，为国家大事日夜操劳。他废除了王安石“病民伤国”的变法，沉重打击了变法派官员，让变法彻底失败。

1086年，司马光在疾病的折磨下去世。他死后被皇帝封为太师温国公，谥号“文正”，因此后人又亲切地称他为司马温公、司马文正。

智慧解读

司马光的一生饱经沧桑，虽然其废除王安石变法的做法具有一定的阶级性和局限性，但无法抹杀他在历史上的杰出贡献，他在我国古代学术史上永远是一个里程碑式的人物。

王安石

走进课本

出自《语文》二年级上册《语文园地一·日积月累》。

名人档案

姓　名：王安石，别名王荆公
生卒年：1021—1086年
职　位：左仆射、观文殿大学士
贡　献：推行变法；收复五州。

宋仁宗缺乏足够的魄力来推行改革，只得眼看着宋朝的国力越来越衰弱。宋仁宗去世后，一个皇族子弟继承了皇位，即宋英宗。宋英宗即位4年后就病死了，太子赵顼即位，史称宋神宗。

宋神宗即位的时候年仅20岁，血气方刚的他一心想改变国家积贫积弱的状况。可是他身边都是宋仁宗时期的老臣，思想顽固守旧。从前想改革的那批臣子，也已年华逝去，想改革也有心无力，所以他必须找到得力的帮手才行。

宋神宗想起了自己即位前，王安石的《上仁宗皇帝言事书》。于是，宋神宗下了一道圣旨，把王安石调入了京城。

王安石，字介甫，号半山，抚州临川（今江西抚州临川区）人。小的时候，王安石跟随当地方官的父亲去过很多地方，对社会现实有所了解。

宋仁宗庆历二年（1042年），王安石中了进士，接连当了好几任地方官，因对地方治理有方，又经常为百姓谋福利，名声越来越大，故被宋仁宗调到京城掌管财政。他一到京城，就向宋仁宗献上《上仁宗皇帝言事书》，提出了改革政治的建议。刚刚废除了“庆历新政”的宋仁宗，一看到这份万言书就头疼，便把它置之不理。王安石看到宋仁宗对自己的主张不感兴趣，自己又和朝廷中的一些大臣合不来，只好辞官回家了。

1067年，宋神宗把王安石调到身边，任命他为翰林学士。宋神宗一见到王安石，就问他：“依你看，如果要改革，我们应该从哪方面着手？”

王安石从容不迫地答道：“从建立新的法制开始。”宋神宗见他这么自信，就让他回去写一个详细的改革方案。

王安石回家以后，当即起笔书写。第二天一大早，他就把这份意见书呈给了宋神宗。宋神宗一看，正合自己的心意，于是更加信任王安石了。

1069年，王安石被任命为参知政事，次年被任命为同中书门下平章事，位同宰相。当时宰相一共有四人，但是除王安石以外，其余三人老的老、病的病，要不然就是思想守旧，一听到改革就叫苦连天。

王安石心想："跟这些人在一起怎么能成就一番事业呢？"他立刻上书给宋神宗，在宋神宗的支持下调换了一批年轻官员，并设立了一个专门制定新法的机构，这样就能放开手脚进行改革了。

王安石变法中影响最大的措施是以下五个。

青苗法：青黄不接之际，由官府统一借粮给百姓；丰收时，百姓按照官府规定的利息将粮食还给官府。

农田水利法：鼓励各地开垦荒地，兴修水利。

募役法（又称免役法）：官府向需要服役的人家收取免役钱，另外雇人服役。即使不负担差役的官僚、地主也同样要交一笔免役钱。

方田均税法：由官府统一丈量土地，根据地势、土质等的不同情况收取不同的税额，防止出现土地兼并的现象。

保甲法：把农户组织起来，每十家为一保，十保为一大保，十大保为一都保。每家如有两个以上的成年男子，就抽一人充丁，农闲时参加训练，打仗时编入军队。

这些改革措施实施后，不仅维护了农民的利益，还增加了国家的收入，可同时也触犯了大地主和贵族的利益，导致他们联合起来反对王安石和他的新法。

一天，宋神宗对王安石说："外面的人说我们变法有违伦常，不遵守祖宗法度，还指责我们既不怕天变，也不听外界舆论，这该如何是好？"

王安石坚定地说："天变不足畏，祖宗不足法，人言不足恤。"意思是说，天象的变化不必畏惧，祖宗的规则不一定值得效法，人们的议论也不需要担心。

课外小知识

从文学的角度看，王安石在诗、文、词上有着杰出的成就。北宋中期，他推动了诗文革新运动的发展，对扫除北宋初期浮华的文坛余风做出了贡献。但是，在这次文学改革中，王安石过于强调"实用"，不注重艺术形式，作品缺少韵味，有些诗篇还比较晦涩难懂。不过总体来说，他仍不失大家风范。

面对外面的种种议论，虽然王安石不在意，但是宋神宗却慢慢动摇起来。1074年，河北闹了大旱灾，一连10个月没下雨，庄稼都遭了殃。有个官员趁机画了一幅《流民图》给宋神宗看，说如今百姓遭遇这种灾难，都是王安石变法惹的祸。不仅如此，就连宋神宗的祖母曹太后和母亲高太后也在宋神宗面前哭哭啼啼，痛斥王安石把天下搞得一团糟。王安石的助手为推行新法得罪了不少人，因此被视为小人，这也成为反对派攻击王安石的借口。

面对重重困难，王安石感到新法肯定执行不下去了，

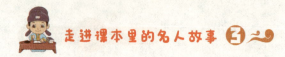

就气愤地向宋神宗提出辞职。宋神宗无奈，只好让他回江宁府（今江苏南京）休养。

第二年，灾荒缓和了许多，宋神宗又把王安石召回京城，让他继续当宰相。几个月后，彗星拖着尾巴扫过天空。本来这只是自然界的正常现象，但是在封建社会却被认为是不吉祥的象征。保守派的大臣们借机又开始抨击王安石的新法。虽然王安石竭力劝解，说明变法的益处，但宋神宗仍犹豫不决，两头犯难。王安石知道新法很难继续推行了，就再次辞去宰相之位。

1085年，宋神宗病逝，年仅10岁的宋哲宗登基，高太后听政。可高太后不喜欢王安石的新法，任用了反对王安石的司马光为宰相，王安石的新法逐渐被废除了。

智慧解读

王安石变法是拯救北宋国运的一次努力，却因触动了封建地主官僚的利益，再加上变法过程中出现了操作不当等问题，不得不以失败告终。但还有一个非常关键的原因，就是宋神宗的动摇。可见，要想做出一番变革，不仅需要讲究方法，还需要坚持到底的意志。

岳飞

走进课本

出自《中国历史》七年级下册第二单元第8课《金与南宋的对峙》。

名人档案

姓　名： 岳飞，别名岳武穆
生卒年： 1103—1142年
职　位： 抗金名将
贡　献： 收复建康；取得郾城、颍昌大捷。

南宋政权建立后，立刻成为金军的打击对象。这时，一大批爱国志士挺身而出，抵抗金军，保卫家园，其中最著名的是老将宗泽以及“中兴四将”——岳飞、韩世忠、张俊、刘光世。我们最熟悉的就是岳飞。

岳飞，字鹏举，相州汤阴（今河南汤阴）人。他从小好学，熟读兵书，20岁时应征入伍。金兵南下的时候，岳飞还只是东京的一个小军官。一次，他与100多名骑兵在河边练兵，忽然看到一队金兵。

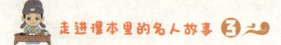

他不慌不忙，带着士兵埋伏在路边，趁金军不备，冲出去把金兵打得七零八落。他因此被宗泽看中，做了宗泽手下的偏将。岳飞智勇双全、屡立战功，32岁就成了一方将领，与韩世忠、张俊等老将齐名。他一手训练出来的岳家军更是军纪严明、所向披靡，因此金军中流传着一句话："撼山易，撼岳家军难。"

到宋高宗绍兴年间，岳飞、韩世忠、刘光世、张俊等将领都已经集结了强大的军队，其中最为强大的岳家军更是成了南宋年间仅有的一支拥有上万

名骑兵的军队。

绍兴十年（1140年），金国再度大举南侵。岳飞率军长驱北上，直逼中原。其他将领也收复了不少失地。岳飞率轻骑进入郾（yǎn）城（今河南漯河），把金军打得节节败退。

金军主帅完颜兀术（zhú）派出了一支铁骑——“拐子马”。这支部队的骑兵身披重甲，三匹马为一组，用长索相连，过去曾多次打败宋军。岳飞派出的步兵手持大刀滚入马阵之中，专砍马腿，只要有一匹马被砍倒，其余两匹马就会连带一起倒下。岳家军趁机冲杀，“拐子马”全军覆灭。

虽然岳飞连连获胜，但金军仍有较强的战斗力。岳飞担心金军会转攻颍昌（今河南许昌），就和儿子岳云赶去支援。岳云赶到那里时，果然遇到金军。他与驻守颍昌的王贵互相配合，一场大战下来，把金军杀得尸横遍野，乘胜进军朱仙镇（今河南开封西南）。朱仙镇距离原北宋都城开封只有45里路，退守开封东部和北部的金军已经陷入绝境。北方的百姓听说宋军打回来了，高兴得热泪盈眶，各路起义军也纷纷举起岳家军旗号，打击金军。岳飞心里也非常兴奋，说："将士们！努力杀敌吧！等把金人赶出我们的家园，再与诸位痛饮！"

此时，抗金形势一片大好，宋高宗却一直以向金国妥协为国策，更不愿意迎回宋钦宗（宋徽宗已死）。只求太平的宋高宗便和宰相秦桧商议，命各路大军回朝，以便向金国求和。宋高宗求和心切，竟连发十二道金牌，勒令岳飞回朝。岳飞悲愤不已，长叹道："十年努力，毁于一旦！"

岳飞下令撤军，已经收复的土地又拱手让给了金国。宋军撤军那天，全城的百姓哭声震天。

岳飞回到临安后，宋高宗为了向金国表达议和的诚意，解除了岳飞、韩世忠、张俊的兵权，并撤销了负责对金作战的机构，随后派出使者向金国求和。金国提出杀掉岳飞，作为议和的前提条件。

于是，秦桧唆使与岳飞不和的将领张俊，让他诬告岳家军将领张宪密谋发动兵变。宋高宗闻言大怒，立即将岳飞和岳云抓入大狱。

然而岳飞一心为国，秦桧指使的审讯官员虽然给岳飞父子捏造了许多罪名，但没有一项罪名有真凭实据。秦桧只能又让同党审理岳飞，依然找不到任何证据。

两个月后，老将韩世忠看不下去了，当面责问秦桧：“岳飞到底犯了什么罪？”秦桧无言以对，只好耍赖，说：“岳飞给张宪写信，让他谋反，虽然没找到证据，但这件事‘莫须有’（也许有、可能有的意思）。”

韩世忠愤怒地说：“既是‘莫须有’，如何能让天下人心服？”

课外小知识

岳飞虽然家境贫寒，但是十分注重提升自身的气节涵养。从军后，他虽然时常在前线作战，但只要有时间就会读书。其创作的《满江红·怒发冲冠》一词，表达了岳飞恢复中原、统一国家的强烈愿望，同时还蕴含着自己内心对国土沦丧的悲痛之情和爱国之情。

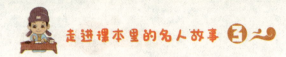

主降派的秦桧一心想除掉岳飞这个眼中钉，却怕引起公愤。一天，他正坐在桌前发呆，他的妻子王氏知道他是在为岳飞之事心烦，便冷笑着说："缚虎容易，放虎难。"

这句话让秦桧下定了决心。当天夜里，他派人给看管岳飞的狱卒送了一张小纸条，要他秘密处决岳飞。就这样，1142年的除夕之夜，年仅39岁的岳飞在大理寺监狱中遇害。

岳飞死后，宋高宗立即向金国称臣，每年向金国纳岁币，南宋与金国东以淮河为界，西以大散关为界，此线以北为金统治区，以南为宋统治区，这就是"绍兴和议"。"绍兴和议"使南宋永久失去了关中养马的马场，岳家军的万马骑军成为南宋的"绝唱"。金国为了加强对黄河流域的统治，把都城迁到了燕京，改名为中都。

智慧解读

"靖康耻，犹未雪。臣子恨，何时灭！"岳飞精忠报国的精神是中华民族永远的精神财富。我们要以这位伟大的爱国英雄为榜样，为祖国的繁荣富强贡献自己的力量。

许衡

走进课本

出自《道德与法治》八年级上册第二单元第3课《社会生活离不开规则》。

名人档案

姓　名：许衡，别名鲁斋先生
生卒年：1209—1281年
职　位：集贤殿大学士兼国子祭酒
贡　献：主持研订《授时历》。

南宋末年，天下大乱。当时，宋、金、蒙古三国各占一方，混战不休。老百姓为了逃避战火，纷纷离开故土，扶老携幼，四处逃难。

有一天，许衡到河阳县向一位老学者请教学问。许衡一边走，一边望着路边荒芜的田野、破败无人的村庄，胸中涌出无限感慨，想道："如果战争再不停息，天下的百姓真是活不下去了。但愿我能辅佐一位英明的君主，统一天下，让老百姓重新安居乐业。"这样想着，他便加快了脚步，恨不能一步赶到那位老学者家中，把治国平天下的本领学到手。

这时正是三伏天，炎炎烈日炙烤着大地，空中一丝风也没有。许衡走得汗流浃背、口干舌燥，真想找个地方乘凉，喝上一肚子甘甜的泉水。

可这里刚刚经历过战争，百姓跑得一干二净，哪里去找水喝呢？走着走着，他看到前面路边的大树下，有几个人正在那里乘凉。他急忙赶过去，希望能讨口水喝。走近一看才发现，这几位是赶路的小商贩。许衡和他们交谈起来。原来他们身边带的水也喝光了，因为无处找水喝而在那里唉声叹气。

许衡只好在他们身边坐下，准备歇口气再走。

商贩们问许衡是做什么的，许衡告诉他们自己是个求学的书生。一个商贩叹口气说："这兵荒马乱的年头，读书有什么用？要是学武，倒可能出人头地。"

许衡说："仗不会老这样打下去的，等战争停止了，国家总是要有人来管理的。"

商贩们一齐笑道："看不出这小伙子倒挺有志气！"

这时，远处跑来一个人，怀里捧着什么东西，

边跑边大声喊着。商贩们都站起身来张望，原来那人是与他们一起赶路的商贩，刚才独自出去找水了。等他跑近，大家才发现他怀里竟然捧着几个黄灿灿、水灵灵的大梨！

商贩们都欢呼起来，一起跑过去分梨吃。许衡也走上去问道："这梨是从哪里买到的？"

"买？"那个商贩哈哈大笑起来，"这地方的人都跑到山上躲避战乱去了，连个人影都没有，到哪里去买？"

"是呀，那你是从哪儿弄来这好东西的？"商贩们边吃边好奇地问。

“我到那边村子里转了转，想找个人家，把水葫芦灌满。可是，别说人了，连只老鼠都找不着！水井也都被当兵的用土给填上了。我正垂头丧气，忽然看见一家院子的墙头上露出一枝梨树枝，上面结着几个馋人的大梨。我乐得差点儿晕过去，可是跑过去一看，这家的院门都用石块堵上了，墙头也挺高。我费了好大劲儿，才翻进院子里，摘了这些梨。那树上的梨还多得很，我们一起去多摘些，带着路上吃，好不好？”

商贩们齐声说好，各自收拾东西，准备去摘梨，许衡插嘴问道：“你说村里的井都被填上了吗？”

“可不是嘛！当兵的看老百姓都跑光了，走的时候，一气之下就把井都填了。你甭想找到水喝。”

许衡叹了口气，默默地转身走开了。商贩奇怪

课外小知识

许衡的诗歌作品的风格比较简练朴素，主要特点是平铺直叙、不求文饰。除此之外，许衡在事理上也有自己的见解，他认为心性修为应通达、率真，在人生得失上秉持着自然洒脱的心态。

地问道："小伙子，你不和我们一起去摘梨吗？"

许衡说："梨树的主人不在，怎么能随便去摘呢？"

商贩笑起来，说："你真是个书呆子！这兵荒马乱的年代，哪里还有什么主人呢？再说，那树的主人没准儿已经死了呢！"

许衡认真地答道："梨树虽然无主，难道我们自己的心里也无主吗？不是自己的东西，我是决不会去拿的。"

说完，许衡背起行囊，挎上剑，向商贩们拱手道别，转身上了大路。

后来，元朝统一天下后，许衡因为品格高、学问好，成了元世祖忽必烈的大学士，成为元朝有名的开国大臣之一。

智慧解读

许衡宁可挨渴也不吃无主梨，这是他为人真诚的道德体现，而且就算是在没有人看见的情况下，他也时刻以心中的道德标准约束自己的言行，许衡高尚的品格值得我们学习。

文天祥

走进课本

出自《中国历史》七年级下册第二单元第10课《蒙古族的兴起与元朝的建立》。

名人档案

姓　名：文天祥，初名云孙，字履善，一字宋瑞
生卒年：1236—1283年
职　位：右丞相、少保
贡　献：在江西、广东举兵抗元。

忽必烈建立元朝后继续大力进攻南宋。元军在左丞相伯颜的率领下一路高歌猛进，一直打到临安附近。宋恭帝的祖母谢太后急忙下诏，命令各地起兵到京城勤王，解救皇帝。可是，起兵勤王只有文天祥、张世杰等数人。

文天祥是状元出身，当时担任赣（gàn）州知州。他接到勤王的诏书后立即招募了1万名民兵，连夜赶到临安。他看到南宋到了危亡关头，就把家产拿出来做军费，自己过着俭朴的生活。当时有人

劝他说："如今元军大兵压境，你用新招募的民兵去迎战，就好像把羊投进一群狼里面，不是白白送死吗？"文天祥回答说："我也知道事实确实是这样。但是国家有难，每个人都有责任，我不能不管，所以我只能这么做，希望能使天下的忠臣义士都起兵勤王，这样大宋就有救了。"

当文天祥、张世杰等人带兵赶到临安的时候，南宋的右丞相陈宜中正在向元军求和。文天祥坚决反对投降，但陈宜中代替皇帝起草了降表，连同皇帝的大印一起送给了伯颜。伯颜要陈宜中亲自来谈投降的事，陈宜中非常害怕，连夜逃回了老家温州。谢太后见陈宜中逃走，只好任命文天祥为右丞相，派他去议和。在元营，文天祥义正词严地要求双方地位平等，结果被伯颜扣留。1276年3月，伯颜带兵进入临安，俘虏了谢太后、宋恭帝和文武百官，把他们一块儿押往北方。

在押送途中，文天祥趁元军不备偷偷逃走，赶到福州。当时，陆秀夫、张世杰等人在福州拥立宋恭帝的异母哥哥、九岁的赵昰做皇帝，就是宋端宗。文天祥整顿军队，转战浙江，随后又从福建经广东东部，带兵进入江西，准备恢复南宋的统治。他同江西的抗元队伍联合，共同打击元军。他虽然打了一些胜仗，但最终败在元朝的大批骑兵手中，被迫逃到了南岭。1278年，文天祥再次集结队伍，在潮阳（今广东汕头）继续抗元。不久，张弘范率领元军赶到潮阳。有一天，文天祥的队伍正在五坡岭（今广东海丰境内）吃饭，张弘范突然带兵包围了五坡岭。文天祥的队伍来不及抵抗，被打败了，文天祥也不幸被俘。

张弘范劝文天祥投降，遭到拒绝，又强迫他写信劝张世杰投降，也被拒绝了。张弘范把文天祥押到船上，送往大都。船经过零丁洋时，文天祥悲愤万分，写下了《过零丁洋》这首著名的诗歌，诗的最后两句“人生自古谁无死？留取丹心照汗青”表明他视死如归、决不投降的决心。

在大都，文天祥被关在一间很小的牢房里，忽

课外小知识

科举制度诞生于隋朝、完善于唐朝，分为进士、明经、秀才等科，其中最重要的是进士科。在进士科中，高中榜首的被称为状元，第二名称榜眼，第三名称探花。据统计，在科举制度存在的1000余年中，状元共有700余人，其中著名的有贺知章、文天祥、杨慎等。

必烈多次派人来劝他投降，他都拒绝了。一天，忽必烈亲自召见他。文天祥见了忽必烈，依然昂首挺胸，不肯下拜。忽必烈说：“如果你能归顺我，我就让你做宰相。如果你不愿意做宰相，当枢密院使也行。”可是文天祥理都不理会。忽必烈又问他想要什么，文天祥回答说：“除了死，我什么都不要。”忽必烈一点儿办法也没有，只好命人把他带回牢房。文天祥在牢房里又写下了著名的长诗《正气歌》。

文天祥在大都被关了4年，怎么也不肯屈服。1283年，他被元朝统治者杀害，当时只有47岁。

智慧解读

文天祥不要高官厚禄，宁死也不投降，他的民族气节和充满浩然正气的诗篇一直流传到今天。千百年来，他一直被视为忠义的典范，被后人所敬仰。

文化巨匠

欧阳修

走进课本

出自《语文》七年级下册第三单元第13课《卖油翁》。

名人档案

姓　名：欧阳修，字永叔

生卒年：1007—1072年

职　位：枢密副使、参知政事、兵部尚书

贡　献：参与纂修《新唐书》《新五代史》；“唐宋八大家”之一；“千古文章四大家”之一。

欧阳修是庐陵（今江西吉安）人，北宋卓越的文学家、史学家，出生于世官家族。4岁时，父亲离开了人世，母亲郑氏带着年幼的他投奔了在随州的叔父。

欧阳修的母亲知书达理，家里没有钱供欧阳修上私塾，她就去小河边采来荻草，用荻草秆儿来教欧阳修在泥地上识字画画，这就是传诵至今的“荻画学书”的故事。欧阳修还常常到村里藏书多的李家去借书读。他从小就很聪颖，母亲教给他的字，自己看过的书，都能很快记住。

10岁时，欧阳修在李家书房中的一个破筐里看到6卷《韩昌黎先生文集》(唐代文学家韩愈写的书)，就把它们借回家里诵读。尽管他还很年少，并不能完全读懂韩愈的散文，理解其中深厚的寓意，但是韩愈那种“浩然无涯”的文笔气势深深地吸引了他，也为后来他推动诗文运动播下了种子。

欧阳修年少时写的诗文已经颇为老练。他的叔叔看到侄子的文章后，又惊讶又欢喜，对欧阳修的母亲说：“这孩子的资质真是惊人呢，他长大后必定声名大噪。”

1030年，欧阳修进京赴考。他连考三场都是第一名，中了进士。他和尹洙、梅尧臣时常在一起谈诗论文，成为至交。

后来，欧阳修在文坛上小有名气。宋仁宗欣赏他的才华，把他召入馆阁当校勘。

1043年，范仲淹和富弼推行“庆历新政”，希望以此整顿官场上的不良风气，清理冗余官员，提拔贤能之士。欧阳修也热心地参与其中。但改革必然会触犯贵族们的利益，范仲淹及支持新政的人被诬告为朋党。欧阳修特意为此写了一篇《朋党论》来为友人们辩护。可“庆历新政”还是失败了，范仲淹被贬，欧阳修也被贬到了滁州。

1049年，欧阳修才回到京城，先后担任翰林学士、史馆修撰等职务。

1057年，欧阳修主持进士考试，录取了后来的大文豪苏轼、苏辙、曾巩等人，这些人都是提倡新文风运动的中坚力量。

北宋初期，社会环境比较平和，达官贵族们喜欢的都是一些看起来华丽却没有实质内容的文章，欧阳修却大力提倡平实的文风。他从小就喜欢读韩愈的文集，进入翰林院后，还利用职务之便，亲自对其校订印刷，制作成册，刊行天下。

欧阳修提倡简洁、流畅、平实、自然的文风，主张把文章的内容与人间百事联系起来，即明道致用。这里的“道”指的是真实生活百态。道为本质，文为形式，文章只是表现现实生活的工具。

有一年，欧阳修担任主考官，阅卷的时候把那些华而不实的文章都淘汰了。为此，他遭到了落举之人的骚扰，被他们拦住出行的马车，讨要所谓的公道，这些人过了很久才散去。这件事对后来考场文风的转变也起到了巨大的促进作用。

欧阳修自己也有着很高的文学素养，为这场文风改革起到了带头作用。

欧阳修的代表作之一是当年被贬到滁州时所作的《醉翁亭记》。他到滁州以后，很迷恋那里的山清水秀。滁州琅琊山有一座小亭，他经常在亭子里面喝酒休息，欧阳修给它取了一个好听的名字——醉翁亭，这就是《醉翁亭记》的出处。整篇散文不

课外小知识

据说，《醉翁亭记》的开头原本花了许多笔墨描绘滁州四周的山，最后这些描写被欧阳修改成了“环滁皆山也”五个字，简练中见隽永，成为散文史上的名句。

关于欧阳修文笔的简练隽永，还有一则趣事。一次，他和三个翰林院的下属一同出游，看到一匹马飞驰而过，踩死了一只狗。欧阳修就提议三人分别用一句话来描述这件事，看谁说得更简洁。

一人抢先说道：“有黄犬卧于道，马惊，奔逸而来，蹄而死之。”

另一人接道：“有黄犬卧于通衢，逸马蹄而杀之。”

第三人说：“有马逸于通衢，卧犬遭而毙之。”

欧阳修笑着说：“如果史书也这么写，可不知得写多少卷了。”三人催他说上一句，他伸出6个手指，说：“六字足矣，逸马杀犬于道。”这下，大家都服气了。

醉翁亭
酒

过数百字，但时而写山，时而写水，笔下的景色时近时远，时左时右，往往寥寥数语就勾勒出一幅错落有致、活灵活现的山水画来。“醉翁之意不在酒，在乎山水之间也。山水之乐，得之心而寓之酒也。”这个名句更是情景交融，令人回味无穷。

1070年，欧阳修被外派至蔡州做知府。这一年，他给自己改号为“六一居士”。1071年，他辞去官职，回到颍州居住。1072年，欧阳修逝世了，谥号“文忠”。

作为宋代诗文革新运动的领袖，欧阳修非常喜欢培养人才。“唐宋八大家”中，除了唐朝时期的韩愈、柳宗元和他自己，其余的五个人全部出自他的门下，这足以说明他在中国文学史上举足轻重的地位。他不仅继承了韩愈倡导古文、注重“文以载道”的理念，还对古文进行了更深刻细致的研究，使其更加符合时代潮流。

智慧解读

欧阳修被贬到滁州以后，并没有因为仕途不顺就郁郁寡欢，反而在醉翁亭上饮酒作乐，好不自在。正是这种乐观的心态，以及遇到困难不自怨自艾的精神，才使他能发现生活中的点滴美好，留下那么多美文，成为我们学习的榜样。

苏洵

走进课本

出自《语文》高中必修下册第八单元第16课《六国论》。

名人档案

姓　名：苏洵，字明允
生卒年：1009—1066年
职　位：秘书省校书郎、霸州文安县主簿
贡　献：作有《审势》《审敌》等篇。

苏洵是北宋著名的散文家，他的两个儿子苏轼、苏辙是著名的文学家，以文采著名，他们父子三人被后人称为宋代“三苏”。

苏洵27岁的时候，有一天，他像往常一样随手翻书阅览，无意中发现一篇关于古人爱惜时间、刻苦攻读的故事。他翻开书认真地读了一遍，觉得这个故事非常感人、生动，又读了一遍，感觉其中颇有深意，于是又反复读了好几遍，每读一遍，就有不同的收获。他觉得这个故事好像是专为自己写的，不由得心中发出感叹：“时光飞逝，眼看自己已经快到而立之年了，虽然写过一些文章，但都是一些平庸的作品，没有什么特色，也无法让众人为之喝彩，没有什么大的建树。”他想：如果现在再不努力，还要等到什么时候啊！所以，自己要从现在开始发愤苦读。一年以后，苏洵觉得自己在学习上有了长进，就急急忙忙地参加考取秀才和进士的两场考试，但两次考试都落了榜。这件事虽然给他带来了严重的打击，但是他并没有灰心丧气，而是决心重新振作起来。可是，他的头脑非常混乱，不知道应该从哪里开始。

有一天，苏洵正在书房里整理自己以前写的书稿时，发现了自己的不足，他自己对这些书稿也感到不满意，于是他将数百篇的书稿全都抱出屋去，然后放在一块空地上，点上一把火，放在这堆书稿中，刹那间，书稿化成了灰烬。他之所以这样做，是想通过这件事情让自己重新开始，坚定从头做起的决心。焚烧完书稿后，就好像卸下了背上的一座大山，从此以后，他学习起来非常轻松愉悦，而且更加认真刻苦了。苏洵时常闭门苦读，有时也奔走四方，求师访友，一年到头忙个不停，以至于他的两个儿子苏轼和苏辙只能由他的妻子亲自教导。

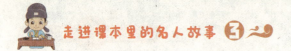

经过20多年的努力奋斗，刻苦学习的苏洵已经阅读了大量的书籍，既精通《五经》和诸子百家学说，同时又对古今是非成败的道理进行了探讨，让自己成了学识渊博的人，这样再写起文章来就显得非常轻松，到了“下笔顷刻数千言”的程度。苏洵写了许多有研究价值的论文，受到了家乡学者的倾慕，同时自己也真正体会到了成功的乐趣。这时他的大儿子苏轼、二儿子苏辙也都长大成人，而且在他的影响下才华出众，知识渊博，他时常带着这两个儿子和自己写的论文到京城游学。当时，文坛领袖欧阳修担任翰林学士，他看了苏洵的论文非常喜欢，也很赏识他，认为苏洵的文章是当今最好的文

课外小知识

苏洵创造的苏氏谱例是现代修谱方法之一，在谱学领域具有重大贡献，直到今天，都是很多地方和姓氏的修谱范例。苏氏谱例以五世为表，以宗法为则，详近而略远，尊近而贬远，主张睦族、恤族、化俗，具有篇幅大、记载内容多的优点，苏氏谱例与欧阳修创造的谱例一起被后人称为“欧苏谱例”。

笔。欧阳修平时非常器重有才华的学者，因而将苏洵的文章推荐给朝廷，使其受到朝廷的重视。一时间，朝廷内外都在阅读苏洵的文章，并对其赞不绝口，争相效仿苏洵的写作手法。苏洵这位晚学成才的散文家也从此闻名于世。

智慧解读

成功来自勤奋，“宝剑锋从磨砺出，梅花香自苦寒来”，唯有执着不息地进取，方可达到理想的境界，我们应该学习苏洵这种勤奋学习的精神。

苏轼

走进课本

出自《中国历史》七年级下册第二单元第12课《宋元时期的都市和文化》。

名人档案

姓　名：苏轼，别名苏东坡
生卒年：1037—1101年
职　位：翰林学士、侍读学士、礼部尚书
贡　献："唐宋八大家"之一；宋词豪放派代表；"宋四家"之一。

大江东去，浪淘尽，千古风流人物。故垒西边，人道是，三国周郎赤壁。乱石穿空，惊涛拍岸，卷起千堆雪。江山如画，一时多少豪杰。遥想公瑾当年，小乔初嫁了，雄姿英发。羽扇纶巾，谈笑间，樯橹灰飞烟灭。故国神游，多情应笑我，早生华发。人生如梦，一尊还酹江月。

这篇豪迈奔放的词来自北宋大文学家苏轼所作的《念奴娇·赤壁怀古》。它一出现就给北宋文坛带来一股新风，极大地拓展了词的表现方式和内容，独树一帜，开创了宋词中一个单独的流派——豪放派。

苏轼，字子瞻，号东坡居士。他和弟弟苏辙、父亲苏洵都名列“唐宋八大家”，后人便把他们合称为“三苏”。

嘉祐二年（1057年），苏轼21岁，苏洵带着苏轼、苏辙两兄弟进京赶考，当时的主考官是欧阳修。他在考卷中看到一篇《刑赏忠厚之至论》后，不禁拍案叫好。

试卷是密封的，看不到考生姓名，京城里文章写得好的人欧阳修大多认识，却猜不到这篇文章的作者是谁。从文笔上看，他疑心是自己的门生曾巩所写，有心把这篇文章点为第一，又担心真是曾巩，会有人以此为把柄攻击他们两人，便只给了第二。直到发榜那天，欧阳修才知道原来文章是苏轼所写的。见过苏轼后，欧阳修就更欣赏苏轼了。

在欧阳修的推荐下，苏轼一时名声大振。同一年，他的弟弟苏辙也中了进士。苏洵为两个儿子高兴之余，忍不住也将自己多年所写的文章交给欧阳修，请他指正。欧阳修看到文章别具风格，文笔老练，十分欣赏，把苏洵推荐给了宰相韩琦，于是苏洵被直接任命为秘书省校书郎。

父子三人同时在京城出了名，留下一段佳话。

王安石变法时，苏洵已经去世。苏轼认为变法有问题，两次向朝廷上书却没有结果。他的恩师欧阳修因为和王安石不和，离开了京城。于是，苏轼申请了外调，去杭州、湖州一带做地方官。他每到一地，就为当地百姓做一些有益的事。

苏轼在杭州时，发现西湖淤塞，就奏请朝廷准许他施工。然后，他召集了20万名民工，深挖河床，再把挖出来的泥加工处理，筑成一道长堤。长堤筑成后，他命人在上面遍植杨柳、芙蓉等花草树木，形成美丽的景观，这就是著名的“苏堤”。

他留下了大量歌咏西湖的诗歌，其中最著名的是《饮湖上初晴后雨·其一》：

水光潋滟晴方好，山色空蒙雨亦奇。

欲把西湖比西子，淡妆浓抹总相宜。

这首诗描写了西湖晴时的水、雨后的山，并把西湖与战国时的美女西施相比，说西湖如同西子，无论何时都那么美。从此，这首优美的小诗就成了西湖的象征。

苏轼在徐州时，黄河在澶州决口，大水很快向徐州冲来。他带着官兵筑了一道抗洪堤，自己就在城头住下，指挥官兵在洪水来临期间分段防守，家也顾不上回，终于保住了徐州城。

在湖州时，他看到地方豪强欺负百姓，十分不满，就写了几首小诗讽刺他们。不料这些小诗和他的一篇《湖州谢表》传到了京城。一些反对他的人摘抄了其中的诗句，故意扭曲诗句的原意，诬告他毁谤朝廷，对皇帝不忠。因此苏轼被撤了职，押入东京候审。这就是“乌台诗案”。

苏轼入狱以后，朝廷内支持他的人展开了救援活动，就连退居金陵的王安石也上书为苏轼说了几

句好话。苏轼坐了103天的牢，终于出狱，却被降职到了黄州。

当时苏轼官职很小，俸禄低微，无法维持生计。他只好开垦了一块荒地，种田来补贴家用（“东坡居士”的称号就是这时候他给自己起的）。

在失意的日子里，他寄情于山水之间，以诗文抒发情感。一个明月当空的日子，他和几个朋友划着船，相约来到长江边的赤壁游玩。他想起三国时在赤壁发生的一场场激战，心中感慨万分，思维奔腾，写下了《赤壁赋》《后赤壁赋》《念奴娇·赤壁怀古》等佳作，语言豪放大气、雄浑有力又优美动人，令人读后心潮澎湃。

课外小知识

苏东坡不但是个大文豪，还是个美食家。相传他在黄州居住期间，发明了一道用猪肉做的美食。

这道菜是苏东坡所做的，人们为了纪念他，就把这道菜称为“东坡肉”。它的原型是徐州的回赠肉，是徐州“东坡四珍”之一。当时，黄河水泛滥，苏轼亲自上阵，带领着官兵修筑堤坝，终于保住了徐州城。

百姓为了感谢苏轼，送给他很多猪肉和羊肉，苏轼亲自下厨做成了红烧肉，又回赠给百姓，此后就有了“回赠肉”这一说法。

不过，此赤壁非彼赤壁，三国周瑜火烧曹军，即真正的赤壁在武汉上游，而不是黄州。黄州赤壁因苏轼而出名，人们就把这里称为“东坡赤壁”。

苏轼不仅散文和诗非常出色，还擅长书画。他擅长行书和楷书，与黄庭坚、米芾（fú）、蔡襄并称为“宋四家”。他擅长画枯木怪石，主张“画外有情，以情寄画”，追求画作的神似，提出“诗画本一律，天工与清新”等新理念。他画过一幅《寒林竹石》并自信地说：“此画作已入神品。”他是中国历史上少有的文学家和艺术家。

绍圣四年（1097年），62岁的苏轼驾着一叶扁舟漂到了荒凉的海南岛儋（dān）州。后人一直把苏轼看成是儋州文化的开拓者。至今，儋州还保存着东坡村、东坡田、东坡路等与苏轼有关的地名。

智慧解读

苏东坡一生起起落落，仕途始终不如意。但是，他不管在哪里为官，总是尽量为当地百姓谋利，尽到自己身为父母官的责任，并尽力感受日常生活的美好。“日啖荔枝三百颗，不辞长作岭南人”就表达了他快意的心情。仕途的不如意成了他文学创作的养分。他为官时的仁义和责任感以及性情的洒脱豪迈，让他深具人格魅力。

米芾

走进课本

出自《中国历史》七年级下册第二单元第12课《宋元时期的都市和文化》。

名人档案

姓　名：米芾，字元章
生卒年：1052—1108年
职　位：礼部员外郎
贡　献：编著《画史》。

米芾是北宋时期著名的书画家，他的书画具有自己的风格和特色。

米芾的绘画源自董源，董氏的绘画多为江南山色。米芾的画讲究“不取工细，意似便已”，他临摹的画虽然有“以假乱真”的效果，但是他本人更热衷于“画山水人物”，并自成一家。虽然米芾的画迹并没有流传于世，但是他自己编著的《画史》中记录了他收藏、品鉴的古画以及自己对绘画的偏好、审美情趣、创作心得等。

米芾在书法方面也有很高的成就，擅长篆、隶、楷、行、草等书体，也善于临摹古人的书法，并能达到乱真的程度。米芾小时候曾经在私塾馆学写字，学了3年也没学成。后来在一位进京赶考的秀才的帮助下懂得了写字的真谛：学习写字不只是要动笔还要动心，不但要观其形，更要悟其神，心领神会，才能写好。米芾在后来的学习中时刻铭记当初教导自己学习写字的那位秀才，把他当成自己的启蒙老师。

米芾最开始学习的是唐人的书法，后来发现颜真卿、柳公权、褚遂良等唐人的书法具有一定的局限性，后经过反复的思考、深入探索，产生了批唐意识，即唐人的书法受楷书法度的约束，导致唐楷缺乏趣味性，最大的弊端是过度的形式化和理性化，这种特点与米芾所追求的潇洒自然、趣味十足的想法是完全相反的。后来，他发现晋朝的书法讲求的是自然率真，这与米芾所追求的“真趣”审美不谋而合。1082年以后，米芾开始四处寻访晋人的法帖，后来得到的王献之《中秋帖》对其影响深远。但生性不羁的米芾并不满足于学习王献之的字，后又学习了多种书法，在他50岁左右才形成了具有自

己风格的书法。

米芾每每作书都十分认真，不像有些人那样不假思索一挥而就，而是反复琢磨后再书写，时常一

课外小知识

米芾不仅是受人敬仰的书画家，还是一个受人崇敬的清官廉吏。据记载，米芾任江苏安东县知县时，多有政绩，乡里百姓略备薄礼为他送行表示感谢，米芾都一一婉拒，并再三叮嘱家人不能带走一点乡里的东西，他走时还命人将砚台、毛笔洗干净后再离开县衙，为的就是不带走安东县的一点点墨汁，清清白白上路，一时传为佳话。后人为了纪念他高尚的品德将他洗墨的水池取名为“米公洗墨池”。

首诗，写了三四次，才有一两个字让自己满意，可见他严谨的创作态度。正是在这种精神的激励下，米芾最终成了著名的画家和书法家。

智慧解读

有句话说："学问是苦根上长出来的甜果。"人们往往不会珍惜轻易得到的东西，在学习的问题上也是一样，要珍惜学习的机会，学习时多用心、勤动脑，不但要了解表面的知识，更要悟其精髓，心领神会。

李清照

走进课本

出自《语文》四年级上册第七单元第21课《古诗三首·夏日绝句》。

名人档案

姓　名：李清照，别名李易安
生卒年：1084—1151年
职　位：宋代女文人
贡　献：诗词创作；诗词理论。

南宋建立以后，无心收复故土，更没有与金军交战的打算，面对横扫中原的金军，只知道逃跑。宋高宗从临界逃到越州，从越州逃到明州，又坐船漂洋过海，逃到温州。直到金军掠夺够了，回到北方，他才回到临安。

金兵南下劫掠和南宋的腐朽给百姓带来了巨大的苦难，很多百姓家破人亡。北宋著名的女词人李清照也遭遇了同样的悲苦命运。

李清照，号易安居士，是济南章丘人。父亲李格非是苏轼的学生，在宋徽宗时期担任过礼部员外郎等官职，为人正直。她的母亲也知书善文。出生于这样一个文学素养很高家庭的她通晓书画，精通史书，见闻广博。李清照是南宋婉约派词人的代表，她写的诗词远近闻名。

李清照18岁时，嫁给了礼部侍郎之子赵明诚。两人都能诗善文，还有一个共同的爱好，就是收藏金石（古代铜器和石碑上镌刻的文字书画）。这些金石既保存着丰富的历史资料，又是古代的艺术精品。

刚结婚的时候，赵明诚只是太学的一个学生，唯一的收入就是每月初一父亲给的五百铜钱，可这并没有影响他和妻子对金石的爱好。

每月的初一、十五，赵明诚就去相国寺，那里常举行大型庙会，庙会里摆满了各种商品，包括古典书籍和碑帖字画。赵明诚如果看到中意的碑帖字画就会买下来，拿回家和李清照一起赏玩。李清照则帮赵明诚搜集碑文字画、金石器皿，和他一起对家里收藏的汉唐时期的石刻拓本、商周时期的彝器等各种文物进行整理研究。夫妻俩最大的生活乐趣莫过于此。

后来，赵明诚从太学毕业，当了一个小官，他几乎把所有的俸禄都花在了购买金石图书上。他的父亲有一些朋友在朝廷藏书馆工作，里面有很多市面上没有的古书刻本，赵明诚想尽办法把这些刻本拿来临摹。日积月累，他们家收藏的金石书越来越多了。为此李清照重新整理了书库，把书按目录编好放进书橱中，赵明诚则忙于记录古代历史文物。他们花了20年时间，终于合力完成了《金石录》这本历史著作。

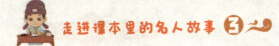

闲暇时，夫妻二人常以诗词唱和，情意深长。据说有一年重阳节，李清照写了一首《醉花阴》。赵明诚看了，赞不绝口。他一时好胜心起，把自己关在家中三天三夜，写了五十首词，再把《醉花阴》夹在其中，请朋友陆德夫品评。

陆德夫细细读了几遍，说：“看来看去，这三句最好。”

赵明诚忙问：“哪三句？”

陆德夫摇头晃脑地吟道："莫道不销魂，帘卷西风，人比黄花瘦。"

这三句正是《醉花阴》的后三句。赵明诚哈哈大笑，从此再没有与李清照一较高下之心。

靖康之耻前的这段岁月，是李清照最快乐美好的时光。

东京被金兵攻陷之时，李清照和赵明诚还住在淄州。东京城破，时局动荡，他们逃往建康，走的时候带上了他们最珍视的金石图书，装了整整15车之多。后来金兵继续南下，李清照留在老家的十几件文物，在战争中被战火烧成了一片灰烬，让她心疼极了。

这时，赵明诚接到皇帝的命令，要去湖州当知府。兵荒马乱之中，李清照无法和他一起赴任。赵明诚独自骑马去建康（当时江宁已经改名建康）接受任命，却在途中不幸染病，很快在建康逝世了。

得知丈夫去世的消息，李清照以泪洗面，忍泪安葬了丈夫，然后将20000卷图书和2000卷金石刻本，托人带到了洪州妹婿那里寄存。没过多久，金兵又打到了洪州，这些文物流失了。

此后，李清照在浙江一带漂泊。1132年，49岁的她来到临安，珍贵文物遗失的痛苦、颠沛流离的生活终于让她病倒了。孤独无依之中，她再嫁张汝舟。

然而，张汝舟娶李清照是觊觎她家中收藏的金石文物。婚后不久，张汝舟就与李清照口角不断，经常对其谩骂，甚至拳脚相加。后来，李清照发现张汝舟有营私舞弊、虚报骗取官职的罪行，就毅然告官，与张汝舟离婚。按宋代法律，妻告夫，妻子将被判处3年徒刑，因此她身陷囹圄。幸好有亲友尽力搭救，她被关押不久后就获释了。

这场再嫁、离异、入狱的灾难没有磨灭李清照诗词创作的热情和生活的意志。一段时间后，她终于从个人的痛苦中解脱出来，开始把创作的眼光放在了国家的苦难之上。从前，她的词多为闺情、咏春、咏物之作，后期则多为伤乱、忧国忧家之作，

课外小知识

宋词主要分为婉约派与豪放派两个流派。婉约派就是含蓄婉转的意思。这个派别的词的内容侧重于儿女之情，音律和谐婉转，较为圆润清丽，有一种婉约之美。婉约派主要的词人有李煜、柳永、欧阳修、晏殊、秦观、李清照等。豪放派作品视野广阔，气势恢宏，不拘泥于韵律。豪放派在北宋时期的代表作家有苏轼、王安石、苏辙等。

词风也从清丽缠绵转为深沉悲壮。她怀念故国，对只知道逃跑的南宋朝廷写诗嘲讽道：“生当作人杰，死亦为鬼雄。至今思项羽，不肯过江东。”读起来荡气回肠。

闲暇时她还坚持学术研究。1134年，她对《金石录》作了最后的修改，写了著名的感性与理性交融、柔情和叙事融为一体的《金石录后序》。约1151年，这位千古第一才女溘然长逝。

她去世后不久，《金石录》问世，她的词集《漱玉集》六卷和诗文卷《李易安集》十二卷也相继问世，可惜都毁于战乱之中，今天我们看到的《李清照集》仅仅是后人收集到的一小部分。

智慧解读

李清照前半生的美好安宁和后半生的流离失所形成了鲜明的对比，她的遭遇是战争中千千万万女性的缩影。然而，不论李清照的生活发生了什么样的巨变，她对生活和爱情的执着追求、始终如一的精神，对国运时局强烈的参与感，以及独立的品格却从未减损半分。这充分说明李清照是一位古代社会罕见的学术型、开拓型、进取型的卓越女性，是我们学习的榜样。

朱熹

走进课本

出自《历史》高中必修中外历史纲要（上）第三单元第12课《辽宋夏金元的文化》。

名人档案

姓　名：朱熹，别名朱子、朱文公
生卒年：1130—1200年
职　位：南宋时期著名的理学家、思想家
贡　献：儒学集大成者。

1130年，朱熹出生于南剑州尤溪（今属福建），他自小就聪颖过人，5岁时能读懂《孝经》，并在书额题字自勉："若不如此，便不成人。"由于朱熹的父亲深受二程理学的影响，所以对他的教育也非常严格，从小让朱熹学习儒家经典。

1143年，朱熹14岁时父亲朱松病死，朱熹遵从父亲遗言，跟随胡原仲、刘致中、刘子翚学习。1160年，朱熹拜李侗为师，学术思想发生了变化。据记载，朱熹曾这样说自己的经历：他年轻的时候曾习禅，从“理会得个昭昭灵灵底禅”中认识到释氏之说中存在漏洞，这也是他思想转变的节点。从此以后，朱熹专心学习理学（理学又称道学，是以研究儒家经典的义理为宗旨的学说，就是义理之学），以求义理，李侗曾经称赞他：“此人极颖悟，力行可畏。”就这样，朱熹成了二程（程颢和程颐，北宋理学的奠基者）的弟子，同时也是儒家“道统”谱系中的重要人物。

在哲学方面，朱熹的核心是“理”。“理”是朱熹哲学的出发点和归宿，他认为：理是先于自然现象和社会现象的形而上者，从逻辑上来看理先于气，理比气更重要，而气有变化的能动性，所以理离不开气；万物各有其理，万物之理终归一，朱熹又称理为太极。

在教育方面，朱熹一生热衷于教育事业，孜孜

课外小知识

朱熹自小在儒学文化的熏陶下长大，因为朱熹的父亲是在二程理学思想教育下成长起来的儒生，所以父亲对他的要求是成为圣贤之人。朱熹自幼时便苦读《大学》《中庸》《论语》《孟子》等书，并立志要做圣人。

不倦地授徒讲学，不管是在教育思想上，还是在教育实践上，都取得了重大的成就。朱熹在世的时候，曾经整顿了一些县学、州学，亲自创办了同安县学、武夷精舍、考亭书院，重建了白鹿洞书院和岳麓书院，还编撰了很多学习教材，为当时的封建社会培养了一大批知识分子，其中很多学者还形成了自己的学派。

朱熹作为我国古代著名的理学大师，系统地总结了理学的思想，他的这些理论对我国古代社会影响深远。

智慧解读

朱熹总结前人经验，经过不懈的努力和实践，最终建立了庞大的理学体系，成为宋代理学之集大成者，其功绩为后世所称赞。

辛弃疾

走进课本

出自《中国历史》七年级下册第二单元第12课《宋元时期的都市和文化》。

名人档案

姓　名：辛弃疾，别名辛忠敏
生卒年：1140—1207年
职　位：南宋时期官员、文学家
贡　献：豪放派代表；开拓词境；创设飞虎军。

在古代有很多壮志未酬的人，辛弃疾就是其中的一员。他是南宋时期著名的爱国词人，一生以恢复中原为己任，却命运多舛，做官期间一直得不到重用，壮志难酬。尽管如此，他从未动摇爱国之心，并把这份爱国之情寄托在了自己的词作中，影响深远。

辛弃疾的命运非常坎坷。他出生不久，父亲就去世了，他在祖父的抚养下长大。他在成长的过程中见证了家乡在金朝统治者手中的悲惨状况。他

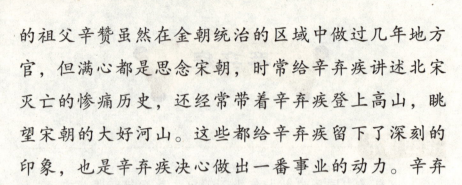

的祖父辛赞虽然在金朝统治的区域中做过几年地方官，但满心都是思念宋朝，时常给辛弃疾讲述北宋灭亡的惨痛历史，还经常带着辛弃疾登上高山，眺望宋朝的大好河山。这些都给辛弃疾留下了深刻的印象，也是辛弃疾决心做出一番事业的动力。辛弃疾长大后文武双全，在祖父的影响下投身抗金斗争。

1162年，为了打击金朝的统治，辛弃疾号召一些人投靠起义军首领耿京。在辛弃疾的劝说下，耿京愿意归附南宋朝廷一同抗金。耿京有一个部下名叫张安国，是个唯利是图的人。金人向他许诺，如果他能杀死耿京，金朝廷就会赏赐他大量的金银财宝，而且还会让他在金朝做官。张安国在金人的诱惑下，勾结另外一个将领杀死了耿京。起义军看着自己的首领被贼人杀害，心中十分愤怒，想杀掉张安国为首领报仇，但是张安国杀死耿京后就投降金军了，还做了金朝的官，起义军力量微弱，无法与金军硬碰硬，大多数起义军无奈之下散伙走了。辛弃疾听到耿京被杀害的消息后非常痛心，发誓一定要杀掉叛徒张安国，为耿京报仇。辛弃疾带领几十名士兵连夜赶到张安国做官的地方，有人通报张安国说辛弃疾等人来了，张安国内心十分害怕，又

不知道辛弃疾前来的用意，所以就让辛弃疾等人进入自己的府邸以便监视。辛弃疾等人看到张安国后二话没说，一拥而上，将叛徒张安国绑了起来，拉出了他的府邸。眼见张安国马上就要被辛弃疾带走了，张安国手下的士兵赶来，让辛弃疾马上放了张安国，辛弃疾不从，士兵见辛弃疾身材魁伟，神色

课外小知识

辛弃疾最擅长写词，他著的《稼轩长短句》里面包含了几百首词作，他的词作的主题大多是御敌爱国，在文学史上与苏轼合称为“苏辛”。

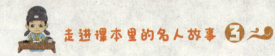

威严，不敢随意动手。随后辛弃疾对士兵说：“我知道你们都是被迫在张国安手下做事的，你们之前都是跟随耿京的，如今金朝的士兵马上就要到了，如果你们愿意抗金，就加入我们的队伍吧！”

辛弃疾这么一号召，士兵都加入抗金的队伍中来了。后来张国安被辛弃疾押到了建康，南宋朝廷将张安国斩首示众。不久，辛弃疾又夜闯敌营，他的英雄行为被人们广为流传。后来，南宋朝廷让他去地方做官。辛弃疾提出过很多抗金的主张，遗憾的是都没有被朝廷采纳。尽管辛弃疾后来创建了一支专门抗金的队伍，即飞虎军，但始终无法达成北伐中原的愿望。

智慧解读

辛弃疾为了自己的壮志，打算与耿京一起抗金，体现了他的爱国情怀、忠肝义胆；得知耿京被人杀害后内心异常愤怒，不惜一切代价抓到张安国，为朋友报仇，说明他慷慨仗义。即使壮志难酬，辛弃疾依然满怀热情，将自己的一腔热血倾注在了自己的词作上。

关汉卿

走进课本

出自《中国历史》七年级下册第二单元第12课《宋元时期的都市和文化》。

名人档案

姓　名：关汉卿，别名关已斋
生卒年：约1234—约1300年
职　位：元代戏曲作家
贡　献：元曲四大家之一；元杂剧的奠基人；被称为“曲圣”。

元朝建立后，元统治者将全国百姓划分为四等人：一等人是蒙古人；二等人是色目人，主要是西域人；三等人是汉人，主要是淮河以北的原金朝境内的汉族、契丹族、女真族人，东北的高句丽人，云南、四川等地的人；四等人就是南人，被蒙古人叫作“南蛮”，这些人都是被元朝最后征服的原南宋境内的各族人。

汉人和南人备受元朝统治者压迫却无力反抗。一些心怀正义的读书人便创作了杂剧，揭示官场的罪恶和社会的种种不公。这一时期涌现出大批剧作家。

这些剧作家中，关汉卿、郑光祖、马致远和白朴被称为“元曲四大家”，其中关汉卿的创作成就最高。

关汉卿是大都人，做过太医院的官员，可他对医术没什么兴趣，喜欢写剧本，经常出入歌楼舞榭，参加戏剧导演和演出活动。据元末熊梦祥的《析津志》记载，关汉卿这个人“生而倜傥，博学能文，滑稽多智，蕴藉风流，为一时之冠”。明代的臧晋叔也说他“躬践排场，面敷粉墨。以为我家生活，偶倡优而不辞”。由此可见关汉卿的多才多艺。

关汉卿一生所作的杂剧有60余种，现在留存下来的有18种。他所作的套曲有10余套，小令有50余首。他的作品题材广泛，主要揭露了当时封建社会的黑暗和腐败，表现了古代人民，特别是青年妇女的苦难和为反抗所作的斗争。每部剧作中的人物的个性都很鲜明，情节生动，结构完整，语言也很精练。

他的剧作中既有葛彪和鲁斋郎那样“动不动挑人眼，剔人骨，剥人皮”的皇亲国戚，又有婢女燕燕和童养媳窦娥那样身世凄苦的底层人民。他笔下的妇女们大都经历了凄惨的境遇，但她们正直、善良、聪明、机智、勇敢，与黑暗势力搏斗，至死不屈的精神，为人们所敬仰。在那个特定的历史时代背景下，关汉卿的作品深深地鼓舞了受压迫的人民。

关汉卿的戏剧按内容大致可分为三类。

第一类是歌颂人民反抗斗争和揭露社会黑暗、残暴统治的，如《窦娥冤》《蝴蝶梦》《鲁斋郎》等。其中最有名的要数《窦娥冤》了，被视为悲剧的代表。

《窦娥冤》讲述的是一个贫困的书生窦天章为了进京赶考，无奈之下把自己的幼女窦娥卖作童养媳。窦娥婚后没两年，丈夫就去世了，她只能与婆婆相依为命。

当地流氓张驴儿父子见婆媳俩无依无靠，住进窦家不走，企图强娶窦娥。窦娥不从，并痛骂张驴儿。

几天后，窦娥的婆婆生病，窦娥做了一碗羊肚汤给婆婆吃。张驴儿在汤中下毒，想毒死窦娥的婆婆，再霸占窦娥。不料，张驴儿的父亲忽然来了，误喝羊肚汤，中毒身亡。

课外小知识

元曲是元代的一种文艺形式，包括杂剧和散曲，杂剧就是戏曲的意思，散曲就是诗歌，属于不同的文学体裁。散曲在元代是一种文学主体，但元杂剧的成就却远远高于散曲。所以，当人们说“元曲”时，可能单指的是杂剧，也就是“元代戏曲”。

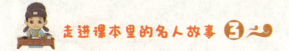

张驴儿归罪于窦娥，诬告她毒死自己的父亲。知府收了张家的银子，判处窦娥死刑。悲愤的窦娥在临刑前怒骂道："地啊，你不分好歹何为地！天啊，你错勘贤愚枉做天！"

她发下三桩誓言：如委实冤死，则人头落地后，一腔热血都飞于白练之上，不沾地；身死之后，天降三尺瑞雪，遮掩尸首；从今以后，楚州亢旱三年。

窦娥死后，血溅白绫、六月飞雪、楚州亢旱三年，桩桩实现。天下人都知道了她的冤屈。父亲窦天章后来考取了功名，终于为她平反昭雪，杀人凶

手张驴儿也认罪伏诛。后来，人们就常用“六月飞雪”来表明自己受到冤屈。

第二类是描写下层妇女被生活所迫而表现出的勇敢和机智，最后那些强大的坏人被打击得都像泄了气的皮球一样，具有一定的喜剧效果，如《救风尘》《望江亭》《拜月亭》等。

第三类是歌颂历史英雄的杂剧。其中最具代表性的是《单刀会》，讲述三国时期，东吴向刘备讨要荆州，刘备手下大将关羽单刀赴会的故事。在当时少数民族统治中原的政治环境下，关汉卿曲折地表达了主权不可放弃的思想。

元朝后期，朝廷贪赃枉法的腐败行为也愈演愈烈，汉人和南人受到的压迫更为严重，民族矛盾、统治阶层与被统治阶层的矛盾越来越深，最终爆发了大规模的农民起义。

智慧解读

艺术来源于生活又高于生活。关汉卿之所以能创作出这些脍炙人口的剧作，是因为他始终与百姓一起体会生活的本色，对民间的苦难能够感同身受。自古以来，大艺术家、大文豪都是如此，只有深入民间，体味生活，才能创作出真正的好作品。

毕昇

走进课本

出自《中国历史》七年级下册第二单元第13课《宋元时期的科技与中外交通》。

名人档案

姓　名：毕昇
生卒年：？—约1051年
职　位：北宋发明家
贡　献：发明活字印刷术。

北宋时期，有个叫毕昇的印刷工人被大科学家沈括记录在《梦溪笔谈》中。毕昇发明的活字印刷术比欧洲的活字版印刷术早了400余年。

印刷术是中国人首先发明的，它的前身是公元前流行的印章捺印，以及5世纪出现的拓印碑石等方法。聪明的古人在创造出造纸和制造墨水的方法后，又发明出了雕版印刷术。它的工艺流程是先把文字、图片都刻在一块木板上，然后在木板上刷上墨水进行印刷。这个方法在唐代盛行一时，远播至海外。

但雕版（印刷术）的缺陷也很明显，如雕版过程中不能有一丝失误，否则这块雕版就废掉了；每印一套书就要做一套雕版，成本高昂；制作雕版本身也很花时间，需要看印刷书籍的厚薄，从几天到一年半载都有可能，费时费力。

毕昇是北宋都城开封一家印刷铺的工人，从事手工印制多年。他发现雕版印刷的种种弊端后，决定对印刷术进行改良。经过多次试验，他发明了活字印刷术。

毕昇发明活字印刷术以后，毫无保留地把自己的发明推广开来。但是，由于活字印刷术尚不成熟，当时主要使用的还是雕版印刷。后来，大科学家沈括得到了毕昇的一些活字和铁板，并将毕昇发明活字的事记录在自己的《梦溪笔谈》中，这位平民发明家的事迹和他的活字印刷术的工序才得以流传到后世。

毕昇的活字印刷术总共分为四道工序：制字、排版、印刷和回收活字。

制字：先把胶泥切割成一个个体积相同的毛坯，再在其中一端刻上单体汉字，笔画的深度和铜钱厚度相当，随后用火将其烧硬，就成了一个个活字。常用字就多备一些。为了便于拣字，把胶泥活字按韵分类放在木格子里，贴上纸条标明。

排版：用一块带格框的铁板，把要印的活字按照文章顺序挨着排进去，满一框就是一版。字排好后，再在上面撒一层松脂、蜡和纸灰组成的混合剂。

印刷：将铁框放在火上烤。等混合剂融化一点，再用平板一压，字面就被压得像磨刀石一样平了。

课外小知识

活字印刷术的发明是印刷史上的一次伟大革命，也是我国古代四大发明之一，为我国文化、经济的发展开辟了广阔的道路，为推动世界文明的发展做出了重大贡献。

毕昇的胶泥活字首先传到朝鲜，被称为“陶活字”。后来又由朝鲜传到日本、越南、菲律宾。15世纪，活字版传到欧洲。1456年，德国的戈登堡用活字印《戈登堡圣经》，这是欧洲第一部活字印刷品，比中国首部活字印刷作品晚400余年。活字印刷术经过德国而迅速传到其他国家，推动了文艺复兴运动的发展。16世纪，活字印刷术传到非洲、美洲，19世纪，传入澳洲。从13世纪到19世纪，毕昇发明的活字印刷术逐渐传遍全世界。全世界人民都称毕昇是印刷史上的伟大革命家。

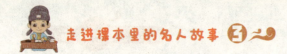

混合剂冷却凝固后就成了版型。在版型上刷上墨水，放上纸张，再用力按压就可以印刷了。

回收活字：印刷完成后，用火再次把混合剂烤融，就能轻松地把活字从铁板中取出来。再按照原来的分类方法把活字放回木格，这样就可以重复使用了。

为了达到更好的效果，毕昇还试验过木头做的活字，可是木头纹理多变，遇水又容易变形，也难以和混合剂分开，所以胶泥活字就一直保持了下来。

活字印刷术虽然简单原始，却大大加快了文化传播的速度。从前人们常常誊抄心仪的书籍，自从有了活字印刷术，“抄书匠”的工作就轻松多了。在使用高级的激光排版之前的900多年中，人们不断对毕昇的活字印刷术进行改进，影响深远。

智慧解读

毕昇的活字印刷术是通过观察孩子们玩“过家家”获得的灵感，伟大的发明家都懂得从生活的微小细节中找到新的关注点。我们在日常生活中也要注意那些小的细节，说不定自己也能成为一位小小发明家呢！

沈括

走进课本

出自《中国历史》七年级下册第二单元第13课《宋元时期的科技与中外交通》。

名人档案

姓　名：沈括，字存中
生卒年：1031—1095年
职　位：提举司天监、三司使、经略安抚使
贡　献：创立隙积术、会圆术，编著《梦溪笔谈》。

1075年，辽国使臣萧禧来到宋朝都城，提出陕西北部的黄嵬山应该归辽国所有，要求重新划分边界。如果答应他们，宋朝的国界就要往南退30里。事关国界大事，宋神宗派大臣与萧禧谈判。

可黄嵬山只是一座名不见经传的小山，大臣对那里不了解，在谈判桌上很快就败下阵来。这时，宋神宗想到了熟知地理的沈括，就改派沈括与萧禧谈判。

沈括，字存中，号梦溪丈人，杭州钱塘（今浙江杭州）人。他的父亲和祖父都担任过地方官。沈

括14岁就读完了家里所有的藏书，后来跟随父亲去了很多地方增长见闻，从而引起了他对地理学及其他杂学的兴趣。父亲去世后，他接替了父亲的位置，任海州沭阳县主簿。

沈括做事认真细致，他在此次谈判前先到枢密院查阅了相关资料，胸有成竹后才去见萧禧。

一见面，沈括就指出辽宋两国当年订下的《澶渊之盟》划定的分界线是以白沟河为界，白沟河以北归辽国，以南归大宋，黄嵬山在白沟河以南，属大宋领土。不仅如此，沈括还画出了黄嵬山的地图。争论数天后，萧禧也没能占到上风，只好回辽国复命去了。

宋神宗担心辽国忽然发兵，就派沈括带领使者团出使辽国。出发前，沈括收集了许多跟边境有关的地理资料，还让同行的官员背熟这些资料。

到了辽国京城上京，双方展开了激烈的辩论。面对辽国代表团的挑衅，沈括等人对答如流且有理有据。辽国代表团眼见他们不好对付，就蛮不讲理地说：“堂堂大宋，如此计较这点土地，难道是有意破坏两国友好关系？”

沈括回应道：“那也是辽国违背盟约，有错在先。如果你们用武力威胁我们，大宋自然不惧，到时候大家都有损失。”

辽国暂时不想和宋朝翻脸，只得放弃了原来的无理要求。

沈括回国时并没有急着赶路，而是考察沿途的风土人情，并仔细勘察地形地貌，把沿路的险要关口、大山河流等都绘制成地图。回到东京后，他将这些资料整理出来，交给宋神宗，后被封为翰林学士。

沈括做官闲暇之余就会结合实际进行科学研究，是个兴趣广泛的大科学家。58岁时，他定居润州的梦溪园，集中精力进行科学研究，编写了一本科学著作，即《梦溪笔谈》，书中记录了大量沈括自己创造的以及从民间搜集到的发明。

一次，沈括听说慎县发生了一起把人殴打致死的命案，但知县派人在现场查案时找不到死者身上的伤痕。后来，有一位老者建议知

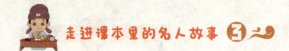

县把尸体放在日光下，又用红伞遮住阳光，没想到死者身上的伤痕顿时清晰地显现了出来。

沈括仔细琢磨了这个案件，也试着让阳光透过红色的东西，最后才明白这是滤光的作用。尸体身上的伤痕是呈青紫色的，在阳光下很模糊，但在红光下却很清晰。那把红伞就相当于今天的滤光器。沈括把这次“红光验尸”的事件记录在了他的《梦溪笔谈》中，给后代的物理工作者和法医带来很大的启示。

在地理学上，他受太行山山壁中螺蚌壳化石的启发，用流水侵蚀作用解释了奇异地貌的成因，这个观点比西方学者早700多年。在历法上，他创新性地提出“十二气历”，即太阳历。900多年以后，英国气象局使用的“萧伯纳历”正是沈括所提出的

课外小知识

我国最早记载的石油与石油的开采来自沈括的《梦溪笔谈》。

沈括50岁时在西北前线对抗西夏的入侵。在紧张的军旅生活中，沈括也没有忘记考察民间石油开采的方式。

沈括还专门作了一首《延州诗》，描绘了延州开采石油时烟尘滚滚的景象。

这种“十二气历”的翻版，也就是我们现在所使用的阳历。他还发现指南针所指的方向并不是正南而是稍微偏东，从而成为世界上第一个记载这种磁偏角现象的人，比欧洲哥伦布的发现早了400多年。

在天文学方面，沈括通过日夜观察天象，得出了“月本无光，日曜之乃光耳”的结论，详细的实验过程都被他记录在了《梦溪笔谈》中。他设计了盎管，用来测量北极星与北天极的真实距离。通过每夜3次、连续3个月的测量工作，他绘制了200多张测绘图，得出了北极星离北天极3度有余的结论。

《梦溪笔谈》中还记录了当时的一些重大科技成就，如炼钢、发现石油等，其中最有名的就是毕昇发明的活字印刷术。

智慧解读

沈括对许多事物都抱有好奇和钻研之心，他兴趣广泛，长于思考，探寻了一个又一个科学之谜。这种勇于钻研的科学精神和积极进取的生活态度，值得后人学习。

郭守敬

走进课本

出自《中国历史》七年级下册第二单元第13课《宋元时期的重大发明》。

名人档案

姓　名：郭守敬，别名郭若思

生卒年：1231—1316年

职　位：都水监、太史令、昭文馆大学士

贡　献：编制《授时历》；发明天文测量仪器。

郭守敬是邢州人，他的祖父郭荣不仅通晓经书，还对数学、天文、水利等方面有研究。郭守敬小的时候受到祖父的影响，对科学产生了浓厚的兴趣。

刘秉忠和张文谦在邢州西南紫金山讲学期间，郭荣曾把孙子郭守敬送到刘秉忠那里去学习。郭守敬在那里学到了很多知识，还认识了很多爱好科学的朋友。

忽必烈统一北方以后，致力于发展农业生产和整治水利，广招这方面的人才。张文谦就把郭守敬推荐给了忽必烈。在开平，忽必烈见到了郭守敬。郭守敬对北方水利的情况很熟悉，当下就向忽必烈提出了六项整治水利的措施。忽必烈顿时对眼前的这个年轻人刮目相看。他感慨地说道："让你这样的人去办事，才不是光摆空架子吃闲饭啊！"忽必烈就派郭守敬担任治理各路河渠的职务，专门经办河道水利的事。

1264年，郭守敬被派到西夏一带治理水利。这里经过多年的战乱，土地荒芜，河道淤塞不堪，当地的生产生活遭到了严重的破坏。郭守敬到了西夏以后，仔细勘察了西夏的地形，然后发动当地的民工疏浚了一些被堵塞的河道，又鼓励大家开挖了一些新的河道。不到1年的时间，这一地区的900多万亩田地就得到了良好的灌溉，百姓田地里的粮食大丰收，人民的生活也得到了明显的改善。

忽必烈征服南宋以后，更加注重农业生产的恢复。农业生产最重要的就是要利用历法。以前，蒙古人种地一直使用的是金朝颁布的历法，这个历法有很大的误差，农业上的节气也不够准确。元世祖打下江南以后，南方用的是另一种历法，南北历法不相同，很容易造成混乱。元世祖决定重新制定一个历法，就下令成立了一个专门编订历法的机构，叫太史局。太史局的负责人是郭守敬的同学王恂。王恂知道郭守敬精通天文和历法，就上表朝廷把郭守敬调到太史局，一同完成新历法的编纂工作。

郭守敬接手这个工作以后就提出：研究历法最重要的就是要进行观测，而观测就必须要依靠仪表。原来开封的那架观测天象的浑天仪已经陈旧不堪了，那怎么办呢？只能自己动手设计一套新的仪器了。

郭守敬认为浑天仪的结构太过复杂，很不方便使用，于是他创制了一种结构更简单、刻度更精准的简仪。有了装备，郭守敬就正式开始工作了。

1279年，郭守敬主动向元世祖报告，说太史局需要建造一座新的司天台，还要在全国范围内进行大规模的测量，元世祖立即批准了。

郭守敬和王恂一起实地研究，在全国各地设立了27个观测点。最北边的观测点在铁勒，最南边的观测点在南海。郭守敬还派了14个监候官员到各地去进行守候勘测。

郭守敬亲自到几个重要的观测点进行观测和记

录。最后，各个地方把观测点的数据进行整理，全部汇总到了太史局。郭守敬和同事们根据这些复杂的数据，花费了整整2年的时间，终于编制出了一部新的历法，取名为《授时历》。

《授时历》比过去的历法精准得多，它甚至能算出一年有365.2425天，与地球绕太阳一周的时间仅仅相差26秒。郭守敬的《授时历》出现的时间比欧洲人确立公历的时间早了300多年，但它与公历的一年周期相同。

为了改善大都到江南的水利交通运输状况，忽

课外小知识

在钟表出现之前，中国用漏刻计时。北宋有种叫莲花漏的计时工具，因莲花造型而得名。

莲花漏用两个放水壶，一个受水壶，再用两根叫“渴乌”的细管，利用虹吸原理，把放水壶中的水逐步放到受水壶中，使受水壶中水平面高度保持恒定。相等时间内受水壶的水流速度恒定，据以测定时间。

莲花漏能够有效地保证下匮水位的稳定性，从而提高计时的精确度。它稳定水位的方式更是一次科技上的突破。

到郭守敬时，莲花漏已经失传，只有一些石碑上残留着石样。郭守敬仅凭模糊的图样就复原了莲花漏，他改变了原来的莲花形状，因此制作的漏壶被称为“宝山漏”。“宝山漏”后来成了元朝司天台的计时工具。

必烈再次派郭守敬去勘测水路交通的情况。郭守敬第一次采用玉泉山的水，第二次引京郊浑河的水，都因水量小、泥沙淤积严重失败了。第三次，他经过勘测与设计，在大都西北找到了水量充沛、水流清澈的白浮泉，将泉水从西山引入城内，并重新开凿了一条运河。

1293年，新运河贯通，就是现在北京的通惠河。

智慧解读

无论外界环境如何，总有一些科学家在困境之中默默钻研和推动着科学的进步，用科学给百姓带来切实的好处，郭守敬就是这样的人。郭守敬对科学的专注，值得后人学习。

走进课本里的

名人故事

囊括中小学课本各科目的中外名人故事

4

张欣怡◎主编

北京工艺美术出版社

前言

成长离不开阅读，阅读离不开好的故事。我国九年义务教育中各个年级、各个科目中涉及了很多中外名人，他们的故事可以影响一个人的一生。的确，凝结着名人智慧的故事，每一个都承载着他们的情感，寄托着人们的诉求和愿景。每一位孩子都是善良、单纯的，名人的事迹会让他们产生崇拜的心理，孩子会不自觉地学习、模仿名人的思想和行为，因此，这些名人故事里歌颂的精神，所传达的思想，可以潜移默化地滋养孩子的心灵，塑造孩子的美好品格，帮助孩子树立正确的价值观和人生观。

为了培养孩子的榜样意识，增强孩子辨别是非的能力，提高孩子的想象力，我们根据统编版课本精心编写了这套《走进课本里的名人故事》。本套书共包含五个分册，囊括了古今中外众多名人故事，这些名人有慧眼如炬的思想家、运筹帷幄的军事家、叱咤风云的政治家、精益求精的科学家、妙笔生花的文学家以及技艺精湛的艺术家等，这些故事涵盖了名人的智慧和成就，能让孩子深入了解名人背后的故事，感受名人流传千古的人格魅力，学习名人

身上的美好品德，帮助孩子树立远大的理想，培养高尚的思想品质。

本套书文字生动有趣，字里行间透露出深刻的哲理；插图精美、形象，注重图文结合，达到“以图释文、以文释图”的效果，书中涵盖的知识可谓包罗万象、寓意丰富，且富于趣味性，非常适合孩子阅读，是一套帮助孩子快乐阅读、增长知识和见闻的故事书。

我们希望孩子可以通过阅读，拓宽自己的视野，获得更深层次的快乐；希望孩子在美好的童年时光里，和非常美的书相伴，成就一个美好的人生。

目录

明、清时期

千古帝王……………… 2

明太祖朱元璋……… 2

明成祖朱棣………… 6

明英宗朱祁镇……… 12

明神宗朱翊钧……… 18

清太祖爱新觉罗·努尔哈赤……………… 23

康熙帝爱新觉罗·玄烨……………… 29

乾隆帝爱新觉罗·弘历……………… 35

名臣将相…………… 40

于谦……………… 40

张居正……………… 45

戚继光……………… 49

吴三桂……………… 54

郑成功……………… 59

林则徐……………… 64

曾国藩……………… 70

左宗棠……………… 74

丁汝昌………………… 78
邓世昌………………… 85
文化巨匠………………… 91
施耐庵………………… 91
吴承恩………………… 95
李时珍………………… 99
曹雪芹………………… 103
科学发明………………… 108
徐光启………………… 108
宋应星………………… 114
徐霞客………………… 117

明、清时期

明太祖朱元璋

走进课本

出自《中国历史》七年级下册第三单元第14课《明朝的统治》。

名人档案

姓　名：朱元璋

生卒年：1328—1398年

职　位：明朝开国皇帝

贡　献：推翻元朝统治；建立明朝；开创洪武之治。

元末明初，经历了20多年的战乱，全国很多田地都荒废了。明太祖朱元璋当上皇帝后的第一件事就是振兴农业。

他派人到全国各地丈量土地，清查户口，召集流亡农民开垦荒地，给他们免除3年的劳役和赋税，规定谁开垦出来的荒地就归谁所有；大搞移民屯田

和军屯，让各地驻军屯田垦荒，尽量做到粮食自给；兴修水利，大力提倡种植桑、棉、果木等经济作物；创立“里甲制度”，让乡邻们推荐德高望重的老人做里长，调解和处理乡邻间的纠纷，惩治游手好闲、称霸乡里的泼皮无赖。

几年的时间，明朝的农业生产有了明显的发展，明朝政权也稳固下来，史称“洪武之治”。

明太祖是个疑心很重的人，国内稳定下来后，他就设立了一个叫“锦衣卫”的机构。这些锦衣卫就是明太祖的私人警察，专门负责搜集各种情报，监视大臣的动静，一旦发现大臣有反叛的苗头，就立即向明太祖报告。

明太祖对官员们极为严厉，那些被锦衣卫告发的大臣，轻则被打板子（即“廷杖”），重则被流放边疆，甚至满门抄斩。

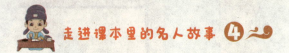

明朝建立没几年，明太祖就开始诛杀他认为有反叛之心的功臣，其中影响最大、牵连最广的就是“胡惟庸案”。

胡惟庸是明朝的开国功臣之一，很有办事才能。他开始还小心谨慎，但当上丞相后，开始独断专行，甚至隐瞒不利于他的奏章，收受贿赂。1380年，有人告胡惟庸谋反，朱元璋命令锦衣卫彻查。这一查，就一个接一个地牵连了许多人。1393年，锦衣卫告发大将军蓝玉谋反。于是，朱元璋杀了蓝玉等人，受牵连而死的人超过万人，包括公、侯、伯和各级官员。这就是著名的“蓝玉案”。胡惟庸案与蓝玉案合称“胡蓝之狱”，两案牵连致死者达4万余人。明朝的开国功臣李善长、蓝玉等人都在这场大祸中死去，只有少数开国功臣逃过一劫。

为了巩固皇权，明太祖废除了丞相这个职位，改由吏、礼、户、兵、刑、工六部尚书直接向他负责；

课外小知识

李善长是明朝的开国功臣，智勇双全，朱元璋十分器重他，论功行赏时他位列第一，被封为韩国公，任丞相，位极人臣。由于与胡惟庸交往密切，李善长在胡惟庸案中受到牵连，在76岁时被朱元璋处死。

把大都督府分为左军、右军、中军、前军、后军五个都督府，平时负责训练士兵，战时由皇帝直接指挥。由此，国家权力最大限度地集中到了中央。

太子朱标生性仁善，看到明太祖滥杀功臣，十分不忍，曾劝明太祖说：“父皇，诛戮太多，只怕有伤天和啊！”明太祖从地上捡起一根长满尖刺的荆棘条，交给太子，让太子徒手抹去上面的尖刺。太子怕疼，不敢动手。明太祖叹息一声，说：“既然你没有去掉这些尖刺的勇气，我帮你把刺去掉，再交给你，不是很好吗？”

明太祖一心想把对大明有威胁的功臣们除掉，但他没有想到的是，后来造反的，不是别人，而是自己的儿子。因为他滥杀功臣，燕王朱棣（dì）造反时，朝廷竟没有独当一面的大将可用。

智慧解读

朱元璋一心想为太子扫除障碍，大肆清除他眼中会对皇权造成威胁的功臣。但他忽略了一点，即政权能够稳固，是多种因素造成的，越想掌控一切，事情越会脱离掌控。无论做什么事情，都不能盲目地贪大、求全，个人的力量毕竟是有限的，我们应该学会和他人合作，这样才能取得更大的成功。

明成祖朱棣

走进课本

出自《中国历史》七年级下册第三单元第14课《明朝的统治》。

名人档案

姓　名：朱棣

生卒年：1360—1424年

职　位：明朝第三位皇帝

贡　献：编修《永乐大典》；经营东北；派郑和下西洋；维护了中国版图的完整。

明成祖朱棣是个很有作为的皇帝。他不仅有高超的军事才能，而且很有政治远见。

明成祖对那些跟随他的功臣，采取了完全不同于他父亲的做法。他曾说："君臣之间不能善始善终，原因是互不信任。如果彼此不信任，就是父子也会闹翻的，何况君臣呢？我对功臣宽厚、诚恳，经常看其好的一面，不夸大其缺点，并根据每个人的才能任用他们。”事实也是这样，只要是他选中的人，他就深信不疑。永乐年间，有御史弹劾西宁侯宋晟专权——不经报告就擅自处理政务。明成祖对这位御史说：“任人不专能办成事情吗？况且一个大将远在边关，怎么能要求他事事都遵照朝廷的谕旨呢！”随即下了一道敕令，叫宋晟根据实际情况处理一切事务。

明成祖对有功之臣也不是一味姑息，如果有人真的犯了法，他也不包庇。有个武官犯了罪，刑部官员说他立过功，奏请论功定罪。明成祖很不高兴，说：“执法应该公正，赏罚应该分明，不能以功劳掩盖过错，不能以私情废了公平。过去有功，已经给了奖赏，今天犯法不治罪，那就是纵恶，纵恶怎么能治天下？不是论功定罪，而是要依法治罪。”

明成祖很讨厌阿谀奉承的人。一次，贵州布政司上奏说：“皇上颁发的恩诏到了思南府的时候，太岩山间有呼万岁的声音在回荡，这是皇上的威德使山川显灵了。”大臣们听了这些话都来祝贺。明成祖对他们说：“呼噪于山谷之间，虚声相应，这是常识，有什么可奇怪的。当臣子的不能明辨是非，想用阿谀奉承讨我的欢心，不是君子的行为！”那些大臣因此碰了一鼻子灰。

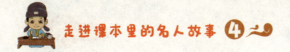

明成祖还顾念“靖难”期间，河北、山东和河南三地遭受了战争的破坏，于是他命令户部根据不同情况，分别减免这些地方的赋役，并叫宝源局（铸钱机构）制造农具给这些地方的百姓使用，让因战争流离失所的人回原籍复业，由政府发给种子、耕牛、农具。他还让地方官在每年农闲的时候，改善农业耕作条件，疏浚河渠，修筑陂塘，方便灌溉；让地方官带头捕捉蝗虫，发生饥荒时及时赈济。

为了治理好天下，明成祖没有忘记“人君一衣一食，皆民所供”这个事实，所以他很注重国家的休养生息。一次，通政司的官员报告，山西有人上报介休县出五色石，做器皿极为好看。明成祖说：“这家伙想当官。这些年来打仗、灾荒，百姓够苦了，还要给他们增加负担吗？要知道官府求一物，百姓就要受一害。况且这种东西，饥了不能吃，冷了不能穿，为什么要不惜民力呢？你把他给我赶走！”

一天，有外国人送来一对玉碗，明成祖对礼部大臣说：“咱们中国的瓷器，洁净光亮，我非常喜欢。玉器府库里也有玉碗，我都不用。今天接受他的，大家以后都跟着学，这对国家有什么好处呢？”于是他吩咐把玉碗退回去。他虽是一国之君，却过着节俭的生活。有一次，他在右顺门和几个臣子议事，他衬衣袖子打着的补丁露在外面。他觉得不太雅观，几次把它塞进去，结果每次补丁都掉出来。于是他叹息说：“我要什么没有？就是一天换十件新衣，也是有的。但是，身在福中要知福，要懂得节俭。记得过去我母亲虽为皇后，却总是亲自缝补旧衣服穿。我实在不敢忘记过去。”说罢还心酸地落了泪。

明成祖在位期间，除早朝之外还有晚朝。晚朝常在右顺门内进行，百官奏事退朝后，他把六部尚书等近臣留下来，再商量一些事情。他觉得早朝奏报的事情太多，没时间和官员深入交流，晚朝事情

课外小知识

明代有一奇人名叫袁珙，相传他会观气术。朱棣篡位之前，曾请袁珙为他观气。朱棣怕袁珙会奉承自己，就装扮一番后在一家酒馆喝酒。袁珙来到酒馆，一下跪在朱棣脚下，说道：“殿下为什么看低自己，到这种地方喝酒？”朱棣假装听不明白他说的话。袁珙说道：“大王大概至40岁时，就要登位了。”此后，朱棣坚定了造反的决心。后来朱棣篡位成功，袁珙被封为太常寺丞。

少，君臣之间可以深入讨论，畅所欲言。

明成祖很重视人才的选拔，喜欢别人直言不讳。他认为要想把国家治理好，一定要靠有才能的人，而且任用时要根据特长安排。他专门告诫吏部（任免官吏的机构）选人时要辨别好坏，衡量时要公正，不能感情用事。他还提醒吏部，在用人上要强调德行。他说：“君子为了国家不计个人得失，所以敢直言，不怕丢官丧命；小人为了个人利益不考虑国家，所以溜须拍马，只想升官发财。”

在明成祖的努力下，永乐年间的国家治理工作

卓有成效，全国经济稳步发展。1403年，明成祖集中数千名知识分子开始纂修巨著《永乐大典》，把经史子集、百家之书，以及天文、地理、阴阳、医卜、僧道、技艺等各类典籍都收录其中。明成祖开“四夷馆”，选年少生员学习番夷文字；设置了奴儿干、乌斯藏等都司以及哈密等300多个卫所，加强对明朝边疆的管理。当时明朝幅员辽阔，加之政治比较清明，因此经济有了很大的发展。

智慧解读

明成祖朱棣是一个非常贤明的皇帝，他在位期间知人善任，宽严并济，心系百姓，正直严明，胸襟广阔，察纳雅言，这些都是作为明君所需要的品德。由于他励精图治，明朝经济繁荣，国力强盛，他的历史功绩也为后世传颂。

明英宗朱祁镇

走进课本

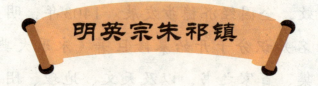

出自《中国历史》七年级下册第三单元第14课《明朝的统治》。

名人档案

姓　名：朱祁镇
生卒年：1427—1464年
职　业：明朝第六位和第八位皇帝
贡　献：夺门之变后复位；废除“殉葬”制度。

明成祖朱棣得位不正，总担心哪位大臣、藩王也来夺他的位，因此特别依赖身边的宦官。他迁都北京后，就在东安门设立了一个新机构，取名东厂，由自己信任的宦官担任首领，监视官吏和百姓，为皇帝排除异己，因此宦官的权力渐渐大了起来。宦官权力的过度膨胀给明朝带来了一场前所未有的灾难。

1424年，明成祖病逝。朱高炽继位，即明仁宗。明仁宗不到一年就撒手西去了，之后明宣宗朱瞻基继位。明仁宗和明宣宗统治的时期是明朝少有的社会稳定、经济繁荣、吏治清明的时期，史称“仁宣之治”。

明宣宗时期，有个负责管理地方教育的学官名叫王振，他干了9年也没干出什么成绩。按照明朝的制度，他会被免去官职，甚至发配边疆。王振为了求富贵，主动入宫，当宦官。宫里识字的太监不多，大家都叫他王先生，后来他被派去给太子朱祁镇当伴读。朱祁镇年幼，很贪玩，王振就变着花样地陪朱祁镇玩，因此深得朱祁镇的喜欢和信任。

1435年，明宣宗病逝，9岁的朱祁镇继位，史称“明英宗”。明英宗登基时还是个孩子，因此很信赖和他关系最好、最会讨好他的王振。王振成了司礼监的掌印太监，能代皇帝批阅大臣们的奏折，他因此常暗中给明英宗出主意，干涉朝政。

张太后屡次警告、敲打王振不得参政，加上杨士奇、杨荣等五位辅政大臣监督，王振老实了一段时间。后来张太后、辅政大臣们先后去世，他就嚣张起来了。

他先是让人把明太祖做的“内官不得干预政事”的八字铁碑藏起来，跟着就开始了专权活动，连皇帝的圣旨，都要由他用红笔在奏章上批示后才颁布下去。一些没有骨气的大臣纷纷讨好他，甚至称他为“翁父”，朝政也渐渐混乱起来。

1443年，蒙古族瓦剌部落的也先继承了汗位，统一了蒙古各部。当时，蒙古是大明属国，每年都要向大明进贡。明朝给属国的赏金总是多于属国进贡的物品，缺乏物资的蒙古各部落因此增加了进贡的频率，还经常虚报朝贡的人数。

1449年，也先一口气派了2000人来朝贡，并谎称有3000人，想冒领赏金。面对也先的试探，王振下令扣除五分之四的赏赐，把瓦剌人赶出了京城。这激怒了也先。当年8月，瓦剌就向大同发起了攻击，一连攻占了塞外许多城堡。

明英宗慌忙召集大臣们商量对策，王振觉得建功立业的机会到了，一个劲儿鼓动明英宗亲征。明英宗听王振说打仗如何如何威风，想到曾祖父永乐皇帝、父亲宣德皇帝都曾经亲征过，便听取了王振的意见。他不顾兵部尚书邝埜（kuàng yě）和侍郎于谦的劝阻，调集50万大军，让于谦留守北京，自己亲自领着大军出征了。

但明英宗根本没有带兵的经验，军队纪律涣

散，一路上又老是遇到大风大雨，没几天，军粮就接应不上了。好不容易到了大同附近，兵士们看到郊外的田野里，到处都横着明军士兵的尸体，更加惊恐不安，还没开始打仗，队伍士气就低落起来。

几天后，明军前锋在大同城边遭遇瓦剌军，全军覆没，其他各路明军也纷纷溃败，王振这才害怕起来，连忙劝说明英宗撤军回北京。

撤军应该快速有序，王振却突发奇想，先是带着大军到老家蔚州显摆，走到半路，担心人马踩坏家里的庄稼，又改道继续向北京前进。这么一折腾，浪费了大量时间，瓦剌的追兵追上了明英宗的军队，再次打败明军。

明军一路败退到了土木堡以后，有大臣劝说明英宗尽快赶到20多里外的怀来城坚守，等待援军。王振却舍不得还没有赶上来的1000多辆装运粮草物资的辎重车，坚持在土木堡扎营。

土木堡的名字里带了个“堡”字，可根本没有城堡可守，也没有水源。第二天一大早，也先就包围了土木堡，并占据了土木堡南面不远处的一条小河，切断了明军的水源。

狡猾的也先提出讲和，明英宗信以为真，立即下令移营开拔。几十万明军拥挤在山间小路上时，瓦剌军趁乱从四面攻击，被杀死、踩死和掉下山涧摔死的明军士兵不计其数。

明英宗和王振在一批禁军的保护下，几次想突围都没冲出去，王振吓得直发抖。禁军将领樊忠愤

课外小知识

宣德皇帝喜欢玩赏香炉，特地从暹罗国进口一批红铜，让宫廷御匠设计监制香炉。当时要制造出好的香炉，铜需精炼6遍，6遍后，原料只剩下一半。宣德皇帝财大气粗，又有精品意识，当即下旨精炼12次，并加入金银等贵重金属。经过巨大的人力物力的投入，宣德三年（1428年），极品铜香炉终于制作成功。这一批红铜总共铸造出3000座香炉，后来这批香炉被人们称为“宣德炉”。

怒万分，一把抓住王振，大喝：“我为天下百姓杀死你这个奸贼。”说罢抡起手里的大铁锤，结束了王振的性命。紧接着他又冲向瓦剌军，拼杀了一阵，壮烈牺牲了。

这场大战后，明英宗被瓦剌军俘虏，50万明军损失了一大半，明朝元气大伤，国力从此渐渐衰落下去。

智慧解读

土木堡之变，是使明朝由盛转衰的事件，这和明英宗信任王振有关。明英宗年幼时，王振每天陪他玩耍，王振对明英宗而言，不是属下，而是朋友，这个朋友却给明英宗带来了灾难。朋友有很多种，有能指出朋友错误的诤友，有能给人启发的益友，也有拉着朋友干坏事的损友，明英宗由于选错朋友而付出了沉重的代价。

明神宗朱翊钧

走进课本

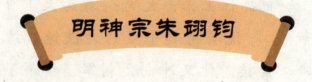

出自《中国历史》七年级下册第三单元第17课《明朝的灭亡》。

名人档案

姓　名：朱翊钧

生卒年：1563—1620年

职　业：明朝第十三位皇帝

贡　献：开创“万历中兴”的局面；进行了“万历三大征”。

明神宗亲政初期，发动了“万历三征”，平定了哱（bō）拜叛乱和杨应龙叛乱，对外帮助朝鲜击败侵朝日军，做了不少事情。然而，“争国本”事件发生后，一切就来了个大变样。

明神宗长子朱常洛，是偶然被明神宗宠幸的慈宁宫的宫女王氏所生。王氏虽然被立为恭妃，可明神宗并不喜欢她，因此也不喜欢朱常洛。明神宗喜欢的是郑氏，万历十四年（1586年），郑氏升为四妃之首。郑氏生了个儿子，叫朱常洵。

早在朱常洵出生以前，首辅申时行就曾建议明神宗早立太子，可明神宗以皇长子年幼为借口推托了，直到朱常洛5岁了都没立太子，王恭妃也未受封。而朱常洵刚出生，郑贵妃就被封为皇贵妃。

明朝时，文官集团中的言官有闻风奏事的权力，他们十分关心太子的人选，纷纷上书，要求明神宗尽早册立皇长子朱常洛为太子。

郑贵妃聪明机警，又通晓诗文，明神宗把她引为知己，感情极深，因此，他怎么都要满足郑贵妃的心愿，立朱常洵为太子。于是，一场长达数十年的“国本之争”拉开了帷幕。

大臣们不断地上书，言辞激烈的大臣姜应麟还因触怒明神宗被贬了职，上书的大臣们有的被辞官，有的被廷杖，可言官们依然不断进言。万历十八年（1590年），言官们集体要求册立朱常洛为太子，还以集体请辞向明神宗施加压力。

明神宗只好把立朱常洛的事定到第二年或等朱常洛15岁时，后来又延至万历二十年（1592年）春举行。等到次年8月，明神宗又找借口拖延。可不管明神宗怎么拖，言官们都不依不饶。明神宗无奈，最后提出把皇长子朱常洛、皇三子朱常洵和皇五子

朱常浩一并封王，在三王中选择一个作为太子，让大臣们准备三王并封之礼。

此言一出，顿时朝中大哗。迫于大臣们的指责和反对，明神宗只得收回了前命。

郑贵妃想起前几年明神宗为了讨她欢心，许愿封朱常洵为太子的手谕，可拿出来一看，已经被衣鱼（一种蛀虫）咬得残破不堪，连“常洵”两个字也都进了衣鱼的肚子！明神宗不由得长叹一声：“此乃天意也。”终于不顾郑贵妃的眼泪，把朱常洛封为太子，朱常洵则被封为福王，封地洛阳，但一直没有去封地。

万历四十二年（1614年）三月，又发生了张差闯入太子居所，打伤守门太监，牵连到郑贵妃的梃击案。明神宗扛不过太后和大臣们的轮番攻击，慈圣太后去世1个月后，明神宗终于让福王去了洛阳。

长达15年的国本之争，终于结束了，明神宗却大感心灰意冷。

本着你让我不高兴，我也让你不舒服的“原则”，自万历二十年(1592年)起，明神宗就不上朝，改为私下召见大臣议事。可后来，明神宗连大臣们的奏章都不理会了，他任由奏章放在宫中，既不批示，也不发还，这种情况被称为“留中不发”。

这一耗就是26年，耗得大臣老死、病死了不少，加上病退和父母去世要守孝离任的也不少，明神宗多少出了口气。可是朝廷之内“曹署皆空”，到处都是光杆司令，最后连光杆司令都没几个了，六部尚书也只剩下一位，官职空缺之多，让人惊讶，实在是中国历史之最。

课外小知识

明神宗时期，民间商业有了发展空间。山西人开始推着小车，担着担子，将中原、江南的粮食运往北部边镇，又陆续发展出打铁，酱铺等小型作坊，开始了晋商的事业；徽商则成功地从海外引进了马铃薯、烟草等经济作物,同时把中国的丝绸、茶叶、瓷器卖到了欧洲的西班牙、荷兰等国，使得海外白银流入中国；浙江一带，许多破产的农民成了手工业业主的劳工，在手工业业主手里领薪水生活，形成了资本主义萌芽。

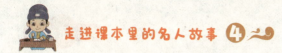

可不管怎样，基层做实事的官员还是少不了的，这些大臣为了解决各项事务，会连上好几道奏折。大臣叶向高为了让明神宗下令补阁部的空缺，曾经连上100多道疏奏才得到神宗批准。明神宗亲自任命的几十个官员，同样是在叶向高上了几十道奏章后才姗姗来迟。

神宗这份不闻不问的劲头，不但让朝中党派林立，形成党争，影响了国家的正常运转，还让大臣们用奏章大骂皇上这一行为成为潮流，很多言官骂了皇帝，不但没挨板子，有的还因为资历或其他原因继续升官，真是中国历史上的一大奇观。

与此同时，民间的地主豪绅却在大量兼并侵吞土地，大量农民无地可种，加上连年天灾，流民四起。官宦们又大肆开建皇庄、皇商，与民争利，激起了一次又一次的民变。不愿上朝的明神宗，却一副躲进皇宫掠财产，哪管国家乱与瘫的架势。大明这艘大船已是千疮百孔，风雨飘摇。

智慧解读

身为皇帝，他个人的想法和行为会被无限地放大，进而影响到整个国家。明神宗的“留中不发”，不但让明朝官府缺乏人力，更埋下了党争的隐患。

清太祖爱新觉罗·努尔哈赤

走进课本

出自《中国历史》七年级下册第三单元第17课《明朝的灭亡》。

名人档案

姓　名：爱新觉罗·努尔哈赤
生卒年：1559—1626年
职　位：后金第一位大汗
贡　献：创立八旗制度；建立后金政权；清朝的奠基者。

明朝万历年间，东北边境的女真族开始变得强大起来。

女真族的首领叫努尔哈赤，出身女真族中的建州女真。努尔哈赤的祖父觉昌安和父亲塔克世都是建州女真的大将。因出身军人世家，努尔哈赤从小就练得一身好武艺。他很早就和小伙伴一起在林海里打猎、挖人参，把采集来的东西拿到抚顺和汉人交易。在和汉人接触的过程中，他学会了汉语，还学会了汉字。

女真族分为许多部落，当时镇守东北一带的明朝总兵李成梁就利用女真各部的矛盾来加强统治。努尔哈赤25岁那年，明军由土伦城城主尼堪外兰引导，去镇压古勒城城主阿台。努尔哈赤的祖父正好去古勒城看孙女和孙女婿，努尔哈赤的父亲也随同前往，他们都在这一场混战中被杀死了。

努尔哈赤痛哭一场，翻出父亲留下的13副盔甲，分给13个亲兵，向尼堪外兰发起了攻击。他骁勇善战，攻克土伦城，灭了尼堪外兰，统一了建州女真。1593年，他又打败了叶赫部率领的九部联军，很快就统一了所有的女真部落。

努尔哈赤把女真人编入八个旗，每个旗为一个单位，每旗下面又有许多牛录，一个牛录300人。这些人平时以耕田打猎维持生活，战时就成了士兵。努尔哈赤继续向明朝朝贡称臣，心中却定下了覆灭明朝，为祖父和父亲报仇的决心。

1616年，努尔哈赤在赫图阿拉建立了政权，即位称汗，年号天命，国号金，史称后金。

经过两三年的准备，1618年，努尔哈赤宣布对明朝有“七大恨”，正式向明朝宣战。他先派奸细扮作商人混入抚顺城中，作为内应，又在城外伏击明朝援兵，一举攻入抚顺。

敌人来势汹汹，明神宗派兵部左侍郎杨镐任辽东经略，讨伐后金。这一年冬天，朝廷从各地调集的9万多将士，会集到了辽东。杨镐坐镇沈阳指挥，兵分四路，一路由山海关总兵杜松带领，一路由辽东总兵李如柏带领，一路由开原总兵马林带领，一路由辽阳总兵刘铤带领，向努尔哈赤的老巢赫图阿拉进攻。

努尔哈赤的兵力不过6万多人，明军则号称40万，后金国的士兵担心起来，努尔哈赤早就把明军的情况侦察得清清楚楚，镇定地说："管他几路来，我们只管一路一路地打去。"

第二年的农历二月两军开战了，杨镐制定了"分进合击"的战略，四路大军，分别从旅顺、清河、开原、宽甸出发，合兵于萨尔浒。明军主力西路军的指挥官是杜松，他想抢头功，不顾与友军的配合，孤军深入，一个劲儿地往前赶，渡浑河的时候，因水流湍急，损失了不少士兵。杜松带着剩下的部队还在途中打了2个小胜仗，更加得意了。

三月初一，杜松抢先到达并攻占了萨尔浒山口，再次分兵，2万人在萨尔浒扎营，1万人攻打后金的藩城。

努尔哈赤早就埋伏在这里了，他看到杜松分散兵力，暗暗高兴。他亲自率领八旗精锐，一口气攻下萨尔浒的明军大营，截断了杜松的后路，又急行军援救藩城。明军听到后路被抄，军心动摇起来。驻扎在藩城的后金军赶到后，杜松想突出重围，不料一箭飞来正中其头部，他摔下马当场身亡。这一路明军就此覆灭。

此时北路军离萨尔浒还有40里地，得到杜松兵败的消息，立即转攻为守，就地布置防御工事，但还是被努尔哈赤击败了。

坐镇沈阳的杨镐接到两路人马陆续覆灭的消息，赶紧叫剩下的两路兵马撤退。辽阳总兵刘铤是一位有名的猛将，使用一把120斤的大刀，人称“刘大刀”。他进入后金军阵地后，连破几个营寨，已经深入后金军阵地，对其他几路明军的情况和撤退命令一无所知。

努尔哈赤知道不能硬拼，就找人冒充杜松部下，送信给刘铤，说杜松军只等着和他会师，一起去攻打赫图阿拉。

刘铤信以为真，下令火速进军，结果在一个道路险狭的地方中了埋伏，还把一队后金军冒充的杜松军接了进来。后金军混入明军后，与外面的后金军里应外合，明军阵势大乱。刘铤率领的兵马虽然拼死抵抗，可地势不利，远道疲劳，旁边又杀出一

课外小知识

努尔哈赤先建黄、白、红、蓝四旗，都是纯色，称为正黄旗、正白旗、正红旗、正蓝旗。万历四十三年（1615年），又增编镶黄、镶白、镶红、镶蓝四旗，黄、白、蓝均镶以红，红镶以白。清军入关后，又增加了汉军旗，崇德七年（1642年），汉军正式扩为八旗，所使用的旗帜和满洲八旗一致。

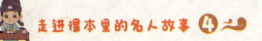

支八旗生力军，这路明军寡不敌众，最终溃败，刘铤战死沙场。

只有南路的李如柏，本来就走得慢，接到命令后赶紧撤退，总算保留了一支兵马。短短5天时间，明军就有5万多人阵亡，损失的马匹、物资就更多了，这就是史上有名的“萨尔浒之战”。

萨尔浒之战后，明朝元气大伤，而后金军步步进逼。2年后，努尔哈赤亲率八旗大军，接连攻占了辽东的重要据点沈阳和辽阳，东北地区成了努尔哈赤的天下。

1625年，努尔哈赤迁都沈阳，改沈阳为盛京。从此，后金成了明朝最大的威胁。

智慧解读

杨镐的兵分四路的战术原本是针对游牧民族善用骑兵、位置飘忽不定的特点而制定的，可杜松孤军深入，加上四路兵马之间缺乏配合，尽管明军兵马比努尔哈赤多，最终还是被努尔哈赤逐一击破。可见，数量并不是取胜的关键，团结一致才能发挥团队最大的力量。

康熙帝爱新觉罗·玄烨

走进课本

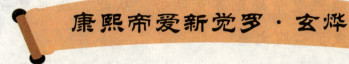

出自《中国历史》七年级下册第三单元第18课《统一多民族国家的巩固和发展》。

名人档案

姓　名： 爱新觉罗·玄烨
生卒年： 1654—1722年
职　位： 清朝第四位皇帝
贡　献： 平定三藩；收复台湾；亲征噶尔丹；开创康熙盛世。

1643年，皇太极的儿子福临在亲王多尔衮的支持下登基，年号顺治。福临24岁时病逝，8岁的玄烨登基，即康熙皇帝。皇帝年幼，索尼、苏克萨哈、遏必隆、鳌（áo）拜成了辅政大臣。

四个辅政大臣中，鳌拜立过战功，又掌管兵权，是最强势的一个。康熙皇帝14岁亲政以后，鳌拜仍旧把持朝政，不把皇帝放在眼里。苏克萨哈和鳌拜发生了矛盾，鳌拜就勾结同党诬陷苏克萨哈犯了大罪，逼迫康熙皇帝处死苏克萨哈。从此，康熙皇帝把鳌拜当成了心腹大患。

康熙皇帝表面上对鳌拜一切如旧，实则暗中召心腹侍卫索额图进宫密谋，商量出了对付鳌拜的办法。康熙皇帝以找人陪他玩耍为名，挑选了一批身体强壮的10来岁的少年进宫，整天看他们摔跤取乐（满语中摔跤为“布库”），高兴了还和他们一起玩。鳌拜只当他年少贪玩，暗自高兴。

康熙八年（1669年）的一天，康熙皇帝调离了鳌拜的亲信，宣鳌拜进宫。鳌拜进门的时候，索额图让他交出武器，鳌拜看到殿内只有几个毛孩子，不以为意地交出了随身佩剑。他刚进殿，事先埋伏在武英殿内的布库少年们一拥而上，把鳌拜捆绑了起来。康熙皇帝宣读了鳌拜的三十大罪状，给他判了个终身监禁。一代骁将就这样戏剧性地败在了一群少年的手下。

解决了鳌拜，就该解决“三藩”的问题了。

康熙皇帝14岁亲政后，采取了停止圈地、放宽逃人法等一系列缓和民族矛盾的措施。同时，为了安抚手握重兵的前明大将吴三桂，他把皇太极第14女嫁给吴三桂的儿子吴应熊，以示优宠。朝廷还封

吴三桂为平西王，让他镇守云南、贵州两地，给了他开矿山、铸造钱币、煮井盐等特权。和吴三桂待遇相似的还有广东的平南王尚可喜、福建的靖南王耿继茂，他们被朝廷称为“三藩”。

多年以来，三藩早已经成了土皇帝。康熙皇帝想要统一全国政令，三藩就成了绊脚石。

三藩知道朝廷不会真的信任他们，拿不准朝廷会怎么对待他们。正好尚可喜年龄大了，就上了一道奏章，请求告老还乡，但要求让儿子尚之信继承爵位，继续镇守广东。

康熙皇帝一看，正好试探他们对撤藩的态度，一口答应了尚可喜告老还乡的请求，但要撤销平南王府，理由是广东已经安定下来，不需要镇守了。

这一来惊动了三藩中势力最大的吴三桂，他一边加紧准备，提升兵力，一边联合耿精忠（耿继茂的儿子）试探朝廷，向康熙皇帝上了奏章，主动提出将三藩一起撤掉。康熙皇帝把这事交给大臣们商议，有主张撤的，也有主张不撤的，最后他一拍板，索性一次性解决，三藩全撤。

吴三桂请求撤藩只是做个样子，没想到康熙皇帝这么果断就答应了，顿时又惊又恨。他表面上准备撤藩，暗中却对朝廷提出种种要求，拖延时间，为自己起兵做准备。1673年，吴三桂撕下伪装，脱下藩王的官服，重新穿上了明朝的盔甲，宣布要替明朝报仇雪恨，起兵造反。

处在清廷高压政策下的人们终于找到了发泄胸中闷气的机会，一时间，许多地方都乱了起来。吴三桂的兵马一路打到了湖南、江西一带，还约尚之信、耿精忠一起造反，史称“三藩之乱”。

康熙皇帝长于深宫，这时还只是一个20来岁、从来没有打过仗的年轻人。他在孝庄文皇后和大臣们的帮助下，对三藩阵营采取了分化瓦解的策略。清军先攻击实力相对较弱的耿精忠和尚之信，打得两人先后撤兵请降，后来二人都被朝廷赐死。接着，

课外小知识

孝庄文皇后为博尔济吉特氏，名布木布泰，13岁时嫁给清朝开国皇帝皇太极，是顺治皇帝生母、康熙皇帝祖母。皇太极死时，局势混乱，她说服关键人物多尔衮，扶持幼子福临登基。后又全力教导、辅佐康熙皇帝。清初三朝，正是由乱到治的关键时期，她调和清宫内部的矛盾，稳定清初社会秩序，一生为开创清朝鼎盛之局面费尽心血，实属中国历史上少见的女政治家，是清朝当之无愧的国母。

清军便集中兵力对付吴三桂。

吴三桂起初打了一些胜仗，可随着围剿的清兵越来越多，他又缺乏援军，力量也渐渐减弱了。双方在西北、西南、中南、华南相持了多年。1678年，66岁的吴三桂匆匆忙忙地在衡州（今湖南衡阳）登上皇帝宝座，国号大周。可他只做了5个月皇帝就病死了。他的孙子吴世璠继位，又与清朝对抗了3年之久。1681年，吴世璠兵败自杀，“三藩之乱”终于被平定了。

平定“三藩之乱”后，康熙皇帝又着手收复被郑家人统治的台湾。他下令迁界禁海，切断了台湾和福建的联系。1683年，康熙皇帝派施琅率大清水师攻入台湾。康熙皇帝由此完成了收复台湾的大业。

智慧解读

康熙皇帝幼年登基，朝政被权臣鳌拜把持，可他能够隐忍，步步为营，除鳌拜，平“三藩”，收台湾，一步步达成目标。有目标、有计划、有毅力，是康熙皇帝取得成功的原因。

乾隆帝爱新觉罗·弘历

走进课本

出自《中国历史》七年级下册第三单元第18课《统一多民族国家的巩固和发展》。

名人档案

姓　名：清高宗爱新觉罗·弘历，别名元寿
生卒年：1711—1799年
职　位：清朝第六位皇帝
贡　献：开创"十全武功"；开创乾隆盛世；编著《四库全书》。

1735年，乾隆皇帝即位时，清朝经历了顺治、康熙、雍正三朝皇帝的苦心经营，国家经济已经得到很大的发展，人口也出现了大幅增长，清朝开始进入繁盛时期。

乾隆皇帝为了维护国家的统一，前后进行了10次战争，包括平定卫拉特蒙古辉特部首领阿睦尔撒纳发动的叛乱，平定新疆大、小和卓的叛乱等。他自以为开疆扩土的功绩少有人及，便自夸为"十全武功”。有了“武功”，乾隆皇帝又追求起了“文治”。

他一面继续开博学鸿词科取士，招徕文人学者；一面又大兴文字狱，镇压有反清嫌疑的人，消灭一切反清苗头。康、雍、乾三朝中，乾隆一朝的文字狱是最多的。

乾隆皇帝知道，仅靠文字狱，是抓不完反清的文人的，民间还散落着成千上万的书籍，如果里面有不利于清朝统治的内容，就会对清朝政权的稳定带来威胁，可朝廷面对这种情况，却难以做到面面俱到。

乾隆皇帝一心想解决这个问题，最后他想了一个办法——编修一部规模浩大的《四库全书》。这样，既能让大批的知识分子看到皇帝对文化的重视，夸耀大清的文治盛世，又能借这个机会好好审查一下民间藏书，彻底清除反清思想，一举两得。

1773年，乾隆皇帝正式开设四库全书馆，召集了一些有名的学者，如戴震、姚鼐（nài）、纪昀等人，命他们入馆编书，负责管理的官员有300多人，负责校对和抄写的有3800人之多，乾隆皇帝还派了一些皇室亲王和大学士在馆内挂名，起到监督的作用。在这数千人中，出力最多的是总纂官纪昀，他

后来对《四库全书》中的每一部书的渊源、版本、内容都做了详细的考评，编写了一部200卷的《四库全书总目》。

从西晋开始，人们就习惯把图书分为经、史、子、集四个大类。唐代皇家图书馆就按这种方法分类、储藏图书，称为“四库”，乾隆时期也延续了这种分类方法。

为了编纂这部丛书，乾隆皇帝连续数年下诏征集图书，并严命各地官员督促此事，文人众多的江、浙两省更是重点征集地区。第一年，朝廷没收集到多少本，乾隆皇帝便连下两道严令给地方官员，让他们加紧收书，又假意安抚说，只要是自愿上缴的书，出现违禁的内容也不打紧。

几年下来，朝廷收集到了大量图书，去掉重复的，还有13000千种。其中3000种被视为禁书，直接烧毁，余下的则分为应抄、应刻、应存三种，分别加以处理。其中，应抄的书是“合格”的著作，可进入《四库全书》；应刻的书是要大力提倡的著作，不但抄入《四库全书》，还要用木活字版印刷保管，称为“武英殿聚珍本”；应存的书是只录存了书名的作品。

所有收入《四库全书》的作品，都经过了严格的审查。凡是有诋毁清朝、说清朝皇帝坏话的，包括字里行间对清朝皇帝不够尊重的图书，严重的整段删除，轻微的就随时删改涂抹，因此好多书都被改得面目全非了。据统计，因编书被查禁乃至烧毁的图书竟多达3000余种，为此而爆发的文字狱，更有40多起。

约10年后，1782年，这部规模巨大的《四库全

课外小知识

古代常把图书分为经、史、子、集四个大类，大型的古籍丛书往往囊括这四大类，如《四库全书》《四部丛刊》《四部备要》等。

经部：指阐述纲常伦理、道德规范及研究文字音韵的书，是中国古代图书四部分类中第一大类的名称。

史部：指历史、地理、传记方面的典籍。

子部：指春秋战国以来诸子百家的典籍和科技著作，像农学、医学、天文、历法、算法、艺术等方面的书。

集部：指古代诗文词赋方面的著作，分为总集、选集、别集。

书》正式修成。共收集图书3460余种，79300余卷，总共抄写7部（其中3部后来在战争中被烧毁了），分别储藏在皇宫、圆明园、热河行宫、奉天、杭州、镇江、扬州等地，还修建了藏书阁，免费对读书人开放。

虽然乾隆皇帝修书的动机不纯，但这部耗资巨大的丛书，对后人研究我国古代丰富的文化遗产依然是一项重大的贡献。另一方面，民间有不少爱护古籍的人，冒着坐牢杀头的风险，把一些有价值的书千方百计地藏了起来。清朝末年时，就有不少禁书陆续出现了，史可法、夏完淳、钱谦益、屈大均、吴伟业等人留下的文章也得以重见天日。

智慧解读

不管乾隆皇帝的动机是什么，《四库全书》终于修成了。它的编撰既为后人研究古代历史文化提供了大量研究资料，也因为修书过程中的查禁销毁给中国的文化事业带来了不可估量的损失，可以说是有功有过。无论如何，这都是一部规模宏大的著作，有它不可磨灭的历史地位。

于谦

走进课本

出自《语文》六年级下册第四单元第10课《古诗三首·石灰吟》。

名人档案

姓　名：于谦，别名于忠肃
生卒年：1398—1457年
职　位：少保、兵部尚书
贡　献：保卫北京；改革军制。

明朝正统十四年（1449年），明英宗北伐时，明军在土木堡败于瓦剌，史称土木堡事变。消息传回朝廷后，使得朝中上下一片恐慌。太后和皇后急得哭哭啼啼，从内库搜罗出大量金银珠宝、绫罗绸缎，派太监带着财宝去寻找瓦剌军，想把明英宗赎回来。但瓦剌军首领也先因俘虏了明英宗，非常骄横，不依不饶，还扬言要踏破明朝京城。京城危在旦夕。

此时，戍守京城之事已成重中之重。为了安定人心，太后宣布：立明英宗长子朱见深为太子，由明英宗的弟弟郕（chéng）王朱祁钰监国，以绝也先挟持明英宗攻破京城的奢望。同时，太后召集众臣，商量对付瓦剌军的对策。大臣们七嘴八舌，莫衷一是。大臣徐有贞说：“瓦剌兵强，怎么也抵挡不住。我观察天象，京城将遭大难，不如逃到南方去，暂时避一下，再做打算。”此言一出，当即遭到兵部侍郎于谦的斥责：“谁主张逃跑，就该砍谁的头！京城为国之根本，朝廷一旦撤出，民心即散，难道大家忘了南宋的教训吗？”

于谦的一番慷慨陈词触动了很多大臣，一些摇摆不定的大臣也纷纷附和。于是，太后决定让于谦负责指挥士兵守城。

课外小知识

于谦坚决抵抗瓦剌军，却得罪了明英宗和小人徐有贞、石亨等，夺门之变（又称南宫复辟，景泰年间，明朝将领石亨、政客徐有贞、太监曹吉祥等人，在1457年拥护明英宗朱祁镇复位的政变）发生后，石亨等人诬陷于谦想立藩王之子为帝，于谦被明英宗下令处死。

于谦临危受命，毅然担负起守城的重任。他一面加紧调兵遣将，加强京城和附近关口的防御；一面整顿内部，逮捕了瓦剌军的奸细，抄了王振的家，惩办了一些王振的同党，使人心渐渐安定下来。

与此同时，瓦剌军首领也先多次挟持明英宗侵犯边境，为了避免也先的要挟，于谦等大臣请太后正式宣布让朱祁钰即位，郕王一再推辞，于谦大声说：“我们完全是为国家考虑，不是为您个人打算。”郕王登基，就是明代宗，也称明景帝，尊明英宗为太上皇。明景帝登基后，也先知道手中的明英宗已失去利用价值，但他不甘心就这样放弃，便以送明英宗回朝为借口，大举进犯北京。

1449年10月，瓦剌军打到北京城下，在西直门外扎下营寨。于谦立刻召集将领商量对策。大将石亨认为明军兵力较弱，主张把军队撤进城里，然后把各道城门关闭起来防守，日子一久，也许瓦剌军会自动退兵。于谦说："敌人这样嚣张，如果我们向他们示弱，只会助长他们的嚣张气焰。我们一定要主动出兵，给他们一个迎头痛击。"接着，他分派将领带兵出城，在京城九门外摆开阵势。

于谦在城外把各路人马布置好后，亲自率领一支人马驻守在德胜门外，叫城里的守将把城门全部关闭起来，表示有进无退的决心，并且下了一道军令：将领上阵，丢了队伍带头后退的，斩将领；士兵不听将领指挥，临阵脱逃的，由后队将士督斩。将士们被于谦勇敢坚定的精神感动了，士气大振，斗志昂扬，下决心跟瓦剌军拼死一战，保卫北京。

此时，各地的明军接到朝廷的命令，也陆续赶到北京支援。城外的明军增加到22万人，声势浩大，戒备森严，瓦剌军几次发动进攻都遭到明军奋勇阻击。城外的百姓也配合明军，跳上屋顶、墙头，用砖瓦向敌人投掷。经过5天的激战，瓦剌军死伤惨重。也先怕退路被明军截断，不敢再战，只得带着明英宗和残兵败将撤退。于谦等明英宗去远了，乘机用火炮轰击瓦剌兵，给敌人造成了更大的伤亡。至此，北京保卫战以明军的胜利而告终。

智慧解读

大敌当前，于谦不顾个人安危，率兵勇敢地阻击敌人，得到了百姓和将士们的支持，赢得了北京保卫战的胜利。他不畏生死、一心保家卫国的高尚节操，值得我们敬仰和学习。

张居正

走进课本

出自《历史》高中选择性必修1第一单元第4课《中国历代变法和改革》。

名人档案

姓　名： 张居正，别名张白圭

生卒年： 1525—1582年

职　位： 太师兼太子太师、吏部尚书、中极殿大学士

贡　献： 整顿吏治；巩固边防；推行“一条鞭法”。

明穆宗期间，大学士张居正得到了重用，进入了明朝最高的权力机构——内阁。1572年，仅做了6年皇帝的明穆宗病逝，10岁的太子朱翊钧即位，史称明神宗，年号万历。

明神宗即位没多久，在李太后的支持下，张居正就成了内阁首辅大臣。

张居正从小就有“江陵神童”之誉，2岁能识字，10岁通六经，12岁就中了秀才，才能出众。他依照明穆宗临终的嘱托，就像老师教导学生一样教导明

神宗，一心想教个千古明君出来。他对皇帝十分严厉。有一年过元宵节的时候，小皇帝想办个元宵灯会热闹热闹，张居正说："挂一些灯在殿上就可以尽兴了，元宵灯会耗费民力，接下来几年还有许多大事，每件事都要花很多钱，天下民力有限，还是节约一点儿好。"小皇帝只好点头说："朕知道百姓不易，就按先生的话办吧。"

明神宗对张居正既尊敬又害怕，加上李太后的支持和信任，万历初期，朝中大事几乎都由张居正做主，这使他得以施展自己的政治抱负，进行了一系列改革，改革范围包括行政、军事、边防、商业等各个方面，被称为"万历新政"。

众多改革措施中影响比较大的是"一条鞭法"。

当时土地兼并现象非常严重，许多大地主一边兼并土地一边逃避税收，弄得豪强地主越来越富，国库却连年亏空，农民起义也时有发生。张居正派人重新丈量、清查土地，把豪强地主们隐瞒不报的土地清理了出来。

土地清理完了，张居正再接再厉，下令把原来的田赋、徭役和各种杂税合并，全部折成银两，分摊到每亩田上，按田亩数量收税。这样一来，既简化了征收手续，一定程度上减轻了农民的负担，又开辟了国家税收的来源。这就是“一条鞭法”。

当时，北方的鞑靼人不时侵犯明朝边境。在张居正的主持下，明朝北方的戍边部队，一边守卫一边屯田，加固防御工事，收复了一些失地。鞑靼族首领俺答主动提出和好，表示愿意与明朝通商往来。张居正奏明朝廷，答应了通商的要求，又封俺答为顺义王，封他的王妃三娘子为忠顺夫人。后来的二三十年里，明朝和鞑靼之间没有发生战争。

此外，张居正还推行针对官员的“考成法”：如果官员到了年终，没有完成年初定下的工作计划，就会受到不同程度的惩罚；及时完成或超额完成任务的，则有不同程度的奖励。

张居正花了10年时间，大胆革新，使明朝的国

课外知识

1577年，张居正的父亲去世。按照祖制，张居正必须回到祖籍守孝27个月，期满后再继续做官。但张居正刚刚开始改革，担心这时候离开会功亏一篑。于是，他选择了夺情（夺情是一种古代制度，指为了国家夺去孝亲之情，可以不用辞官，以素服办公）。朝中大臣听说后，纷纷上书要求张居正回家守孝。最后，明神宗颁布诏书才压下了大臣们的非议。

力得到明显提升，国家的粮仓存粮充足。“万历新政”促成了明朝最后一段辉煌时期。

1582年，张居正重病去世。张居正一死，他的政敌们纷纷参奏他，说他有这样或那样的问题。明神宗被张居正管了许多年，早就憋了一肚子怨气。于是，他亲自领导了一场长达2年的清算张居正的运动，抄了张居正的家。那些初见成效的新政措施，也因张居正的病逝而废止了。

智慧解读

张居正是一位出色的政治家、改革家，在他的努力下，明朝的国力有了一定的提升，但是他死后，明神宗失去约束，明朝的国力又一落千丈，并逐渐走向衰亡。可见，无论做任何事，既要革故鼎新，还要坚持不懈。

戚继光

走进课本

出自《中国历史》七年级下册第三单元第15课《明朝的对外关系》。

名人档案

姓　名： 戚继光，别名戚元敬
生卒年： 1528—1588年
职　位： 登州卫指挥佥事、蓟州总兵
贡　献： 抗击倭寇。

明世宗在位期间，东南沿海防卫空虚，当时，一群由40多名倭寇组成的团伙自沿海窜入江苏、山东，一路烧杀抢掠。他们人数虽少，可刀法诡异，擅长突袭。当地青年自发组织起来，积极抵抗，却根本不是他们的对手，伤亡了上千人才歼灭了这一群倭寇。

倭寇侵扰的事件不断发生，闹得沿海地区不得安宁，百姓深受其苦。朝廷不得不派出正规军队前去围剿。1555年，朝廷把登州卫指挥佥事戚

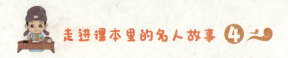

继光调到江浙一带任参将，镇守倭寇经常出没的宁波、绍兴、台州等地。戚继光与另外两位抗倭名将俞大猷（yóu）、谭纶并肩作战，局面才扭转过来。

戚继光到了浙江，先检阅那里的军队。他看到军队纪律散漫，甚至在一次战斗中，有士兵为了立功杀了无辜的少年，戚继光不禁大失所望。杀人冒功的士兵被处决后，戚继光决心招募新兵，打造出一支训练有素、有战斗力的新军。

他亲自到浙江义乌主持招兵的事，征兵令发出后，吃够倭寇苦头的百姓纷纷前来报名，他精心挑选了3000多名壮实、胆大，能吃苦耐劳的农民、矿工，组成了一支新军。

他亲自训练士兵，把新军训练成了一支纪律严明、作战勇猛的队伍，这支部队被百姓称为“戚家军”。

1561年，倭寇又袭击台州一带，戚继光率领新军赶到台州，与谭纶的军队会合，倭寇在哪里侵扰，他们就打到哪里，打了许多硬仗，一直把倭寇驱逐到了南湾。在南湾又和倭寇打了一仗，大批倭兵掉到海里淹死，或者被杀死，留在岸上的也乖乖投降了。

1562年，倭寇侵犯福建，侵占了兴化。戚继光赶到福建沿海地区阻挡倭寇入侵。俞大猷为福建总兵，戚继光为副总兵。福建之战的第一仗在横屿展开。横屿是位于宁德城东北海域的一座小岛，倭寇在岛上建起了大本营。那里水浅行不了大船，退水后又满是泥泞不便行走，倭寇依仗地利，在岛上盘踞了3年，当地官军都没能攻打下来。

戚继光到了横屿，先派人探明了小岛的地形，制定出进攻方案。一天晚上，趁潮落的时候，他让士兵们每人带上一捆干草，到了小岛对面，用干草铺出一条路来。戚家军顺着这条路登上横屿岛，经过一场激烈的战斗，把盘踞在岛上的2000多名倭寇歼灭。

此后，戚家军又先后在牛田、林墩、平海卫、仙游等地打了许多胜仗。

在与倭寇斗争的过程中，戚继光看到倭寇用刀，戚家军用的是白蜡木杆做成的长枪，很是吃亏，为了以长制短，就改用“节密枝坚”的毛竹做成的竹枪，取名“狼筅（xiǎn）”。有了狼筅，倭寇很难近身，戚家军打起仗来就更勇猛了。

戚继光还利用江南水乡泽国道路曲折的特点，创造了名为“鸳鸯阵”的新阵法。12人组成一队，最前面的是队长，后面一人执长牌，一人执藤牌，两人执狼筅，四人执长枪，后面紧跟短兵手。各种

课外小知识

俞大猷是与戚继光齐名的抗倭名将，世称“俞龙戚虎”。俞大猷由于生性耿直、廉洁，遭到朝中奸臣的嫉恨，一再被免官，战功也常被冒领，但他从不计较，一心抗倭。

兵器高效配合，队形灵活多变，根据情况和作战需求，又可分为两才阵、三才阵，灵活机动，正好抑制住了倭寇优势的发挥。有了“鸳鸯阵”，戚家军打了许多胜仗。

有趣的是，戚继光还使用过“猴子兵”。他在福建时，发现猴子喜欢模仿人的动作，就弄来数百只猴子，教会了它们放火器。等到与倭寇作战的时候，戚继光就命人放出猴兵，擂响军鼓，猴兵们听到“命令”，纷纷闯入敌营中放火，戚家军乘机冲出，把倭寇打得七零八落。

1565年，俞大猷、戚继光再次配合，剿灭了占据位于广东与福建交界处的南澳岛的海盗团伙。扰乱东南沿海几十年的倭寇，基本被肃清了。

智慧解读

戚继光带领的队伍之所以能屡屡获胜，就是因为他懂得事先研究倭寇的作战特点，然后在知己知彼的基础上，改进兵器和作战阵法。戚继光抗倭的故事告诉我们一个道理：遇事别慌张，先充分了解敌人，再仔细分析自己，这样才能制定出行之有效的方案。

吴三桂

走进课本

出自《中国历史》七年级下册第三单元第17课《明朝的灭亡》。

名人档案

姓　名：吴三桂，字长白
生卒年：1612—1678年
职　位：平西伯（明）、平西王（清）
贡　献：引清兵入关；建立吴周政权。

李自成是明朝末年农民起义领袖，他占领了紫禁城后，在部下刘宗敏等人的怂恿下，纵容大顺军在京城四处查抄明朝大臣的家财，还美其名曰“追赃”。

在大顺军抄家的过程中，出现了很多严刑逼供的事，有的大顺军将领还强行霸占别人家的豪宅和家眷，城中充满着“夹打炮烙，备极惨毒，不死不休”的恐怖氛围，人心惶惶。不少大顺军将领抢到财宝后，过起了骄奢淫逸的生活。李岩等少数将领觉得眼下这种情况不妙，劝李自成警惕当前的局面，李自成却不以为意。

李自成进京不久，就抓了明朝大将吴三桂留在北京的家眷，以此来要挟吴三桂投降。在这个过程中，吴三桂的爱妾陈圆圆被大顺军将领刘宗敏夺走。吴三桂得知后勃然大怒，厉声说：“大丈夫不能保一女子，有何面目见人？”于是，他掉头返回山海关，留下了“冲冠一怒为红颜”的故事。

吴三桂是扬州高邮人，长大后考取了武举人。明朝衰落，后金兴起。吴三桂参军后，没几年就成长为镇守辽东的重要将领。他在关外驻守期间，骁勇善战，很快得到了升迁。

1641年，皇太极攻占锦州、松山，与明军总督洪承畴展开了决战。皇太极密令阿济格突袭塔山，夺取了明军囤积在笔架山的粮草。

明军没有粮草，打算回宁远筹集，便兵分两路突围。总兵吴三桂和王朴进入杏山，其他人突围未成，只得困守松山。第二年，洪承畴兵败被俘，清军用大炮炸毁了杏山城墙，松山、锦州、杏山三城陷落。明朝在辽东的防线，只余吴三桂镇守的山海关。

从此，清军便时常兵临山海关脚下，山海关的雄关古道之间，经常能听到清军的马蹄声。

1644年3月，大同总兵姜瓖投降大顺军，大同是北京西边的门户，大同陷落，京城立即陷入险境，崇祯皇帝再也顾不得驻守山海关的吴三桂部所担负的北防重任，急令吴三桂入卫京师。

吴三桂接到调令，把宁远地区的几十万百姓都迁到了关内，开始往京城赶去。三月中旬他得到了京师陷落，崇祯皇帝自缢，以及居庸关总兵唐通已降大顺，正奉李自成的命令要占领山海关的消息。吴三桂徘徊在永平、玉田一带，一时拿不定主意。

同时，大顺也在招降吴三桂，派来使者，给已经缺饷一年多的军队送来了四个月军粮及白银4万两，还答应他以后立了功立即升官封赏。

吴三桂正打算投降大顺的时候，却接到了一封密信，说他父亲被大顺军将领刘宗敏抓捕追赃，因凑不够刘宗敏索要的20万两白银，遭到严刑拷打，爱妾陈圆圆也被刘宗敏霸占了。吴三桂大怒，斩了李自成派来的使者，又大骂“李贼自送头来”。紧接着就起兵回师击败唐通，夺回山海关。

这在大顺朝中引起了轩然大波，李自成率兵10

万，号称20万出京师讨伐吴三桂。吴三桂为了自保，决定向清朝借兵，答应将来割让土地作为酬谢。多尔衮答应了，可当他带着军队到了山海关，得知吴三桂的处境后，不再满足于“裂地以酬”，而要逐鹿中原！

吴三桂这时已经没有办法，只好做了清朝的降

课外小知识

吴三桂在衡州称帝的时候，衡州山岳庙中有个非常大的白龟，听说对着它许愿，愿望一定会成真。吴三桂选择了一个好日子，亲自来到这座庙宇，在神座前放上天下舆图，然后任凭白龟在舆图上行走。白龟在舆图上缓慢行走。不出长沙、衡州、永州之间，最后经贵州走到云南。吴三桂再次虔诚祈祷，白龟行走的路线还是一样的，后来果然应验。

将。不久，大战在山海关展开。多尔衮让吴三桂率兵先与大顺军交战，等到两边都打得疲惫不堪时，才从埋伏的地方冲了出来。毫不知情的大顺军在“鞑子兵来了”的惊呼中兵败如山倒，清军顺利占领了山海关。这场战争中，刘宗敏身负重伤，大顺军更是死伤无数，李自成元气大伤，只好撤出北京，回到了陕西老家。

多尔衮带兵乘胜追击，一路追到北京，占领了紫禁城。随后，清政府正式迁都北京城，局势稳定后，就把顺治皇帝和孝庄文皇后接到了北京。

而吴三桂在征伐李自成、张献忠、南明小朝廷的战争中屡立大功，被清政府封为平西王，成了土皇帝。1673年，吴三桂带头发起了历时8年的“三藩之乱”，并在当了不到半年的皇帝后病逝。“三藩之乱”被平定后，清朝的统治终于彻底稳定下来了。

智慧解读

李自成虽然取得了短暂的胜利，可他以及他所带领的起义军缺乏远见和大局观，更没有为国为民的信念，在天下大局未定时，就沉迷于眼前的胜利，胡作非为，这为起义军的失败埋下了隐患，而吴三桂引清军入关，虽有原因，却也成了历史的罪人。

郑成功

走进课本

出自《中国历史》七年级下册第三单元第18课《统一多民族国家的巩固和发展》。

名人档案

姓　名： 郑成功，别名福松
生卒年： 1624—1662年
职　位： 总统御营军务、招讨大将军忠孝伯
贡　献： 东南抗清；收复台湾；创建明郑。

郑成功的父亲名叫郑芝龙，原本是来往于福建沿海与南洋一带的大商人兼大军阀，后被明朝招安，成了福建总兵。隆武皇帝也是靠他的支持才登位的。然而，郑芝龙感到大明气数已尽，便想降清。他的儿子郑成功苦苦劝阻，可郑芝龙还是在顺治三年（1646年）带了几个亲兵，主动投降了清朝，结果郑芝龙被带到北京软禁起来。

清政府让郑芝龙招降郑成功，郑成功始终不肯投降，打出了“背父救国”的旗号。1646年，清军

进军福建，隆武皇帝被俘，绝食自尽。郑成功的老家也被清军毁了，母亲受辱自杀。他悲愤地跑到南澳，招募了几千人马，又到厦门想办法合并了厦门军阀郑联的队伍，壮大力量。

他在厦门成立起一支水师，和抗清将领张煌言一起率领10多万水军进入长江，可惜在舟山附近的海面遇到飓风，损失了不少人马和船只，只得上岸休整。第二年，郑成功再次北伐，这次他接连打下瓜州、镇江，直逼南京，却中了清军南京守将假降之计，被清军偷袭，损失惨重，只好退回厦门。

清军趁势扫荡福建，占领了不少地方，他们让福建、广东沿海百姓后撤40里，以此断绝郑军的后勤供应。郑成功处境十分不妙，此时，他想到了台湾岛。

台湾岛在福建对面，自古就是中国的领土，明朝天启四年（1624年），荷兰人入侵台湾岛，在上面建起了赤嵌城和台湾城并收税，令我国的台湾成了荷兰的殖民地。

在荷兰军队中做翻译的华人何斌受荷兰驻台湾总督的派遣，找郑成功商量做贸易的事。何斌私下送上一份台湾海峡水路图和台湾军事布防图，表达了台湾百姓不愿被荷兰人统治的愿望。拿到地图，郑成功下定了去台湾的决心。

1661年农历三月，郑成功让儿子郑经带领一部分军队留守厦门，自己率领25000名将士，从金门出发，克服了狂风恶浪的袭击，成功抵达鹿耳门港外。他们稍做休整就从荷兰人没有设防的北航道进港，登上陆地。

台湾百姓知道后，兴高采烈地带着各种慰劳品来看望他们。荷军派出一支百人组成的军队来攻打郑军，却被打得落荒而逃。荷军不甘心失败，又派出最大的战船“赫克托”号，从海上向郑军发起了攻击。郑军战船小，行动灵活，60多只战船一起向“赫克托”号开

炮，使“赫克托”号燃起了熊熊大火，沉入了海底。另外的几艘荷兰战船见势不妙，吓得立即逃走了。

荷军接连失败，只好退回赤嵌城。郑成功包围了赤嵌城，总督揆（kuí）一派出水陆两支军队，和郑军展开了一场激战。荷军没了援军，又缺水源，没多久就投了降。

剩余的荷军固守台湾城，那里防卫坚固，郑成功一时半会儿无法攻克，便采取了一边围困，一边把兵力分驻各地屯垦的措施。

荷兰殖民当局知道荷军在台湾岛战败的消息后，匆忙拼凑了一支军队，经过30多天的航行，分水、陆两军向郑军发起了攻击，却又一次大败而归，从此再也不敢轻易与郑军交战。

荷军士气低落，不少将领陆续投降。郑成功决

课外小知识

殖民地是指由宗主国统治，没有政治、经济、军事和外交方面的独立权力，完全受宗主国控制的地区。可分为拓殖型殖民地、资源掠夺型殖民地和商业殖民地三种主要类型。

广义的殖民地还包括虽然拥有行政机关、军队等国家机构，但经济、军事、外交等一方面或多方面被别国控制的半殖民地国家和保护国，以及委任统治地、托管地，以及殖民主义国家在这些地区设置的“海外领地”“附属地”“海外省”等。

定把对荷军的封锁转为进攻。经过一场激战，攻破了台湾城的城防，荷军困守孤城，死伤1600余人，能战斗的士兵不过600余人，且已弹尽粮绝。

1662年，受降仪式在郑成功的军营中举行，揆一脱下军帽，解下佩剑，在受降书上签字，带着他的残兵败将彻底地离开盘踞了38年的中国宝岛。

郑成功在攻下台湾的同一年逝世，他的儿子郑经自称延平王。1663年，清荷联军攻打停留在金门、厦门一带的郑军，郑军在金门乌沙港与清军大战，郑军落败，随之全军转往台湾。

郑经和郑克塽持续统治了台湾20多年，他们引入了明朝宫室、庙宇的建筑技术和各种典章制度，奠定了台湾以汉民族文化为主体的基础。他们还从大陆带去许多种子、农具，组织军民屯田垦荒，积极发展农业，为开发台湾做出了积极的贡献。

智慧解读

郑成功不仅是收复台湾的民族英雄，一生还致力于反清大业，曾挥师北伐直抵南京城下，江南人民箪食壶浆以迎郑军，感叹15年未见的华夏衣冠。然而，在事已不可为时，又成功跨越海峡，打败荷兰殖民者，为明朝开辟了最后一块根据地。他有勇有谋，又懂得审时度势，不逞匹夫之勇，值得后人敬仰。

林则徐

走进课本

出自《中国历史》八年级上册第一单元第1课《鸦片战争》。

名人档案

姓　名： 林则徐，字元抚

生卒年： 1785—1850年

职　位： 湖广总督、陕甘总督和云贵总督

贡　献： 广东禁烟；兴修水利；东河治水。

乾隆执政晚期，朝政腐败，国力日渐衰弱。嘉庆年间，朝中大臣更是贪污成风，百姓频频造反，白莲教、天理教等反清势力此起彼伏。

在这个急需重大变革的关键时期，嘉庆皇帝始终无法振兴朝政，他的一言一行严格按照祖宗规矩和遗训，连去热河围猎都是遵照先祖的习惯。由此，清朝日渐走向衰败。

1820年，嘉庆皇帝突然病死，皇子爱新觉罗·旻

宁继位，即道光皇帝。他和他的父亲一样，对国内种种经济和社会危机疲于应付。第一次鸦片战争就发生于他在位期间。

以英国为代表的西方国家从《马可·波罗游记》中得知东方十分美丽富饶，自19世纪起便蜂拥来到中国做生意。

然而中国一向重农轻商，自给自足的小农经济发达，外国的工业品在中国的销路和利润都很有限。于是，英国商人们想到了能带来高额利润，同时会使人吸食成瘾、健康受损的鸦片。

走私鸦片这种事早在雍正时期就有了，到道光时期，英国开始对中国大力倾销鸦片，仅道光执政的前15年间，全国染上烟瘾的人口就有200多万，并有6000万两白银外流。

对鸦片贸易导致白银大量外流的问题，朝中大臣分为两派：一派以琦善为首，认为这只是外贸问题，不用禁烟；另一派则以林则徐为首，认为鸦片将成为中国的一大危害，必须禁烟。

林则徐向道光皇帝上了一道奏折，说：“如果让鸦片在中国盛行，那么几十年之后，中国就没有能打仗的军队，也没有白银发军饷了。”

道光皇帝对禁烟一事一直犹豫不决，看了这封奏章，一阵心惊肉跳，终于下定决心禁烟。他任命林则徐为钦差大臣，去广州查禁鸦片。

1839年3月，林则徐赴广州上任。那些鸦片商铺、洋行起初没把他放在心上，以为他会像以前来的官员那样，花点钱就能应付过去。他们派出怡和洋行的老板伍绍荣当代表，去拜见林则徐，暗示贿赂的银两数目。林则徐拍案而起，厉声道："若鸦片一日未绝，本大臣一日不回，誓与此事相始终，断无中止之理。"

鸦片贩子的头目颠地不肯交出鸦片，林则徐则下令逮捕他，英国驻华商务总监义律便把颠地藏在了商馆。林则徐封锁了黄埔一带的江面，派兵包围了藏匿颠地的商馆，商馆断水断粮。面对如此强势的林则徐，义律只得放弃抵抗，交出船上所有的鸦片。

1839年6月，林则徐在虎门海滩的高处挖了两个十五丈见方的大池子，大池子后面有一个涵洞，直通大海。在成百上千的围观群众、官员的见证下，一箱箱鸦片被投入装满海水的大池中。林则徐又命人往大池中又放入一担担生石灰，不一会儿，池子

就沸腾起来，把罪恶的鸦片化成了灰烬（jìn）。一批焚毁后，又投入一批，虎门销烟整整持续了23天，终于把2万多箱鸦片全部销毁了。

英国政府恼羞成怒，1840年6月，义律率领载有4000名英国士兵、500多门大炮的舰队，组成“东方远征军”，来到广东海边，用火力封锁了珠江口，第一次鸦片战争爆发。

林则徐早有准备，严阵以待，英军没讨到便宜，又跑到厦门，却再次遭到福建总督邓廷桢的迎头痛击。英军仍然不甘心，一路骚扰我国沿海城市，后攻陷定海，一路打到了天津。

道光皇帝吓坏了，赶紧叫大臣琦善去广州与英国侵略者谈判。英国人说，只要清廷惩罚林则徐，英国就可以退兵。琦善和道光皇帝相信了英国人的鬼话，于是，禁烟英雄林则徐被革职了。琦善为了

课外小知识

林则徐在从政之余，非常喜欢藏书，他中进士后，居住在文藻山，潜心搜集了当朝及当代各类书籍，藏书楼中有“七十二峰楼”“云左山房”。1948年，藏书楼中的“七十二峰楼”被洪水冲垮，后被福州市政府拨款重建。

讨好英国人，拆除了广州的防御工事，裁减了三分之二的广东水师。然而，英国人得寸进尺，不但提出赔偿烟价和军费等无理要求，还宣布香港也是他们的。道光皇帝顿感丢了颜面，向英国宣战。

1841年初，英军进攻虎门炮台，虎门水师提督关天培率领部下发出了“人在炮台在，不离炮台半步”的誓言，在武器装备落后，没有援军，以寡敌众的情况下，坚持与英军作战五天，最后壮烈牺牲，虎门炮台也随之失守。

英军开始北上，向江南重镇南京逼近。懦弱的清政府被迫在1942年8月和英国签订了中国近代史上第一个不平等条约《南京条约》。条约规定中国香港割让给英国，另外开放通商口岸，丧失关税主权等，这些条约导致中国沦为半殖民地半封建社会。

智慧解读

林则徐一生都在与西方入侵、力禁鸦片贸易做斗争，是当之无愧的民族英雄。鸦片战争让古老的中国进入了半殖民地半封建社会，中华民族也由此逐步陷入苦难深重和极度屈辱的深渊。鸦片战争惊醒了清廷“天朝上国”的美梦，拉开了中国近代史的序幕。

曾国藩

走进课本

出自《中国历史》八年级上册第一单元第3课《太平天国运动》。

名人档案

姓　名：曾国藩，别名曾子城
生卒年：1811—1872年
职　位：两江总督、直隶总督、翰林庶吉士
贡　献：平定太平天国运动；发起洋务运动；晚清四大名臣之首。

曾国藩是湖南湘乡人，道光年间考中进士，在京城做到了礼部侍郎，1852年回乡守孝。不久，咸丰皇帝因朝廷的绿营兵兵力不足，下诏令各地在籍官员督办团练。曾国藩以他的亲友、师生、同乡为骨干，招募了一批农民当兵，组建成了湘军。在组织和整肃湘军的过程中，他处决了200多个被判定为土匪、通敌的犯人，得了个“曾剃头”的绰号。他想办法给湘军置办了1000多门火炮，300余艘战船，

一年之间，湘军陆营、水营兵力达到了17000余人。

1853年年底，太平军攻克湖北黄州，咸丰皇帝令曾国藩出战，曾国藩觉得军事准备已经差不多了，当即领兵出发。他初次带兵打仗，没有经验，在江西被翼王石达开打得大败而归。当时，湘军有人临阵脱逃，曾国藩立下一面“过此旗斩”的大旗，却不管用，士兵照样逃跑。

1856年，太平军攻破清军向荣的江南大营，解了天京被困3年之围。东王杨秀清见当时太平天国形势大好，便以“天父下凡”为由，逼天王洪秀全加封自己同为“万岁”。洪秀全秘密召回北王韦昌辉包围东王府，诛杀了杨秀清和他的家人。随后，韦昌辉又被洪秀全所杀，史称“天京事变”，这场事变中，先后有2万多名太平军将士死于自相残杀。石达开全家被害，又被洪秀全猜忌，他一怒之下，率领10万主力部队出走，先后转战7省，最后在大渡河一带被清军消灭。

“天京事变”让太平天国开始走下坡路，也给了湘军重整的时间。曾国藩趁势攻占了安庆，打开了通往天京的门户。

在陈玉成、李秀成等青年将领的努力下，太平天国数年间打退了清军的进攻，可形势还是越来越恶化了。

1861年12月，英国海军提督何伯与参赞巴夏礼到天京，向洪秀全提出以事成后平分中国为条件，帮太平天国打败清朝。洪秀全断然拒绝，英国转而支持清廷。

1863年（同治二年）冬，天京城粮尽援绝，洪秀全否决了李秀成放弃天京，转战中原的建议，固守

课外小知识

曾国藩是宗圣曾子七十世孙，湘军的创立者和统帅。他与李鸿章、左宗棠、张之洞并称“晚清四大名臣”。官至两江总督、直隶总督、武英殿大学士，封一等毅勇侯，谥号“文正”。

天京。为提升士气，洪秀全还向将士们宣称将有天兵下凡，驱走清兵，可这也挽救不了太平天国。不久，太平军苏、浙基地均被湘军和淮军攻克，天京被围。

1864年6月（同治三年），洪秀全因为吃了有毒的野草而死，其子洪天贵继位。7月，天京城破，守城的太平军因长期饥饿而奄奄一息，但还是与清军展开了激烈的巷战。天京沦陷后，太平天国的余部还在南方各省坚持斗争达2年之久。

太平天国覆灭了，曾国藩则因镇压太平天国之功，被誉为“中兴名臣”。他为了避免朝廷猜疑，主动将12万人的湘军逐步遣散，由清廷的八旗兵南下接防。但他的势力和影响已经非常大，清末重臣李鸿章就是他的学生，他的幕僚中，担任总督、巡抚以上高官的有26人，“湘军系”成为清末一个重要的政治集团。

智慧解读

曾国藩对清王朝的政治、军事、文化、经济等方面都产生了深远的影响。在曾国藩的倡议下，朝廷建造了中国第一艘轮船；建立了第一所兵工学堂；印刷翻译了第一批西方书籍；安排了第一批赴美留学生，可以说曾国藩是中国现代化建设的开拓者。

左宗棠

走进课本

出自《中国历史》八年级上册第二单元第4课《洋务运动》。

名人档案

姓　名：左宗棠，别名老亮
生卒年：1812—1885年
职　位：中国晚清政治家、军事家
贡　献：镇压太平天国；兴办洋务；收复新疆。

新疆古称“西域”。很早以前，西域就同内地有着密切的联系，西汉曾经在西域设置都护府，此后中国历届中央政府都在西域设官建制。可是，19世纪60年代，新疆各族民众在西北回民起义的影响下，发动了反清起义。一些封建地主和贵族借着有沙俄撑腰，企图把新疆从中国的版图上分裂出去。而从鸦片战争以来，对中华民族做出巨大贡献的左宗棠最终收复了新疆。

鸦片战争后，新疆各地也卷入了太平天国运动和各民族反清起义的浪潮。封建宗教头目趁机而起，新疆出现了割据纷争、各自为王的混乱局面。占据南疆的金相印为了能够取胜，竟然向原来藩属中国的中亚浩罕汗国阿古柏求援。不料，阿古柏盘踞在新疆后和沙俄及英国狼狈为奸，对各族人民实行残酷的奴役和掠夺，把新疆搞得南北分裂、民不聊生。

面临新疆危机，清政府内部出现海防与塞防之争。海防论的主要代表是直隶总督兼北洋大臣李鸿章，他主张舍弃西北，专注东南；塞防派的主要代表是湖南巡抚王文韶，他认为俄国侵吞西北，一日比一日厉害，应该及时防范。陕甘总督左宗棠也极力主张出兵收复新疆，他说：“新疆是中国的门户，如果我们放弃了，那么不仅甘肃、陕西会有麻烦，山西和内蒙古也会卷入战争中，最后甚至都会影响

课外小知识

1882年，沙俄正式交还伊犁，此后，左宗棠多次向清朝政府奏请将新疆单独设立为一个省，这样更能顺应民心，有利于百废待举，恢复元气，也可更好地管理，在左宗棠的不懈努力下，清政府决定在新疆建省。1884年，新疆省正式建立。

到北京！”

经过激烈的争论，朝廷终于同意了左宗棠出兵收复新疆的意见。1872年7月，左宗棠率领军队进驻兰州。对于这次西征，左宗棠准备采用“缓进速决”的战略。所谓“缓进”就是要用1年半的时间筹措军饷，积草屯粮，调集军队，操练将士，做好出战必胜的一切准备。他排除一切干扰，整顿了军队，减少了冗员，整肃了军纪，增强了军队的战斗力。为了适应出关西征的需要，他对自己的主力湘军也大力整编，剔除空额，汰弱留强。他还规定，凡是不愿出关西征的，一律给资，遣送回籍，不加勉强。经过整顿，官兵士气饱满，情绪高涨，成为一支敢于冒险犯难、一往无前的军队。

所谓“速决”，考虑到国库空虚，军饷难筹，为了紧缩军费开支，减轻人民负担，大军一旦出发，必须以迅雷不及掩耳之势，速战速决，力争在1年半左右取得全胜，尽早收兵。因此，在左宗棠申报这笔军费预算之前，他从大处着眼，小处入手，亲自做了深入的调查和细致的计算，他从1个军人、1匹军马每日所需的粮食、草料入手，推算出全军

8万人马1年半时间所需的用度。然后，再以100斤粮运输100里需要的时间，估算出全程的运费和消耗。甚至连用毛驴、骆驼驮运，还是用车辆运输，哪种办法更节省开支也做了比较。经过周密的计划，估算出全部军费开支共需白银800万两。

1876年，左宗棠率清军分三路进入新疆。他采取先北后南、缓进速战的正确方针，先收复了乌鲁木齐及周围地区，然后攻占吐鲁番，打开了通向南疆的门户。清军得到新疆当地各族人民的支持和拥护，当地各族人民纷纷拿起武器，加入战斗，痛击阿古柏军队，最终收复新疆。

智慧解读

左宗棠为减轻人民负担，在军费方面想尽办法节约开支，正是因为得到了人民的大力支持，他才能收复新疆，他是值得我们崇敬的晚清重臣。

丁汝昌

走进课本

出自《中国历史》八年级上册第二单元第5课《甲午中日战争与瓜分中国狂潮》。

名人档案

姓　名：丁汝昌，本名丁先达

生卒年：1836—1895年

职　位：北洋水师提督

贡　献：镇压捻军；参加甲午中日海战。

1860年之后的30年，是清朝一个短暂复兴的时期，在中央，以恭亲王奕䜣、军机大臣文祥为代表的朝廷大臣，能更熟练地处理对外关系；在地方，以曾国藩、李鸿章等为代表的官员，成功镇压了太平天国等一系列农民起义。再加上洋务运动给社会重新注入了活力，一位驻中国的外国外交官在1872年写道："中国正迅速成为一个令人生畏的对手。"

然而，所有的变革都是为了保持原有的社会结构，并没有真正改变中国贫穷落后的面貌，甲午中日战争的到来，宣告了中国这场变革的彻底失败，也彻底击溃了大部分洋务运动精英的信心。

同时期的日本，经历了明治维新，逐渐强盛起来。而日本国土面积狭小，促使他们有了向外扩张的野心。因此，他们开始着力发展在朝鲜的势力，一心想让朝鲜脱离清廷，成为“独立”的国家，进而作为日本侵略中国的跳板。

1894年，即旧历的甲午年，朝鲜爆发了东学党起义，清廷派兵前往镇压，日本也趁机出兵侵占朝鲜。7月下旬，日本军舰公然击沉了中国驶往朝鲜的运兵船“高升号”。8月1日，中日同时宣战，甲午战争爆发了。

双方先在朝鲜的平壤展开了一场战斗，清军统帅叶志超指挥无能，又临阵脱逃，清军溃败，退守鸭绿江，日本占领了整个朝鲜半岛。

9月16日，北洋舰队派丁汝昌护送4000名陆军到鸭绿江驻防，回航时在黄海遭到了日本舰队的阻截，日舰率先开炮，黄海战役开始了。

此时的中国经过数十年的洋务运动，初步取得了成效，清廷开始自鸣得意，认为西方列强进入中国只为求财，放松了军备。北洋水师在1888年正式建军后，竟然没有增添任何舰只，舰队和武器都渐

渐老化，和日本新添的战舰根本不能相比。1891年后，连枪炮弹药都停止购买了，因为此时清廷的最高统治者慈禧太后要把银子留下来准备她在1894年的六十大寿，还要重建颐和园，好“颐养天年”！

这是一场注定失败的战斗。丁汝昌找来几位管

带一起商量，致远号管带邓世昌愤然说：“就算我们不发动攻击，他们也会攻击我们。宁可战死，也决不逃生！”几位管带也表达了同样的心声。

于是，在丁汝昌的指挥下，北洋舰10艘战舰和8艘附属舰怀着必死之志，摆出“人”字阵形，向敌人发起了攻击。炮弹向敌人的舰队轰去，却根本无法击沉敌人的军舰，然而，北洋水师依然义无反顾地战斗着。

这场激战进行了整整5个小时，战斗中，致远号被敌人的炮火击毁，沉入大海，管带邓世昌和200多名军官壮烈牺牲，经远号等其他四艘战舰沉没。

1894年9月，北洋舰队退回旅顺港修整，李鸿章为了保存实力，即使旅顺遭到日军的进攻，也不准舰队出海，任凭日军夺取了黄海的制海权。

势如破竹的日本军队接连发动了鸭绿江之战和金旅之战，攻下了号称“东亚第一要塞”的旅顺。第二年1月下旬，日本再次出动25艘舰艇，进攻威海卫。威海卫南北两岸的炮台相继失守，停泊在港内的北洋舰队处于日军的南北夹击之中，成了瓮中之鳖，北洋舰队开始了艰苦的刘公岛防御战。

2月4日晚，一艘日军鱼雷舰进港偷袭，发射鱼雷重创“定远”舰。第二天晚上，日军如法炮制，“来远”“威远”舰相继沉没。

此后，北洋舰队实力大大削弱，日军司令伊东佑亨在2月7日向威海卫守军和北洋舰队发起了总攻。这一天，双方的激战惊心动魄，北洋舰队和炮台守军苦战一整天，终于打退了日军的进攻。不料，舰队中的10艘鱼雷舰和2艘汽艇当了逃兵，有的触礁沉没，有的中弹炸毁，有的被日舰俘获，严重影响了守军的士气。而丁汝昌在伊东佑亨劝降时，就在复信中斩钉截铁地说：“今天唯有一死报国。”

2月11日，一场更加艰苦的战斗开始了，刘公岛、威海港都成了一片火海，北洋海军苦苦支撑，弹药却快用完了。

事已至此，丁汝昌决定鱼死网破，他召集各舰管带和外国顾问开会，命令残余舰只全力突围，或用水雷将“镇远”等舰炸沉，免得便宜了日军。

不料，威海卫水陆营务处提调牛昶昞会后却指使一些兵痞逼迫丁汝昌向日军投降，甚至狂叫："你身为提督，竟然置北洋舰队这么多人生命于不顾，你想死为何拖累众人！再不下令，我牛某人就不客气了！"

丁汝昌悲愤万分，他一直苦苦等待的陆路援军也始终未见，他遥遥向京城跪拜之后，便服毒自尽了。

第二天，美国顾问浩威和牛昶昞就率领残余的军舰和海军官兵向日本投降，至此，北洋水师全军覆没。

1895年4月17日上午，李鸿章作为清廷代表与日本签下了《马关条约》。条约的主要内容有：中国承认朝鲜是独立自主国家，废除中朝宗藩关系；中国割让台湾、辽东半岛、澎湖列岛给日本；赔偿日本军费白银2亿两；开放重庆、沙市、苏州、杭州为商埠；允许日本人在中国通商口岸开办工厂。条约为西方列强对中国实现资本输出开了先例，刺激了西方列强侵略中国的野心。从此，列强在中国相互

课外小知识

丁汝昌去世后，他手下的军官牛昶昞偷用他的名义与日方签订了《威海降约》，此协议导致李鸿章苦心经营多年的北洋海军全军覆没，至此，丁汝昌被人诋毁，其子孙被迫流落异乡，1910年，朝廷为丁汝昌洗清冤屈。

角逐，掀起一股划分势力范围和瓜分中国的狂潮。

1898年6月6日，清廷再次在英国的逼迫下签订了《展拓香港界址专条》，英国占领了香港。继香港事件之后，英国、美国、法国、德国、日本等国家纷纷在中国上海、广州、厦门、福州、天津、镇江、汉口、重庆、杭州、苏州、沙市、长沙、芜湖等十六个城市内强占租界，多达30多处。

租界就是西方列强在中国建立的一个个国中之国，在这些租界里，殖民制度不断加强，中国的主权不断被削弱，中国半殖民地化程度大大加深了。

甲午战争的惨败彻底打破了中国统治者和知识精英残存的"天朝上国"的幻想，也催生了国人救亡图存、振兴中华的决心。觉醒的中国终于拉开了全民救亡的序幕。

智慧解读

北洋水师的规模和实力曾堪称世界第六、亚洲第一，可后来却疏于管理，日益落后。反之，一直被中国轻视的弹丸小国日本，却在明治维新中奋发图强，国力远远超越了中国。此消彼长之间，双方的实力发生了天翻地覆的转变。北洋水师的惨败，丁汝昌等人的壮烈牺牲，悲壮而无奈。惨痛的历史告诉我们，凡事不进则退，停止前进的时候，就是灾难即将到来之时。

邓世昌

走进课本

出自《中国历史》八年级上册第二单元第5课《甲午中日战争与瓜分中国狂潮》。

名人档案

姓　名：邓世昌
生卒年：1849—1894年
职　位：爱国将领，民族英雄
贡　献：参加黄海战役；参加甲午中日战争。

邓世昌从小就非常聪明，而且勤奋好学，在家乡以优异的成绩顺利完成小学的学业。邓世昌的父亲邓焕庄认为，不管是让儿子继承自己的事业，还是从事别的事业，都必须学习更多的知识，不仅要学习国内的知识，还要学习国外先进的科学知识，所以，邓焕庄带着邓世昌来到上海之后，先让他进了教会学校，同欧洲人学习英语、算术等知识。邓世昌非常聪明，不仅能在短时间内吸收所学的知识，还能与老师用英语对话，阅读英美原版书籍。

外籍老师非常喜欢邓世昌这个聪明伶俐的学生。

1867年，沈葆桢出任福州马尾船政大臣，开设前学堂制造班和后学堂驾驶管轮班，邓世昌报名参加。1873年，邓世昌和其他同学一起登上“建威”练船，开始了海上远航。

1894年8月，甲午中日战争爆发。9月16日，清军北洋舰队护送运兵船至鸭绿江的大东沟（今辽宁东沟）。第二天上午，北洋舰队士兵操练结束后，正准备吃午饭。突然，西南海面出现一团烟雾，随着时间的推移，海面上的烟雾越来越大，没过多久，烟雾中有一支舰队正向清军的北洋舰队疾驰而来。清军猜测是日军的舰队，刹那间，舰队上的警笛一起鸣响，清军立刻调整成临时战斗的状态。大约到中午11时，舰队指挥、海军提督丁汝昌发出命令:“各舰立即起锚出海！”12时50分，清军的北洋舰队在黄海海面与日本舰队相遇，双方展开激烈的战斗。

日本兵凭借舰队军舰多、航速快、火炮强的优势，试图一举歼灭清军的北洋舰队。北洋舰队士兵面对强敌，毫不示弱，各舰官兵同仇敌忾，奋勇杀敌。一时间，黄海海面上战火熊熊，硝烟弥漫，喊杀声、炮轰声响彻云霄。

这场战争打响后，“致远”舰管带邓世昌灵活、英勇地指挥着战舰，他冒着密集的炮火，纵横海面，频频发炮，屡中敌舰，极大地增长了清军的士气。突然，邓世昌发现以主力舰“吉野”为首的日军四艘战舰正逼近“定远”舰。“定远”舰是北洋舰队的旗舰，同时也是整个舰队的指挥中心。邓世昌见情况危急，立即指挥“致远”舰开足马力，快速行进到“定远”舰前方，奋力拦截日军的“吉野”舰，保护“定远”舰。“定远”舰虽然已经陷入四艘敌舰的包围之中，但在邓世昌指挥的“致远”舰的保护下仍左冲右突，顽强迎战。很快，“致远”舰上本来就配备不足的炮弹打完了，这时，邓世昌命令清军用步枪射击敌军。

经过近1个小时的激战，“致远”舰早已弹痕累累，舰身倾斜，眼看“致远”舰马上就要沉没了。这时，日军“吉野”舰驶近“致远”舰，邓世昌怒视“吉野”舰，对大副说：“敌军舰队并不可怕，全仗‘吉野’舰横行，如果我们齐心协力撞沉‘吉野’舰，我军一定能取得胜利。”随后，邓世昌慷慨激昂地向全舰官兵宣布：“我们为国作战，早已将自己

的生死置之度外。现在‘致远’舰受伤弹尽，无力再战。我决定用我伤残的舰撞沉‘吉野’舰，与‘吉野’舰同归于尽。”士气高涨的北洋舰队官兵齐声高呼：“撞沉‘吉野’舰！撞沉‘吉野’舰！”邓世昌登上驾驶台，双手紧握舵轮，开足马力向“吉野”舰猛冲过去。

“轰隆隆——”，只听见“致远”舰拖着愤怒的火焰，带着满身的创伤，咆哮着向“吉野”舰冲去。大海似乎也惊呆了，慌忙闪开一条水路，让“致远”舰跑得更快一些，一朵朵浪花举起手臂为“致远”

舰呐喊、助威。敌军舰队发现“致远”舰向“吉野”舰猛冲，立即集中火力，轰击“致远”舰。此时，邓世昌指挥的“致远”舰的甲板上起火了。但是“致远”舰并没有停止前进，而是像一条火龙似的乘风破浪，继续冲向“吉野”舰。“吉野”舰上的敌军被邓世昌鱼死网破的行为吓得不知所措，见此情景，惊恐万状，纷纷跳水逃命。敌军舰长吓得目瞪口呆，魂飞魄散。不幸的是，“致远”舰被敌军的鱼雷击中了，“致远”舰上的锅炉顿时爆炸，舰上燃起了熊熊大火，最后，“致远”舰渐渐沉入水中，结束了它的使命。

“致远”舰上的邓世昌落水后，仍然不停地大喊杀敌。他的爱犬游到他身边，用嘴衔他的手臂和辫子，想救起主人；有个随从还把一个救生圈扔给了

课外小知识

邓世昌为国捐躯的事迹传到光绪帝耳中后，光绪帝掩面痛哭，赐予邓世昌“壮节公”谥号，追封“太子少保”，并亲自给邓世昌写祭文和碑文。清政府还赐给邓母一块用1.5千克黄金制成的匾额，上面刻着“教子有方”四个字，拨给邓家白银10万两以示抚恤。1899年，威海卫百姓深感邓世昌的忠烈，在成山上为邓世昌塑像建祠，永久敬仰。

邓世昌，但是他都拒绝了。邓世昌决心实践自己的誓言：“与‘致远’舰共存亡！”很快，邓世昌就在汹涌的波涛之中消失了，他壮烈牺牲了。全舰200多名将士，除了16人获救，其余全部壮烈牺牲。

“致远”舰官兵的英勇壮举，邓世昌奋勇杀敌的精神，激励了中国海军将士。“镇远”舰上的官兵像一头头发怒的雄狮，呐喊着冲了上来，用大炮连连击中日本的军舰；“吉野”舰在中国海军的强大攻势下，完全丧失了战斗能力，傍晚时分，日本军舰不得不退出战斗，仓皇逃窜，中国海军胜利了。

悲壮的黄海之战结束了，中国海军官兵们的献身精神以及惊心动魄的激战场面，深深地烙在人们的记忆中。

智慧解读

自古以来，为国战死，一直是爱国军人引以为豪的志向，邓世昌明知死亡就在眼前仍勇敢杀敌，这样精神更令人崇敬。

施耐庵

走进课本

出自《语文》五年级下册第二单元第6课《景阳冈》。

名人档案

姓　名：施耐庵，别名施肇瑞

生卒年：1296—1370年

职　位：明代文学家

贡　献：创作我国古典四大名著之一《水浒传》。

施耐庵出生在一个贫困的家庭中，尽管家庭非常贫穷，但是他的父亲依然坚持让他读书，有时候没钱交学费，他的父亲就借钱让他去读书，施耐庵在学堂读书时非常认真、刻苦，将经书和史书背得滚瓜烂熟。施耐庵35岁时考中进士，后来就被朝廷派去钱塘做官了。

施耐庵为人正直，做官期间看到那些被朝廷压

迫的百姓生活得很不好，非常痛心，对统治者的荒淫腐败非常不满。有一次，当地的一个富豪前来告状，说他被几个老百姓打了，自己非常委屈，但是那几个百姓说是因为那个富豪平时作恶多端，欺负百姓，他们实在是忍无可忍，所以才出手将他打了一顿。弄清楚了前因后果后，施耐庵把那几个百姓放走了。富豪听人说施耐庵不但没有惩罚那几个百姓，反而将他们无罪释放了，顿时暴跳如雷，走到施耐庵面前大声斥责，要求他重新审理这个案子，一定要惩罚那几个百姓，为自己出气，施耐庵没有理会他的话。

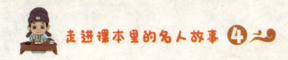

施耐庵做官的时间比较短，在钱塘只做了2年的县令便辞官去了苏州，他在苏州办了一个学堂，靠教书为生。当时，苏州城里有很多说书的人，施耐庵经常去听书，这些说书的艺人将从古至今的英雄豪杰的故事说得绘声绘色，听书的人听得津津有

课外知识

《水浒传》是我国古典四大名著之一，该书共分为两大部分，前半部分写的是在各地官员的压迫下，各地英雄被迫上梁山；后半部分写的是朝廷中忠臣与奸臣的对抗之事，反映了朝廷内部的矛盾。

味，时而悲伤，时而放声大笑。在众多的英雄故事中，施耐庵最喜欢听梁山水泊英雄的故事。这个故事发生在北宋末年，当时有个名叫宋江的人，他组织了一些人在梁山起义，场面极其壮观。这个故事经过民间艺人的改编，流传非常广泛。

有一天，施耐庵在书铺中看书，在一些手抄的话本中发现了一本名叫《宋江三十六人赞》的书，这本书引起了施耐庵的注意，他翻开书一看，发现里面记录了宋江等36人的姓名和绰号。施耐庵像看到珍宝一样，毫不犹豫地买下了这本书。回到家中，施耐庵看着这本书思考了很久，忽然萌生了这样一个想法：梁山英雄的故事大多以戏曲、口口相传等方式流传，如果把梁山英雄的故事写成一本完整的书，又会产生怎样的效果呢？于是，施耐庵四处收集与梁山英雄相关的材料，并开始写作。

但是，将梁山英雄的故事写成一本书并非易事。为了将这本书写成，施耐庵几乎耗尽了毕生心血。皇天不负苦心人，经过将近40年的努力，施耐庵完成了梁山英雄的初稿，并将这本书取名为《水浒传》，后来在老家兴化细细地将《水浒传》修改了一遍，又过了几年，《水浒传》正式问世。

智慧解读

施耐庵面对腐败的朝廷，毅然辞官，创作了我国第一部描写农民起义的小说，刻画了108个英雄人物，他们个性鲜明、栩栩如生。《水浒传》在我国小说史上具有非常重要的地位。

吴承恩

走进课本

出自《中国历史》七年级下册第三单元第16课《明朝的科技、建筑与文学》。

名人档案

姓　名：吴承恩，字汝忠
生卒年：约1500—约1582年
职　位：明代文学家
贡　献：创作我国古典四大名著之一《西游记》。

吴承恩的祖籍在安东（今江苏涟水），其先祖在元末明初时迁居到当时的淮安河下。吴承恩的父亲是一个商人，在世时非常希望吴承恩能考取功名，吴承恩的父亲为他取的字为汝忠，意思是希望吴承恩能好好读书，将来做一个名垂青史的忠臣。

吴承恩自幼勤奋好学，绘画、书法、填词、围棋等方面知识均有涉猎，除此之外，他还非常喜欢看神仙鬼怪、狐妖猴精之类的书籍，如《百怪录》《酉阳杂俎》等。当时的名人朱应登是有名的文学家，他恃才傲物，见到吴承恩后非常欣赏他，并说吴承恩将来必能读尽天下的书，还将自己私藏书籍中的一半送给了吴承恩。

尽管吴承恩满腹经纶，学识渊博，但是他历经几次科考均不顺利，屡试不中，直到44岁那年，才以贡生（即挑选府、州、县生员中成绩优异者升入京师的国子监读书）的身份到北京谋生。在北京谋生的吴承恩既没有强硬的权贵做靠山，也没有雄厚的资金为自己的未来打点，所以只能等待朝廷分配官职。

1551年，在朝廷的指派下，吴承恩出任河南新野知县，在做知县期间，吴承恩为官清廉，多次修缮本县的基础设施，鼓励教育，兴修水利，不失为造福一方的清官，深受当地百姓的爱戴。明朝中后期政治腐败，朝中官员大多结党营私，但吴承恩依然坚持自己的做人原则，想方设法地为百姓谋福利。

1556年，吴承恩到浙江湖州的长兴当县丞，在这期间，他走访了很多地方，私访暗察，体恤百姓，了解当地的民情，在当地很有声望。吴承恩在调查民情的同时，对箬溪西端方山的清风洞具有深刻的印象，在后来编著的《西游记》中，吴承恩将清风洞改名为黑风洞。

不久以后，长兴县遭遇大旱，颗粒无收，很多百姓连饭也吃不上，此时的吴承恩忙于筹粮赈灾，无心应付官场上的尔虞我诈，以至得罪了前来视察旱情的官员，这位官员含恨在心，后来就指使他人凭空捏造吴承恩受贿的罪名，设计诬陷，吴承恩含冤入狱，经过一番调查，上面的官员找不到他贪污受贿的证据，就把他放了，且官复原职。经历了这件事以后，吴承恩对朝廷腐败的政治大为失望，再加上他早就厌倦了官场上的权力斗争。所以吴承恩处理完长兴县的赈灾济民的各项事务后，愤然辞职。

后来，吴承恩又做了一个小官，在为官的几十年中，吴承恩一边做自己的本职工作，一边搜罗各种奇闻逸事，再加上多年游历各地的经验，为《西游记》的编写积累了大量的素材。吴承恩自编著《西游记》开始，中途经历了蒙冤入狱、母亲病故等事

课外小知识

除了《西游记》这部巨著，吴承恩还写了另外一部短篇小说集——《禹鼎志》，据说，这部短篇志怪小说具有极强的鉴戒意味，遗憾的是这部小说已经失传，现在只能看到一篇自序。

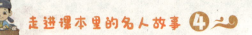

件，所以中断了写作，辞官回乡后他一边以卖文为生，一边续写《西游记》，尽管生活穷困，但始终没有阻止他创作的热情。

吴承恩创作的《西游记》以“唐僧取经”的历史事件为主线，描写了孙悟空出世及大闹天宫后，遇见了唐僧、猪八戒、沙僧和白龙马，携手去西天取经，一路上历经艰险、降妖伏魔，经历了九九八十一难后，最终到达西天见到如来佛祖，取得真经、五圣成真的故事。经过一系列的艺术加工后，深刻地反映出了明代当朝的黑暗现实。

《西游记》作为我国神魔小说的经典之作，与《三国演义》《水浒传》《红楼梦》并称为中国古典四大名著，该书问世以后，就被誉为“四大奇书”之一，在民间广为流传。

智慧解读

《西游记》是我国古典四大名著之一，具有独特的艺术特点和思想内涵。从这本书中我们可以看出吴承恩积极向上的生活态度。

李时珍

走进课本

出自《语文》二年级下册《语文园地八·我爱阅读》。

名人档案

姓　名：李时珍，字东璧
生卒年：1518—1593年
职　位：明代医药学家
贡　献：编写《本草纲目》；被后人称为“药圣”。

在湖北蕲县境内，有一座历史悠久的古城，那是一个依山傍水的美丽小镇，这个小镇就是有名的蕲州镇。1518年，李时珍出生在这里。生下来时，他非常瘦弱，谁也不曾想到这个瘦弱的男孩后来会成为明代伟大的医药学家、世界文化名人。李时珍出生于中医世家，从小受父辈影响，对医药学产生了浓厚的兴趣。尽管父亲要他考取功名，但他在三次参加乡试未中的情况下，决定放弃八股科举之事，从此专心研究中国传统医药学。

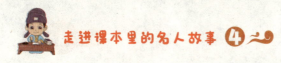

李时珍从小学习就非常刻苦，很喜欢阅读《本草经》等医药典籍。每天天不亮，他便起床读书，他很爱学习，白天帮父亲给人治病，晚上刻苦读书到深夜。

有一次为了确定白花蛇是否真如书中写的那样，他真的捉来一条白花蛇。仔细一看，如书中所写的那样，长有24块斜方形的花纹。在编写《本草纲目》时，他一边继续博览群书，一边前去全国各地游历，以增长见识。但凡自己能验证的，他总是亲自去采集标本，并且反复研究，然后再与书本上学到的知识进行比照，最后才得出结论，写进他的书稿里。

经过实地调研之后，加上从书本上看到的正确结论，他记得更牢固了；如果书本上有不完善的地方，他就会在著作里描述得更加完整和准确；同时他还去纠正书本上错误的东西，可见他认真的态度。比如在旧的医药典籍中，把虎掌和漏篮子写成同一种药物。但实际上，虎掌有毒，漏篮子无毒，二者并无关系。

《本草纲目》全书共190多万字，共52卷，分为16部、60类，记载药物1892种，附药方多达11096个，而附药物形态图1160幅。可以说它是“中国古代的医药百科全书”。

李时珍乐于助人，他给人看病从来不收钱，仅要求别人告诉他一点验方、偏方，或是一点有关药材的知识，如河豚的眼睛和肝脏有毒，吃了刀豆能

课外小知识

据说李时珍能判断出人死亡的时间。有一天，一个人大吃大喝后，又纵身翻越柜台，感到身体有些不舒服，于是就找李时珍为他诊断，李时珍告诉他，说他只有3个时辰的寿命了，让他赶紧回家，众人都不信。果不其然，不到3个时辰，这个人就死掉了，原来是因为那个人吃得太饱，纵身一跳，肠子断了，内脏严重受损。

止嗝等。通过这样的方式，他学到了很多知识。

有一次，他为体验药的麻醉效果，便去吞服曼陀罗，直到精神恍惚，失去知觉的程度，才确定该种药物的药效。古书上说，大豆能解毒。为了试验，他先给小狗吃毒物，再用大豆给小狗解毒，结果却没能救活可爱的小狗。后来他又做了很多试验，通过亲自尝试之后，才知道大豆加上甘草才能显现出解毒的效力。

智慧解读

在编写《本草纲目》的时候，为了保证书籍内容的正确性，李时珍亲自捉来一条蛇用于研究，然后与书中的内容进行对比，得出结论后再写到自己的书稿中。这本书写成后，李时珍嘱咐儿子要争取所有机会让《本草纲目》这部书广泛流传，最终《本草纲目》流传到了全世界。李时珍勇于实践，敢于冒险的精神永远值得我们学习。

曹雪芹

走进课本

出自《中国历史》七年级下册第三单元第21课《清朝前期的文学艺术》。

名人档案

姓　名：曹雪芹
生卒年：约1715—约1764年
职　位：清代小说家
贡　献：创作我国古典四大名著之一《红楼梦》。

曹雪芹出生时家境殷实，他的曾祖父、祖父、父亲都是官员，三代人都做过织造官，家族势力强大，可谓是南京第一豪门。他的祖父曹寅极受康熙皇帝的宠爱，康熙皇帝六下江南，曹寅接驾四次，由此可见曹氏家族多么富贵，被时人推为名门望族。所以，早年的曹雪芹过着富贵风流的生活。但这样的富贵生活仅延续到曹雪芹13岁那年。

幼年时期的曹雪芹非常聪明，但他的聪明头脑并没有用到学习上，反而极其厌恶学习八股文、四书五经，不仅如此，他还非常反感入朝为官，所以不肯参加科举考试，更不在乎仕途。每次都是在父亲的严加管教下学习各类知识，但是曹雪芹的祖母不愿他受到管束，所以每次曹雪芹的父亲惩罚或呵斥他的时候，他的祖母都会护着他。

曹雪芹虽然不受父亲的管教，但是曹氏家族中的人个个学识渊博，且家族藏书众多，生活在这样一个极富书香气息的环境之中，曹雪芹从小就接触到诗赋、戏文、小说之类的文学书籍，对戏曲、美食、养生、医药、茶道、织造知识皆有涉猎和研究，可谓博览群书。

在康熙皇帝、曾祖父曹玺、祖父曹寅的恩泽下，曹雪芹自小就过着锦衣玉食、富贵风流的生活，日子过得十分惬意、逍遥。但好景不长，曹氏家族显赫的地位、富足的生活在康熙皇帝驾崩以后就烟消云散了。雍正皇帝继位后，开始彻查贪官污吏，曹家就是在这一时期逐渐没落的。雍正六年(1728年)，曹家被朝廷定罪——贪污亏空罪。因此，曹家被抄家，一夜之间，曹雪芹的父亲被撤职，家中男女老少及仆人加起来共114人被逐出家门。当时，曹雪芹仅十几岁，已经是懂事的年纪，看到家族遭遇这么大的变故，曹雪芹幼小的心灵受到极大的打击。

家族被朝廷抄了之后，丢官的丢官，流放的流放，偌大的曹氏家族顿时七零八散，曹雪芹只好跟随父亲来到北京老家，不久以后，父亲就去世了。这让年幼的曹雪芹一时之间失去了所有可以依靠的人。由于年纪小，再加上自己没有一技之长，曹雪芹的生活非常困苦，时常连顿饱饭也吃不上。只能以卖字画和朋友救济维持生计。

后来，曹雪芹搬到了北京郊区一处简陋的屋子里居住，有时候粮食不够吃，只能喝粥充饥。在郊区居住的这段时间里，曹雪芹目睹了穷苦百姓的生活，这些百姓早已将挨饿受冻当成了家常便饭，看到这样的情景，再回想起自己小时候的奢靡生活，曹雪芹的内心生出了很多感慨。经历了家族变故，看清了人心的险恶，曹雪芹对冰冷的封建社会有了更清醒、更深刻的认识。所以，他决定以自己的真实经历为主线，写一部反映当时社会生活的小说。经过多年的努力，曹雪芹最终创作出了极具思想性、艺术性的伟大作品——《红楼梦》。

曹雪芹在《红楼梦》里讲述了名门望族贾家从兴盛到衰败的故事。故事里，贾家生活着一些肆意挥霍、吃喝玩乐、放债收租的人，这些人道貌岸然、内心肮脏、尖酸刻薄、令人不齿。而与之形成鲜明对比的是小说的主人公——贾宝玉和林黛玉。他们两个是一对厌恶贵族恶习、反对封建礼教的青年，他们不想被封建礼教束缚，想摆脱令人生厌的封建礼教，却找不到出路，对于主人公的遭遇曹雪芹是非常同情和无奈的。所以，曹雪芹全文使用满怀深切同情的笔调描写了贾宝玉和林黛玉与一些被压迫、被凌辱的婢女的生活，揭露了封建社会统治阶级的腐朽和罪恶。

《红楼梦》这本书是曹雪芹一生的真实写照，这本书中有他的思考和感悟，也折射出了人心和人性！曹雪芹48岁时经历了丧子之痛，至此，一病不起，约1764年的除夕夜在北京去世。

曹雪芹去世后，《红楼梦》的稿本经过曹雪芹朋友的传抄，逐渐为人们所熟知，世人读了这部小说

课外小知识

《红楼梦》全书共120回，前80回为曹雪芹所写。后40回一般认为是高鹗续写。续书在思想和艺术成就上与前80回有一定的差距，但它使全书的故事变得完整，因此也具有很高的艺术价值。

后，非常感动，对这本小说和曹雪芹大为赞赏，因为这部杰出的著作只留下前80回，人们为此感到十分遗憾。据说，一个名为高鹗的文学家续写了后40回，这才让《红楼梦》这部巨著完整地流传下来。

智慧解读

经历了家族被抄、见证了世态炎凉的曹雪芹深刻地认识到封建社会的冰冷，他结合自己的亲身经历，以坚韧不拔的毅力，历经了多年艰辛后，创作出了我国古典四大名著之一《红楼梦》，这部作品对后人来说是一笔巨大的财富。

徐光启

走进课本

出自《中国历史》七年级下册第三单元第16课《明朝的科技、建筑与文学》。

名人档案

姓　名：徐光启，字子先

生卒年：1562—1633年

职　位：文渊阁大学士、内阁次辅

贡　献：中国明代农艺师、天文学家、数学家。

徐光启是上海人，从小就聪明好学，20岁考中秀才后，就在家乡和广东、广西教书。白天当老师，晚上就钻研各种农业生产技术，又进而学习了相关的天文历法、水利、数学等知识。万历三十二年(1604年)，他考中进士，开始了仕途之路。

他读万卷书，行万里路，深深地觉得清谈于国家无益，反对经世致用更是误国害民之举。于是，他走上了积极主张经世致用、崇尚实学的道路，成了一名实干家。

他去参加科举考试时途经南京，听说那儿来了个叫利玛窦的基督教的传教士，办图书馆，向民众展示地图，宣传西方科技，就在朋友的介绍下，主动去结识了利玛窦。在那里，他接触到了从前未曾接触过的科学知识，从此对西方科学产生了浓厚的兴趣。

利玛窦传播科学知识是为了传教。他认为要扩大传播，就得取得中国皇帝的支持。他请求当地官员在明神宗那里为他说好话，后来终于如愿去了北京城。他给明神宗送上了《圣经》、圣母图，还有几只新式自鸣钟。

明神宗对新知识并不感兴趣，却对从来没见过的自鸣钟很好奇，就召见了利玛窦。见面之后，明神宗赏赐了利玛窦一些财物，准许他留在北京传教。利玛窦在宣武门外买了一处住宅，住了下来，正式开始了传教活动。

几年后，徐光启考取了进士，在翰林院任职。他得知利玛窦在北京，很是高兴，常常去拜访他，两人很快熟悉起来。徐光启又请求利玛窦教他西方的科学知识，利玛窦爽快地答应了。

过了一段时间，利玛窦提起《原本》这本数学书非常有价值，他自己一直想将它翻译成中文，也尝试过好几次，都失败了。那时利玛窦已经被中国士大夫尊为“西儒”，他阅读中文和说中文都已经没有问题，甚至已经能够用中文写作，可《原本》是拉丁语写的，许多数学专业名词在中文中也没有相应的词汇，要翻译成中文，难度很大。

有了徐光启的参与，1606年冬天，紧张的翻译工作开始了。译文里的“平行线、三角形、对角、直角、锐角、钝角、相似”等名词，都是经过徐光启和众人呕心沥血地反复推敲而确定下来的，许多都沿用至今。

1607年，徐光启和利玛窦译出了这部名著的前六卷。这本书的原名叫《欧几里得原本》，徐光启觉得这不太像一本数学著作，几经考虑，改名为《几何原本》。这件事在荷兰汉学家安国风看来，是如此重要，以至于他专门写了一本数百页厚的书《欧几里得在中国》来纪念此事。

1607年冬天，《几何原本》正式出版，很快成了明末数学工作者的必读书，并在京城悄然引发了一场思想革命，中国士大夫杨廷筠、李之藻、叶向高、冯应京、曹于汴、赵可怀、祝宰伯、吴大参等人都参与其中。

可惜只翻译了六卷利玛窦就不愿继续翻译了，这成了徐光启最大的遗憾。直到清朝咸丰年间，英国传教士伟烈亚力和中国数学家李善兰才将《几何原本》后九卷翻译完成，补足了这个遗憾。这时，距前六卷出版已经过了整整250年。

除此之外，徐光启还和另一个传教士熊三拔合作，翻译过测量、水利方面的科学著作。他不但研究书本上的学问，更关心科学实验和生产实践。

1619年，徐光启辞了官职，在天津搞起了种植实验。有一年，江南遭到水灾，大水退后，田里的粮食都没有了。正在着急的时候，有个朋友从福建带来了一批甘薯的秧苗，说是产量很高的植物，最适合救灾。徐光启就在自己的试验田里种起甘薯，果然收成很好。他特地编了一本小册子，介绍甘薯的种植方法，把甘薯种植技术推广到了江浙一带。

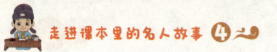

除了科学研究，徐光启始终关心着北方的战争和国家的兴亡。1619年，明军在萨尔浒大败的消息传来，徐光启心急如焚，几次向明神宗请求练兵，并主张采用西式火炮。明神宗就派他到通州练兵。

这期间，他写了很多军事方面的疏、条令、阵法等，后来编入他的《徐氏庖言》一书之中。但由于财政拮据，朝中议臣时不时地扯后腿，练兵计划非常不顺。徐光启操劳过度，不得不在天启元年(1621年)3月上疏回天津"养病"。6月时，辽东兵败，他奉召入京，终因制造兵器和练兵计划进展艰

课外小知识

明代后期，出现了一批沉下心来，实实在在研究学问的人，即"实学"的人，徐光启、徐霞客、宋应星都是这样的人。中国第一个旋转型火箭筒"万人敌"就是根据宋应星编著的《天工开物》这本书中记载的方法制造出来的。《天工开物》是中国17世纪的生产技术百科全书，被译成多国文字，在世界上流传。

难，不能如愿，12月再次辞官回到天津，后来又到了上海。

这时，他已经是60多岁的老人了。回到家乡后，他继续种田，做实验，把多年的研究成果写成了一部著作——《农政全书》。这本书对农具、土壤、水利、施肥、选种、嫁接等农业技术都做了详细的记载，是一部农业百科全书。

崇祯元年（1628年），徐光启官复原职，崇祯三年（1630年）升任礼部尚书，成为朝廷重臣。这期间，他在垦荒、练兵、盐政等方面多有建树，并将主要精力用于修改历法。崇祯六年（1633年），再加太子太保、文渊阁大学士兼礼部尚书。他日夜操劳，病危时还在奋力写作。11月7日，一代哲人徐光启逝世，终年72岁。

智慧解读

1600年是西方思想史上的一个“节点”，出现了许多新的科学观点，而徐光启可以说是睁开眼睛看世界的中国第一人。尽管由于当时的历史背景和文化差异，使《几何原本》并没有得到大众的广泛接受，仅在小范围内流传。徐光启却坚信“百年之后必人人习之”。后来，他的话就应验了——清代的同文馆中算学课程就把《几何原本》列为必读之书。

宋应星

走进课本

出自《中国历史》七年级下册第三单元第16课《明朝的科技、建筑与文学》。

名人档案

姓　名：宋应星，字长庚
生卒年：1587—？年
职　位：明代科学家
贡　献：首次提出声音靠气体传播；著有《天工开物》一书。

宋应星自幼聪颖，儿时与哥哥宋应升一起在叔祖宋和庆开办的家塾中读书，熟读诗文，又学经、史、子、集等知识，具有过目不忘的才能，很受老师和长辈的喜爱。

宋应星长大后，将全部的精力放在了科举应试上，一心想考取功名。1615年，宋应星和哥哥宋应升一起参加乡试。这一年参加乡试的人高达1万人，由此可知考取功名的机会非常小，成绩下来后，宋应星名列第三，宋应升名列第六，同县的考生中只有宋应星兄弟两人及第。考中及第后，同年秋天，宋应星兄弟二人又前往京师参加会试，但是，两人都没有考上。兄弟二人并没有因此气馁，下定决心继续学习，参加下次的会试。为了能顺利通过下次的会试，兄弟二人决定前往江西九江府古老的白鹿洞书院进修，经过几年的学习，兄弟二人于1619年进京参加会试，但是，兄弟二人依然没有考上。兄弟二人继续发愤苦读，决定再次参加会试，于1623年第三次进京会试，结果又没有及第。参加完三次会试，宋应星已经45岁了，宝贵青春就这样消磨在科举考试上面了。从此以后，宋应星决定不再参加科举考试。

1635年，宋应星在江西袁州府分宜县教授生员，在该地任教4年，同时也是他人生中最重要的

课外小知识

我国最早有关磷肥的记录就出现在《天工开物》中；《天工开物》中记载利用不同品种蚕蛾杂交能生出“嘉种”，同时这也是我国最早利用杂交技术改良蚕种的记录。书中还记载了精巧复杂的提花机，这种机器是当时世界上最先进的，书中关于锌的冶炼技术也是当时世界上最早的记载。

阶段，因为他的著作《天工开物》就是在这一阶段问世的。宋应星在教授生员的同时又能接触到一些图书资料，他充分利用了自己的职务之便，再参考一些文献，为自己日后的写作提供了有利的条件，随后就开始编著《天工开物》。

中国封建社会时期，很多人都瞧不起民间工艺技术。但是，宋应星却将这些民间工艺看作劳动人民创造的宝贵财富，并将它们一一记录在《天工开物》中，后来成了中国古代科学技术的名著。

17世纪30年代，宋应星编著的《天工开物》流传到西方国家，欧洲人看到后惊奇不已，称它是“中国17世纪的工艺百科全书”。

智慧解读

宋应星将大部分的精力都放在了手工业生产和农业的科学考察和研究上，收集了大量的科学资料，这种思想上的超前意识让他成为对封建主义和中世纪学术传统持批判态度的思想家。

徐霞客

走进课本

出自《中国历史》七年级下册第三单元第16课《明朝的科技、建筑与文学》。

名人档案

姓　名：徐霞客，本名徐弘祖
生卒年：1587—1641年
职　位：明代地理学家、旅行家、文学家
贡　献：创作《徐霞客游记》。

明朝时，南方江阴的一个村子里，一天，一个10岁的小男孩阅读古籍时，忽然哈哈大笑，母亲奇怪地问他笑什么，他说："大明有九州五岳，这个人却夸耀自己走完了八州，登遍了五岳，可见没什么志向。孩儿将来长大了，必定走遍九州五岳。"这个小男孩就是明代著名的地理学家徐霞客。

徐霞客本名徐弘祖，号霞客。徐霞客祖上都是读书人，家里还有一座藏书楼，家境比较富裕。父亲徐有勉一生不愿为官，也不愿和权贵往来。受父亲的影响，徐霞客从小就读了不少奇书，尤其是历史、地理之类的书籍。15岁那年，他应过一回童子试，没有考中，也不愿再考，立志从事自己感兴趣的地理考察事业。

徐霞客19岁那年，父亲去世了。他非常悲伤，想出门游历以消除内心的悲伤之情，但又挂念家里的母亲。母亲察觉到了他的想法，就鼓励他说："男子汉大丈夫，应当志在四方。你出门增长见识是件好事，怎么能像篱笆下的小鸡、马圈里的马驹一样在家里圈死，无所作为呢？"

于是，徐霞客下定决心远游。20岁那年，他戴着母亲亲手为他做的远游冠，拿着简单的行李，开始了远游的人生。

此后30多年的时间里，徐霞客大部分时间都是在游历中度过的。他先后出行4次，去过今天的江苏、安徽、浙江、山东、河北、河南、山西、陕西、福建、江西、湖北、湖南、广东、广西、贵州、云南等16个省。母亲去世后，徐霞客安排完她的后事，便把全部精力扑在了游历考察上。

他的游历也可以分为两个阶段：前期是1606—1636年，着重于探奇访胜，欣赏大自然的壮丽秀美；

1636年以后，他开始系统地对名山大川的地理位置、地质、地貌、水文和珍稀植物进行考察。

他努力探索，寻找大自然的规律，比如对福建建溪和宁洋溪的考察。黎岭和马岭分别为建溪和宁洋溪的发源地，两座山的高度相差不大，可两条溪水入海的流程却相差很大，建溪长，宁洋溪短。徐霞客经过考察，得出“程愈迫则流愈急”(流程越短，水流越急) 这一地理学上的著名结论。

他对许多河流的水道、源头都进行了考察，如广西的左右江、湘江支流潇水、云南南北盘江以及长江等，其中对长江的考察最为深入。长江浩荡绵长，流经大半个中国，它的发源地在哪里，很长时间内都是一个谜。战国时的地理书《禹贡》中说“岷江导江”，这个说法一直延续了下来。徐霞客对这个说法产生了怀疑，于是“北历三秦，南极五岭，西出石门金沙”，多番考察后，认为发源于昆仑山南麓的金沙江才是长江的源头。1978年，长江江源考察队确认的长江源头正是位于唐古拉山的主峰各拉丹冬的沱沱河。

还有一次，他在湖南茶陵的时候，听说云嵝山里有个麻叶洞，想去考察。山中古木参天，据说山里有吃人的老虎，洞里还有神龙和精怪，村民都劝他不要进山，死活不肯给他当向导。好不容易找到一个年轻人带着他到了麻叶洞，正要进洞时，年轻人问清楚他是什么人后，顿时直往后退，说："我以为你是能捉妖怪的大法师才跟你来的。早知道你只是一个读书人，我才不陪你冒这个险呢！"说完就逃走了。

他和仆人点起火把钻进了山洞，发现洞里有各种奇形怪状的石头，有的像倒挂的莲花，有的像梁柱，有的像亭台楼阁。他们在里面停留了许久才出来。围在洞口的百姓十分惊奇，说："我们等了你们

好久，还以为你们被妖精吃了呢！”

他在游历途中不止一次经历危险，遭遇强盗。在西南考察时，除了一个仆人，还有一个叫静闻的和尚与他同行，结果在湘江乘船的时候，遇上了一伙强盗。他们的行李和财物被抢劫一空，静闻和尚在混乱中受了伤，半路上就去世了，后来仆人也逃走了，然而这些挫折都没有动摇他的决心。

他考察得最多的是石灰岩地貌，在石灰岩地貌广泛分布的湖南、广西、贵州和云南做了详细的考察。在他考察过的100多个石灰岩洞中，湖南南部九嶷（yí）山的飞龙岩是规模比较大的。当地的明宗和尚带他进去考察，里面曲曲折折，洞中有洞，地上又是坑又是水，很不好走，他却一直深入，直到火把快熄灭了才恋恋不舍地往回走。他没有任何仪

课外小知识

在我国古代，民间主要的照明工具有火把、油灯等。徐霞客使用的火把一般是选用较粗的木棍，在顶端缠绕上沾有油脂的油布，等可燃的油烧完了，火把就熄灭了。人们使用油灯照明的历史特别长，在这期间，油灯经过了多次改进。油灯的灯油起初为动物油，后来改为植物油，最后被煤油取代。灯芯也经历了草、棉线、多股棉线的变化过程。

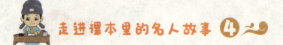

器，全靠目测心记，但所记录的结果相当准确。如他记载桂林七星岩有15个洞口，和现今所探测的大体相符。他去世后又过了100多年，欧洲人才有考察石灰岩地貌的记录。他称得上是世界上最早的石灰岩地貌考察学者。

他在跋涉一天之后，无论多么疲劳，都坚持把自己考察的结果以日记的形式记录下来，留下了240多万字的文章，可惜很多都散佚了。

后人把他留下来的40多万文字整理成书，称为《徐霞客游记》。这本书记录了许多过去无人注意的地理现象，纠正了不少错误的地理知识，既是宝贵的地理文献，也是优美的文学佳作，在国内外享有盛誉。

智慧解读

徐霞客不迷信前人所言，他在考察中所记载的都是经过实地考察、去伪存真、认真思考，才做出的结论，这也是《徐霞客游记》的价值所在。在和他人交谈时，我们也要懂得去伪存真，不轻信他人没有根据的话，不随意传播道听途说的消息，否则很容易失信于人。

走进课本里的
名人故事

囊括中小学课本各科目的中外名人故事

5

张欣怡◎主编

北京工艺美术出版社

前言

成长离不开阅读，阅读离不开好的故事。我国九年义务教育中各个年级、各个科目中涉及了很多中外名人，他们的故事可以影响一个人的一生。的确，凝结着名人智慧的故事，每一个都承载着他们的情感，寄托着人们的诉求和愿景。每一位孩子都是善良、单纯的，名人的事迹会让他们产生崇拜的心理，孩子会不自觉地学习、模仿名人的思想和行为，因此，这些名人故事里歌颂的精神，所传达的思想，可以潜移默化地滋养孩子的心灵，塑造孩子的美好品格，帮助孩子树立正确的价值观和人生观。

为了培养孩子的榜样意识，增强孩子辨别是非的能力，提高孩子的想象力，我们根据统编版课本精心编写了这套《走进课本里的名人故事》。本套书共包含五个分册，囊括了古今中外众多名人故事，这些名人有慧眼如炬的思想家、运筹帷幄的军事家、叱咤风云的政治家、精益求精的科学家、妙笔生花的文学家以及技艺精湛的艺术家等，这些故事涵盖了名人的智慧和成就，能让孩子深入了解名人背后的故事，感受名人流传千古的人格魅力，学习名人

身上的美好品德，帮助孩子树立远大的理想，培养高尚的思想品质。

本套书文字生动有趣，字里行间透露出深刻的哲理；插图精美、形象，注重图文结合，达到“以图释文、以文释图”的效果，书中涵盖的知识可谓包罗万象、寓意丰富，且富于趣味性，非常适合孩子阅读，是一套帮助孩子快乐阅读、增长知识和见闻的故事书。

我们希望孩子可以通过阅读，拓宽自己的视野，获得更深层次的快乐；希望孩子在美好的童年时光里，和非常美的书相伴，成就一个美好的人生。

目录

中国近现代名人

文化巨匠……………… 2

齐白石……………… 2

鲁迅……………… 6

梅兰芳……………… 10

老舍……………… 14

科学发明……………… 17

李四光……………… 17

华罗庚……………… 24

钱学森……………… 29

邓稼先……………… 36

袁隆平……………… 41

外国名人

文化巨匠……………… 48

苏格拉底……………… 48

马可·波罗……………… 53

米开朗琪罗……………… 57

贝多芬……………… 61

科学发明……………… 64
伽利略……………… 64
笛卡儿……………… 70
牛顿……………… 74
法拉第……………… 79
达尔文……………… 85
法布尔……………… 93
诺贝尔……………… 102
爱迪生……………… 107
居里夫人……………… 113
爱因斯坦……………… 118

中国近现代名人

文化巨匠

齐白石

走进课本

出自《中国历史》八年级上册第八单元第26课《教育文化事业的发展》。

名人档案

姓　名：齐白石
生卒年：1864—1957年
职　位：著名画家
贡　献：近现代中国绘画的代表人物之一。

1864年，齐白石诞生于一个贫苦的家庭，生活很艰辛，他因先天性营养不良而自小体弱多病。齐白石曾在外祖父的蒙馆学习，在这期间，他一边读书，一边学习画画，后来因为学校放假，自己生病，田地歉收，家里愈发穷困了，有时候连饭也吃不上，母亲哽咽地说："如今先填饱肚子再说吧。"懂事的齐白石无奈中断了去蒙馆的学习，担起了生活的重担。

辍学后的齐白石依靠自己小小的身躯帮着家人挑水、种地、干杂活等，有时候太累，连饭也没有力气吃，在这样艰苦的环境下，齐白石依然利用闲暇的时间读书、写字、学画画。祖父见他学习刻苦，就利用节省下来的钱买来一些黄表纸和一本木版刻印的大楷字帖，让他临摹。为了节省纸张，每张纸他都用好几遍才舍得扔掉。

少年时代的齐白石力量非常小，家里人见他干粗重的农活非常吃力，考虑再三，决定送他去学木匠，毕竟学会一门手艺将来也可以养家糊口。学习的第一天，老师让他扛一根又粗又长的檩子，但是他一连试了好几次都没有扛起来，老师非常生气，便让他退学了。父亲又托人让他在另外一位木匠那

课外小知识

齐白石擅长画花鸟、虫鱼、山水、人物等，其作品具有笔墨雄浑滋润、色彩浓艳明快、意境深远等特点，他所画的鱼虾虫蟹妙趣横生。代表作有《蛙声十里出山泉》《墨虾》等。除作画外，齐白石还善写诗文。

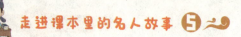

里拜师学艺。工匠见他天资聪颖，干活儿细致，木工雕花做得十分漂亮，就专门教他雕花。这一经历让他的绘画水平得到了很大的提高。

1889年，齐白石在雕花时，遇到了私塾先生胡自倬和陈少蕃先生，从此以后，走上了专门读书绘画的道路，在他们的帮助和自己不懈地努力下，齐白石的画像技艺有了很大提高，他还创造了一些新的绘画技能。

1902年，年近40岁的齐白石游历大江南北，每到一处，他都会了解当地的风土人情，拜访当地的画界名人，鉴赏、临摹了许多名画、书法等艺术品。这次游历大大开阔了他的眼界，提高了他的审美能

力和鉴赏能力。

1909年，齐白石回到故乡，这一待就是10年。在这期间，齐白石每天坚持作画、苦读诗词，基本上形成了朴实、自然的创作风格。

1919年，齐白石定居北京。他创造了中国画工笔草虫和写意花卉相结合的特殊风格，在陈师曾的提携下，名声大振。

1927年初春，齐白石被当时的国立北平艺术专科学校校长林风眠聘请为教授。1937年，日军侵占北平，北平沦陷之后，齐白石为反抗日寇及汉奸索要画作，从此紧闭大门，充分表现了其可贵与崇高的民族气节。

智慧解读

家庭的贫困和生活的重担并没有让齐白石放弃学习绘画，反而寻找一切机会学习绘画知识和技能，在各位老师的帮助下，终成一代大师。北平沦陷后，齐白石拒绝为日寇和汉奸作画，其民族气节值得我们敬佩。

鲁迅

走进课本

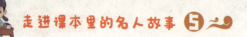

出自《语文》六年级上册第八单元第25课《少年闰土》。

名人档案

姓　名：鲁迅，原名周树人

生卒年：1881—1936年

职　位：教师、作家

贡　献：中国现代文学的奠基人；中国现代思想解放先驱。

鲁迅是中国现代著名的文学家、思想家和革命家。他从小就非常聪明，而且勤奋，曾跟随寿镜吾老师在三味书屋学习。他原本的生活比较富裕，但是天有不测风云，鲁迅13岁时，他的祖父因为一场科场案被逮捕入狱，家里突遭变故，再加上他的父亲长期患病，导致家里越来越穷。鲁迅因为年纪小，无法像成年人一样外出工作挣钱，为了给父亲买药看病，他只得将家里值钱的东西拿去变卖，然后再到药店给父亲买药。

有一次，鲁迅父亲的病情突然加重了，鲁迅不得不临时去当铺换钱，然后去药店买药，再照料父亲把药吃完。这样一折腾，鲁迅耽误了上课的时间，等他把父亲这边安顿好再回来上课时，已经很迟了，此时老师已经开始上课了。老师看到他迟到了，就生气地说："你才十几岁，就不把学习放在心上，只知道睡懒觉，还上课迟到，如果下次再迟到就别来了！"鲁迅听了以后，并没有为自己辩解，而是默默地点点头，然后回到自己的座位上。

第二天，鲁迅早早地来到学校，为了让自己不再迟到，他用刀在自己的硬木书桌右上角刻了一个"早"字，心里暗暗地发誓：不管发生什么事情，以后绝对不能再迟到了。

在后来的日子里，鲁迅父亲的病更重了，除了照顾父亲，他每天都很忙，他总是天不亮就起来，先将家里的活儿干完，等到当铺和药店开门，再去换钱为父亲买药，然后再匆忙地跑到私塾去上课。这让他疲惫不堪。尽管如此，他也一次都没有迟到。

虽然生活过得十分艰苦，但是当鲁迅在私塾上课，看到课桌上的"早"字时，他都会十分开心。

在很长的一段时间内，鲁迅都是这样生活的。后来，在疾病的折磨下，鲁迅的父亲去世了。尽管悲痛万分，但是鲁迅没有放弃读书学习的机会，继续在三味书屋跟随寿镜吾老师学习。寿镜吾老师是一位正直、淳朴而又博学的人，他严谨的治学精神和正直的品格，以及那个刻着“早”字的课桌，一

课外小知识

鲁迅有两个非常要好的朋友，即厉绥之（近现代著名医学家、浙江医科大学创始人）和钱均夫（钱学森的父亲）。他们三个人曾一起去日本留学，关系非常好。从日本学成归来后，虽然三个人不在同一个地方工作，但他们经常聚在一起讨论救国之路。

直激励着鲁迅在人生的道路上继续前进。

在三味书屋学习了5年后，鲁迅毕业了，他凭借优异的成绩考上了免费学习的江南水师学堂，后来又公费到日本留学，学习西医。但在留学期间，他越来越意识到，相较于身体素质，国民更需要被解救的是思想。最终，鲁迅放弃了医学，开始从事文学创作。鲁迅先后在北京大学、北京师范大学等学校教过课，而且他还是中国新文化运动的倡导者。鲁迅是中国文坛的一位巨人，他的著作全部收录《鲁迅全集》中，被译成50多种文字在世界上广泛传播。

智慧解读

在现代社会中，我们应该像鲁迅一样适当地给自己一点儿压力，给自己一个坚持下去的理由。只有这样，我们遇到困难时才不会退缩，才会勇敢地面对困难，战胜困难。

梅兰芳

走进课本

出自《语文》四年级上册第七单元第23课《梅兰芳蓄须》。

名人档案

姓　名： 梅兰芳
生卒年： 1894—1961年
职　位： 著名京剧演员
贡　献： 京剧旦角；“四大名旦”之首；创立“梅派”等。

梅兰芳出身梨园世家，祖父梅巧玲是清末著名的旦角演员，伯父梅雨田是京剧胡琴演奏家，父亲梅竹芬从出演小生改为花旦，母亲为著名皮黄戏武生演员杨隆寿的长女。在这样的家庭中，梅兰芳8岁就开始学习戏剧，9岁时拜吴菱仙为师，从此以后开始学习青衣，11岁时登台表演青衣。后来又跟随秦稚芬和胡二庚学习花旦。通过自己的努力学习和刻苦练习，他最终成为“四大名旦”之首。

梅兰芳深入钻研旦角本工戏以及其他角色的演

出，经过长期的舞台实践和自己的不断思考，他在京剧旦角的唱腔、舞蹈、音乐、服装等方面逐渐形成了自己的艺术特色，世人称其为“梅派”。

为了拒绝为日本人演出，梅兰芳离开了上海前往香港，后来又返回上海。但他在去香港之前就将自己之前演出所得的钱存入了香港银行。就在他返回上海不久，日寇统治了香港，并将这笔钱全部冻结，无法取出。梅兰芳一直依靠利息生活，日子过得非常困难，“如何生存”成了梅兰芳的难题，他问夫人：“我们该如何维持生计呢？”

夫人说：“我最近看报纸时，看到何香凝女士在卖画谋生，你不如发挥你的绘画才能，像她一样靠卖画维持生计。”其实梅兰芳早就有此想法，但怕夫人不同意这样做，一直没有说出口，现在夫人主动说出来了，他自然点头称好。就这样，两人一拍即合，夫人磨墨，梅兰芳绘画，几天以后，梅兰芳就画了20多幅鱼、虾、梅、松，这些画被放到市场上以后，很多人都争着前

课外小知识

梅兰芳在刻画人物心理状态时，善于运用歌唱、念白、表情、身段、舞蹈等技艺，这些艺术手段自然和谐、出神入化，极具节奏感和形体美，端庄大气中又含有俏丽之美。

往购买，不到2天的时间，这些画全都卖出了。

上海各界听闻梅兰芳卖画的事情，纷纷争着要为他办画展。梅兰芳得知后特别兴奋，他拿起画笔连续好多天都在画画，画了几十幅作品，并将这些画当面交给主办者安排。主办人员决定在上海展览馆展出，并且邀请梅兰芳夫妇参加剪彩仪式。

但是梅兰芳举办画展的消息很快传到了日伪汉奸那里，他们派出一些人提前赶到展览馆大做手脚，导致前来观看画展的人纷纷离开。梅兰芳来到展览厅时发现门口空无一人，感到非常奇怪，当他走进展厅后，看到他的每幅画上都有纸条，上面分别写着“汪主席订购”“冈村宁次长官订购”……梅兰芳

看到这里，非常气愤，拿起剪刀将这些画全都剪成了碎片。为了避免日本人的纠缠，梅兰芳断然蓄起了胡须，自然也无法唱花旦了，表现出他不屈不挠的民族气节。梅兰芳的这一举动轰动了整个上海。

宋庆龄、郭沫若、何香凝等人纷纷称赞梅兰芳的这一举动。不久后，梅兰芳毁画的消息传到了大江南北，时人纷纷被梅兰芳的爱国行为所感动，并寄来了很多支持他的书信。梅兰芳看到如此景象，热泪盈眶地对夫人说："我梅兰芳再也不是孤身一人了。"

智慧解读

梅兰芳自小与戏剧结缘，生在梨园，长在梨园，并用自己的一生续写梨园。他是中国表演艺术的象征，同时也是中国人民的骄傲，他的爱国精神值得每一个人学习。

老舍

走进课本

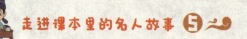

出自《语文》四年级下册第四单元第13课《猫》。

名人档案

姓　名： 老舍，原名舒庆春
生卒年： 1899—1966年
职　位： 著名小说家、作家
贡　献： 新中国第一位获得“人民艺术家”称号的作家。

老舍1899年出生在北京一个穷苦的家庭，他的父亲是一名守卫皇城的护军。1900年八国联军入侵中国，老舍的父亲在抗击入侵的过程中不幸身亡，从此以后，生活的重担落到了柔弱的母亲身上，一家人的日子愈加艰辛。老舍在北京大杂院里度过了艰难的幼年和少年时期，大杂院的日常生活让他从小就懂得了挣扎在社会底层的城市贫民的艰辛，深知他们的不易。

大杂院里住着很多手工业工人和技艺人，因此他从小就能见到很多传统艺术，如曲艺、戏剧等，在这样的环境中，老舍受到了很多不同于其他作家的生活教育和艺术启蒙，这为他以后的创作奠定了基础。

1906年，在别人的资助下，老舍开始进入私塾读书，1909年，转入新式学堂，1913年，考入北京师范学校，1918年，老舍以优异的成绩从北京师范学校毕业。后来，在“五四运动”民主科学、个性解放的呼声下，他做出了新的选择，决定去寻找更有意义的生活。

1924年，老舍去了英国，他在那里是一名汉语讲师，多彩的世界和浓烈的思乡之情将老舍拉入了文学的天堂。自那时起，老舍开始进行小说创作，写下了《老张的哲学》《赵子曰》《二马》等小说。他的文章极具特色，不管是在语言上、内容上还是

课外小知识

老舍先生的很多作品中都运用了潜台词，极具语言魅力，代表作品是《茶馆》。最经典的例子就是《茶馆》中的第一幕庞太监与秦仲义的“舌战”：庞太监是西太后的宠奴，秦仲义是讲维新的资产者，两个人相遇后表面上客客气气，实际上各有各的主意。《茶馆》中这样的例子比比皆是，通过弦外之音调动了人们的阅读兴趣，引人深思，耐人寻味。

在主题上，都具有鲜明的艺术特征。

1929年夏，老舍回国。1934年，他任青岛山东大学教授，业余时间继续进行长篇小说的创作，这一时期的作品有《猫城记》《离婚》《牛天赐传》《月牙儿》《骆驼祥子》《我这一辈子》等，其中《骆驼祥子》反映了作者对城市里贫民的同情和对他们生活情况的深刻理解，并成为老舍的代表作，这部作品也奠定了老舍在中国现代文学史上的重要地位。

智慧解读

虽然老舍生活在一个贫困的家庭，但是他并没有因此而抱怨，反而观察、学习生活中的一切，从中汲取知识，为自己的创作积累了素材，并最终成了一代文学大家。

李四光

走进课本

出自《语文》四年级下册第二单元《快乐读书吧》。

名人档案

姓　名：李四光，原名李仲揆

生卒年：1889—1971年

职　位：中国科学院院士、地质学家

贡　献：创立地质力学理论；对中国第四纪冰川的研究做出重大贡献。

李四光是我国著名的地质学家，在地质学方面拥有卓越的成就，同时他也是我国地质力学的创始人。

李四光小时候学习非常刻苦，以优异的成绩考取南路高等小学堂。当时学堂里有月考，前五名的学生都可享受官费，都有资格被保送至外国（英、

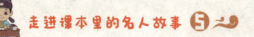

美、法、德、日）留学。他入学后三次考试都是第一名，但出国留学的名单里却没有他。他不知道为什么，好心的同学告诉他："你是来自农村的穷孩子，没有门第，没有靠山，你被挤掉了。"李四光听后极其气愤，便前去学堂抗议，甚至一气之下离开了学校。但是在偌大的陌生城市，他能到哪儿去？最后学校老师又把他找了回来并斥责他说："你要逃走？先交完学膳费，共21两银子！"他质问道："按学堂规定，前五名就可外出留学，有三次我都考第一名，为什么不送我去留学？"校方怕把事情闹大，也极力劝解，此时有位张姓教师出来说情，建议校方准许李四光再考一次试，若依然是第一名，则应送他去留学。校方考虑到学校的名誉，就同意他再考试。

1904年，李四光最终凭借优异的成绩得到了去日本留学的机会。他到上海与其他9名留日学生一起登上远渡日本的轮船，当时他也没有想学地质。想到当初离家乘船去武昌读书时，目睹了长江里横冲直撞的帝国主义军舰，以及被掀翻了的中国小木船，他异常气愤，心中暗下决心，一定要学造船，将来造出大军舰，把帝国主义列强从中国的土地上赶出去。

所以，来到日本后，他便在大阪高等工业学校学习造船。毕业后，李四光回国。辛亥革命后，因为不满当时的政府，李四光于1913年又一次出国，此次他前往英国伯明翰大学学习地质，从此与地球科学结缘。1918年，李四光决意回国，那时他已获得地质学硕士学位。在回国途中，他为了解革命后的俄国，还特地转经莫斯科进行实地考察。

长久以来，许多中外学者都认为中国没有第四纪冰川可言，但李四光却说“让事实说话”。1921年他带领学生实习时，首次在太行山东麓发现中国第四纪冰川，此后他在长江中下游、江西庐山、安

徽黄山和华南其他地方又做了进一步调查，并收集到更多证据。中国存在第四纪冰川这一事实的确立，对在我国寻找地下水资源、沙金矿床、选定工程建设场址具有很大的意义。

李四光关于地壳构造和地壳运动的看法，先后较系统地发表在《中国地质学》《地质力学的基础与方法》《地质力学概论》等著作中。对这样一门边缘学科，他觉得用“地质力学”一词来形容更为确切。

李四光致力于二叠纪地层研究工作，从而得出一种假说：大陆上海水的进退大概是由赤道向两极和由两极向赤道的方向性运动。这种方向性运动的变化大概是由地球自转速度在漫长的地质时代中反复发生时快时慢的变化所导致的。他进一步提出，构成大陆的岩石是由于长期受到应力作用才会发生刚性和塑性形变，他依据多年的野外工作经验发现，存在于地球表面的一切形变（构造）现象，其方位对地球自转轴来说是有规律的。

李四光把构造体系分为三种类型。第一，纬向构造体系，我国境内的天山—阴山，昆仑山—秦岭等山脉都属于东西构造地带；第二，经向构造带；第三，各种扭动构造，包括“山”字形构造、“多”字形构造、“入”字形构造、棋盘格式构造和旋扭构造，其中规模较大的扭动构造体系是中国东部的新华夏系，以及各种旋卷构造等。同时，他还建立了地质力学的工作方法和步骤，岩石对应力作用的反应，研究了主要决定岩石的力学性质，应力作用的时间长短以及岩石所处的物理条件，特别是所在地的热状态。

地质力学是李四光创立的有重要影响的大地构造理论，凝结了他毕生的心血。李四光按照自己多年的研究经验，提出了通过观测地应力的变化数据来开展地震预报工作的方案，并于全国各地设置了大量的地应力观察站，这相应地为我国地震灾害的预测工作带来了便利，同时为我国的地震预报研究工作指明了方向。在中华人民共和国成立前夕，虽

课外小知识

李四光除在地质方面有着巨大的贡献外，他在音乐方面还有着一定的成就。中国地质科学院地质力学研究所研究员马胜云曾说，李四光在英国留学时迷上了小提琴，回国后便写下了小提琴曲《行路难》，这是我国最早的小提琴曲之一。

然说李四光远在欧洲讲学考察，但他仍心系祖国的命运。最后经过重重波折，他于1950年初回到祖国，从此全身心地投入新中国的建设事业中。

为了找到油田，李四光按照科学的方法，从地质构造角度出发，认为生油和储油条件比较优越的地区就是油区，而油田是储油最好的地方。他认为，整个新华夏体系是一个巨大的“多”字形结构体系，在隆起的地带则有多种矿藏蕴藏，在沉降带有丰富的天然气和石油蕴藏着。所以，我国以下几个区域成为石油勘探远景区。一是青、康、滇、缅大地槽；二是阿拉善—陕北盆地；还有一处是东北、华北的平原地区。他说寻找石油，首先要去的地方就是柴达木盆地、黑河地区、四川盆地、伊陕台地、阿宁台地、华北平原、东北平原等地区。

李四光十分关心祖国的发展与富强，而在新中国的国防和经济建设中，铀矿资源是必需的，这是他早就预料到的。回国时，他克服万难从英国带回来一台伽马仪，这对寻找铀矿起了非常重要的作用。20世纪50年代到60年代，李四光一直挂念着我国铀矿地质研究的开展，多次听取找铀队伍汇报并进行指导工作。他依照地质力学理论，对找铀队伍乐观地指出："一要找富集带，二要便于开采……在我国主要是在几个东西带上。"事实证明他的预测是正确的，特别是位于南岭成矿带的一些铀矿床，具有规模大、品位高、易开采的特点。李四光在强调构造规律的研究时提出："重点是要将对构造规律的研究与辐射测量相结合。"遵循着他的思路，覃慕陶、吴磊伯等人经过努力，找到了211特大型铀矿床。李四光身为原子能委员会主席，为我国成功研制原子弹和氢弹做了突出贡献。1971年4月24日，李四光因为感冒发烧住进了北京医院。仅5天时间，这位历经风霜、鞠躬尽瘁，为祖国和人民奉献了毕生的伟大科学家就与这个世界永别了。

智慧解读

李四光一直到逝世前还挂念着自己的地质事业，他为祖国的地质事业奉献了一生，其刻苦学习、爱岗敬业、鞠躬尽瘁的精神值得我们学习。

华罗庚

走进课本

出自《数学》七年级下册第六章第3课《实数》。

名人档案

姓　名：华罗庚
生卒年：1910—1985年
职　位：数学家
贡　献：中国解析数论创始人和开拓者；中国现代数学之父。

1910年11月12日，华罗庚出生于江苏金坛一个小商人家庭。华罗庚自幼听话孝顺，学习认真，他天资聪慧，最喜欢数学。因家境贫困，他中学毕业后就回家当店员了，他后来所取得的一切成就都是靠自学得来的。

1929年，金坛发生瘟疫，华罗庚染上了伤寒病，持续高烧，昏迷不醒。由于缺乏医学常识，他在卧床期间没有经常翻身，以致左腿关节变形，留下了残疾。所以后来华罗庚走路时总是左腿先画一个大圆圈，右腿再跨一小步，行走十分吃力。面对这一不幸，华罗庚却十分乐观，还幽默地戏称自己这种奇特而费力的步履为“圆周与切线的运动”。他顽强地与命运抗争，激励自己道：“我要用健全的头脑，代替不健全的双腿！”

19岁那年，华罗庚凭着自学的数学功底看出了一位大学教授的论文有错误，写出了著名的论文《苏家驹之代数的五次方程式解法不能成立之理由》。这篇论文很快刊登在上海出版的《科学》杂志第15卷第2期上。清华大学数学系主任熊庆来教授看到这篇论文后如获至宝，立即四处询问作者的身世经历，写信邀华罗庚去清华大学数学系深造。1931年，华罗庚在熊庆来教授的关照下当上了数学系的助理员。此后，华罗庚如鱼得水，在数学的王国里自由地翱翔。在清华大学深造的4年中，他一面工作，一面学习、旁听，仅用了一年半的时间就攻下了数学系的全部课程，还自学了英文、德文、法文。1936年，他被保送到英国剑桥大学进修，先后在美、日等国的数学杂志上发表了十几篇有关数论方面的论文，引起国际数学界的高度关注。

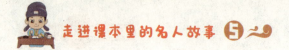

1938年，华罗庚回国。此时正值抗日战争时期，华罗庚去西南联合大学任教授，住在昆明郊区的一个村庄里。这位国内外负有盛名的学者，一家七口挤在两间牛棚似的小阁楼里，他晚上在昏暗的菜油灯下进行研究工作；白天则拖着病腿外出上课，用微薄的薪水养活全家。在这样艰苦的条件下，华罗庚刻苦钻研，艰难地写出了名著《堆垒素数论》。1947年，《堆垒素数论》出版，成为20世纪经典数论著作之一。

1946年，华罗庚赴美国担任普林斯顿高级研究所研究员、伊利诺伊大学教授。在美期间，他的年薪很高，还有小洋楼和汽车。但他常说："梁园虽好，非久居之乡！"一听到新中国成立的消息，他

课外小知识

华罗庚与我国科学家钱三强、张钰哲、赵九章、朱冼等人有一件趣事。他们一起去国外考察，途中闲暇无事，华罗庚提出对对联，自己写出上联："三强韩、赵、魏。"这里的"三强"指的是我国古代战国时期韩、赵、魏三个战国，隐含我国科学家钱三强同志的名字，要求大家对出的下联中也要包含一位科学家的名字。隔了一会儿，没有人对出下联，华罗庚便说出自己的下联："九章勾、股、弦。""九章"是指我国古代著名的数学著作《九章算术》，又恰好是大气物理学家赵九章的名字。

毅然回到了祖国的怀抱。

1950年，华罗庚执教清华大学数学系。1951年，他被任命为中国科学院数学研究所所长。之后，华罗庚开始了数学研究的真正历程。他白天拄着拐杖到学校讲课，晚上常常在灯下研究到深夜。为了求证一个问题，他时常深夜从床上爬起，拿起床头的报纸，在空白处进行演算、论证。桌上、床上、地上堆满了演算稿纸。

1956年，华罗庚的重要论文《典型域上的调和分析》荣获中科院第一批科学奖金一等奖。随后，他的《数论导引》问世。这部倾注了他多年心血的巨著引起了国内外数学界的轰动。另外，他和万哲先合著的《典型群》一书在国内外也引起极大的反响。

在经济困难时期，华罗庚思考着如何以数学知识为国民经济做贡献。于是，他以数学理论为基础，提出在科学试验和生产工艺条件选择中可以减少试验次数的“优选法”，以及以处理生产组织管理问题为内容的“统筹法”。

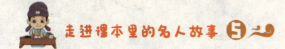

1964年，华罗庚给毛泽东同志写信，建议在生产实践中推广“两法”，即“优选法”和“统筹法”，以便提高管理水平和效率。毛泽东同志回信称赞他的想法为“壮志凌云，可喜可贺”。受此巨大鼓舞，华罗庚开始将他的主要精力放在数学方法如何在工业的普及应用上。在之后近20年的时间里，华罗庚的足迹遍布中国20多个省、自治区、直辖市，他深入工厂、矿山，用深入浅出的语言向工人和农民介绍“优选法”和“统筹法”。他用数学直接为国家创造了巨大的财富，是中国最早把数学理论研究和生产实践紧密结合并有巨大贡献的科学家。

智慧解读

华罗庚用自己的聪明才智和辛勤汗水为祖国创造了巨大财富，他讲求理论和实际相结合，将数学应用到了实践当中，并做出了巨大贡献。他边工作边学习，并且用一年半的时间攻下清华大学数学系全部课程，这是何等强大的毅力！我们应该学习华罗庚这种精神，在学习、生活中努力进取。

钱学森

走进课本

出自《道德与法治》七年级上册第一单元第1课《中学时代·阅读感悟》。

名人档案

姓　名：钱学森
生卒年：1911—2009年
职　位：中国应用力学家、航天工程专家、系统工程学家
贡　献：主持完成了“两弹一星”的研制和试验；工程控制论创始人之一。

钱学森担任过中国人民解放军国防科学技术委员会的副主任，为我国军队的科技事业发展做出了卓越贡献。他同时也是中国航天科技事业的先驱者和杰出代表，被誉为“中国航天之父”和“火箭之王”。

钱学森于1936年与冯·卡门教授开始了一段先是师生后是亲密合作者的情谊。

冯·卡门第一次与钱学森见面的时候，第一印象就是这是一位个子不高、仪表严肃的年轻人。但

后来他发现自己提出的所有提问，钱学森都异常准确地给出了答案，冯·卡门觉得这是一位思维敏捷和富有智慧的学生，所以对他的印象很深。

刚开始的时候，钱学森和自己的导师冯·卡门共同研究一些数学问题。慢慢地，冯·卡门发现钱学森拥有非常丰富的想象力，极富数学才华，同时还拥有一个高超的能力，就是将自然现象转化为物理模型，并能将两者有效结合。冯·卡门教授对钱学森的评价是："我发现他非常富有想象力，他具有天生的数学才智，能成功地把数学和物理图像结合在一起。作为一个青年学生，他帮我提炼了我自己的某些思想，使我对一些很高深的命题变得豁然开朗。"

钱学森经常到冯·卡门教授的家中做客。因为钱学森的态度直率诚恳，见解饶有风趣，所以冯·卡门的妹妹非常欢迎他。

钱学森在学习期间总是会提出一些新奇的设想。在进行导弹试验的前一段时间，导弹的重要性已经被钱学森敏锐地察觉到。他半开玩笑半认真地提出："美国有必要建立一个新机构，名字就叫喷气式武器部，对遥控导弹进行专门研究。"他还说："之所以委托军事部门建立一个新团体，主要是因为控制导弹与操纵常规武器技术拥有完全不同的要求，应该以崭新的作战思想和方法进行管理。”后来他的这个设想被证明是完全正确的。

在钱学森学习期间，冯·卡门教授不仅教给钱学森从工程实践中提出理论研究对象的原则，同时也把将理论应用到工程实践的方法教给了钱学森。冯·卡门教授每周都要主持一次研究讨论会以及一次学术研讨会，钱学森在这些学术活动中锻炼了自己的创造性思维。

1949年，中国人民马上就要取得解放事业的胜利，这时候的钱学森已经准备返回自己的国家建设祖国。但就在这个关键的时候，美国被麦卡锡反共浪潮席卷，一股怀疑外国雇员是否忠诚美国政府的狂热浪潮掀起来了。大学、军事部门和其他机构几乎每

课外小知识

钱学森、厉家祥、蒋方震三家都是浙江有名的大户人家，同时也都是书香门第，三家的关系非常好。1947年，钱学森已经是优秀的火箭专家，在厉家的撮合下，钱学森与蒋方震的三女儿蒋英结为夫妇，结婚后他们十分相爱。

天都要接受调查或威胁性审查。在这种形势下，凡是1936年至1939年在加州理工学院工作过的人，都很有可能被当作不可靠分子。

终于有一天，钱学森也被怀疑了。因为他不愿意揭发自己的朋友，所以美国联邦调查局就对他产生了怀疑。最终，他从事机密研究工作的安全执照被美国军事当局吊销。

钱学森的自尊心因为这件事情受到了严重伤害，如果没有安全执照自己将没有办法留在喷气推进研究中心，这将严重影响自己的工作。他找到杜布雷奇院长进行当面申述，激动地说："与其在这里受到当局的怀疑，我宁愿回到自己的中国老家去。"看见钱学森如此激动，杜布雷奇院长好言相劝，希望他先保持冷静，并建议他上诉。但是钱学森认为在这样的环境下，一个在美国的中国教授想要打赢这场官司将会很难。再加上钱学森秉性高傲，他觉得没有必要向美国司法当局申述自己不是共产党人。

之后钱学森约见了海军次长金波尔，因为钱学森在喷气推进研究中心的研究项目主要由他负责。钱学森对金波尔说："如果不将安全执照返还给他，他将立即回中国去。"当谈及丝毫没有进展的时候，钱学森决定动身回国。

但之后事情的发展并不顺利，美国海关官员称钱学森的行李中有很多机密材料，将钱学森的行李全部没收，其中还有800公斤重的书籍和笔记本。之后，美国移民局和联邦调查局特务限制和监视着钱学森的所有行动，使得他滞留了5年。

终于在1955年6月的一天，钱学森夫妇摆脱了特务对其的监视，他们用一张小香烟纸写了一封求助信，寄往了比利时亲戚的家中。在这封信中，钱学森请求祖国予以帮助，这样他就可以尽早回国。之后周恩来总理拿到了这封信。中美大使级会谈于1955年8月1日在日内瓦开始，按周恩来总理的授意，王炳南大使以钱学森这封信为依据，与美国进行了艰难的交涉和斗争，最终美国政府不得不解除对钱学森的监视，让其回到自己的国家。

钱学森于1956年春天应邀出席中国人民政治协商会议第二届全国委员会第二次全体会议，在这次会议上他还进行了发言。毛泽东主席在2月1日的晚上设宴招待全体会议人员，同时将钱学森特别安排在自己的身边，其间进行了亲切谈话。这一时刻具有重大的意义，这意味着回国之后的钱学森已经一心一意地投入一项新的事业当中，这项事业就是中国共产党领导的现代化建设事业。

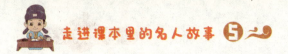

有一次，钱学森到哈尔滨参观中国人民解放军军事工程学院的时候，院长陈赓大将从北京专程赶到哈尔滨来接待钱学森，他见到钱学森之后问的第一句话就是："中国人能不能搞导弹？"

钱学森果断地说："外国人能做的事情，中国人同样能做。"听到这样的话之后，陈赓大将很高兴，说："好！我要听的就是这句话。"这次谈话意味着钱学森从某种意义上已经开始了他的航天事业。

在钱学森的主持下，王弼、沈元、任新民等人

合作完成了第37项《喷气和火箭技术的建立》的规划。针对这项重要的科学技术，钱学森指出："喷气和火箭技术是现代国防事业的两个主要方面，一方面是导弹，一方面是喷气式飞机。一旦拥有了这两种技术，中国就拥有了现代航空，也就拥有了现代国防。掌握了喷气和导弹的技术，民用航空方面的科学技术问题也就不难解决了。"同时他将这项任务的结果、途径和进度也提了出来。没过多长时间，中国就依靠自己的力量设计制造出了国防上需要的、达到当时国际先进水平的导弹。

钱学森在动力、制导、气动力、结构、计算机、质量控制等领域拥有丰富的知识和经验，在组织领导新中国火箭、导弹和航天器的研究发展工作中起到了巨大的作用，对中国火箭、导弹和航天事业的迅速发展有着不可磨灭的贡献。

智慧解读

探求新知、留学海外是许多学子的心愿。然而，学得满腹经纶如何用之，不同的人有不同的选择。有人拿它换取异国的国籍，有人用它获得大量的金钱，像钱学森这样热爱祖国、胸怀大志的人则将它化成了祖国腾飞的翅膀。

邓稼先

走进课本

出自《语文》七年级下册第一单元第1课《邓稼先》。

名人档案

姓　名：邓稼先
生卒年：1924—1986年
职　位：中国核物理学家
贡　献：中国核武器理论研究工作奠基者；设计了中国原子弹和氢弹。

中国科学院原子能研究所的一位领导于1958年8月的一天对邓稼先说："有一项秘密工程，钱三强同志极力推荐你参加，这项工程就是搞原子弹。"听到这番话之后，邓稼先兴奋得恨不得跳起来。8年前，他在美国普渡大学获得了博士学位，仅仅过了9天，邓稼先就搭乘"威尔逊总统"号客轮回到了祖国的怀抱。从那时起他就渴望发挥才智报效祖国。如今终于有机会得偿所愿，他的内心激动万分。

这时候的邓稼先想起了20多年前，当时北平被

日本侵略者占领了，日本侵略者强迫中国老百姓举着小太阳旗和他们一起“庆祝”节日，那时候的邓稼先生气地将小纸旗撕碎并狠狠地踩在脚下。为了躲避黑暗势力的迫害，父亲命令二姐带着他离开北平。临走之时，父亲语重心长地对他说：“孩子，你以后一定不要学文，要学就要学科学，国家需要这样的人才。”如今，他按照父亲的愿望学成归来，要用这样的方式来报效祖国，邓稼先当然欣喜若狂。

当然，邓稼先知道在接受研发原子弹这项任务之后，就要告别常人的生活。从此之后他必须隐姓埋名，不能出国，不能公开做报告，学术论文也不可以发表，就连和朋友的交往也要受到限制。回家之后的邓稼先就对自己的妻子说：“鹿希，我可能无法再帮你管家里的事了。上级对我的工作有了新的安排，要我去做一件事情，这件事情意义重大，值得付出一生。”至于他要被安排到哪里工作，他要去做什么事情，他不便说，妻子也就没有再问。之后邓稼先首先被调到第二机械工业部核武器研究所，担任的职务是理论部主任，他成为研究所选来的第一位高级研究人员。上任之初，当务之急就是要将队伍筹建起来，一批刚从大学分配来的毕业生成了邓稼先挑选的对象。研究所的条件极其艰苦，他们要在那里学习各种知识，包括爆轰物理、流体力学、状态方程、中子输运等。其间邓稼先亲自授课，并与所有人一起讨论问题。

1959年6月，中苏关系破裂，苏联将双方于1957年10月签订的合作国防高技术的协定全面撕毁，至于原子弹模型和有关生产原子弹的技术资料，苏联拒绝再向中国提供。于是中共中央做出了果断决策：自己动手，从头摸起，准备用8年时间搞出原子弹，并将“596”定为自行研制第一颗原子弹的代号。这个代号也代表着中苏关系破裂的日子。

此后，邓稼先就立即带领着自己的理论队伍展开了对原子弹物理过程的模拟计算和分析，原子弹爆炸的全过程只能在当时的“中国式的计算机”上进行模拟。所有的工具都极其简陋，所谓的“中国

课外小知识

1937年7月7日，卢沟桥事变爆发，这场事变导致北平沦陷，凶恶的日本侵略者竟然大张旗鼓地召开“庆功会”，这让年仅13岁的邓稼先十分愤怒，邓稼先无法忍受这种屈辱，当着众人的面将一面日本侵略者的国旗撕得粉碎，并踩在了脚下。

式的计算机”，也只是几台手动、电动计算器以及几把算盘。这些“家当”甚至不能与今天人们手中的计算器相比。

然而这样简陋的工具并不能阻挡他们前进的步伐，他们就是凭借这样的“武器”不断攻克难关。邓稼先在这样的环境中咬紧牙关，边学习、边钻研、边教学，废寝忘食，有时候甚至能工作到凌晨三四点钟，如果实在熬不住，邓稼先就和衣躺在办公室的长椅上休息，天一亮就又投入紧张的工作中。其他人希望邓稼先能注意休息，邓稼先却说：“有人卡我们的脖子，想让我们低头，在这个关键时刻，我们一定不能低头，要争口气，挺起腰杆子来。”

在一年的时间里面，他们就进行了9次模拟计算，对各种影响计算结果的物理因素都进行了考察，得到了许多研制原子弹的关键参数。通过周光召的最大功原理，他们论证了计算结果的合理性，消除了一些人对计算结果的怀疑。邓稼先于1962年年底起草了中国第一颗原子弹的理论方案。为了使理论与实验相结合，他加入了王淦昌领导的冷实验委员会当中，核试验前的各种模拟爆轰实验都有邓稼先的参与和指导。为了研讨实验方案和测试结果，他还经常深入实验现场，与实验人员一起探讨。邓稼先一直坚持着这样紧张艰苦的工作，直到1964年10月16日下午，沙漠中升起了美丽的蘑菇云，这意味着原子弹爆炸成功，同时也证明了邓稼先的理论设计方案是正确的。

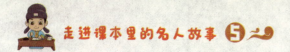

智慧解读

要想实现自己的人生理想，有时候需要付出一定的代价。邓稼先也是这样，为了实现自己报效国家的梦想，他放弃正常人所拥有的很多权利，但对他来说，这都是值得的。

袁隆平

走进课本

出自《生物学》八年级下册第七单元第二章第五节科学家的故事《袁隆平与杂交水稻》。

名人档案

姓　名：袁隆平
生卒年：1930—2021年
职　位：杂交水稻专家
贡　献：中国研究与发展杂交水稻的开创者。

童年时期的袁隆平生活在一个急剧动荡的年代。看着自己的国家支离破碎，袁隆平的父亲积极投入抗日救国的活动当中。父亲的爱国举动令年幼的袁隆平受到了深刻的影响。虽然中小学时期，袁隆平并没有多么突出的成绩，但袁隆平有很高的求知欲望，他善于思考，喜欢提问。

为了实现自己“改良品种、战胜饥饿”的愿望，袁隆平不断学习各种知识。1960年7月的一天，袁隆平在校园外的早稻试验田进行观察的时候，发现几株稻子与众不同，每株都有十余穗，每穗上面有壮谷160~170粒。他就对这几株稻子格外重视，收获时，袁隆平更是将它们单独收集起来，第二年选择合适的时间将这些种子播到了试验田里面，结果出现了严重的分离、变异现象，不仅没有表现出原来的优势，反而出现了参差不齐的状况。这时候孟德尔、摩尔根的遗传理论使袁隆平醍醐灌顶，他恍然大悟，那几株与众不同的稻株一定是“天然杂交稻”！受到这样的启发之后，袁隆平决定进行杂交水稻的研究。

在当时的国际环境中，杂交水稻研究被公认为是世界性难题。但袁隆平坚信生物界的普遍规律就是杂交优势。他认为水稻有无杂种优势并不在于其是自花授粉还是异花授粉，杂交种子内部有无矛盾才是本质所在，只要亲本存在差异，就会在杂种内部产生矛盾，进而产生杂种优势。确定自己试验项目的攻关目标之后，袁隆平受到了高粱与玉米杂种优势的启示，于是他精心设计解决杂交水稻这一世界性难题的具体方案：将水稻不育性利用起来，将不育系、保持系和恢复系培育出来，通过“三系配套”代替人工去雄，之后进行杂交，就生产出大量的杂种第一代种子。

袁隆平从此踏上了一条从来没有人走过的道路，揭开了研究杂交水稻的序幕！

“路漫漫其修远兮，吾将上下而求索！”这条研究的道路漫长而崎岖，但袁隆平始终没有放弃，他不断地进行着艰难地探索。

1970年秋，袁隆平为了继续进行试验，带领自己的助手李必湖、尹华奇来到海南崖县南红农场。那年的11月23日，李必湖在天然野生稻中发现了3株雄花败育的稻株，袁隆平将其命名为“野败”。袁隆平果断地跳出栽培稻研究的小圈子，寻找新的育种材料，将远缘的野生稻作为寻找新的育种材料的材料，正是因为有这种新颖的思想指导，才会创造出这样的奇迹。发现“野败”，也就意味着杂交稻“三系”配套已经出现了突破口，这点燃了成功研究出杂交稻的希望。

袁隆平于1974年育成了中国第一个强优势组合“南优2号”，之后在安江农校进行试验，中稻亩产1256斤；双季晚稻亩产1022斤。如今“三系”配套已经完成并过了高产优势关。但还有一个问题需要解决，那就是制种。在制种试验田中，稻种的产

量很低，一亩只能产11斤，如果不能提高制种产量，就意味着杂交稻没有办法进行大范围推广。当时有人断言：“水稻作为一种自花授粉作物，花粉量本来就很少，柱头小，况且大多数品种不外露，开花时间短，这一系列特性不利于异花授粉，也就意味着杂交水稻注定过不了高产优势关，即使‘三系’已经配套，高产优势关也通过了，也不可能进行大面积种植。”对于“制种低产论者”提出的问题，袁隆平都进行了仔细研究。经过透彻分析之后，袁隆平认为花器和开花习性并不是影响制种产量的关键因素，关键在于父母本花期能否相遇，一旦花粉均匀散落在母本柱头上，这个问题将迎刃而解。于是从1973年开始，在海南岛制种试验田中，袁隆平亲自观察父母本开花习性，寻找叶龄与花期之间的关系，进行播种期的推算。另外，袁隆平通过采取父

课外小知识

20世纪80年代，被称为“第二次绿色革命”的杂交水稻的热潮已经席卷了全世界！菲律宾原农业部副部长、菲律宾大学副校长、国际水稻研究所中国联络员乌马里博士说：“对水稻科研工作者来说……如果你没有见过‘杂交水稻之父’袁隆平，那也就意味着你的科研旅途才刚刚起步。”

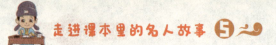

母本分期播种、调节花期、割叶、割包、喷“920”、人工辅助授粉等综合措施进行调节，终于使结实率得到了提高。1975年春，湖南省协作组的27亩制种田，制种量已经上升到亩产58斤，有的甚至已超过了百斤关。湖南省于1975年组织8000多名干部和技术人员南下用3300多亩田地来制种，袁隆平担任技术总顾问，这是第一次大面积制种，并且取得了较为成功的效果，为1976年杂交水稻在全国大面积试种准备了大量种子。

为了研究杂交稻，袁隆平和他的助手们经常寄居他乡，过着居无定所、十分艰苦的生活。“千淘万漉虽辛苦，吹尽狂沙始到金。”最终他们攻克了世界性难题。袁隆平说：“之前我们是洞庭湖的麻雀，如今我们已经是太平洋上的海鸥了！”

智慧解读

科研的道路从来都不是平坦的，要想成功就要经过千锤百炼、多次失败。这告诉我们不要害怕失败，只有勇于面对，才能获得成功。

外国名人

文化巨匠

苏格拉底

走进课本

出自《中国历史》九年级上册第二单元第6课《希腊罗马古典文化》。

名人档案

姓　名：苏格拉底
生卒年：约前469—前399年
职　位：古希腊哲学家
贡　献：西方哲学的奠基者；古希腊“三贤”之一。

苏格拉底出生在古希腊的雅典。他的父亲是一个手艺精湛的石匠，母亲是一名助产妇。苏格拉底从父亲那里学到了一门不错的雕刻手艺，还有一些几何原理和音乐知识。但苏格拉底并没有继承父亲的衣钵，而是对哲学产生了浓厚的兴趣。

苏格拉底的相貌有些丑陋：大扁脸、突眼睛、朝天鼻，还有一张奇大无比的嘴巴。但苏格拉底对自己的相貌却另有一番说法："实用才是美的。一般人的眼睛深陷，只能往前看，而我的眼睛可以侧目斜视；一般人的鼻孔朝下，因而只能闻到自下而上的气味，而我的鼻子可不受此局限；至于大嘴巴、厚嘴唇，则可以使我的吻比一般人来得更有力、更丰润且接触面更大。"

苏格拉底不仅相貌滑稽，而且作风奇特，见解非凡。他的一位朋友问特尔菲的女祭司，谁是雅典最有学识的人。令那位朋友大为惊奇的是，那位女祭司居然说出了无职业者苏格拉底的名字。后来苏格拉底说："那位神使把我当成雅典最有学识的人，是因为我是雅典城里唯一知道自己是一无所知的人。"

这种滑稽而又谦卑的态度使苏格拉底在辩论中处于极有利的地位，但也令人讨厌。他假装自己对某些问题不懂，就像一位地方检察官，向别人问个没完没了，引诱着他们不知不觉地承认某些观点。他时常去找那些著名的公民，无论是伟大的演说家还是别的什么人，询问他们是否真正了解他们自己所讲的东西。苏格拉底不仅坚信正确的思想在道德方面具有重要作用，还切实地教诲人们应当如何去做。他提出了规定措辞的主张，说："在开始谈话之前，首先要弄清楚我们将要谈论的是什么。"这一说法早在苏格拉底之前就曾经有过，但苏格拉底使它成了一个信条。前399年，苏格拉底被控告有"渎神"罪。起诉人是在前403年反叛中复位的一个民主派首领——在当时很有影响的阿尼图斯。罪名有两点，一是"腐蚀青年"，二是"藐视城邦民众崇拜的诸神以及从事离奇古怪的宗教活动"。

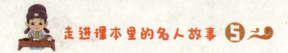

苏格拉底受到了由501个人组成的陪审团的审讯，并被判处死刑。也许他们之中很少有人想到他真的会死，因为他有法律权利，可以要求从轻处置，并可以要求重新进行投票表决。假如他低声下气、痛哭流涕地苦苦哀求，有30多位陪审员肯定会改变他们的态度，但他却表现得无所谓。他的弟子们来

课外小知识

柏拉图是西方文化中最伟大的哲学家和思想家之一，同时也是苏格拉底的学生和亲密无间的朋友。柏拉图提出的教育理论比苏格拉底提出的教育理论还要完整，他将教育理论都写在了《理想国》中。

监狱看望他，劝说他越狱逃跑。他却说："我的信仰中有一条就是维护法律的权威。我常跟你们说，一个好的公民就是要遵守本市的法律。既然雅典的法律判处我死刑，合乎逻辑的结论就是，作为一个好公民，我必须去死。"他的朋友认为他实在有些强词夺理，焦急地说："这岂不是把逻辑扯得太远了吗？"然而，苏格拉底依然固执己见。

最后的时刻到来了。学生们聚集在苏格拉底的身边，悲痛万分。在日落西山之前，苏格拉底亲自叫人去取毒药。当一个随从将毒药拿来时，苏格拉底用异常平静的语调对他说："这种事你清楚，你要告诉我应该怎么做。"

随从告诉他："你喝下毒药，然后站起来走动走动，直到你的腿感到沉重。然后再躺下，毒药的麻醉作用就会攻向你的心脏。"

苏格拉底谨慎而冷静地照着随从的话去做，其间仅停顿了一下去斥责了他的学生，因为学生们都在哭泣，好像他们认为老师正在做一件不正确、不明智的事情。

最后他想起，他还有一笔小小的债务没还。他把盖在脸上的布拿开说："克里托，我还欠亚斯克莱皮亚斯一只鸡的钱——记住千万要还给他。”随后他闭上了眼睛，将布重新盖在脸上。当克里托问他还有什么嘱咐时，他没有回答。

柏拉图用令人难忘的语言描述了苏格拉底死去时的情景：“我们的朋友就这样完了。他是我们所了解的人中最慈善、最正直、最有学识的人。”

智慧解读

苏格拉底用生命践行了自己的价值观，践行了坚持自由意志的承诺。他提倡人们认识做人的道理，遵从法律，过有道德的生活，这种观点的提出对我们来说是一笔巨大的财富。

马可·波罗

走进课本

出自《中国历史》七年级下册第二单元第13课《宋元时期的科技与中外交通》。

名人档案

姓　名：马可·波罗
生卒年：1254—1324年
职　位：旅行家、商人
贡　献：口述见闻，由狱友写成《马可·波罗游记》。

元朝与外国交流非常频繁，来自中亚、欧洲乃至非洲的使节、传教士、商人等络绎不绝地来到大都，与元朝建立多种联系。成吉思汗的后人建立的金帐汗国（又称钦察汗国）、伊利汗国等虽然逐渐脱离元朝的控制，但依然与元朝这个名义上的宗主国有着密切的联系。中国的火器制造技术、指南针、印刷术等重要发明在元朝时传到了欧洲，棉花及棉纺织技术大量传入中国也是在元朝初年。

就在大都建成后不久的1275年，有一个来自遥

远国度的年轻人出现在了这里，他就是马可·波罗。马可·波罗出身于意大利威尼斯的一个商人家庭，他17岁时跟随父亲和叔叔启程前往中国。经过4年的长途跋涉，历经无数艰难险阻之后，他们终于到达元朝的首都大都，受到忽必烈的接见。忽必烈很喜欢这个年轻人，交给他很多任务，马可·波罗还担任了元朝的官职。

马可·波罗在中国生活了17年，几乎游遍了中国的山山水水，中国的辽阔和富有让他赞叹，但是马可·波罗也开始强烈地思念故国和家乡。1292年，元朝的一位公主要嫁到波斯去，马可·波罗和他的父亲、叔叔受命护送，他向忽必烈请求完成使命后转道回国，忽必烈答应了。3年之后，马可·波罗终于回到了阔别已久的家乡，他从中国带来的奇珍异宝让他成了富豪。又过了几年，他参与了威尼斯和热那亚的战争，不幸被俘。在狱中，马可·波罗口述、狱友鲁思梯谦记录，完成了著名的《马可·波罗游记》。

在这本举世闻名的游记中，马可·波罗详尽描述了自己在中国的见闻。他细致地描述了大都的布局、城市管理、社会风俗，杭州的繁华热闹、物阜民丰。除了这两个超级城市，他还提及了中国的许多大小城市，涉及地域之广、细节之生动，令人叹为观止。马可·波罗对中国各地的商品、物产尤其感兴趣，在游记中不厌其烦地进行叙述，因此有人推测他可能是在元朝担任替蒙古族统治者经商赚取利润的官员。

课外小知识

发现新大陆的意大利著名航海家哥伦布是《马可·波罗游记》的忠实读者，他对书中“遍地黄金”的中国产生了深深的向往，因为推崇马可·波罗才立志成为航海家。据说他在出海寻找新大陆时，行囊中放着两本书，一本是《圣经》，另一本就是《马可·波罗游记》。

《马可·波罗游记》为欧洲人展示了一个神话般的美丽世界，让当时思想还非常闭塞的欧洲人眼界大开。到了15世纪的大航海时代，无数航海家、探险家、旅行家读了《马可·波罗游记》之后，通过种种渠道寻找中国，欧洲和中国的直接交流由此开始。今天，关于马可·波罗是否来过中国的争议还在继续，但《马可·波罗游记》的重要意义却没人可以否认。可以说，《马可·波罗游记》给欧洲开辟了一个新的时代。

智慧解读

《马可·波罗游记》开拓了欧洲人的视野，帮助他们开辟了新时代。读万卷书，行万里路，我们在努力学习的同时，也要积极开阔自己的视野，看一看不一样的风景，这样才能够开阔眼界，增长见识。

米开朗琪罗

走进课本

出自《语文》八年级上册第二单元第8课《列夫·托尔斯泰》。

名人档案

姓　名：米开朗琪罗
生卒年：1475—1564年
职　位：雕塑家、画家、建筑师
贡　献：代表欧洲文艺复兴雕塑艺术最高峰。

米开朗琪罗年轻时对学习的痴迷使他陷入了绝对的孤独之中。在旁人眼里，他孤芳自赏，生性孤僻，疯疯癫癫。不论何时，社交活动总使他感到腻烦。他没有朋友，只和几位严肃的人士来往。他平生只爱过一个女人——著名的德·贝斯凯尔侯爵夫人维多利亚·柯罗娜，但那也无非是种柏拉图式的恋爱。

确实，米开朗琪罗善于把人的形象理想化，而无须借用别人的理想。能证实这一点的是，这个人虽然很少创作过赏心悦目的美术作品，可是不论在什么地方见到了这种美，他都会对之倾注满腔热情。一头美丽的山羊，一片美丽的风景，一座美丽的山，一片美丽的树林，一条好看的狗，都可以让他出神。就像以前人们诽谤苏格拉底的爱情一样，人们对他爱美的天性也散布了不少流言蜚语。

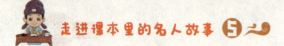

他慷慨大度，分赠掉了大量自己的作品。他说："不管我多么有钱，我的生活始终过得如同贫人一样。"他从来不想那些构成庸人生活含义的东西。他吝惜的唯有他的精力。

在创作期间，他常常和衣而睡，免得在披衣束带上浪费时间。他睡眠时间很少，而且经常半夜起床，抓起雕刀或铅笔记下他的构思。创作时，他的一日三餐仅是几片面包而已。清晨他把面包揣在怀里，然后在梯子上一边工作，一边啃面包充饥。只要有人在场，他的思绪就会被完全扰乱。他必须有

课外小知识

意大利有一家艺术学校，名为米开朗琪罗美术学院。这所学校成立于1979年，拥有绘画、雕塑、装饰和场景4个一级学院，是全欧洲唯一一座以"米开朗琪罗"命名的艺术院校。

一种与世隔绝之感，方能得心应手地工作。为身边琐事而忙碌，对他来说简直是种折磨。尽管在认为值得耗费精力的大事上，他果断而有魄力；可是在小事上，他却羞赧不前，例如，他从来不愿出面举行一次晚宴。

在他塑造的成千上万的人物形象中，没有一个被他遗忘过。他说，不先回忆一下他是否已经用过这个形象，他是绝对不动手勾画草图的。因此，在他笔下从不见重复。尽管在生活中他很温善、随和，可是在艺术上他极其多疑和苛求。他亲手为自己制造锯子、雕刀，不论什么细枝末节的工作，他都不信任别人。

只要在一件雕像中发现有错，他就放弃整个作品，转而另雕一块石头。由于他往往不能把自己的宏伟构思付诸实践，因此哪怕在他的技艺达到炉火纯青的地步时，他所完成的雕像作品也并不多。

有一次，刹那间他失去了耐心，竟把一座几乎竣工的巨大群像打得粉碎，这是一座“哀悼基督”的雕像群。

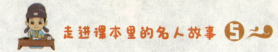

一天，主教法尔耐兹在斗兽场附近碰见了这位已是风烛残年的老人，当时他正在雪地里行走，主教停下车子，问道：“在这样的鬼天气，这样的高龄，你还出门上哪里去？”“上学院去。”他回答说，“想再努一把力，学点东西。”

米开朗琪罗的一个门徒曾把他的肖像刻在一块纪念碑上，他征求米开朗琪罗的意见，问他想在另一面刻上什么的时候，米开朗琪罗请他刻上一个由一条狗引路的盲人，并加上如下题词：我将以你的道路去启示有罪之人，于是不贞洁的心灵都将皈依于你。

智慧解读

在生活中，我们在制定策略时要像米开朗琪罗一样仔细思考过后再下决定，这样才会获得满意的结果。

贝多芬

走进课本

出自《语文》六年级上册第七单元第22课《月光曲》。

名人档案

姓　名： 贝多芬，全名路德维希·凡·贝多芬
生卒年： 1770—1827年
职　位： 德国作曲家、钢琴家
贡　献： 扩大交响曲规模。

贝多芬出生于德国的波恩，是维也纳古典乐派的代表人物之一，也是欧洲著名的古典主义时期作曲家。1816年，46岁的作曲家贝多芬身体出现了问题，此后几年他的身体状况越来越差，以致在他50

课外小知识

贝多芬的弦乐四重奏非常有名，不仅蕴含了他的思想感情，还具有一定的哲学意味。贝多芬后来创作的弦乐四重奏突出了他的风格特点，刻画了他内心的感受。

多岁时，耳病发作，不久便聋了。

贝多芬双耳失聪后，并没有放弃自己的音乐事业，仍然顽强地坚持自己的音乐创作。刚开始时，贝多芬曾要求亲自指挥演奏他的作品《斐但丽奥》，但由于耳聋，完全听不见台下的歌唱和乐队的演奏，所以那次演奏失败了。经过这次打击，贝多芬感到十分痛苦。当所有人都以为贝多芬要放弃音乐事业时，他表现出的态度令所有人都震惊不已，他没有任何气馁的心思，经过一番苦思冥想，终于想出了一个巧妙的办法：用一根细棒来听取钢琴演奏的音响效果。他将细棒的一端戳在钢琴上，另一端咬在牙齿中间，当琴弦发出声音时，振动就经过细棒和牙齿传到了内耳，贝多芬按照这个方法苦苦练习。

一段时间以后，贝多芬亲自指挥他的《合唱交响曲》(即《第九交响曲》)时，获得了巨大的成功。人们不仅赞赏贝多芬卓越的指挥才能，还被这位双耳失聪的音乐家的顽强毅力所感动，对他的这种精神敬佩不已。演奏结束后，全场爆发出雷鸣般的掌声。起初，双耳失聪的贝多芬并没有听到这雷鸣般的掌声，直到一位女歌唱家牵着他的手，让他面对群众时，他才看到全场的观众都已经站立起来并挥舞着帽子向他致意。

这两次音乐演奏会，一次以失败告终，另一次却赢得了全场观众的喝彩。天才的音乐家以其天才的头脑战胜了失聪带来的种种困难，将生命全部融入他毕生酷爱的音乐事业中。

智慧解读

毅力和恒心是成功的关键，有了它们就没有什么克服不了的困难。贝多芬在双耳失聪后依然完美地站到指挥席上，这就是一个最好的证明。

科学发明

伽利略

走进课本

出自《物理》八年级上册《科学之旅·怎样学习物理》。

名人档案

姓　名： 伽利略，全名伽利略·伽利雷

生卒年： 1564—1642年

职　位： 意大利天文学家、物理学家

贡　献： 发展了分析动力学、日心说、运动学。

1564年，伽利略出生于意大利的古城——比萨的一个没落的贵族家庭，他的父亲是一位音乐师。伽利略自幼天资聪颖、多思好问。他的父亲十分看重这个长子，最大的愿望是将其培养成医生。伽利略8岁时开始上学，他的功课很好，同时他又表现出了绘画与音乐方面的天赋。他的眼睛总是闪着好

奇的光，脑子里面总是充满了各种各样的想法。

有一次，伽利略居然在研究院驳斥了亚里士多德的学说。亚里士多德认为：物体的重量越大，下落速度越快。而伽利略认为：相同材料的物体通过同一介质下落的时间相同，与重量无关。当时，为了证明自己的观点，伽利略将一些有学问的教授邀请到著名的比萨斜塔下去观看实验。当人们亲眼看到重一磅和重十磅的铁球几乎同时砰然落地时，斜塔边出现了一阵不小的骚动，尤其是那些笃信亚里士多德理论的大学教授们被伽利略的实验惊得目瞪口呆。落体实验后，伽利略转向另一个力学课题——运动与力的关系。1000多年来，人们从未怀疑过亚里士多德的观点：物体运动是外力作用的结果，作用力越大，运动速度越快，一旦外力作用消失，运动物体就趋于静止。伽利略认为单凭直觉是不可靠的，他开始着手进行物体斜面运动的实验。通过实验他发现了“惯性推理”，从而推翻了亚里士多德的观点。

他指出：运动并不需要外力维持，若没有外力的影响，该物体将永远保持原有的运动状态。他的结论后来由牛顿总结为“第一运动定律”，即“惯

性定律”。他后来研究的抛物线运动轨迹也同样由牛顿所继承。牛顿将弹道曲线和行星运动轨迹作为惯性运动定律的佐证，这说明伽利略的发现离“万有引力”仅一步之遥。

然而，伽利略一贯不迷信权威的个性使他得罪了不少人。迫不得已，他只好离开比萨大学。1592年，通过朋友的帮助，帕多瓦大学正式聘用伽利略为数学和天文学教授，这里的薪水是原来的3倍不说，学术气氛也相当自由。伽利略此时已逐渐认识到，测量与计算是探索物理学的“金钥匙”。伽利略重新开始思考斜面运动和落体问题。这一次，他发现了“加速度”的确切计算方法，终于得出结论：从静止开始，距离随着所用时间的平方增长。

1609年，伽利略经过反复琢磨，造出了一架可放大20倍的望远镜，他将目标转向神秘无垠的太空。伽利略利用他的天文望远镜，发现了太空中一个巨大的星群，星群的远处又有许多星星，现代天文学就此诞生了。第二天白天，伽利略将涂成深色的望远镜对准了太阳，他发现在太阳炽热的表面飘浮着一层层奇怪的黑色风暴——我们今天称其为太阳黑子。他认识到：太阳也像地球一样，是绕着自身的轴旋转的。如果真是这样，那就说明太阳同样不仅仅是沿着某个不可思议的轨道运行，还沿着一定的轨道自转。

当伽利略将望远镜对准木星时，发现木星附近有3颗小星,2颗在左,1颗在右，呈直线排列。后来，他又看到木星周围一共有4颗小星,1颗在左,3颗在右，他明白了，这4颗小星都是木星的卫星！这是人们迄今为止所知道的木星的12颗卫星中的4颗！

亚里士多德的信徒终于不能忍受了，开始群起而攻之。一位著名的神父在公开批判伽利略和他的学说时，罗马也在调查伽利略的新论，教廷也重新考虑对他的承认。1616年3月5日，天主教会通过决议，宣布哥白尼学说为“异端”;哥白尼的著作《天体运行论》为禁书；凡宣传哥白尼学说的出版物一律不许发行。几乎同一时间，伽利略受到来自教会

课外小知识

伽利略不仅在力学和天文学方面有巨大的成就，在科学仪器制造方面也做出了巨大贡献。伽利略知道要想提高实验和观测的精确性，就离不开测量仪器，为了保证测量仪器的准确性，他便亲自设计制造仪器，如温度计、流体静力秤、比例规、摆式脉搏计等。

的警告：不得将哥白尼学说作为绝对事实进行讨论和辩解。伽利略对此感到吃惊和恐惧，他深知教廷的厉害——意大利的天文学家布鲁诺为捍卫哥白尼学说而被烧死在罗马百花广场。万念俱灰的伽利略在保证书上签了字，然后带着沮丧和羞愧回到了佛罗伦萨。接下来的8年时光里，他几乎过着隐居生活，一直在实验室里静静地做实验，不敢将所发现的东西公之于世。

日久天长，伽利略已无法抑制他的思想，于是他出版了一部名为《关于托勒密和哥白尼两大世界体系的对话》的论著。这本书对人类科学的影响极其深远，它与哥白尼的《天体运行论》、牛顿的《自然哲学的数学原理》一起被后人称为近代天文学的三部最伟大的文献。

智慧解读

实践是检验真理的唯一标准，伽利略通过各种实验推翻了亚里士多德的结论。当我们发现有错误时，应该不为权威所屈服，不为世俗所羁绊，用实验、观察等有说服力的方式来证明自己。

笛卡儿

走进课本

出自《数学》七年级下册第七单元《平面直角坐标系》。

名人档案

姓　名： 笛卡儿，全名勒内·笛卡儿
生卒年： 1596—1650年
职　位： 数学家、哲学家
贡　献： 发展了宇宙演化论、漩涡说等理论学说。

1596年3月13日，勒内·笛卡儿出生于法国。母亲强撑着羸弱的身体，用了全身的力气，想要看这个孩子一眼，却见这个婴儿十分瘦弱，之后，母亲就昏迷了过去。3天后，母亲与世长辞。自幼丧母对于先天体弱的笛卡儿来说无疑是雪上加霜。幼小的笛卡儿曾因为一次重病而几乎丧命，经过父亲和保姆的悉心照料，最终他才转危为安。在法语中，勒内·笛卡儿中“勒内”的意思就是“重生”。

笛卡儿从小就勤于思考，很多事情他都喜欢刨

根问底，对于别人的观点他总是经过反复论证才接受，从来不会盲目听从。

一天，保姆将一个天国的神话故事讲给了小笛卡儿，他也被这个故事完全吸引住了。“那颗闪亮的星星你看到了吗？它叫作美女星。有一个美丽的公主住在这颗星星上面，她的脸红扑扑的，就像熟透了的苹果一样，非常可爱。她除苹果之外不喜欢吃任何东西。”保姆一边说，一边做出吃苹果的样子，为笛卡儿做示范。

“为什么她不吃糖呢？跟苹果比起来，糖不是更甜吗？星星上难道没有糖吗？”最喜欢吃糖的小笛

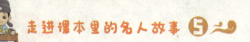

卡儿提出了这样的疑问，他也希望小公主能吃到甜甜的糖。

“星星上当然有糖了，那里到处都是糖，糖甚至都用来铺路呢！小公主已经吃腻了糖，所以就再也不想吃了。”面对笛卡儿突如其来的疑问，保姆只好这样回答。

“可是星星上为什么会有这么多糖啊？”小笛卡儿问道，他可能是想到自己在家中并不是经常能吃到糖，所以才产生了这样一个疑问。

“为什么？因为那颗星星上面本来就有啊！”保姆回答得理直气壮。

“为什么你会知道上面有糖呢？”小笛卡儿仍然不是很能理解。

“啊……”听到小笛卡儿这样问，一向口齿伶俐的保姆瞬间张口结舌，想不到更好的答案。

课外小知识

勒内·笛卡儿既是伟大的数学家和哲学家，又是一流的自然科学家。在物理学、生物学、化学、医学和天文学方面，笛卡尔都有重大贡献。笛卡尔对音乐也有很大贡献，甚至17和18世纪的音乐家们都受到其很大的影响。

不仅保姆碰到这样的情况，就连在学校的老师，也经常被笛卡儿问到他们自己都没有想过的问题。当时学校的教学方式主要是向学生灌输一些宗教的权威教条，科学并不是主要的方向。由于笛卡儿秉承小时候的习惯，那些所谓的证明和逻辑上的诡辩经常被笛卡儿质疑。经过苦思冥想，笛卡儿收获了第一个果实，那就是他逐渐领悟到的一个真理，即中世纪里那些哲学家们的烦琐方法根本没有办法创造人类的幸福，只是一种迷信，而这个真理在当时被认为是异端邪说。进一步思索之后，他想要在其他方面找到可靠的系统知识，正是这种理念激励着笛卡儿献身于科学事业。

智慧解读

从笛卡儿的例子中可以看出，勇于质疑才会发现事情的本质，最后有所成就。

牛顿

走进课本

出自《物理》八年级上册《科学之旅·有趣有用的物理》。

名人档案

姓　名：牛顿，全名艾萨克·牛顿
生卒年：1643—1727年
职　位：物理学家、数学家
贡　献：提出万有引力定律；牛顿运动定律。

1643年1月4日，艾萨克·牛顿在英国伍尔索普一个农民家庭里出生了。牛顿还没有出世时，他的父亲就去世了，其生活的艰难可想而知。3岁那一年，由于生活所迫，母亲改嫁他人，牛顿只好跟随姥姥生活。

6岁时，牛顿进学校读书。在学校里牛顿由于成绩不是很好，经常受到老师和同学们的蔑视，因此他母亲几次劝他退学。幸亏姥姥坚信牛顿是一个头脑聪明的孩子，才使得牛顿没有失去学习的机会。牛顿12岁时进入格兰山姆的公立学校，寄住在药剂师克拉克的家里。牛顿最初不认真学习，成绩很差，后来，他发奋学习，最终他成了该校成绩最好的学生。这件事对他的影响很大，他从此养成了一种努力奋斗的倔强性格。他在设计和制造各种器具及机械方面显示出卓越的才能，并由此开阔他的视野，培养了他的创造能力和埋头苦干的素养。他备有小锯、斧子、锤子等许多工具，制成过风车、水钟和可坐一个人的马车。他做的风车放在房顶上能够转动，得到了普遍的赞扬，又别出心裁地制成畜力拉的小风车，这种小风车是在老鼠尾巴上系一条线去拉的。据说，牛顿从《人工与自然的秘密》一书中学到了制作各种机械的方法，如水钟的原理和做法。他做的水钟高1.22米，钟盘由滴水控制木块升降所产生的力带动，牛顿把它放在自己的寝室中使用，后来归克拉克使用，直到牛顿离开故乡。

他做的马车有四个轮子，乘坐者用手柄控制。他从这些器具的制造中学习了机械原理和操作技能，并且在设计和构思中训练了他的创造性才能。17岁那一年，牛顿以优异的成绩考上了剑桥大学。然而，家里没有钱供他读书，想尽办法也无法凑齐学费。没办法，他只好向一个贵族乞求资助，那个贵族虽然答应给他资助，但条件是牛顿必须在大学第一年去贵族家里做男仆。这个条件有点屈辱，但因为自己太过贫穷，牛顿只好答应了。

1665年毕业后，在恩师的举荐下，牛顿留在了大学研究室。这年6月，一场瘟疫席卷英国，剑桥大学被迫放假，校长把教师和学生全都打发回家，其中包括刚刚获得学士学位的牛顿。在林肯郡躲避瘟疫的一年里，牛顿开始了他最伟大的历程。

17世纪时，科学尚处于起步阶段，关于“物体怎样运动、为什么这样运动”并没有正确的力学理论或概念。当牛顿夹着一本书走进母亲家的花园里，坐在一棵树下开始思考时，一个苹果落了下来，正巧打在这位23岁的年轻人头上，在这个苹果的启发下，牛顿找到了解开这些不可思议的谜题的钥匙——万有引力理论。也许牛顿应该感谢在家乡躲避瘟疫的这段日子，他一生中的几项主要贡献：万有引力定律、经典力学、微积分和光学等基本都萌发于1665年至1666年间，历史学家将这充满新发现的一年称为“神奇年”。

有人说科学家做任何事都是有板有眼、一丝不苟的，牛顿就有这样的一个例子。有一次朋友知道牛顿

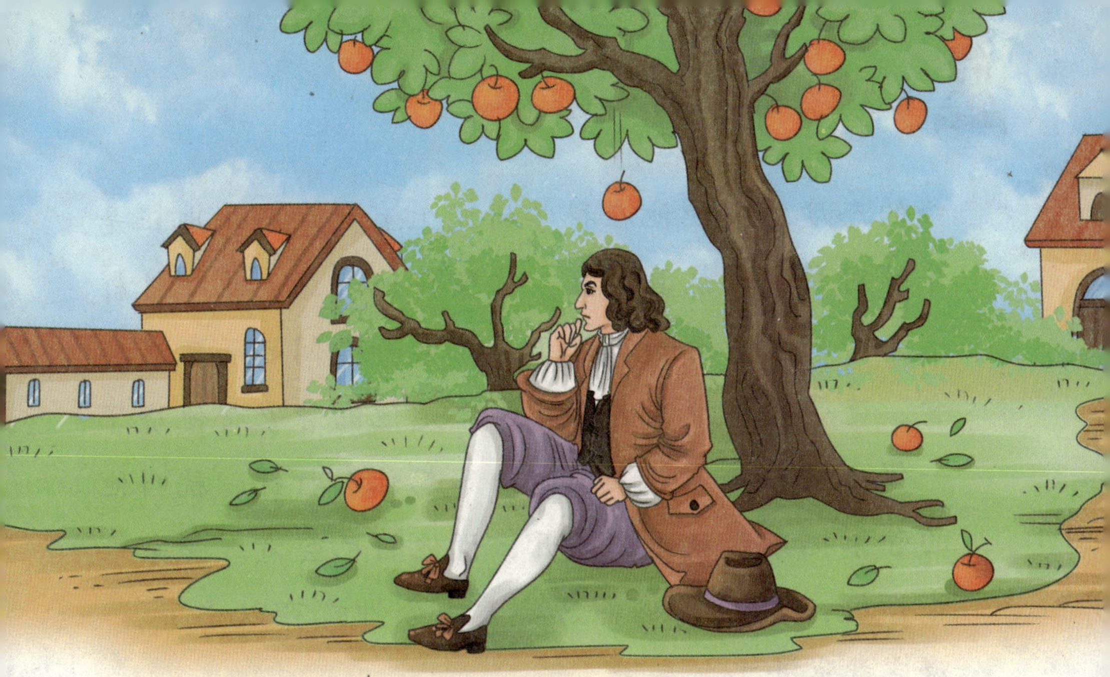

喜欢动物，便送他一只波斯猫和一只德国牧羊犬，牛顿相当高兴。为了让这两只动物在他的庭院里能方便进出，牛顿便在庭院的围墙上挖了两个洞，而且是一大一小的，有人问他说："先生，你为什么要挖两个洞呢？"

牛顿一本正经地说："为什么要挖两个洞？难道狗走猫洞过得去吗？"

不知是该说牛顿太过一板一眼，还是说这样正

课外小知识

牛顿常常忙得不修边幅，往往领带不系，袜带不系好，马裤也不扣就走进了大学餐厅。有一次，他在向一位姑娘求婚时思想又开了小差，他脑海里只剩下无穷量的二项式定理。他抓住姑娘的手指，错误地把手指当成通烟斗的通条，硬往烟斗里塞，痛得姑娘大叫，离他而去，牛顿也因此终生未娶。

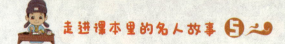

经的态度才促使他在科学研究上有所成就。也正是牛顿对科学的认真态度，才使得他身边发生了这样一个小故事。有一次他正在思索一个问题而废寝忘食，连早餐都没准时去吃，于是他的管家帮他烧了一锅水煮鸡蛋，但牛顿因为不想让人打扰，就叫他的管家把东西放下先离开，说他自己会煮。管家跟牛顿说："先生，鸡蛋只要煮四分钟就可以吃了。"说完就离开了书房。

过了一小时，管家要去收东西，这才发现牛顿的这锅水还在煮着，不过锅里煮的不是鸡蛋，而是牛顿的怀表，而鸡蛋还搁在牛顿的书桌上。

1727年3月，这位85岁高龄的老人在出席英国皇家学会例会之后一病不起，3月20日在伦敦溘然长逝。

智慧解读

牛顿曾谦虚地说："在科学的道路上，我只是一个在海边玩耍的孩子，偶然拾到一块美丽的石子。至于真理的大海，我还没有发现呢！""忘我地学习"是牛顿成为科学巨人的秘诀。

法拉第

走进课本

出自《物理》九年级全一册第二十章第5节《磁生电》。

名人档案

姓　名： 法拉第，全名迈克尔·法拉第
生卒年： 1791—1867年
职　位： 物理学家、化学家
贡　献： 提出电磁感应学说。

迈克尔·法拉第出生于英国伦敦南萨里郡的一个铁匠家庭。他5岁时，全家搬到了伦敦曼彻斯特广场附近的一条小巷里。他的父亲是个穷铁匠，身体有病干不了活儿，全家的生活常常靠慈善机构的救济来勉强维持，有时在一个星期内他只能吃到一个面包。

法拉第13岁就在装订厂工作，因为家里没钱让他读书，所以法拉第一生中几乎没有受过什么正规教育。但法拉第对学习知识十分渴望。一天，装订

厂的工人都已下班了，他却靠窗坐下，津津有味地读着《化学漫谈》。他完全被书中的内容所吸引，以致天黑了都不知道。忽然，有人敲窗外的玻璃，法拉第这才发现是他的母亲，就吃惊地问："妈妈，您怎么到这儿来了？家中出了什么事吗？"母亲看着法拉第一副认真的模样，心里一阵难过，心疼地说："我看你这么晚还不回家，我不放心，所以就过来看看。天早就黑了，别再看书了，这样对眼睛不好呀。"法拉第却满脸欢喜地说："妈妈，今天我又发现一门奇妙的学问——化学。我一定要好好研究一下。您知道我多么想成为一个有学问的人吗。"母亲心里一阵难过，热泪盈眶地说："上帝保佑你，孩子。你就好好努力吧，不过可得记住，人总是需要休息的。"法拉第凭着这样一股专心求学的忘我精神，奋发向上，努力自学，最终成了一位举世闻名的科学家。

1813年1月，戴维约见了法拉第，深为这个年轻人坚韧不拔的精神所打动。在戴维博士的努力下，3月1日皇家学院理事会做出决议：戴维先生接收法拉第为实验助手，周薪为25先令外加皇家学院顶楼上的两间住房。法拉第很快接到了戴维教授的回信，尽管这是个地位低微的职务，但法拉第什么都不在乎，他现在已经如愿以偿学习知识了。法拉第在皇家学院工作非常勤奋，很快便掌握了实验技术，成了戴维的得力助手。

1813年10月到1815年3月，法拉第跟随戴维途经法国、意大利、瑞士等地，有机会会见了当时许多知名的科学家并参观了他们的实验室，这使他的眼界大开。

1816年，他首次在《科学季刊》上发表了他的第一篇科学论文《多斯加尼本生石灰的分析》。1817年到1818年，他发表了17篇化学分析方面的论文，其论文涉及的范围很广。1820年，他把化学分析用于社会和生活方面。1821年，法拉第任皇家学院实验室总监和代理实验室主任，开始进行电和磁的研究。

法拉第进入皇家学院实验室以后，心里只有工作，认为爱情会花费大量的时间和精力，所以他拒爱于千里之外。他曾在笔记本上写过一首长诗，罗列爱情的几十条“罪状”。然而，就在法拉第写下这篇声讨爱情的“檄文”后不久，爱神偷偷地对他发起了进攻，劝他“投降”。

1818年，法拉第认识了伯纳尔。第二年夏天，法拉第无意中把笔记本拿给伯纳尔看。伯纳尔看到了那首声讨爱情的诗，笑得前仰后合。回到家里，伯纳尔悄悄地把法拉第的古怪想法告诉了芳龄20岁的妹妹撒拉。对法拉第抱有好感的撒拉勇敢地向法拉第索要他所写的诗。手忙脚乱的法拉第，硬着头皮连夜在笔记本上赶写了一首新诗："……希望将来我能改变，用行动来改正我的错误……"

1821年的圣诞节，大家都忙着过节，法拉第又做了一个电磁转动的实验。这次他是让通电导线在地球产生的磁场里转动。一根导线通上电转了起来，把电池正负极调换过来，导线又反转起来。沃拉斯顿看了实验大加赞赏，他称赞了这位勤奋的青年。此前有许多关于法拉第剽窃沃拉斯顿研究成果的传言，至此也就销声匿迹了。法拉第又开始研究合金钢、玻璃、氯气……

1831年10月17日，磁转变成电的试验成功了，法拉第把这种磁棒运动在线圈内感应所产生的电流叫“磁电”，为了同“伏打电感应”区别开来，他把这种感应称为“电磁感应”。接着他根据电磁感应原理制造出世界上第一台发电机。法拉第拒绝了各种有丰厚报酬的商业性技术研究，潜心钻研和试验。皇家学院院长诺森伯兰公爵去世后，学院理事会请法拉第当院长。一个没有受过正规教育、按周拿工资的实验助手，经过近半个世纪的不懈努力，终于登上科学的顶峰，现在可以当上皇家学院院长，这将在科学史上传为佳话，但是法拉第谢绝了这一邀请。

法拉第避开荣誉，荣誉却紧紧盯住他。每有重

课外小知识

法拉第的妻子名为撒拉，与法拉第成婚后，撒拉成了法拉第的贤内助。她无微不至地照顾着丈夫的饮食起居，完全消除了他的后顾之忧，让他毫无牵挂地投身科学研究，并最终取得了成功。

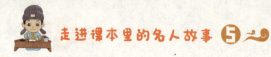

大发现，国内外的大学、学会和科学学会就给他颁发荣誉奖状、奖章和学位，他把这些荣誉证书通通放在盒子里。盒子里还有一张法拉第自己写的证书："在这些成绩记录和重要事件中，我谨记一件事的日子，作为荣誉和幸福的源泉，这件事的重要性远远超过其他——我们是1821年6月12日结婚的。"

1858年，英国维多利亚女王赐给法拉第汉普顿宫的一所房子。1867年8月25日，法拉第坐在书房的一把椅子上，安详地停止了呼吸。他可能是世界上最杰出的实验天才，他对大自然统一性的坚定信念帮助他发现了电和磁之间新的联系，并促使他对各种物质的电磁性进行研究。他创造了许多至今仍普遍采用的电子学术语，变压器、电动机、发电机和场物理都起源于他具有开拓性的科学研究成果。

智慧解读

内心的梦想使法拉第并未止步于一名技术工人，在他的心中，更渴望走入科学的殿堂，也正是因为内心的梦想，法拉第的愿望最终得以实现。我们要向法拉第学习，坚持心中的梦想，并为此做出努力。

达尔文

走进课本

出自《生物学》八年级下册第三章第3节《生物进化的原因》。

名人档案

姓　名：达尔文，全名查尔斯·罗伯特·达尔文
生卒年：1809—1882年
职　位：英国生物学家
贡　献：进化论的奠基者。

在进化论学说诞生以前，西方的人们一直相信宗教的宣传，相信上帝先创造了花草树木、飞禽走兽，后来又创造了男人亚当，再抽出亚当身上的一根肋骨做成了女人夏娃，亚当和夏娃婚配繁衍的后代就是人类。这种宗教迷信阻碍了人类文明的进步与发展。《物种起源》一书的出版沉重地打击了神权统治的根基。达尔文的进化论打破了人们的思想枷锁，启发和教育人们从宗教迷信的束缚下解放出来。因此，达尔文在19世纪掀起了一场伟大的生物学

革命。

8岁时，达尔文被送到一所私立小学读书，在学校里他被认为是智力平平的学生。他的兴趣并不在学业上，一有空闲，他便跑去打鸟、逗狗和抓老鼠。当然，与同学相比，达尔文认识的植物要多一些，因此小达尔文经常摆出专家的姿态，给那些同伴叫不出名字的植物命名。他喜欢独自散步，沿路的一草一木、一花一树都能引起他的注意，他的小脑袋里也总有提不完的问题。后来，达尔文进入当时英国最好的中学之一——舒兹伯利中学继续学习。这所中学学习的重点为古典文学、神学等，显然不合达尔文的口味。达尔文在中学里又迷上了打猎，这叫老师和父亲极为失望。其实，达尔文只是兴趣非常广泛而已，他在收集动物、植物、矿物标本上花费了很多工夫。

达尔文的好奇心是很强烈的，一旦找到自己的兴趣所在，他就会很努力地投身其中。据说，有一天，达尔文到郊外采集甲虫标本，他在一棵老树树皮下发现了两只稀有的甲虫，马上用双手分别抓住一只。这时，他又见到第三只甲虫。“啊，这可是个新奇的品种，我决不能错失良机。”他不假思索地把右手里的甲虫塞进嘴里咬住，想腾出手来把第三只甲虫抓住。哎呀！嘴里的甲虫竟分泌出一股极其辛辣的液体，达尔文的舌头好像被火烧到一样热辣辣的，他赶紧把那只甲虫吐出来，而那只甲虫脱身后乘机溜之大吉了！

1825年，父亲将达尔文送到爱丁堡大学学习医学，但是很快达尔文就意识到自己不适合医生这个职业。1827年他去剑桥大学学习神学。那时他与大多数英国人一样信仰英国圣公会的信条。他在基督学院的成绩就如在爱丁堡一样并不出色。他把许多时间花在与朋友一同打猎、射击和骑马上。

剑桥大学并不授予自然科学的学位，但在表兄威廉·达尔文·福克斯的帮助下，他结识了以牧师兼植物学家亨斯洛为首的剑桥科学家们，亨斯洛支持达尔文对科学的强烈兴趣，鼓励他对自己的能力充满信心。1831年8月，在亨斯洛的推荐下，达尔文应海军部之邀到皇家海军考察船“贝格尔号”上担任不领报酬的博物学家。这艘船计划考察南美洲东西海岸，然后考察太平洋岛屿，建立一系列测试点。同年12月27日，达尔文搭乘“贝格尔号”从英格兰普利茅斯港起航。

其间，他们航行到了距南美洲海岸数千海里远，位于太平洋赤道无风带的偏僻荒凉的加拉帕戈斯群岛。然而，就在这个偏僻的群岛上，达尔文发现了一个令人惊异的事实：所有岛屿的气候、土壤都大体相同，但它们各有自己独特的动物群。那么，大自然为什么要无缘无故地在相邻的岛屿上创造出种属不同而又具有亲缘关系的物种呢？这显然是不合逻辑的。莫非那些自创世第一天就存在于世界上的一百多万种活的动植物，故意要蔑视《圣经·创世记》和重要科学家们的权威吗？5年间，“贝格尔号”航行到了塔希提岛、新西兰、塔斯马尼亚岛、澳大利亚、阿森松岛、佛得角群岛和亚速尔群岛。

每个地方的生物特征都向达尔文提出了同一个令人费解的问题，又都使他努力寻找同一问题的答案。每到一处他都认真、细致地考察研究，收集各种动植物标本，加以描绘或进行解剖；挖掘古生物化石，记录地层以及岩石和化石性质。这次考察使达尔文获得了极为丰富的生物学方面的第一手资料。同时，达尔文形成了敏锐的观察力，养成了科学的怀疑精神。

1836年，达尔文回到英格兰时受到科学界的欢迎，很快被吸纳为地质学会会员，第二年被选为该学会理事会成员，1839年又被选入皇家学会。但同时，达尔文开始在某种意义上过着一种双重生活。一方面，他忙于为世人撰写《“贝格尔号”所到达的各地区的地质史与自然史的考察日记》。另一方面，达尔文又在准备他的地质学著作，并带领其他专家对“贝格尔号”所收集的动植物资料进行分析。私下，达尔文记录了大量笔记，在其中对一系列有关“物种问题”进行了问答。他又与育种家、园艺家、博物学家、动物饲养员等通信或讨论，并且进行大量的阅读，从而收集到许多有关物种的资料。达尔文面对许多与以往观点大相径庭的资料，对上帝创造万物的生物观越来越感到难以理解。1838年，达尔文在读了马尔萨斯的《人口论》之后，认识到了“自然选择”的原理，豁然开朗，并很快用它来解释许多现象。

到1842年的时候，达尔文已经对自己理论的可靠性深信不疑，他就此写成一份草稿，1844年又写成一份更长的提纲，让他的朋友——植物学家赖尔·胡克阅读。他不愿将自己的理论公之于众，不愿意引来众怒。于是他在以后的10年间全力写一篇关于藤壶的论文，他在文中暗示藤壶是自然选择的产物，但没有直截了当地这么说。

在这一时期，英国学术研究的环境发生了变化，讨论“进化”已是司空见惯的事。1858年6月，达尔文收到弗雷德·罗素·华莱士寄来的一篇论文。华莱士是一位博物学家，在马来群岛工作，他在文中将达尔文研究了20年的理论精要地总结出来。看到自己毕生研究的成果要被别人占了先，达尔文感到沮丧，但他的朋友赖尔·胡克和赫胥黎帮他解决了难题。他们在同年7月1日举行的学术报告会上同时宣读了达尔文和华莱士的论文。两年前达尔文已开始写一份篇幅很大的手稿，最终《论物种通过自然选择的起源或在生存斗争中有利种类的保存》于1859年11月24日出版。

该书第一版上市即售完，到1872年，该书已再版六次。达尔文的理论迅速为大多数科学界人士所

课外小知识

达尔文去世后，人们将达尔文安葬在伦敦威斯敏斯特教堂的公墓里，与牛顿并排安葬在一起，以表示对他的尊敬与纪念。达尔文的墓碑上只刻着他的姓名和生卒年月，没有留下碑文。但是，他生前说过的一段话给人们留下了深刻的印象："我曾不断地追随科学并且把我的一生献给了科学，我相信我这样做是正确的。我没有犯过任何重大的罪，所以我不会感到悔恨；但使我感到遗憾的是，我没有使人类得到更直接的好处。"

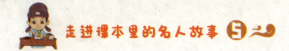

接受，而基督教的牧师们接受不了这个道理，他们认为进化论与《创世记》的字面解释不一致。保守的基督徒认为达尔文的发现对他们是一个威胁。达尔文的理论中没有为神灵的干预留下一席之地，人类也未被置于较其他物种优越的地位之上。达尔文将人类连同自然界其他事物一起，视为一个连续统一体的一部分，而不是按神灵的律令单独分开。由于达尔文在科学上的巨大贡献，他获得了欧美十几个国家、70多个科学研究和学术机构授予的各种学位、荣誉称号、奖章和奖金。可是，达尔文热爱的是科学真理，并不看重这些，以至于有些会员证书和院士证书都被他遗失了。

达尔文的进化论揭示了生物界演化发展的规律和机制，完成了近代生物学理论上的第一次大综合，其意义远远超出了生物学的范围，深刻地影响了人类思想文化的方方面面。

智慧解读

达尔文热爱科学真理，并不在乎金钱和荣誉，正是这种对科学的纯粹与热衷，才使他拥有了这些成就。

法布尔

走进课本

出自《语文》三年级下册第四单元第14课《蜜蜂》。

名人档案

姓　名： 法布尔，全名让-亨利·卡西米尔·法布尔

生卒年： 1823—1915年

职　位： 昆虫学家、文学家

贡　献： 著有《昆虫记》。

无论天上还是地下，无论森林还是湖边，都存在着许许多多的昆虫。除了惊人的种类和各式各样的习性，昆虫还拥有很多不为人知的奇妙之处。在法布尔之前，很少有人如此认真地观察、研究昆虫，让人们知道蚂蚁、知了和螳螂等昆虫的本来面目。作为19—20世纪法国最著名的昆虫学家，法布尔真可以算得上一位终生和昆虫相伴的“昆虫迷”。

1823年12月22日，在圣莱昂（一个位于法国南部山区的偏僻的小村子）的一个穷苦农民的家里，法布尔诞生了。这个村子的自然气息非常浓厚，村

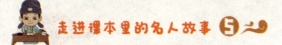

里流淌着小溪，村外丛生着野草，许多动物在附近的丛林中栖居、活动。就是在这样美好的环境中，法布尔一点一点地成长起来，对于周围的一切，他的兴趣都非常浓厚。

小时候的法布尔常常收集一些稀奇古怪的东西，尤其喜欢收集昆虫。在他八九岁的时候，他的父亲让他去放鸭子，挣钱贴补家用。他每次在清晨将鸭子赶进池塘后，就进入自己热爱的世界，一会儿安安静静地看着水中美丽的螺壳、四处游动的鱼儿、五颜六色的蠕虫等，一会儿东奔西跑地捉甲虫、抓蝌蚪、抓青蛙……

这一天，一只闪着金属光泽的小甲虫从正在观察池塘边草丛的法布尔眼前飞过，引得他赞叹不已。“嗬，太漂亮了！”说着，他已经用灵敏的小手扑住了它。这个小宝贝闪着比蓝天还好看的蓝色，长着一副比樱桃核还小的身躯。法布尔兴奋地用一个蜗牛壳装起了它，又用树叶将蜗牛壳包了起来，然后才放进口袋里，准备回家以后再认真地赏玩。这是丰收的一天，法布尔的两个衣袋都鼓鼓囊囊地塞着他捡的贝壳和彩石。

太阳渐渐落下，法布尔拍着满满的口袋，一边美滋滋地唱着歌，一边赶着鸭子往家走去。

刚一到家，父亲就冲着法布尔怒吼起来：“你这个小傻瓜，真是太可恶了！完全忘了我让你放鸭子的事情，只知道自己到处玩，还捡了这一大堆废物，赶紧扔了！”

母亲也开始责备他：“瞧你这点儿出息！从不知道做点正事，让我成天操碎了心！你拣那些石子，除了撑破衣袋，还能拿来做什么？还有那些咬人的虫子，你要是继续捉它们，你的小手迟早中毒！哎，你真是太可恶太顽皮了！”

父母突如其来的责备令法布尔难过极了。在父母严厉的态度下，他选择了屈服，只能一边流着泪，一边丢掉了自己那些心爱的宝贝。

然而，法布尔对于昆虫的兴趣，并没有因为父母的责备而有丝毫减少。他在每一次放鸭子时，依旧沉浸于自己那“没出息”的爱好中，偷偷地把衣袋装得满满的，背着父母，自己躲在一边悄悄地玩。

在这种近乎痴迷的兴趣的引导下，法布尔走进了科学的殿堂。正因如此，在后人为了纪念他而塑造的雕像时，他的两个衣袋都被做成鼓鼓的样子，就像装了很多东西。

1854年，31岁的法布尔在阿维尼翁公立中学做老师。这年冬天，在一个偶然的机会下，他获得了一本莱昂·迪富尔（法国当时最有声望的昆虫学家）的著作。他迫不及待地翻开书，一边阅读，一边思考。这本著作及其促发的事成为法布尔终生志向和事业的决定性因素。

这部著作是一本小册子，主要研究沙蜂这种昆虫的生活习性。这本书文字优美，奇妙而生动地描述了沙蜂巢里的吉丁虫（一种作为沙蜂幼虫食物的甲虫）。吉丁虫有着美丽的硬甲，呈现出金黄色、翠绿色，在沙蜂巢中，它可以长时间不腐，也不会发臭或者变得干瘪。通过观察，迪富尔认为沙蜂已经将吉丁虫杀死，并给它注射了某种具有很好的防腐作用的毒汁，才使得吉丁虫长时间不腐败。这一段精彩绝伦的描写令法布尔产生了强烈的好奇心。他跑到野外去寻找沙蜂的巢穴，希望能亲眼见到这种现象。当他在一个山谷的陡坡上发现沙蜂巢时，他已经接连找了好几天。他趴在洞口认真地观察了半天，然后又将土块掘开，希望能看得更清楚，就这样，他得到了一个令自己惊叹不已的观察结果。原来，吉丁虫只是被麻痹了，并没有死，它的翅膀和腿偶尔还会颤抖，身体的颜色也没有改变。这种情景让法布尔产生了疑惑，这是怎么回事，吉丁虫是侥幸没有被杀死，还是因为其他原因而活了下来？他反复思索，却始终得不到答案。在当时，迪富尔是大家公认的昆虫学界一位十分伟大且具有绝对权威的人物，所以法布尔不敢轻率地对他的结论提出反对意见。但这个不盲目迷信权威的年轻人决定继续观察和研究，绝不放弃自己观察到的奇特现象。

从这以后，他就常常去野外寻找并观察沙蜂。他要么跟着飞舞的沙蜂东跑西跑，要么趴在沙蜂巢的洞口持续观察，一连几个钟头纹丝不动，有时甚至连吃饭的时间都忘了。有一回，法布尔因为形迹可疑而遭到了警察的逮捕。关于他观察昆虫的解释，警察非但不相信，还十足地嘲笑了他一把："先生，难道你只是为了观察那些沙蜂和苍蝇，就可以躺在这样炽烈的太阳底下这么久吗？"因为实在无法解释清楚情况，所以法布尔只能暗自咽下委屈。后来，警察没有找到确凿的罪证来指证法布尔，只能释放了他。

功夫不负有心人，通过努力地观察与研究，法布尔得到了自己想要的答案。他终于确认了迪富尔

的错误。于是，法布尔在杂志上发表了一篇名为《沙蜂的习性及其幼虫所取食的甲虫不腐败的原因》的论文，在科学界引起了轰动，并得到了广泛的关注。就连迪富尔本人也对法布尔那种认真的态度和坚持不懈的精神连连称赞。从此，法布尔在科学界中开始崭露头角。

法布尔经常躺在田地里，或者在地上匍匐行进着去观察土蜂和屎壳郎（学名蜣螂），有时甚至一整天不起来，一直趴在地上。人们无法理解，经常讥笑他那全身心投入的样子。一天早上，法布尔又躺到田边的地上进行研究。几个姑娘收葡萄时经过田地，而他太专注于对昆虫的观察，没听见她们的声音，以至于对她们热情的招呼不理不睬。一整天过去了，姑娘们收完葡萄，傍晚经过田地时，又看到了依旧趴在地上纹丝不动的法布尔。“哎呀，这个可怜的人，他居然盯着一块石头盯了一整天。”姑娘们一边小声说着，一边走了。

法布尔就以这种方式一日不曾停歇地坚持着并认真刻苦地观察和研究。他通常会花费几十年的时间去研究某种昆虫，然后才给出无误的定论。例如，他用了20年时间来研究土蜂；至于蜣螂，则耗费了他40年的心血。

早在五六千年以前，人们就发现了蜣螂。古埃及农民在地里种植洋葱时经常会看到蜣螂，这种黑黝黝胖乎乎的昆虫，总是很忙碌的样子，向后退滚着一个圆球从人们身边经过。古埃及人认为这个圆球代表着地球，蜣螂的这种行为是受到天空中星球运转的启示而产生的。在他们看来，具有如此多天文知识的甲虫相当神圣，故而以“神圣甲虫”来称呼蜣螂。长久以来，只有这种传说性的描述来解释蜣螂的生活习性，直到法布尔的研究结论问世才揭示了其中的真相。

真相就是，蜣螂推的圆球不过是粪球而已，并不是什么神圣的东西。蜣螂喜食粪便，终其一生都以滚粪球为主要工作。它们用自己的前足和头部前面的几个硬角将粪便做成圆球的形状，然后滚动圆球，使之变大，有时粪球甚至可以达到蜣螂自身大小的许多倍。粪球制作完成后，蜣螂便将粪球夹在两条后腿之间，将中足撑在地上，两条前足一步一步交错地行走，左右交替进行，就这样，缓缓地将它们的美食推回“家”。粪球被推进提前准备好的洞穴之后，历尽千辛万苦的蜣螂便开始了它们没日没夜的饕餮盛宴。除了满足自身的需要，身为父母的它们还会留下一部分粪球以供后代食用。

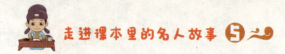

法布尔还曾经连续12小时不间断地对一只蜣螂进行了细致的观察。就这样，在长达40年的研究中，他详细地记录下了蜣螂的生活、工作的情况以及它们推粪球时的具体形态。在整个昆虫学界，若论观察的细致程度、研究的深入程度和持续时间的长久度，很少有人能与法布尔比肩。法布尔实在是足以担当达尔文赞许他的“无与伦比的观察家”这

课外小知识

法国教育大臣曾致信法布尔，邀请他去巴黎。法布尔本来是拒绝的，但是在这位大臣的要求下，他不得不启程去巴黎。令他没有想到的是，大臣让他来巴黎是因为政府要授予他法国最高勋位的荣誉团勋章。在接受勋章的第二天，法布尔和其他科学家还受到了皇帝的接见。

一称号。

法布尔将昆虫学确定为自己终生的研究课题，并且表示会“始终朝着这个目标走下去，要在昆虫学上增加一些篇幅”。立下这一誓言后，他矢志不渝，不被贫困压倒，也不被名利诱惑，始终坚持研究昆虫。

1881年，法布尔因其获得的卓越成就而被推举为巴黎学士院的通讯会员，并且获得了由学院向其颁发的科学奖金。1910年，经过数十年坚持不懈的研究与笔耕，87岁的法布尔终于完成了长达10卷的《昆虫记》。

智慧解读

法布尔认为大自然中还存在着很多问题需要有人去探索，前人总结出的论点也有很多问题需要有人再去研究、检验，不论是多么权威的伟人都难免在做研究时犯错，我们应该具备敢于质疑、勇于探索的精神。

诺贝尔

走进课本

出自《语文》八年级上册第一单元第2课《首届诺贝尔奖颁发》。

名人档案

姓　名： 诺贝尔，全名阿尔弗雷德·贝恩哈德·诺贝尔
生卒年： 1833—1896年
职　位： 发明家、工程师
贡　献： 诺贝尔奖创始人；研制出硅藻土炸药。

在全世界，几乎无人不知“诺贝尔”这个名字，这个伟大的人物不仅在化学化工发展的历史上有着了不起的贡献，还设置了举世瞩目的诺贝尔奖，这一奖项寄托了他的期望，极大地促进了世界学术的发展。

诺贝尔在1862年5月到6月做了一个实验，这个实验具有重大的意义。他用硝化甘油盛满一个小玻璃管后，将管口塞紧，然后将小玻璃管放入装有黑色火药的略大一些的金属管中，在金属管的黑色

火药中插入导火索后，塞紧金属管的管口。一切准备完毕，他点燃了导火索，然后迅速将金属管扔进水里，随后便发生了极其强烈的爆炸，其爆炸效果明显比同等数量的黑色火药所产生的爆炸效果要剧烈得多。这一现象说明，小玻璃管内的硝化甘油已充分爆炸。

诺贝尔从这个现象中受到了启发，他了解到，先引爆密闭容器内的少量黑色火药，就能够使容器内的硝化甘油爆炸。

到了1862年的年底，诺贝尔经过反复试验终于研发出了一种有效的办法来引爆硝化甘油。

经过100多次的实验，诺贝尔发现一种十分容易引起爆炸的物质——雷酸汞，因此他打算将雷酸汞用作引爆其他炸药的引爆物。他以制作成管状的雷酸汞作为引爆物，终于解决了炸药引爆的难题。这种装置直至今天还被人们普遍使用，即人们所说的雷管。雷管的发明使诺贝尔的科学研究得到了重大的突破。

在诺贝尔发明雷管之后，许多国家的工业也都快速地发展起来。开凿隧道、挖掘矿山、修挖运河、铺设铁路等工程都需要大量炸药才能完成。

但是，因为硝化甘油的不稳定性，经常发生爆炸事故，所以许多国家都不再对硝化甘油抱有信心，有的国家甚至严禁进行硝化甘油的制造、贮存和运输等活动。这种困顿的环境没有使诺贝尔灰心丧气，他殚精竭虑地进行安全炸药的研究。

不知不觉中，又过去了一年。通过试验，诺贝尔发现了一个减少爆炸事故的办法：将一些多孔的木炭粉、锯末、硅藻土等混入炸药，以吸收硝化甘油。最后，他将硅藻土和硝化甘油按照1：3的质量比混合，首次研制出了安全的硝化甘油工业炸药，这种炸药不论运输还是使用都十分安全，被称为“诺贝尔安全炸药”。

为了让人们相信硝化甘油工业炸药，消除他们的怀疑和恐惧，诺贝尔于1867年7月当着政府官员、企业界人士和许多工人的面在英国的一座矿山上做了一次实验表演。他首先在一堆木柴上放了一箱安全炸药并将木柴点燃，最后的结果就是这一箱炸药并没有爆炸。之后他又从大约20米的山崖上将一箱安全炸药扔了下去，这箱炸药依然没有爆炸。这种炸药在火烧、撞击之下都没有发生爆炸，已经说明了它具有很好的安全性。在人们承认这种炸药的安全性之后，诺贝尔就将这种安全炸药装在了石洞、铁桶和钻孔中，用雷管将其引爆，结果爆炸效果十分惊人，真是地动山摇、乱石横飞。这就可以证明，这种炸药不仅安全，而且拥有很大的威力。从此以后，人们对诺贝尔的炸药已经完全没有了疑虑。

这种炸药并不是毫无缺点的，其中一个缺点就是没有纯粹的硝化甘油的爆炸力强大。就是因为这个缺点，有些地方依然在使用危险的硝化甘油炸药。

怎样才能发明一种两者兼得的新炸药呢？那时候很多发明家的目标都是这个。这一次，获得成功

课外小知识

诺贝尔不仅是一个在科学方面贡献卓著的发明家，也是一个很有能力的实业家，他拥有伟大的胸怀和崇高的夙愿。与许多富豪不同的是，他将金钱和财产看得很轻。当他的母亲与世长辞的时候，他将母亲留给他的遗产全部捐献给了瑞典的慈善机构，只是将母亲的照片留下来作为纪念。

的又是诺贝尔。

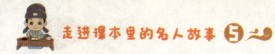

人们将诺贝尔称为“炸药大王”，这个头衔诺贝尔当之无愧。据不完全统计，诺贝尔的一生中，仅发明专利权就取得了355项，其中与炸药有关的就有129项，所以他拥有一笔巨大的财产。一生劳累的诺贝尔，晚年身体极度衰弱。1896年，病情严重恶化的诺贝尔已经生命垂危。在弥留之际，他仍然对科学事业念念不忘，决定将自己全部财产存入银行作为基金，每年用这笔钱的利息作为奖金，颁发给那些在全世界的物理学、化学、生理学、医学、文学及和平事业方面有重要贡献的人。

现在，学术界最高的荣誉就是诺贝尔奖，百年来，该奖项激励着数以万计的人们去攀登科学高峰，创造新的奇迹。

智慧解读

诺贝尔一向崇尚科学，认为科学能够征服自然、造福后代，能够唤起人们对未来的希望。正因如此，他一直坚守信念，并最终发明了火药。

爱迪生

走进课本

出自《世界历史》九年级下册第二单元第5课《第二次工业革命》。

名人档案

姓　名： 爱迪生，全名托马斯·阿尔瓦·爱迪生
生卒年： 1847—1931年
职　位： 发明家、物理学家
贡　献： 创立通用电气公司；被称为“发明大王”。

“发明大王”爱迪生出生于美国俄亥俄州的米兰的一个农民家里，父亲是一个少言寡语的木匠。从小时候起，爱迪生就经常提出一些莫名其妙的问题来。

有一天，他看见自己家的老母鸡一整天都待在窝里不出来，于是赶紧跑去问妈妈：“妈妈，我们家那只黄色的老母鸡为什么老是趴在鸡蛋上呢？”

“那是鸡妈妈用自己的体温给蛋加温，然后蛋里就会孵出小鸡。”听到这里，爱迪生忙从厨房里拿出几个鸡蛋匆匆忙忙地走了，到了吃饭时还不见他

回来。最后，家人在一个草垛边上发现了他，他正在那里“孵小鸡”呢。妈妈见状说，孵小鸡必须用专门的鸡蛋，还要达到一定的温度才行。

爱迪生7岁那一年，全家搬到了密歇根州的休伦港，爱迪生在那里入学读书，但仅仅读了3个月就退学了，就这样，他在家里学习知识，妈妈还给他建立了一个小实验室。他一有空闲，总喜欢往实验室里跑。有一天，爱迪生看到书上说气球可以飞上天，他想如果人的肚子里充满气以后，是不是也可以飞上天呢？他想到这里，便从家里找来发酵粉，配了一包药粉，然后去把他的小伙伴召集过来，给他的伙伴们讲上天的事，让他们吃发酵粉，结果伙伴都进了医院。爱迪生也知道这样做是错的。

后来由于家庭贫困，爱迪生12岁那一年便在火车上当了报童。每次等火车到达终点站后，他便会溜到当地的青年协会图书馆去读书。等回到家，他又跑到自己地窖里的实验室去做实验，后来为了更好地利用时间，爱迪生干脆在行李车内设置了一个实验室，每次报纸一卖完，他就抓紧时间做实验。

有一天夜里，火车正在高速行驶，而爱迪生还在专心地做他的实验，当火车急转弯的时候，他带来的磷不慎着火了，火势很快蔓延了起来。

等到大火扑灭后，列车长查出是爱迪生惹的事，便把他开除了。

后来爱迪生又在一个小车站找到了一份卖报的工作。有一天，一节混合列车上的货车脱了钩，不远处一个小男孩正在铁轨上玩耍，看来一场灾难就要降临了，就在这时，正在卖报的爱迪生一个箭步冲了上去，抱走了小男孩。那个小男孩的父亲是这个车站的站长，他被爱迪生的勇气打动了，愿意把收发报的技术教给爱迪生，爱迪生也很快学会了这门技术。这门技术使爱迪生踏进了科学发明的门槛。这是爱迪生电学生涯的开始，也是他事业的转折点。自此以后，他对电子机器产生了浓厚的兴趣，经常废寝忘食地阅读各种科技书籍并不断进行实验。

1868年，爱迪生来到了波士顿。同年，他获得了第一项发明专利。这是一台自动记录投票数的装置。爱迪生认为这台装置会提升国会的工作效率，一定能受到人们的欢迎。然而，一位国会议员告诉他说，他们无意加快议程，有的时候慢慢地投票是出于政治上的需要。从此以后，爱迪生决定再也不致力于人们不需要的发明了。

1869年6月初，他到纽约寻找工作。在他工作的那个公司，他是唯一一个能修好电报机的人，于是他谋得了一个比他预期更好的工作。同年10月，他与波普一起成立了“波普—爱迪生公司”，专门经营制造电气工程有关的科学仪器。在此期间，他发明了“爱迪生普用印刷机”。他把这台印刷机献给华尔街一家大公司的经理，本想索价5000美元，但又缺乏勇气说出口，于是他让经理给个价，而经理给了他4万美元。

爱迪生用这笔钱在新泽西州纽瓦克市的沃德街建了一座工厂，专门制造各种电气机械。他通宵达旦地工作，培养出许多能干的助手，同时也巧遇了勤快的玛丽——他未来的第一个新娘。在纽瓦克他发明了诸如蜡纸、油印机等器具，从1872至1875年，爱迪生先后发明了二重、四重电报机，还协助别人造出了世界上第一台英文打字机。

1877年，爱迪生改进了早期由贝尔发明的电话，并使之投入实际使用。他还发明了自己心爱的一个项

课外小知识

爱迪生是潜水艇和电动车电池的主要供应者，他甚至还为制造电动车而专门成立了一个公司。为感谢他的发明，1929年10月，福特专门为爱迪生举行了电灯发明50周年纪念会，把爱迪生的地位推到了顶峰。

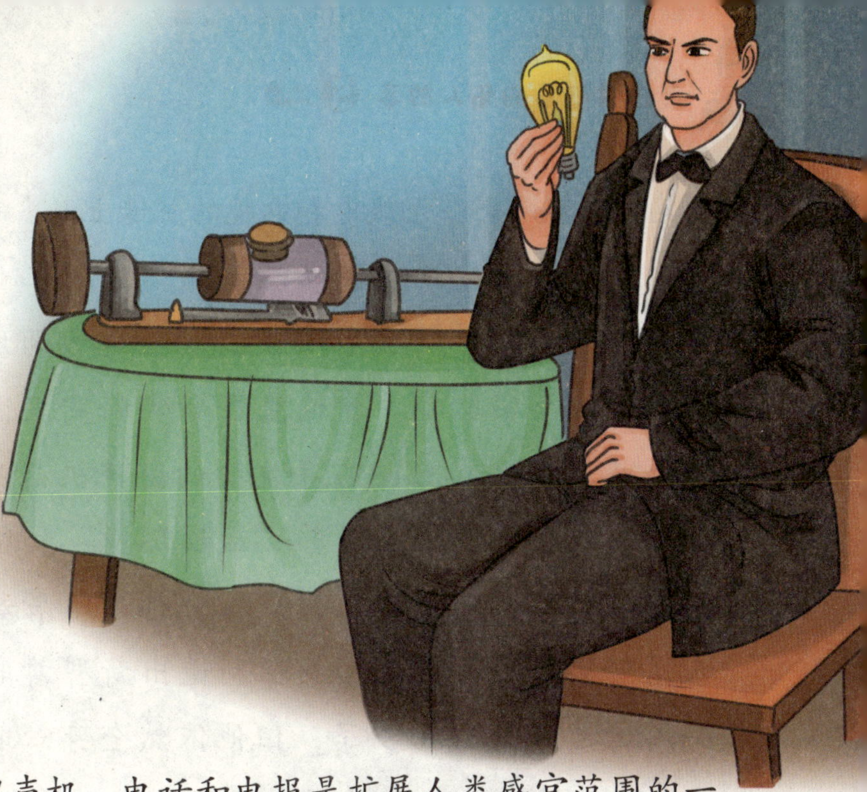

目——留声机。电话和电报是扩展人类感官范围的一次革命；留声机是改变人们生活方式的三大发明之一。这个时候，人们都称他为“门罗公园的魔术师”。

爱迪生在发明留声机的同时也在研究电灯，经历无数次失败后，在电灯的研究上终于取得了突破。1879年10月21日，爱迪生点燃了世界上第一盏真正有广泛实用价值的电灯。

他在纯科学上的第一个发现出现于1883年。试验电灯时，他观察到一个现象，并将其命名为“爱迪生效应”：在点亮的灯泡内有电荷从热灯丝经过空间到达冷板。爱迪生在1884年申请了这项发现的专利，但并未进一步研究。其他科学家则利用“爱迪生效应”发展了电子工业，尤其是将其应用在无线电和电视的制造上。

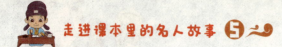

1887年，爱迪生在新泽西州建立了工业研究实验室，一直到20世纪初都没有其他地方的发明创造能超过这个实验室。爱迪生在新实验室里进行的第一个重大课题是把1877年发明的留声机商业化。这时的爱迪生意图把当时的“活动环境”和留声机同步联结起来，以便普及推广留声机，结果却在这个过程中发明了有声电影。在制造出新型蓄电池的时候，爱迪生已经60岁了，但他依然全身心地投入创造发明活动中，取得了一个又一个辉煌成果。

1931年10月21日夜晚，太平洋时间晚上6时59分，全世界各城市的电灯和用电的设备几乎都停止了工作。芝加哥、加利福尼亚、丹佛、纽约，乃至整个密西西比河流域一片黑暗。整个纽约百老汇一片黑暗，整个世界一片黑暗。人们以此种方式表达对这位发明巨匠的哀悼。

智慧解读

“天才是百分之一的灵感加上百分之九十九的汗水。”不断改进，不断完善，永不满足，不在乎别人的嘲笑，也不为金钱所诱惑，坚持真理，这就是爱迪生给我们的启示。所以，遇到困难与挫折时，不要逃避与害怕，而应当带着一种钻研精神去为之努力，为之付出，这样才能收获成功。

居里夫人

走进课本

出自《语文》八年级上册第二单元第9课《美丽的颜色》。

名人档案

姓　名：玛丽·居里
生卒年：1867—1934年
职　位：物理学家、化学家
贡　献：发现了放射性元素镭和钋。

第一个成功提炼出镭（一种放射性元素）的科学家，唯一一个两次获得诺贝尔奖的女科学家，这些都是让世人认识并牢记居里夫人的原因。她是一位值得每一个人尊敬和爱戴的人。她不仅每时每刻心系祖国与民族的兴衰荣辱，更是在科研和保卫世界和平这两项伟大的事业上耗费了毕生的精力。

1883年6月，居里夫人中学毕业，她的毕业成绩为全校第一，并且获得了一枚金质奖章。接下来的几年，她为积攒学费去做了家教，并用这些钱先后供姐姐和自己去往巴黎学习。1891年，她进入法国巴黎大学读书。经过3年的勤奋学习，她获得了物理学和数学双学士学位。求学生涯的艰苦令她展现着青春与奋斗的风采，也令她面容消瘦乃至显得憔悴。1895年，居里夫人嫁给了与自己志同道合的皮埃尔·居里。结婚以后，她并没有因为婚后琐碎的家务而放弃求知与上进，而是和丈夫相互勉励、支持对方继续研究。这种幸福美满的婚姻生活，使居里夫人的事业有了强大的动力和坚强的后盾。他们虽然生活贫苦，但依旧十分认真地工作与学习。居里夫人在分娩大女儿伊雷娜期间仍在研究最新的科学报告。

就这样，3年过去了，提交了自己博士论文的居里夫人以此为契机，开始涉足神秘的化学领域。她测试了能找到的所有的化学物质（其中包括近万种的金属）后得出结论：强有力的放射线源自某种尚未了解的新元素。此时，她的丈夫暂停了自己手里的实验，开始全心全意地帮助妻子进行研究。

经过数个月的反复试验，夫妻二人发表了他们的研究成果：有一种比铀的放射能高200万倍的金属被他们发现了，木材、石材甚至钢铁均能被这种金属的放射线穿透，只有厚铅板才能挡住这种放射

线。如果这一发现准确无误，那么已经立足于科学界长达几个世纪的基础理论将被彻底推翻。“镭”是居里夫人给予这种放射性金属的名称。

但是，因为镭的本质完全不同于其他所有的金属，所以一些人认为镭金属是不存在的。就在这时，学术界提出了相反的论调，同时要求居里夫妇出具相应的证据，提炼出纯粹的镭，再进行详尽的研究和测度，测出镭的原子量。从1898年一直到1902年，这整整4年的时间，居里夫妇都投身于验证镭的存在的研究中。终于，他们提炼出了纯粹的镭，虽然只有0.1克，和半颗糖差不多大，但是耗费了约8吨矿石。

那么，他们到底是怎样才成功提炼出镭的呢？

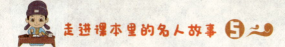

据说，他们以早就不能使用的破旧仓库作为实验室，那里面连床板都没有，下雨时还会漏雨，屋里的老式火炉早已损坏，在冬天，他们在屋内要忍受与屋外同样的严寒。另外，煮矿石和化学药品会冒出浓烈的烟雾，他们的眼睛因此受到感染，喉咙也经常发炎。就是在这种极度困顿的环境下，居里夫妇坚持进行了4年的实验。后来，丈夫失去了信心，劝妻子道："还是等等再继续吧，等到时机成熟。"但是，妻子不理会丈夫的劝告，依旧倔强地进行着实验。正是她的坚持才终于使得那0.1克的镭得以问世。居里夫人因为这一成果一跃成为全球最杰出且最知名的女性。

众所周知，在治疗癌症的过程中，镭是必不可少的物质。当时社会对镭的需求逐步增加，而镭的提炼方法只有居里夫妇掌握着。所以，只要申请并获得镭的制造专利，那么无论何人何地，只要生产镭，就要

课外小知识

由于居里夫人长期研究放射性元素，她在实验室中使用的笔记本和用过的一些书籍等物品也具有很强的放射性，必须放在铅盒中保存。这也说明居里夫人留下的科学遗产是无人可及的。

付给居里夫妇专利金。若是居里夫妇这么做，想必也不会有人责备他们，毕竟这是理所当然的。而且他们家的经济条件很差，确实需要改善，而居里夫妇也可以轻松些，还能建一个拥有优良设备的实验室，以便做更深入的研究。然而，居里夫妇并没有这样做，镭的发现没有给他们带来任何经济利益。居里夫人反对道："这是违反科学精神的。镭的发现和其存在的意义只是为了治疗疾病。"

怀着这种毫不利己的崇高精神，居里夫人坚决地选择了简朴的生活，放弃了所谓的富贵人生。她不想碌碌无为地活着，终其一生都在为科学事业鞠躬尽瘁。凭借自己的努力和天分，她在物理学和化学领域取得了巨大的成就。镭这种造福人类的元素的发现使她被大众所熟知。

智慧解读

居里夫人在艰苦的环境中，依然投身科学研究，就算后来获得了奖项，也不认为那是值得夸耀的。从中我们深刻地了解了一个道理：决定一个人价值和尊严的是他自己的生活态度，而不是他获得的荣誉。

爱因斯坦

走进课本

出自《语文》三年级下册第五单元《名言》。

名人档案

姓　名：爱因斯坦，全名阿尔伯特·爱因斯坦
生卒年：1879—1955年
职　位：美籍德裔物理学家
贡　献：提出光量子假说；创立了狭义相对论、广义相对论。

阿尔伯特·爱因斯坦1879年3月14日出生于德国的一个犹太人家庭。在少年时代，爱因斯坦没有显示出任何的天分。1895年，经过两次努力，爱因斯坦才考上向往已久的瑞士联邦工业大学。

1900年，21岁的爱因斯坦从大学毕业了，他必须开始为生活而奔波。然而，他的犹太人身份使工作的大门对他紧闭着，没有人雇用他，爱因斯坦陷入了窘境。

后来，在一位老同学父亲的大力推荐下，1902年6月，爱因斯坦得到伯尔尼联邦专利局的一个职

位，他这才算有了一个固定的职业。1906年4月的一天，爱因斯坦到瑞士联邦专利局领取薪水时，一拿起薪资袋，就看到上面写着月薪4500法郎，顿时觉得相当惊讶，不禁愣在那里。他怀疑地说："奇怪，我没有这么高的薪水啊？"旁边的人就告诉他说："爱因斯坦，你已经升职了，所以才有这么多的薪水。"爱因斯坦觉得十分惊讶，脸上一副不知所措的样子，说："这么多钱，叫我怎么用呢？"

在进入美国普林斯顿高级研究所之后，工友就问爱因斯坦需要什么工具，爱因斯坦想了想，说："我要一张书桌、一张椅子和一些纸笔就行了。啊，对了，还要一个大的装废纸的桶。"

工友好奇地问："为什么要大的呢？"

爱因斯坦说："好让我把许多错误都丢掉。"

在爱因斯坦担任美国普林斯顿高级研究所主任的一天，他办公室的电话响了起来。"请问，我能跟主任谈话吗？"电话那头问道。

"主任不在。"办公室秘书回答说。

"那么，你能告诉我爱因斯坦博士住在哪里吗？"电话继续问道。

"实在对不起，我无可奉告。因为爱因斯坦博士不喜欢别人打扰他。”秘书回答道。这时，电话那头的声音突然变小了，说着：“我就是爱因斯坦博士，我正要回家，可是我忘记自己住在哪里了。”

原来，爱因斯坦去参加一个研讨会，在结束回来的路上，因为太过认真地思索一些学术问题，不知不觉竟迷路了。

第一次世界大战后，他周游世界，到过欧洲、亚洲、南美洲。1922年11月，爱因斯坦在上海时，接到电报通知，由于他在光电定律和理论物理方面的卓越贡献，被授予1921年诺贝尔物理学奖。这时相对论仍然是争论的焦点，因而授奖决议中没有提到相对论。

20年代末，欧洲一些国家发生了“反犹”“反相对论”等事件，使他产生了沮丧情绪。但因为柏林的工作需要他，他还是决定留在德国，以一个德国公民的身份参与科研工作。1931年，爱因斯坦在牛津大学任短期教授时，他致力于和平主义的活

课外小知识

以色列首任总统魏茨曼与爱因斯坦是好朋友。1952年，魏茨曼去世，在他去世前一天，以色列总理提请爱因斯坦为以色列共和国总统候选人。爱因斯坦非常感动，但是他一心想在科学事业上发展，于是在报纸上发表声明，正式谢绝出任以色列总统。

动。1933年希特勒执政后，德国犹太人面临着极其险恶的形势。正在美国加州理工学院讲学的爱因斯坦决定不再回德国，之后前往比利时避难，并正式声明放弃德国国籍。这一次他真的永远离开了祖国。

后来，爱因斯坦移居美国，接受普林斯顿大学的邀请，成为普林斯顿高级研究所的研究员，并取得美国国籍。以后，爱因斯坦便在这里定居，致力于他的理论研究。

1939年，当他知道人们发现核裂变有可能用来研制核武器的消息后，经同事敦促给罗斯福总统写信提醒其注意，促使美国开始了研究原子弹的“曼哈顿计划”，以免让德国法西斯抢先制造出核武器。1945年，原子弹在日本广岛上空爆炸，爱因斯坦听到这个消息后，只说了一句“太可怕了”，接着便是长时间的沉默。

1955年4月18日，爱因斯坦在美国普林斯顿逝世。

智慧解读

真正的科学家都具有一个特质，那就是让智力、知识不断成长，因为他们越研究这个世界，就越觉得这个世界是深不可测的。这个世界上有很多事物并不是目前的科学所能解释清楚的，所以科学家越深入研究就越觉得人类渺小。我们所能了解的相当有限，而身后未知的领域使我们不得不充实自己的知识。

图书在版编目（CIP）数据

走进课本里的名人故事 ：1-5 / 张欣怡主编 . -- 北京 ：北京工艺美术出版社，2023.2
ISBN 978-7-5140-2477-7

Ⅰ. ①走… Ⅱ. ①张… Ⅲ. ①故事－作品集－世界 Ⅳ. ①I18

中国版本图书馆 CIP 数据核字 (2022) 第 212871 号

出 版 人：陈高潮　　策 划 人：杨　宇　　装帧设计：郑金霞
责任编辑：郑　毅　　责任印制：王　卓

法律顾问：北京恒理律师事务所　丁　玲　张馨瑜

走进课本里的名人故事 1-5

ZOUJIN KEBEN LI DE MINGREN GUSHI 1-5

张欣怡　主编

出　版　北京工艺美术出版社
发　行　北京美联京工图书有限公司
地　址　北京市西城区北三环中路6号　京版大厦B座702室
邮　编　100120
电　话　（010）58572763（总编室）
　　　　（010）58572878（编辑室）
　　　　（010）64280045（发　行）
传　真　（010）64280045/58572763
网　址　www.gmcbs.cn
经　销　全国新华书店
印　刷　天津海德伟业印务有限公司
开　本　700毫米×1000毫米　1/16
印　张　40
字　数　218千字
版　次　2023年2月第1版
印　次　2023年2月第1次印刷
印　数　1~20000
书　号　ISBN 978-7-5140-2477-7
定　价　199.00元（全五册）